当代陕西文学评论文丛 | 编委会

主　编　贾平凹　齐雅丽

副主编　韩霁虹　李国平　李　震

编　委　（按姓氏笔画排序）

　　　　仵　埂　齐雅丽　李　震

　　　　李国平　杨　辉　段建军

　　　　贾平凹　韩霁虹

当代陕西文学评论文丛

接续中坚

时代 生活 人

邢小利 著

陕西师范大学出版总社　西安

图书代号　WX24N2332

图书在版编目（CIP）数据

时代　生活　人 / 邢小利著. -- 西安：陕西师范大学出版总社有限公司, 2025. 6. --（当代陕西文学评论文丛 / 贾平凹，齐雅丽主编）. -- ISBN 978-7-5695-4821-1

Ⅰ. I206.7-53

中国国家版本馆CIP数据核字第2024AN2476号

时代　生活　人
SHIDAI　SHENGHUO　REN

邢小利　著

出版统筹	刘东风　刘　定
策划编辑	马凤霞
责任编辑	马凤霞
责任校对	尹海宏
封面设计	周伟伟
出版发行	陕西师范大学出版总社
	（西安市长安南路199号　邮编 710062）
网　　址	http://www.snupg.com
印　　刷	中煤地西安地图制印有限公司
开　　本	720 mm×1020 mm　1/16
印　　张	19.75
插　　页	2
字　　数	285千
版　　次	2025年6月第1版
印　　次	2025年6月第1次印刷
书　　号	ISBN 978-7-5695-4821-1
定　　价	69.00元

读者购书、书店添货或发现印装质量问题，请与本公司营销部联系、调换。
电话：（029）85307864　85303629　　传真：（029）85303879

文脉陕西,评论华章(序)

贾平凹

从延安文艺的烽火岁月,到新时代的文学繁荣,陕西文学以其独特的风格和深邃的内涵,赢得了国内外的广泛赞誉。在中国当代文学史上,陕西不仅拥有一支强大的文学创作队伍,同时也拥有一批占领各个历史阶段文学批评潮头的评论骨干。他们以敏锐的洞察力剖析文学现象,参与文学现场,解读作品内涵,为陕西文学的发展注入了源源不断的活力。在新时代文化浪潮中,文学评论作为党领导文学事业的重要途径和方式,作为文学繁荣发展的重要推动力和引导力,正凸显着越来越重要的作用。

为了贯彻落实习近平总书记关于文艺工作和文艺批评的重要论述,以及中宣部等五部门联合印发的《关于加强新时代文艺评论工作的指导意见》,进一步加强和改进陕西文学批评工作,打磨好批评这把利剑,把好文艺的方向盘,同时也为深入总结和发扬陕派文学批评的历史经验,全面呈现陕西当代评论家队伍及其丰硕成果,推动陕西文学批评再创佳绩,助力陕西乃至全国文学发展,陕西省作家协会精心策划并编辑出版了"当代陕西文学评论文丛"。

在选编过程中,丛书编委会始终遵循着精编细选的原则,力求每篇文章都能代表作者个人的最高水平,同时也能反映出陕西文学评论的独特风格和时代特征。所选文章以研究和评论承续延安文艺传统的陕西作家、作品为主，也不乏对中国文坛或域外文学研究的独到见解。丛书汇聚了三代文学批评家中三十位代表批评家的学术成果。他们或生于陕西，或长期在陕工作。他们以笔为剑，以墨为锋，用睿智深刻的见解，共同书写了陕西文学批评的辉煌华章。他们的评论文章，或激情洋溢，或理性严谨，或高屋建瓴，或细腻入微，共同构筑了这部丛书的独特魅力与丰富内涵。

丛书将陕西老中青三代评论家分为"笔耕拓土""接续中坚""后起新锐"三个系列。三代评论家有学术师承，亦有历史代际。每个系列都蕴含着不同的时代气息和文学精神："笔耕拓土"系列收录了陕西文学评论界先驱和奠基者的成果，他们如同手握犁铧的开垦者，为陕西文学评论的沃土播下了希望的种子；"接续中坚"系列展现了新一代批评家中坚力量的风采，他们的评论既有深厚的理论功底，又有敏锐的时代洞察力，为陕西文学评论的繁荣发展注入了新的活力；"后起新锐"系列则汇集了新一代批评家的文章，他们敢于创新，勇于探索，为陕西文学评论的未来开辟了广阔的空间。

"当代陕西文学评论文丛"的出版，不仅是对陕西文学批评历史的一次全面总结和回顾，更是对未来陕西文学发展的有力推动和期待。相信这部丛书的问世，将激发更多文学评论家的创作热情，使陕西文学创作与批评携手并进，比翼齐飞，为推动陕西文学批评事业的繁荣发展，为陕西乃至全国文学的发展贡献新的智慧和力量。

2024年11月8日

目　录

001　新时期陕西作家与陕西文学
020　现实主义：从柳青到路遥和陈忠实
026　革命作家与自由作家
　　　——在纪念杜鹏程、王汶石、魏钢焰百年诞辰座谈会上的发言
029　柳青一生的四个阶段
049　百年　回望柳青
052　柳青研究：论从史出，全面看人
057　时代、历史与柳青
062　柳青与严家炎
068　电影《柳青》：柳青三重身份的艺术表现
080　一个新时代开始的欣喜与警觉
　　　——读柳青长篇小说佚作《在旷野里》
097　柳青佚作《在旷野里》内外
107　"旷野"的文化属性与柳青的文学传承
115　论陈忠实的创作道路与文学地位
134　用笔刻画民族的魂
　　　——纪念陈忠实
139　陈忠实在八十年代
160　注目南原觅白鹿

171	陈忠实的得意
180	忠实与发挥
	——谈《白鹿原》电视剧的改编
184	集体性共创：路遥对陈忠实的影响
203	路遥和《平凡的世界》
209	回望路遥
218	路遥与《在中亚细亚草原》及其他
230	贾平凹及其创作
234	民间"群木文学社"考
243	文人情怀　史家眼光
	——叶广芩论
266	经典作家的经验给我们的启示
	——读李建军《并世双星：汤显祖与莎士比亚》
274	梁衡散文集《千秋人物》读札
283	匡燮先生和他的散文
	——在匡燮先生逝世一周年纪念会上的发言
286	一个人的访古与问今
289	一个业余作者的足迹与心迹
	——董颖夫《沣浪集》序
297	《珠峰海螺》：绝地体验　巅峰思考
302	壮志与柔情的协奏
	——观音乐剧《霸王别姬》
305	后记

新时期陕西作家与陕西文学

一

1976年一声惊雷，中国社会逐渐"解冻"。乍暖还寒时节，北风和东风交互吹着，春天的种子正在大地下面萌动。1978年5月11日，《光明日报》发表特约评论员文章《实践是检验真理的唯一标准》，引发了一场关于真理标准问题的大讨论。1979年4月，《读书》杂志创刊号上发表了中宣部理论局副局长李洪林的《读书无禁区》，"使中国读书界大受震动"。作为时代敏感神经的文学，此时则不断出现"突破"和"轰动"性的作品。1977年11月，《人民文学》发表曾任中学教师的刘心武的短篇小说《班主任》，1978年8月11日，上海《文汇报》发表复旦大学中文系学生卢新华的短篇小说《伤痕》……

注定要在文学史上留下浓墨重彩一笔的生气勃勃的"新时期文学"，正在冲破黎明前的黑暗，勇敢地汇入思想解放、改革开放的历史洪流之中，并且，当仁不让地充当着时代的前锋。

处在内陆腹地的陕西和曾做过十三朝都城的西安，在新时期文学最初发轫的时刻，虽然没有出现《班主任》《伤痕》那样的能够体现那个时代的精神高度和思想深度并标志那个时代的文学作品，却也有莫伸的《窗口》[①]、

[①] 莫伸：《窗口》，载《人民文学》1978年第1期，获同年全国优秀短篇小说奖。

贾平凹的《满月儿》①、陈忠实的短篇小说《信任》②等作品，从不同角度和方面，展现出新时期初始生活与人的风貌，丰富了当时文学的精神格局。

也许，与刘心武、卢新华这样的带有知识分子特点的作家不同，当时的陕西作家更多的带有工农作家的特点，他们基本上是农民和工人出身，由在一定程度上作为"十七年"和"文革"时期文学创作主体的工农兵业余作者发展而来。

关于"工农兵业余作者"，冷梦和陈忠实有一段隔空对话，颇能解释一些现象并说明一些问题。2000年春天，女作家冷梦长篇小说《特别谍案》研讨会召开之际，陈忠实致信冷梦，忆及往事，陈忠实说，"唯一的又十分久远的印象还是在'文革'当中，你我都作为市艺术馆辅导的工农兵业余作者"。陈忠实去世后，冷梦在回忆陈忠实时，对陈忠实信中的话有如下阐释：

> 1970年代初期，尽管整个中国还在"文革"硝烟的笼罩之下，但如今回想起来，不可否认的便是——那个时期真的是工农兵业余文学创作的黄金期。不客气地说，如果没有那个时期全社会对业余文学创作的高度重视和当时各级组织对工农兵业余作者的悉心培养，以及当时全社会所特有的一种波澜壮阔的文学氛围，不要说我不会走上文学道路，恐怕就连路遥、陈忠实、贾平凹他们都很难说能走上文学创作的道路——后来成为文学大家的他们那时候都有一个共同的名称：工农兵业余作者。路遥在陕北和曹谷溪他们正在办《山花》，那个时候他是个青年农民，我呢，我是个"青工"——严格意义上连"青年工人"都算不上。我刚刚十七岁，刚进工厂就发表了平生第一篇小说，于是被"网

---

① 贾平凹：《满月儿》，载《上海文艺》1978年第3期，获同年全国优秀短篇小说奖。
② 陈忠实：《信任》，载《陕西日报》1979年6月3日，《人民文学》第7期转载，获1979年度全国优秀短篇小说奖。

罗"进了西安的工农兵业余作者队伍里。就像陈忠实所说,我们都是"(西安)市艺术馆辅导的工农兵业余作者"。哦,那个时候文学创作真的就像雨后春笋一样在社会的各个角落遍地开花!不要说西安市(群众)艺术馆——能到这个级别的"业余作者"那已经是优中选优了,西安的各个区县文化馆也都在"辅导"业余作者进行文学创作:有专门的机构,专门的经费,还有专门的人员,定期或不定期地开展各种文学创作活动。不仅如此,一些大型企业也有自己的工人创作队伍,比如西安仪表厂、陕西钢厂等等,团结了一大批工人业余作者。开始的时候我属于"莲湖区文化馆工人业余创作组",成员基本都是来自莲湖区所属的各个工厂,有诗人徐剑铭,写小说的西安仪表厂的韩贵新、申晓,还有写歌词的党永庵、张郁,等等。等到我们这些人"升级"到市一级的群众艺术馆,这个时候,就认识了当时在毛西公社任革委会副主任及党委副书记的陈忠实……

这一大批人,实际上就是"文革"末期活跃在陕西文坛上的"工农兵业余作者"。客观地说,没有"文革"末期这一批文学爱好者以及那个时期的文学氛围,就不可能产生后来改革开放初期的文学繁荣——因为正是这批人很多后来都成了这么多年陕西文学创作的骨干和基本队伍。[①]

80年代陕西文学的主要人物之一王晓新1993年3月"于浪迹天涯途中"致信刚刚写出长篇小说《白鹿原》的陈忠实,在感慨90年代"在昂奋呼啸'下海'的呐喊声中,纯文学的经营者只能喊一声我们是在下油锅。油锅里炸出了《白鹿原》"的同时,忆及陕西中青年作家群当年走上文学道路时的情景,准确而生动,"二十年前,当陕西中青年作家群的一群穷娃神圣亢奋地擎着殉道者的头颅,从陕北高原商州山地渭北平川西岐咸阳左

[①] 冷梦:《文学楷模:忠实先生不死》,见雷涛主编《天地白鹿魂永存——陈忠实纪念文集》,太白文艺出版社,2017年,第106—107页。

道还有秦巴深处,血气方刚地走出来的时候,脚下踩的是这方厚土,肩上扛的也是这方厚土"。①如王晓新所述,陕北高原出来者,有路遥、牧笛等,商州山地出来者,有贾平凹、京夫等,渭北平川出来者,有李康美等,西岐出来者,有李凤杰、蒋金彦等,咸阳出来者,有程海、文兰、沙石、峭石等,秦巴山地出来者,有王蓬、张虹等。此外,西安地区和当时在西安工作的作者,则有陈忠实、邹志安、王晓新、赵熙、白描、晓雷等。

需要特别提及的是,1973年7月《陕西文艺》(双月刊。1977年1月改为月刊,7月恢复《延河》刊名)创刊,编辑部上下均系原《延河》人员。这是"文革"后期,国内创办的极少数文学刊物之一。当时的《陕西文艺》编辑部以"工农兵掺沙子"的名义,将一些有培养前途的青年作者借调到编辑部,让其一方面参与编辑工作,一方面接受文学的基本训练和熏陶,提高青年作者的写作水平。如1974年冬,时在延安大学读书的路遥,就被《陕西文艺》借调到编辑部,在小说组协助做小说编辑。先后被借调到《陕西文艺》编辑部的还有白描、叶延滨、叶咏梅、牛垦、徐岳、王晓新、沈奇、刘路等。1979年2月,中国作家协会西安分会(后改名为中国作家协会陕西分会、陕西省作家协会)恢复,此后,陆续有路遥、陈忠实、邹志安、王晓新、京夫、白描、晓雷、李天芳、李小巴、赵熙等人调入,构成"文学陕军"在上世纪80年代的一支主力。

二

从1977年到1986年,这一个历史阶段的中国文学主流,是从伤痕文学、反思文学、改革文学到"85新潮"的现代派文学、先锋文学、女性文学和寻根文学,后浪逐前浪,不断出新。80年代后期,中国文学的形势是

---

① 王晓新:《关于〈白鹿原〉致陈忠实(信札两则)》,载《陕西日报》1993年3月18日。

主流不彰,"三春去后诸芳尽,各自须寻各自门",文学呈现出不同的个性化艺术追求。

80年代陕西作家的艺术追求,总体上与全国文学形势同步,但也有自己的特点,并且,许多作家的创作代表着80年代的文学高度,以各自的艺术个性体现着80年代特有的艺术特征。

路遥的中篇小说《人生》(1982)在题材和主题上有开拓意义。这部小说写改革开放以前,中国农村有志青年(有才华、有思想)普遍面临的人生问题——城乡二元对立,农村人进不了城。而农村青年有一个梦想,那就是走出乡村,走向城市,走向现代文明。路遥的长篇小说《平凡的世界》(第一部1986,第二部1988,第三部1989)是对《人生》所提问题的展开,是回答农村青年的出路问题。《人生》可以看作《平凡的世界》的序曲,《平凡的世界》可以看作《人生》的展开部。《人生》以生动的人物形象、尖锐的矛盾冲突提出了这个问题。《平凡的世界》试图解决这种冲突,给矛盾的人生寻求一个出路,给人生的矛盾寻求一个解决的办法。它在1975年至1985年这个广阔的时代背景中,在叙写中国社会由禁锢而解冻再到改革开放的时代变化中,展现的是《人生》就已深刻触及的中国乡村与城市二元对立的社会结构和社会问题,农村中有志向、有才华的青年人与现实的激烈冲突和人生追求。如果说,《人生》更多的是展现冲突和矛盾,那么,《平凡的世界》更多的则是展现如何解决冲突和矛盾。《人生》中的高加林实际上并没有找到他应该有的人生出路,而《平凡的世界》中的孙少安、孙少平则在他们不同的人生追求中找到了属于他们的归宿。

陈忠实80年代的创作,大约分为两个阶段:1979年到1986年,这一时期的创作,大致可以概括为从追踪政治与人的关系到探寻文化与人的关系。陈忠实因1976年发表关于与"走资派"做斗争的短篇小说《无畏》(1976)受到工作和生活冲击,历经两年多的苦闷和反思,重新拿起笔,一方面继续沿着他所熟悉的政治与人的创作思路进行创作,另一方面,也不断关注当时的文学思潮并受其影响，开始了缓慢而深刻的创作转型。《信任》（1979）是陈忠实这一时期的一篇代表作。小说写在时代发生巨大转变时人们如何对待过去的矛盾和问题。小说中在前台角斗的是两个年轻人，背后角力的是两个当年共过事的村干部，一个是"四清运动"中被补划为地主成分、年初平反后刚刚上任的村党支部书记罗坤，一个是"四清运动"的积极分子罗梦田。事情由子辈的打架引起，打架事件是现时显在的矛盾，背后折射出的是父辈在过去政治运动中的恩怨情仇。如何对待今与昔的矛盾，罗坤的公道处理方法使罗梦田父子受了感化，全村人也更为拥戴罗坤。小说在当时普遍写历次政治运动给人心留下的深重"伤痕"的时代文学风潮中，另辟蹊径，表达了要化解矛盾、克服内伤、团结一心向前看的主题。

中篇小说《初夏》（1984），是陈忠实创作中的一个里程碑，也是一个重要的过渡。前者是说这是他的第一部中篇，后者是说这部小说既有以往写作的惯性延伸，如注重塑造新人，又有新的社会问题的发现和强烈的现实关怀。作品写改革开放初期一个家庭父与子的故事。离开还是坚守农村，只考虑个人前途利益还是带领大伙走共同富裕之路，在此人生选择问题上，父亲这个农村的"旧人"与儿子这个农村的"新人"发生了激烈的无法调和的冲突。父亲冯景藩几十年来一直奋斗在农村基层，把一切都献给了党在农村的集体化事业。如今，农村实行了家庭联产承包责任制，面对这一颠覆性的历史巨变，比较当年的同伴冯安国，冯景藩感觉忠诚工作的自己吃了大亏，有一种强烈的幻灭感。小说中写的这个人物是真实的，颇有时代的典型意义和相当的思想深度，这也反映了作者对生活的敏感。但是，陈忠实这时的艺术思维，受"十七年文学"影响所形成的心理定势还未完全冲破，他还习惯以对比手法塑造与"自私""落后"的冯景藩对立的另一面，就是乡村里的新人形象冯马驹。他是一个退伍军人，年轻的共产党员，对于进城，他虽有犹豫，但他最终还是心明志坚，主动放弃了进城机会，矢志扎根农村，带头与青年伙伴一起改变农村的落后面貌，共同致富。冯马驹这个人物不能说现实生活中绝无仅有，但他显然是作者艺术固化观念中的一个想象式的人物，缺乏历史的真实感和时代的典型性。1987年至1992年，是《白鹿原》的写作时间，这个时期的陈忠实已年过不惑，接近天命，他的生活、思想和艺术积累已经相对成熟，同时这个时期也是他精力最旺盛、思维最活跃、艺术创造力最丰富的一个生命阶段。《白鹿原》的准备、构思与写作，是陈忠实创作方向的一个最大转折，他从二十多年来一贯关注的现实转向了历史。这一艺术转变，与陈忠实密切关注1985年兴起的"寻根文学"思潮并且深入思考有关问题有关。他的艺术聚焦，是从家族关系入手，从人与文化角度切入，触及社会特别是农村社会的生产方式、经济活动、教育理念与方法以及政治关系等关乎人的生存的各个方面，深刻透视传统中国宗法社会数千年传承下来的人的生活方式、生存态度和生存之道，展现传统宗法社会和乡规民约在时代暴风雨的击打中所发生的深刻嬗变——家族的嬗变、人性的嬗变、人心的嬗变，并从这嬗变中，透示社会演变的轨迹和历史深层的文化脉动。

贾平凹在80年代是一个多产的在艺术上多变并形成自己鲜明风格的作家。他在这一时期创作的中篇小说《鸡窝洼人家》（1984），以"换妻"故事写改革开放初期山村人的思想、生活和命运的变化。《远山野情》（1985）写夫妻二人生活态度不同，妻子随外乡人出走，写出了山村生活的真实和奇特。长篇小说《浮躁》（1988）是对新时期历史和时代心态进行整体性把握，作家以"浮躁"来概括当时那个时代和人的心态，视野宏阔，颇具哲学意识。《废都》（1993）以颓唐文人庄之蝶的行状写世纪末情绪。《废都》写的是颓败破废的古都，有一种废墟意识。因而它与现代城市与现代意识有一种疏离感。《废都》中的人物都是一些社会的边缘人，是闲人角色。小说写闲人之闲与名人之累。庄之蝶既是名人又是闲人，是一个人见人爱又人见人烦的不可缺少的多余人。他活得最自在，又最累。有闲人之闲，有名人之累，"活得泼烦"。他想有所作为但最后却无所作为，有理想也无理想，想适应又无法适应，表现出末世文人的困境。小说中有浓厚的死亡意识，庄之蝶居然一边做爱一边听哀乐，表现出浓厚的虚无思想。庄之蝶既迷惘又尴尬，现实中是尴尬的，思想上是迷惘的。作品的基调是悲凉的。城墙上有一个孤独的人吹着埙，哀伤低徊，仿佛废都的背景音乐。鲁迅说《红楼梦》"悲凉之雾遍布华林"，《废都》是悲凉之雾遍布废都。中国现代文学由救国、启蒙、救亡到新中国成立后的创业、革命、斗争、伤痕、反思、寻根、改革、先锋、新写实再到《废都》的人生空幻。《废都》概括了表现了世纪末来了以及世纪末的情绪。

邹志安坚持从真实的生活出发，加上他对农村生活极其熟稔，他1985年以前的大部分小说生活气息浓郁，人物个性鲜明，不乏颇具艺术感染力的佳作。短篇小说《喜悦》对农村妇女在极度贫穷的生活境遇中的人生态度、精神世界的描写相当动人。这个短篇小说比他的两个获奖小说《哦，小公马》和《支书下台唱大戏》似乎还更具艺术魅力。从1986年开始，邹志安以《爱情心理探索》为总题，写了五部长篇。《爱情心理探索》从爱情心理入手但并不限于写爱情心理，它从社会的变革、传统和时代的文化心理对人的影响等方面描写、展示丰富复杂的人和人的丰富复杂，多方面、多角度地揭示人的生存状态。五部《爱情心理探索》已出现人物五六十个，涉及工农商学兵干部知识分子各个层次。邹志安不仅写了社会的政治、经济、文化、法律、道德等因素对人的影响，特定的家庭、社会环境对人思想、心理和行为的影响，还注意到人的心理特别是性心理以及生理因素对人行为的影响和制约，在展示人的斑斓多姿与人的光怪陆离的生存本相的同时，还渗透着作家对人的困境和人的生存悲剧的深沉忧虑和思考。

邹志安是一个对苦难有着深切体验的作家，他的作品中，渗透着一种苦难意识。他所谓的"为土命人造影"，实际上即为生活在社会底层的"苦命人"——农民父老乡亲、兄弟姐妹造影。在写这些苦命人苦难生活的时候，邹志安有他思考的角度。在他前期作品中，他主要是从社会的政治、经济角度去思考，因而在他前期作品中，有不少对"坏干部"的批判，对"好干部"的赞扬。他写农民的苦难，也侧重于写物质上的贫乏所带来的生活艰辛，写衣食住行等维持基本生存的物质生活的困窘，如《粮食问题》《乡情》《喜悦》等。在20世纪六七十年代，我国广大农村的农民确实是在饥寒交迫中为生存问题饱受煎熬，因此邹志安的这些作品有很多感人的地方。而到了《爱情心理探索》，作家写人的苦难，已不仅仅着眼于社会的角度，而且也从甚至更多的是从人自身去探索苦难的原因。可以明显地感到，邹志安已不再过多地写人的物质贫困，而特别注重写人精神上的贫困。人的困境，既有外部原因，也有自身原因。当发现人的悲剧是自身造成且无可解脱时，又会陷入一种深深的困惑。因此，在邹志安那幽默夸张、滔滔而下的叙述语言背后，常常透出一种深沉的悲凉感、悲剧感。这种意绪态度也体现在他对性困扰的女人、扭曲的灵魂等的描写中。

邹志安曾说他们这一代作家是左冲右突的一群。挣脱旧的文学的樊篱，直面一个开放了的世界，直面一个纷繁多变的文学世界，邹志安们在传统与现代、"寻根"与"拿来"、社会学与人学、人本与文本、观念与方法、向外与向内、现实与超现实、传统与先锋等等文学与非文学的密密的丛林中左冲右突，寻找一个作家的自我，寻求新的最佳支点。邹志安有了《爱情心理探索》。他把创作的聚焦点确定在人身上，并把艺术探索的笔触伸入人的内心世界和深层心理，刻画了一系列鲜明生动并具有一定心理深度的人物形象，揭示和展示了爱情心理的、人性和人生的种种复杂现象，对人的描写，也由以往那种浓重的道德审判变为比较客观、冷静的剖析，变为远距离的俯瞰和理性的审视，这在邹志安的创作中是一个跃进。在《爱情心理探索》中，我们感到作家文思泉涌，左右逢源，从一定意义上说，邹志安在《爱情心理探索》中并通过《爱情心理探索》找到了适合他的艺术思维方式和艺术表现方法。在80年代文坛，虽然写爱情心理的作品不少，但像邹志安这样以洋洋近百万言的系列长篇来如此集中、如此广泛地描写社会各阶层人的爱情心理，并通过爱情心理把艺术触角伸向人性、人生和现实生活的各个层面和各个方面，并且写得如此鲜活生动和具有强烈的可读性，还是不多见的。

王晓新是一位个性鲜明、视野广阔、思想敏锐的作家。路遥生前曾对笔者说，陕西作家中他最佩服的是王晓新。王晓新1947年生于三原县农村，1966年毕业于高陵师范，被分配至周至县一所乡村小学教书，1972年调入周至县文化馆，20世纪80年代初调入陕西作协。他的短篇小说《领夯的人》（《延河》1978年第9期），是较早揭发批判极左路线危害的作品。小说主题尖锐，人物独特生动，充满生活气息，洋溢着新思想的激情。短篇小说《诗圣阁大头》（《延河》1980年第12期）写一个普通农民在"四人帮"横行时学"小靳庄"，成天到处作诗，以卖嘴为生，先是红极一时，后来从身体到精神，完全被摧毁。这篇小说，人物性格鲜明生动，心理描写深刻，在写实中自然显出幽默和讽刺的艺术效果，在当时是相当优秀的，曾获《延河》1980年10月—1981年9月短篇小说优秀小说奖。1982年，王晓新出版了小说集《诗圣阁大头》，收入短篇小说19篇，杜鹏程为之作序。

1989年，王晓新的长篇小说《地火》由解放军文艺出版社出版。这部小说采用第一人称，无比坦率大胆的作者在卷首写道："谨将此书献给我的情人以及我古老的家乡土地上的父老乡亲。"该作实录了改革大潮对北方（关中）一个小镇的无情荡涤，围绕小镇政权的更迭变化、主要人物的婚恋纠葛，表现现代民主意识与封建专制思想的激烈冲突，一个沉匿的幽灵复出，一个经济强人悬梁自尽，一个哑巴陷入男女私情纠葛，一双勤劳之手被铁铐锁咬，一个寡妇竟成了女妖。小说题旨恢宏深邃，叙事中富含激情和思辨色彩。这部作品的问世过程，亦是文坛一段佳话。它差一点登在《当代》杂志上，由于编辑的挚爱，他们主动向外推荐，几经流转，最终由解放军文艺出版社出版，成为那个时期该社唯一出版的非军事题材作品。该作出版后，在北京召开了研讨会。召开研讨会并不是作者的意愿和请求，完全是出版社和一些有良知的作家和评论家促成。王晓新在这件事上表现出一个有大追求的作家的气度，当时他回到曾经工作多年的周至县，平日四处奔走，居无定所，北京那边研讨会的筹备情况从不过问，也没有心思搞宣传，研讨会组织者掌握不了他的行踪，险些耽误了他的参会。这部小说，王晓新原来准备写百万字三部曲，朱寨先生曾鼓励他一定要写完，希望在以后的茅盾文学奖评奖中见到它。不知何故，王晓新没有写第二部。20世纪80年代后期，王晓新突然放下陕西作协的工作和住房，"浪迹天涯"（王晓新语）。在浪迹天涯途中，他写了不少作品，有的作品听起来令人惊奇而神往，可惜都没有问世，令人唏嘘。

王晓新的卓越才情还表现在他的气质和风度上。和其他优秀的知识分子一样，他有独立之精神、自由之思想，总是卓异于人，不同流俗，常常语惊四座。有一次召开座谈会，不少人顺大流唱赞歌，他却说现在应该开展一个捉虫子运动，蛀虫太多，吃空了社会的各根柱子，蛀虫代换了木头，共和国的大厦被掏空了，但是你要把他们捉完也不行，因为正是这些蛀虫支撑着大厦，虫除而大厦倾。尖锐的揭露、机智的反讽，引起一片笑声和热烈的掌声。王晓新是那种长期深入社会底层，视野又极为广阔，富有政治情结，关注社会问题，有思想，有勇气，敢于向沉闷、封闭的文坛发起挑战的作家。密切关注社会现实，对中国长期以来政治体制的思索，对封建专制的切齿痛恨，对官本位的沉重思考，对民主、法治、进步、文明社会的呼唤，构成了王晓新作品精神的主要指向。

程海是一位艺术风格极为鲜明的作家。小说艺术的一极通向历史，这类小说注重写历史的变迁、社会的风貌，人物形象富于时代特征，创作方法大多是现实主义；另一极通向诗，这类小说个人、个性色彩极浓，虽然也写社会生活，但往往主观化、心灵化，注重写人生、人性、人情，创作方法倾向浪漫主义。程海本质上是位诗人——曾经是陕西文坛一位重要的诗人，他的小说属于"通向诗"的一类。程海写小说是全身心地投入，投入得那么深，那么执着，那么痴迷，他的小说因而也深挚感人。与其说程海是写小说，毋宁说是对人生的一种艺术化追求。读程海的小说，总感觉程海走到人生的某一个点上，大约是到了现代都市，眼望被混凝土建筑切割的世界，他固执地止步不前，深情地回望童年、乡村、大自然，现实与梦幻、传说与神话、往事与随想交织成一幅美丽的图画，他如痴如醉。他一往情深地追求真、善、美，不是一般的真、善、美，而是全真、至善、极美。他为追求不得而痛苦，为真、善、美的损毁、失落而痛苦。程海小说里有浪漫，但绝不单纯，它很丰富，丰富得如同人的心灵和生活本身，这使程海小说有了厚度和力度。程海这一类小说基本上收在他的中短篇小说集《我的夏娃》（1990）中。1993年，程海出版了长篇小说《热爱命运》，这部小说被列为"陕军东征"五部作品之一。此后又出版了长篇小说《苦难祈祷》（1996）、《人格粉碎》（2000），在题材、思想和艺术上均有新的拓展。

叶广芩以写清朝末年皇家贵族后裔的命运和生活为特色，但她的写贵族与西方一些作家那种为贵族的没落唱挽歌不同，叶广芩的作品更多的是张扬中华民族传统的精神，特别是文人士大夫的风骨与神韵，并以之来与当下世俗社会进行精神上的对抗，其间对现实也有某种程度的批判意味。她的代表作长篇小说《采桑子》（1999）写一个家族的历史，清亡以后，大宅门里的满人四散，金家十四个兄妹及亲友各奔西东：长子反叛皇族当了军统，长女为票戏而痴迷，次子因萧墙之祸自尽，次女追求自由婚姻被逐出家门，还有金家五格格的夫婿金朝金世宗的第二十九代孙完颜占泰以酒为生……一个世家的衰落，一群子弟的遭际，形象地展示了近百年间中国历史的风云、社会生活的变迁及传统文化的嬗变。当年的天潢贵胄在时代的暴风雨中风流云散。小说写没落而不颓丧，叹沧桑终能释怀，感伤的同时更有历史的审视意识，同情的同时亦有批判的深度，叹往却不忘今天的历史尺度和高度，其作有一种深沉的历史感。

高建群是一个有实力的作家。他的长篇小说《最后一个匈奴》（1993）有一定影响。从艺术上看，《最后一个匈奴》似乎更接近"历史传奇"小说，这种历史传奇小说就是高氏所喜欢的英国作家司各特首创。司各特的小说从历史中取材，他善于描写历史上的社会矛盾和民族矛盾，往往把一些个人的遭遇同巨大的历史变革结合在一起。他的作品从民间文学中吸取养分，富有地域特点和民族色彩，规模宏大，情节离奇曲折。司各特小说的这些特点我们都可以在高氏那里看到。因此笔者认为，高氏的小说既非严格的现实主义，也非标准的浪漫主义，而更接近于历史传奇，这是有一定的写实又很注重浪漫想象、渗入较多理想的小说品类。此外，高建群还发表了不少的中篇小说和短篇小说，还写散文、随笔、诗和评论。他的几部中篇，如《遥远的白房子》（1987）等，表现不俗，可称佳作，透露出一种大气。他在《北京文学》1997年第5期上发表的一篇文章，题目叫《诺贝尔文学奖距离我们还有多远》，高屋建瓴，视野宏阔，议论精辟，分析深入，且写得酣畅淋漓，情绪饱满。这是一篇散文，也可以说是一篇评论，精彩的文笔加独到的不同凡俗的见解，确实令一些评论家也自叹弗如。

冯积岐是一个有着丰富人生阅历的作家，其作品有较强的苦难意识。冯积岐虽也属于城籍农裔作家，但他是以现代城市意识审视农村的一个作家，他对农村生活进行现代意识观照下的艺术尝试，作品超出了农村题材的意义。他的小说大致分两类，一类以《我的农民父亲和母亲》（1994）为代表，写实性较强，一类以《曾经失明过的唢呐王三》（1997）为代表，属理念性较强的现代寓言类或观念表现类小说。冯积岐的长篇小说《村子》（2007）是描写农村生活的一部力作。《村子》有一种震撼人的艺术打动力量。村子是中国农村最小也是最基本的社会单元，解剖一个村子，可以深入透视中国农村的现状和命运走向。小说中的村子名为松陵村，位于秦地关中西部，是一个有着古老历史的村子。作者写这部长篇时，显然有着清醒的史记意识。写实手法，按编年依时序的方式结构情节，清新流畅的叙述中，间以关中方言来突出小说的地域特性。这些艺术上的追求都突现了作品史记的特点。作者特别重视时序，小说一开始，就标明时间为1979年，小说最后，又注明此时为1999年，中间若干节，也不时标明年份，提示时间进程。小说所写时间跨度为二十年。这二十年，正是中国社会改革开放重要的二十年，变化可谓翻天覆地。《村子》基本上写的是当时的农村现实生活，它以一个村子、三个宗族、六个家庭为切入点，深入地揭示人民公社解体前后中国农村社会关系的调整，因生产方式的变革和生活方式的变化而出现的新的社会问题和矛盾，各色人等在这个巨变中政治和经济利益的矛盾，农民心理上、观念上、道德上的困惑和冲突。《村子》的创作延续了柳青、路遥、陈忠实等陕西作家创作的特点，在对一个时代特别是中国的乡村社会进行真实揭示的同时，也进行深刻的反思。《村子》在揭示人物的心理冲突和文化冲突中，也在思考中国乡村社会的去路和农民的命运前途，寻求农村的文化传统受到各种力量冲击后新的文化支撑之所在。

杨争光的创作代表了陕西新一代作家新的审美观念。陕西的小说创作基本上走现实主义路子，杨争光前期的小说也写实，但他与传统现实主义小说那种作者直接介入小说不同，他主张"作者的隐退"，认为"应该把认识、把握与表现分开"，"理性的认识、把握的意义在于'清晰'，它基本的程序是条理化的分割。这样，和'清晰'并生的就是对具体事物的生命的折损。这却是艺术表现上的大忌讳。从这一角度来说，表现的过程也就是一个还原和恢复生命的过程"。[①]杨争光前期的小说，作者隐藏起来了，而将生活本身客观地呈示出来，这是现代小说的特点。杨争光1989年底调到西安电影制片厂任专业编剧，电影《陕北大嫂》《双旗镇刀客》的编剧就是他。或许受到电影艺术的一些影响，他后来的几个中篇如《棺材铺》《赌徒》，艺术上与他以前的作品比较有些变化，小说不是对生活的还原，而是有所艺术抽象，直奔生活、人生中本质性的问题；叙事中有所夸张，比如《赌徒》中写赌徒赌牌，背景是荒漠，搬的麻将牌是真正的大城砖，这种刻意造成的场景和视觉效果只能是电影画面的艺术处理；小说中的场景、人物与情节都有些传奇色彩，像《赌徒》中荒野、硬汉、浪漫的爱情故事与人物出生入死的经历，颇有西部传奇格调。杨争光的小说

[①] 李星：《求索漫笔》，陕西人民教育出版社，1991年，第311、312页。

注重写人性，回到人的生命本身，社会历史背景是淡化的。《赌徒》写的是人性的执着与痴迷，《棺材铺》写人的自私，损人利己的自私性，《老旦是一棵树》写人性中的仇恨，无缘无故的仇恨。杨争光对人性的挖掘有一定的深度，但他的作品中缺乏一种精神的指向性。他把价值评判悬搁在一边，有一种虚无的色彩。

王观胜、红柯等作家以写西部著称。王观胜主要作品有中短篇小说《北方，我的北方》《匹马西天》《各姿各雅》《放马天山》等。他喜欢写西部硬汉，与红柯相似，也是一个西部理想主义者，其作品往往通过虚构的带有强烈传奇色彩的故事表现他对人的理想、对生命的理想。他理想中的人是浪漫主义的并带有强烈英雄主义气质，他理想中的生命是抛弃世俗生活观念，也弃绝各种带有异化意味文化理念的一种本真的生命状态，一种粗犷的带有原始意味的生命力。王观胜不着意描写人物的时代特色，而侧重挖掘其生命的内在气质，其小说精神指向具有一种高远的品质，这对商业社会异化人格具有某种批判意义。红柯早期是写诗的，他的小说特别是短篇小说有诗意化倾向。他的主要作品有短篇小说《美丽奴羊》《吹牛》，长篇小说《西去的骑手》等。他的小说特别是短篇小说艺术上有两个鲜明特点，一是感觉描写，二是意象营造。感觉是夸张的超现实的，意象独特而具有草原文化特征，如沾满牛粪的靴子之类。红柯作品在回眸西部的阳光草原中，以西部荒原的硬汉精神、阳刚精神、野性和力量作为其文学理想，来反观并批判受儒家文化影响的中原农业文化和农业人群。

爱琴海与寇挥是陕西文学的"另类"，他们的作品重在表现处于绝境中的生命样态和人的灵魂，作品多有变形艺术处理，表现出强烈的现代主义倾向。

三

陕西文学有两个传统。一个是源远流长的秦地古代文学传统，其中特别以司马迁的亦史亦文、"史家之绝唱，无韵之离骚"《史记》对当代陕西文学影响较大。许多陕西作家追求文学的"史诗"品格固然也与他们汲取俄苏等国文学艺术养分有关，但《史记》的影响则是最亲近的也是根性的。除了作品的"史诗"品格，司马迁这位韩城先贤对陕西作家还有一个更深层次的心理影响和暗示，那就是当一个作家，所写作品要追求不朽。另一个是红色延安的革命文学传统，这是最近也是最现实的一个影响，当代陕西文学的一些开创性作家就是从这个传统的源头一路走来的，并为当代陕西文学奠定了基石。这个传统影响陕西作家的，主要是深入生活，贴近现实，以艺术之笔描写普通民众，探求民族前进的光明之路。古代传统与现代传统在某些方面的有机融合，就构成了陕西作家的历史文化背景，并在一定程度上积淀为他们的艺术理想。从新中国成立初期柳青的《创业史》，新时期路遥的《平凡的世界》、陈忠实的《白鹿原》、贾平凹的《秦腔》、杨争光的《从两个蛋开始》、叶广芩的《青木川》、冯积岐的《村子》等作品看，三代作家，尽管他们的思想侧重点不同，艺术透视的焦点也有异，但可以概括出一些共同的艺术特征：农村生活，现实主义，史诗意识，厚重大气。这些作家也有一些共同的特点：一、重视生活体验对创作的重要作用；二、既有现实关怀更有历史眼光；三、目光聚焦于农村，重点研究中国社会的最大群体——农民；四、看重作家思想的力量；五、探寻北方大地的乡土美学；六、重视作家自身人格的修为。

陕西一些作家，像路遥、陈忠实、邹志安、王晓新、赵熙等，都有一种文学圣徒的"殉道"精神，他们视文学为神圣之事业，甘愿为文学"虽九死而犹未悔"。路遥为文学拼命而英年早逝。陈忠实蛰居乡村五十年，忍受清贫，甘于寂寞，认为不弄下一个死后可以垫棺做枕的作品就是白活。邹志安贫病交加，在罹患绝症之时犹写《不悔》以明志。王晓新数十年沉潜民间。赵熙多年居于秦岭深山之中，为的是体验真实的生活，感受大地的脉动，写出接地气、真生活的作品。

时代的变迁带来艺术的嬗变，陕西不同代际的作家各自呈现出不同的艺术风貌。以柳青、王汶石、杜鹏程为代表的上世纪50年代那一批作家，评论家胡采用"从生活到艺术"就概括了他们普遍性的艺术特征。到了80年代，路遥、陈忠实、贾平凹等作家，用传统现实主义已无法概括他们的艺术特色。路遥始终坚持现实主义，陈忠实在坚持现实主义创作方法的同时，也吸收和融入了魔幻、心理分析等艺术表现手法，贾平凹则在写实和表现之间自由游走，具象、意象、象征并用，既有宏大叙事的史诗性的追求，也有感觉性的碎片化的串缀。到了90年代，活跃于文坛的更新一代的作家，则一人一世界，呈现出多元、多姿的艺术样态。如40年代后期出生的王观胜、叶广芩等作家，他们在艺术观念上还比较传统或接近传统，他们的小说还着重于写人物。叶广芩的小说是将倾覆的庙堂与落入坊间的以及归于山林的这三种文化形态糅合在了一起，彰显民族传统的精神，特别是文人士大夫的风骨与神韵，并以之来与当下世俗社会进行精神上的对抗。像50年代出生的冯积岐、杨争光等，就既有传统的一面，也有挣脱传统追求新潮的一面。冯积岐的长篇小说《村子》是改革开放二十年来农村社会和农民生活的实写，而他的短篇小说《曾经失明过的唢呐王三》则具有一种现代寓言性质。《曾经失明过的唢呐王三》写一个民间艺人在目明与目盲、光明与黑暗不同的生命状态中对生命的感受与参悟：人在目明时看到生活的真相让人痛苦不堪，而在目盲时、在幻觉与理想之中反而比在现实中更惬意，更能感到人生的美，表现出存在的悖论。再如60年代出生的红柯、寇挥等则比较先锋，他们的小说注重写意象，有的人物则是现代观念的符号。红柯的许多小说是以意象构成小说，他的小说重视感觉，并把感觉放大。这样的感觉具有一种超现实性，并有一种陌生化的艺术效果。这一代作家有这样的特点：一、这是一个多样化的群体，他们的价值判断是多元化的；二、创作方法也是多样化的，既有现实主义的，也有浪漫主义的和现代主义的。

　　陕西几代散文作家群星灿烂，以文章华彩构建了文学陕西的另一方风景。20世纪五六十年代，从红色延安走出来的李若冰抒写大西北风物、人情与生产建设的散文，由军旅转业的魏钢焰写纺织工人的报告文学，都极具时代风采，传诵一时。与这些热情歌颂类的散文迥然不同的，是20世纪80年代一批散文家的散文，这些散文更为贴近作家的主体人格。贾平凹是这一代散文家中的一个佼佼者，他的散文无拘无束，随物赋形，自然灵动，语言也独具魅力，有触处生春之妙。李天芳的散文善从细处入手，以小见大，既有生命体验的深度，也有一般女性作家所不及的理性魅力。和谷的故乡抒怀，真挚质朴。毛锜的文史杂谈，博雅持正。刘成章则是陕北这块黄土地上的行吟诗人，边走边唱，忧郁而抒情。李佩芝是将生命的痛苦藏在背后，面向阳光，一意寻求生命的欢快，其作轻灵。在这一代散文家中，匡燮可能是一个兼具传统与现代特点并在其中寻求新变的作家。他的散文在思想上属于他们那个时代，而在形式上则又有新的拓展，他的无标题散文可能是散文形散神也散理论的一个重要例证。需要强调的是，艺术形式虽有不同，但真正的作家却不会受体裁形式的束缚，他们往往能跨越体裁设定的樊篱，自由出入不同体裁园地并挥洒自如。路遥是一位优秀的小说家，同时也是一位优秀散文家，他的《早晨从中午开始》是关于《平凡的世界》的创作札记，同时也是80年代陕西重要的散文收获之一。在这部长达六七万字的创作随笔中，路遥对当时社会的感知，对当时社会思潮与艺术思潮的剖析，都达到了一个现实主义作家可能达到的高度与深度。而路遥对自己艺术生命的思考，那种艺术殉道者的冷静与悲壮，都给这部沉思与激情之作倾注了一种别有生气的力量，使之神完气足，酣畅淋漓。

活跃于20世纪80年代后期及90年代以来的散文作家，基本上是知识分子型作家，这一批作家面对的不仅是一个多元化的世界，也是一个全球化的世界。他们思想敏锐，视野广阔，重视个性，也关怀人类终极的问题。他们心灵自由，话语也充分自由，敢于充分展示真性情。朱鸿的散文由生命咏叹到历史追问，不断开拓散文视域和精神境界，艺术世界比较宽广。李汉荣的散文有生命体验的深度，角度新，开掘深，充满诗意。方英文和穆涛都有谐谑的一面，都幽默而智慧，但方英文有平民情怀，亦有魏晋风度，讽而温婉，而穆涛则不乏精英意识，嬉笑的背后却有其冷峻乃至尖锐的一面。柏峰的散文有着浓郁的书卷气，渊博而透彻。陈长吟的散文题材广阔，意境、文字俱美。刘炜评的散文典雅而有意味。孔明的散文题材广泛，颇见性情。

80年代的陕西诗歌，老中青三代诗人中都涌现出在全国有影响的人物，在现实主义、浪漫主义、现代主义和新古典几个流向上，都有较突出的诗人代表和诗作，形成了多元共生互竞的创作态势。老一辈诗人中的沙陵，创作横贯几个时代而艺术品质持续上升，可说是终生为诗而向晚愈明。中年一代诗人，如闻频、晓雷、谷溪、马林帆、刁永泉、王德芳、渭水、商子秦等，大体以现实主义的创作理念为旨归，以其坚实、大气、贴近现实和富有黄土地生活气息的抒情诗风，在80年代形成一方重镇，影响甚大。青年诗人中，朱文杰、耿翔、刘亚丽、尚飞鹏、李汉荣、秦巴子、沈奇、阎安、远村等一大批人，各自的价值取向和艺术追求不同，因而个性鲜明，风格各异，构成了90年代斑斓多彩的陕西诗歌风貌。

原载《延河》2021年第10期

（本文系与阮洁合作）

现实主义：从柳青到路遥和陈忠实

柳青是当代现实主义文学的代表性作家，对当代文学特别是对陕西文学的影响巨大，路遥称之为"文学教父"，陈忠实称之为老师。他们都坚持现实主义创作方法进行小说创作，成就卓著，两代三人的创作具有现实主义的"内在的延续性"。他们是当代文学不同时期现实主义的代表作家，而在现实主义层面上，由于身处不同阶段，又形成"同中有异"的艺术格局。在现实主义的山系中，三人各自独立成峰。柳青的代表作《创业史》是十七年社会主义现实主义发展道路上新的标志。路遥的代表作《人生》《平凡的世界》是80年代前期现实主义走向广阔的标志，陈忠实的代表作《白鹿原》是八九十年代之交现实主义深化的标志。

柳青，路遥，陈忠实，他们的现实主义创作有一些共同的特点：

柳青，路遥，陈忠实，都有自己的现实关切，关心社会的变革和发展，关注时代的重大问题，用作品来表达作家对时代的认识、发现和思考。一个时代有一个时代的"时代问题"，这些问题可能是多方面的，但总是有一些重大的和基本的问题，而且，这些问题，有显在的，更多的是潜在的，是需要人包括作家去发现、认识和把握的。这就是说，时代有时代的问题，而一个作家因自身独特的人生经历、生命体验和文化视野，又有他自己感受和发现的独特"问题"亦即"我的问题"。在文学创作中，"时代问题"往往是通过"我的问题"得以表现，并从"潜在"成为"显在"，进而成为全社会的"认识"和"发现"。在这里，

"我的问题"是不是切中了重大和基本的"时代问题","我的问题"与"时代的问题"又在多大程度上有重叠,这既取决于一个作家的精神境界、文化视野和历史意识,也取决于一个作家在自己的时代有多少"切肤之痛",他的"痛点"或者说"痛感神经"涉及社会、波及时代的哪些方面,他的"痛感"有多深刻。总体来看,柳青、路遥、陈忠实,都有属于他们各自的"问题"发现,这些"问题"也都切中了他们所处时代某些重大和基本的"问题"。柳青的"问题"是"新制度"的建立和中国农民如何改变思想、如何"发家""创业"的问题,这和新中国成立之初社会转型时期新政权要建立"全新的社会"、培养"全新的人"这一时代要求合拍。路遥的"问题"是"人生问题""农民进城问题",这些问题切中50年代至80年代城乡差别、城乡二元对立结构的社会问题以及社会需要"改革开放"这样的重大问题。陈忠实的"问题"是"民族文化心理结构"即"民族秘史"问题以及这种"民族文化心理结构"如何被冲击进而发生多向度嬗变的问题,这与80年代的"孔子"及以孔子为代表的儒家"塑造"了"中华民族性格和文化——心理结构"(李泽厚)说、五四以来"文化断裂"说以及"文化寻根"等思想和思潮高度合拍,探寻中国人、中华民族从何处来、向何处去这样的重大问题。由于他们的创作能紧扣时代的重大问题,所以,他们的作品也就具有了鲜明的时代性和历史性。

柳青、路遥、陈忠实的创作,既有时代性,也有历史性。将三个人的代表作所涉题材的历史时间连起来看,恰好是一部文学的近现代到当代的历史画卷。他们的共同特点是,写的都是历史转型期。从日常生活写人与历史的关系,人在历史洪流中的选择与表现,激烈的历史剧变。《白鹿原》写传统中国宗法社会下的乡村。从清末到民国再到新中国成立之初,这是两千多年封建社会没落和崩溃的过程,是从传统中国走向现代中国的历史转型期。《创业史》,从《白鹿原》终止的地方写起,写新中国成立,也是历史转型期,是新制度的建立、新生活的开始。如按柳青原来的设想，《创业史》全部写完，其叙事的历史终点，应该也就是《平凡的世界》叙事的历史起点。《平凡的世界》写1975年至1985年，从"文革"后期写到改革开放初期，也是历史转型期。历史转型期，时移世变，人也在变，富有深厚的生活内涵和艺术意味。

柳青，路遥，陈忠实，他们都受到"史诗"这种文学观的影响。这个影响，既有来自苏联文学的，也有来自中国传统文学的，如鲁迅称之为"史家之绝唱，无韵之《离骚》"的司马迁的《史记》。在他们的文学观念中，不写纯粹个人的、小格局的东西，要写就写"大作品"。路遥将柳青称为"严肃的现实主义作家"，认为柳青的创作启示我们"仅仅满足于自己所认识的那个生活小圈子，或者干脆躲进自己的内心世界去搞创作，是不会有什么出息的"。

柳青深入生活的创作经验，认为"生活在自己要表现的人物的环境中，对从事文学的人是最佳选择"的观念，路遥、陈忠实也深以为是，身体力行。

路遥和陈忠实，是柳青广义上的文学学生。他们学习柳青，更要走出柳青"影响的阴影"，认清自己，寻找自己，回到自己，完成自己。1984年，陈忠实参加中国作协在河北涿县（今涿州市）召开的"全国农村题材创作座谈会"，会上关于现实主义和现代派的讨论和争论对他极有启示意义，他认识到现实主义创作方法可以坚持，但现实主义必须丰富和更新，要寻找到包容量更大也更鲜活的现实主义。这之后，陈忠实开始自觉地反思自己的现实主义写作历程。他想到了柳青和王汶石。这两位陕西作家，既是他的文学前辈，也是当年写农村题材获得全国声誉而且影响甚大的两位作家，陈忠实视二人为自己创作上的老师。但是到了1984年，当他自觉地回顾、检讨以往写作的时候，首先想到的就是必须摆脱柳青和王汶石的影响。但他又接着说，"但有一点我还舍弃不了，这就是柳青以'人物角度'去写作人物的方法"[1]。

---

[1] 陈忠实：《寻找属于自己的句子——〈白鹿原〉创作手记》，上海文艺出版社，2009年，第44页。

在现实主义的道路上，从柳青到路遥和陈忠实，他们三位作家既有一脉相承的关注现实、把握时代重大问题的精神，也有各自独立的艺术发现，这就形成了他们三人现实主义"同中有异"的艺术格局，在现实主义的山系中，他们各自独立成峰。

柳青的创作是宏大叙事。在建设"全新的社会"、培养"全新的人"的政治和文化的时代要求中，他的《创业史》，力图按照党和毛泽东的指示，认识、把握社会和生活。柳青说，《创业史》的主题是"要歌颂这个制度下的新生活"，"就是写这个制度的诞生的"。《创业史》塑造社会主义新人和英雄人物的艺术经验，丰富和强化了革命美学的审美特征。而现实主义的创作方法，又使作家必须面对真实的生活和现实中的各色人物。柳青在按照"理想""塑造""新人"的同时，也在相当程度上反映了那个时代。

柳青写人时，考虑到政治以及当时党和国家的"路线、方针、政策"，他的焦点对准的是集体，在制度、集体与人物特别是个人的关系中，柳青的重心是前者。到了路遥这里，在人物特别是个人与集体、社会的关系中，侧重点就转到了写集体中的个人，而且，人与集体有了冲突，甚至是巨大的冲突。在柳青那里，每一个人似乎都是"国家"和"历史"进程中的一个重要环节，而在路遥这里，个人更多的只是个人，他的所作所为，更多的是"看不到国家在场的""个人的""道德的事件"。

路遥的《人生》《平凡的世界》，开掘、发展了《创业史》中的人生主题。路遥小说的主题是"人生问题"。农村有文化的青年，他们个人的"人生问题"如何解决，该走怎样的路，是继续守望农村还是走出农村，走出农村如何走，走向哪里，在走出的过程中如何面对和解决个人奋斗与道德以及社会习惯的冲突等问题。

路遥的小说，重在写个人的理想，写个人在时代和生活中的受难与追寻。《创业史》中徐改霞这个人物，成了路遥小说中的主角，变成了高加林和孙少平。《人生》，有时代的切肤之痛。城乡差别，城乡二元对立的结构，在新中国成立以后很多年，壁垒森严。农民"进城"，成了政治问题。创作上，写农民"进城"，按现在的说法，就可能有"导向"问题。陈忠实早年的许多小说，包括80年代初写的中篇《初夏》，都在批评或批判青年人想进城的"错误观念"。《人生》中高加林"走后门"进城，抛弃刘巧珍，受到强烈的道德谴责。路遥也想为"进城"的"人生"寻求一个合理又合乎道德的解决方案，他把高加林一分为二，变为《平凡的世界》的兄弟俩，老大孙少安守望家园，老二孙少平走出土地。《平凡的世界》是对《人生》的展开，它试图回答当时对《人生》亦即农民进城提出的许多社会和道德问题，给当时无法解决的问题一个解答。

路遥也许并没有清醒地认识到，他写的高加林、孙少平，他们高中毕业，有了一定的文化，他们的思想已经被有限度地启蒙，他们想进城，努力进城，既是自然人性的真实流露——对自由的渴望，也是对城市生活所代表的现代文明的向往和追求。路遥的创作，有时代的前瞻性和预见性。现在，城乡二元对立已经被打破，农民进城，已经是正常的人生选择。

陈忠实的《白鹿原》是"文化心理"现实主义，是"寻根文学"的丰硕成果。"寻根文学"，是探寻"五四"新文化运动以来似乎"断裂"了的民族文化之根。新时期文学特别是80年代文学，新潮一波接一波，伤痕、反思、改革、现代派，等等，在主题思想上，实际上是探讨中国何以如此，中华民族应该怎么办。《白鹿原》是从民族的文化心理切入，探寻中华民族从哪里来，到哪里去。

《白鹿原》的艺术聚焦，是从家族关系入手，从人与文化角度切入，触及农村社会的生产方式、经济活动、教育理念与方法以及政治关系等关乎人的生存的各个方面，深刻透视传统中国宗法社会数千年传承下来的人的生活方式、生存态度和生存之道，展现传统的宗法社会和乡规民约在时代暴风雨的击打中所发生的深刻嬗变——家族的嬗变、人性的嬗变、人心的嬗变，并从这嬗变中，透示社会演变的轨迹和历史深层的文化脉动。

《白鹿原》重在展现农村两代人——父与子结构（《创业史》中的主要

人物梁三老汉与梁生宝也是父子结构）——在时代巨变面前精神与人格的守与变。其主要人物大致分属父与子两代人，父辈人物总体上沿袭着传统的人生观念和生活方式，子一辈多叛逆，他们在趋时和向新的历史风潮中，在个人的命运转换中逐步完成了自己的人格形象。父一代是"守"或"守"中有"变"的农民，白嘉轩、鹿三等人是"守"，鹿子霖是"守"中有"变"；子一代是"变"——或反叛，或革命，如鹿兆鹏、鹿兆海、白灵、黑娃、白孝文等，或者在"变"中又趋于"守"，如黑娃。一"守"一"变"，"守"中有"变"和"变"中趋"守"，生动而准确地反映了清末以至民国再至新中国成立这一历史时期的生活巨变和人心嬗变。

从思想文化上看，现代历史以来的四大思想：保守主义、马克思主义、三民主义和自由主义，《白鹿原》中的人物可分别对应于前三种。《白鹿原》缺乏自由主义思想的人物。自由主义的思想和文化，是陈忠实文化视野的盲区之一，也是陕西这块土地近现代以来特别缺少的思想和文化。

人物命运特别是命运结局往往体现主题思想，《白鹿原》通过人物命运形象地写出了传统中国或乡土中国的解体。传统社会是"耕读传家"："耕"解决的是生存问题，是人与赖以为生的土地的关系；"读"是读"圣贤书"，解决的是思想和精神的问题，是人之所以为人的问题，是子孙万代精神承续的问题。《白鹿原》以新旧两代人生动的画卷，艺术地展现了以"耕读传家"为命脉的农业社会、农耕文明在新时代暴风雨冲击中的崩塌过程和深刻嬗变，为读者提供了多向度思考的文本。

从柳青到路遥和陈忠实，他们的现实主义创作经验，在今天对我们的创作仍有深刻的启示意义。

原载《文学自由谈》2022年第2期

（本文系2018年6月19日在中国社会科学院文学研究所的发言）

革命作家与自由作家

——在纪念杜鹏程、王汶石、魏钢焰百年诞辰座谈会上的发言

一、杜鹏程、王汶石、魏钢焰三位作家,是陕西也是中国当代文学十七年(1949—1966)的代表性作家,他们是开创性的一代。

古代作家,是士与文人。现代作家,讲个性,或者是自由主义的,他们是自由作家。

杜鹏程、王汶石、魏钢焰这一代作家,有着他们鲜明的时代特点:他们都是"三八式"干部(抗日战争时期加入革命队伍,参加工作),都是从革命战火中走来的,是战士诗人,是党员作家。这样的作家,都是在毛泽东《在延安文艺座谈会上的讲话》精神指引下创作的作家,写工农兵,为工农兵服务,注重文学的党性原则。

二、三位作家写的是工、农、兵。

杜鹏程的《保卫延安》,被冯雪峰誉为"史诗式的长篇佳作",是新中国第一部写战争题材的长篇小说。《在和平的日子里》写转业为铁道兵的战士。杜的两部代表作是战争与和平题材。杜主要写的是兵——中国人民解放军的战斗生活。

王汶石的文学成就主要是短篇小说,代表作是短篇小说集《风雪之夜》,还有小长篇《黑凤》。王汶石的短篇小说在艺术上很有特点,被周扬誉为"中国的契诃夫"。他写的是农村题材,农村、农民的生活。

魏钢焰主要写散文、诗和报告文学，代表作是报告文学《红桃是怎么开的——记党的忠实女儿赵梦桃》，还有《忆铁人》（《人民文学》1977年第6期）等。魏钢焰写的是工人，工厂、工业题材。

三、从文学史来看，他们在艺术上的共同特点是：写的是新生活（新题材），塑造的是新人物（社会主义新人或共产主义的英雄人物），表现的是新观念（共产主义），体现出一种新美学：昂扬的调子，亮丽的色彩，崇高的英雄主义基调，优美的生活颂歌。

从陕西文学的角度来看，他们是第一代作家。

陕西文学的第二代以路遥、陈忠实、贾平凹为代表。他们曾经是第一代作家的学生和模仿者，但是毕竟从十七年也从"文革"中走了过来，欣逢思想解放、改革开放的新时期，他们从学习和模仿的狂喜中渐渐沉静了下来，开始沉思——不是反思。

他们还没有达到反思的高度。反思需要哲学的或纯粹理性的思辨能力，他们这一代作家普遍缺乏哲学的学习和理性思辨能力的锻炼和培养。

能够代表或标志第二代作家的作品：

路遥《人生》《平凡的世界》：乡村与城市二元社会结构的尖锐冲突，农村有文化有志青年的人生出路问题。

陈忠实《白鹿原》：两千多年封建帝制时代结束，落后腐朽的传统文化缓缓消亡，以革命为标志的新时代大踏步走来，以西方民主与科学和以俄国——苏联阶级与斗争为代表的杂混的新文化渐渐兴起。

贾平凹《废都》：中国从改革开放的理想主义转为"左"的思潮回归，实用主义、享乐主义盛行，知识分子和文化人看不到出路，世纪末情绪的表现——精神上迷惘，身体上沉沦。

陕西文学的第三代，应该是清醒的一代、反思的一代，也是开创新的文学格局的一代。他们应该是自由作家，是新文学的创造者。

毕竟，旧的时代结束了。新的时代应该从他们开始。

但是，如果没有足以代表或标志第三代的作品出现，这一代就并不存在。

一代作家的出现，是以作品作为标志、代表的，也是以作品来体现的。没有作品，光有数量上的人的出现，在文学史上，是没有什么意义的。

我们期待着，能够标志或代表第三代作家的作品出现。

2021年9月28日

柳青一生的四个阶段

关于柳青，我在中学时代读过他的《创业史》第一部，那时应该在"文革"后期。我是陕西省长安县（今长安区）人，柳青写《创业史》时，就住在长安，小说中写的也是长安的人和生活，所以，读起来有一种特别的亲切感。后来，因为赶一些临时任务，也写过零星的关于柳青的小文。写这样的文章，是先有一个框框和概念，再找材料填充之。这样的所谓文章，自然片面得很，写了也不自信，心虚。编过一些书，也选过柳青的作品，但多是凭着某种人云亦云的评价印象按图索骥，很少是自己认真研究后的选择。前年，有人张罗着要拍柳青的纪录片，要我就柳青谈些意见，我觉得不好谈，因为我对柳青了解不多。柳青的著作和研究柳青的著作，我有不少，也看过一些，但不能说对他有深入的了解，更不敢说有全面的研究。

但是，柳青确实是我相当重视的一个作家。我有藏书的癖好——藏是为了择日阅读或研究，柳青一直是我重点收藏的对象，凡是与柳青有关的书——柳青的或研究柳青的，我见了都买，没有见过但是知道了的也会想方设法去买，买不到的就借来复印。柳青同一著作的不同版本，也是每见必买，每闻必下功夫找着买。二十多年下来，关于柳青的藏书比较而言还算丰富。二十多年来，也断断续续地记了一些阅读柳青其人与其文的笔记，整理过一些资料。2013年冬天，我开始系统地阅读和研究柳青。先是想写一部《柳青传》，后来觉得如果写传记的话，就要把柳青一生每个重要的阶段都写得很饱满，全书不能忽紧忽松，而从我掌握的柳青资料来看，有些地方无法充分展开，比如"文革"时期。也有人建议，写一部"评传"，在"评"中表现这个时代对柳青的一个认识。我觉得，离柳青所处的时代太近，固然有许多切近的感受和看法，能"评"固然好，但"身在此山中"，很难从"远近高低"各个角度观察，特别是，时代总有它的禁忌，还是有许多不可说的。我常常觉得，史料——真实而尽可能详尽的史料有时可能是最好的，事实就摆在那里，它把一切都说明了，"评"反而是画蛇添足。四时行焉，百物生焉，天何言哉？最后决定编一部年谱。

编年谱，对于我来说，主要是为了全面地深入地了解柳青。从方法论意义上说，我有一个体会，在文学研究特别是对一个作家的研究中，只凭有限的资料，是很难全面、准确地把握一个作家的。根据有限的资料或部分资料，谈一些观点，管窥蠡测，难免片面。有一句话叫"窥一斑而知全豹"，这种"知"，基本上是猜测和想象，很难准确。而你如果知道了"全豹"，再来看这"一斑"，就有可能对这"一斑"有特别深入的理解，也才能知道这"一斑"在"全豹"身上的地位和意义。

近两年来，我不断地梳理柳青的资料，企图把柳青的每一天都还原出来，随着时间的推移，柳青的形象在我的脑海中逐渐清晰起来。看着柳青一生的足迹，我以为，可以把他这一生分为四个阶段。

第一个阶段，从1916年至1938年5月，也就是柳青从出生到二十二岁。这个阶段，是柳青从童年、少年到青年的阶段，他从一个孩子长大成人。这一个阶段，他的人生履历主要是求学，可注意的有三点：一是他从小病弱，落下了肺病的根，使他有了一个多愁多病的身；二是他由学习英文爱上了文学，种下了文学写作的人生信念；三是由少年时期加入中国共产主义青年团到青年时期加入中国共产党，他的思想倾向在现代中国纷繁的思潮中属于左翼。

第二个阶段，从1938年5月到1952年5月，柳青从二十二岁到三十六岁。这个阶段，柳青到延安参加革命工作，到山西抗日前线，到米脂下乡，到大连接管大众书店，再回延安到米脂县了解沙家店粮站有关工作和生活，再到北平（北京），最后回到西安。此一阶段，柳青一方面在中国共产党领导下做着革命工作，另一方面他在革命工作和生活中，主要还是进行文学写作，写了一定数量的报告、散文和短篇小说，写了长篇小说《种谷记》和《铜墙铁壁》，积累了较为深厚的文学创作经验。此一阶段可注意的也有三点：一是他虽然写了一些报告、散文和短篇小说，但他重点还是写长篇小说，从1945年到1951年，在紧张的战争环境和革命工作中，他连续完成了两部长篇小说。可以认为，写短章是他的练笔，写长篇才是他的重心所在。二是他的文学创作与现实生活紧密关联。他写的是正在发生的或刚刚发生的生活，而这样的生活，又是他亲身经历的或是亲临现场采访、体验的。也就是说，在这个时期，柳青已经明晰并形成了自己的创作模式：写与大时代紧密关联的大作品；全身心地投入自己将要描写和表现的生活，面对面地观察，亲身体验、感受；写正在发生和正在发展着的生活。三是形成了要建立一个长期的甚至是终生的生活根据地、一边生活一边创作的想法。依笔者所见和推测，启示柳青有了这个想法的有三：一是他在米脂下乡的经历给了他丰厚的文学回报；二是他在大连住在安适的二层洋楼上畅快写作的亲身感受；三是他1951年出访苏联时参观列夫·托尔斯泰故居，托氏住在乡间庄园边生活边写作的生活方式，对他的触动。

第三个阶段，从1952年5月到1966年12月，柳青从三十六岁到五十岁，这是他在长安的十四年，也是著名的被称为"深入生活、扎根人民"写《创业史》的十四年。这一个阶段，他从北京回到西安，先在西安周边寻找栖身地，最后选定长安县为生活和写作的根据地。此一阶段，柳青有两个闪光点被载入了当代文学史：一是"深入生活"，由此他被看成实践毛泽东《在延安文艺座谈会上的讲话》精神的作家的楷模，二是写成了反映中国农村正在进行的合作化运动的长篇小说《创业史》第一部，第二部写成了部分文字。《创业史》成为"十七年文学"被人津津乐道的"三红一创"（《红岩》《红日》《红旗谱》《创业史》）"保林青山"（《保卫延安》《林海雪原》《青春之歌》《山乡巨变》）之一，是那个时代文学的代表作。

除了以上两个人所共知的闪光点，我认为，柳青在此一阶段还有这么六点值得被注意，或者说需要强调：

一、柳青对生活根据地的精心选择。1952年的柳青，已经是一个成名的新中国的代表性作家，而新中国刚刚成立，去处甚多，以他当时的资格和条件，他可以有多种选择。他之所以选择离开首都北京，回到家乡陕西，又从西安这个比较大的城市来到长安县农村，考虑无疑是长远的。他显然是要寻找一个后半生的安顿之处，以使自己的生活和写作有一个稳妥的所在。非如此不能理解柳青的用心。所以，我们看，柳青先是不仅在西安周边各县精心选择，即使后来选定了长安县，他也是一步三回头，最后才选定落户中宫寺。请注意，是中宫寺。中宫寺在皇甫村边，但不在皇甫村里，它与皇甫村这个农民聚居的村落保持了一个"切近的距离"。在长安县，他先住长安县委大院约半年，再住神禾原畔皇甫村西的常宁宫近两年（常宁宫可不是一个寻常的地方，它是唐太宗李世民为其母窦氏建造的皇家寺庙，常宁宫其名就由此而来。1940年前后，胡宗南驻陕，主持西北军政，并兼黄埔军校七分校主任。七分校在常宁宫东南方向七华里处，胡宗南常来常宁宫游览，深感这里风光秀丽，地势险要，于是在这里为蒋介石建造行宫。蒋介石于1943年至1946年三次来陕就在此居住。蒋介石的二公子蒋纬国与西北纺织实业家石凤祥之女石静宜小姐的婚礼也是在这里举行，而后这里更成为蒋纬国夫妇的度假别墅。新中国成立后，它又是当时陕西省的高干疗养院），最后扎根于常宁宫东、神禾原半坡、皇甫村边的中宫寺。请看这个中宫寺的历史和位置：中宫寺是一座古旧的破寺，约建于清代，地处皇甫村罗家湾，靠着村子北面的神禾原，坐北面南，南面远处是终南山，近处是一马平川的王曲川，视野开阔。皇甫村东边有个元君庙，当地人称东寺，西头有常宁宫，人称西寺，又叫中宫寺。早先，中宫寺香火不断。抗日战争时期，张学良的别动队住在这里。后来蒋介石在王曲修了中央陆军军官学校第七分校。开始，胡宗南当主任，把中宫寺修饰一番，住过半年；之后，第七分校的副主任、张治中的女婿周家斌在这里住过五六年；再后，第七分校的一个姓丘的副主任和顾祝同也在此住了一段时间；最后，由解放军把中宫寺接管下来。柳青通过组织，用西安的一所房子，从西北军手里换下这所寺院，自己花钱把这个破寺略加修葺，便搬了进去。寺内一大一小并排两个庭院，柳青住在靠里边的院子里，有三间正房。里边的院子是柳青的写作之地，外边的院子是柳青的生活之所。这样的地方是一个什么地方？我以为，它是柳青为自己创造的一个生活和创作兼顾的"王国"。

话再扯远一点。其实，自古以来，中国的文人，对自己生活与写作的居处，选择是很讲究的。明代文人屠隆认为最理想的居处和做人的姿态是："楼窥睥睨，窗中隐隐江帆，家在半村半郭；山依精庐，松下时时清梵，人称非僧非俗。"理想的居处环境是"半村半郭"，清静，又不清冷，既有乡村的宁静与清闲，又有城郭的繁华与方便，进退有据；理想的身份是"非僧非俗"，亦僧亦俗，闲适，又不空寂。这种生活方式，可进可退，占尽人间一切便宜。柳青是受党教育和培养的作家，总体上看，他受中国传统文化的影响也不大，他与中国传统文人的格调还是有很大的不同，但一个人特别是一个文人，他在有条件对自己的生活方式进行选择的时候，总会按照一种理想——自觉不自觉的文人理想对自己的生活方式进行选择和安排。柳青在延安时期就在文化机关待过，新中国成立后又是中国作家协会西安分会（陕西省作家协会前身）排名第一的副主席（1954年中国作家协会西安分会成立，马健翎是主席，柳青是排名第一的副主席；1956年柯仲平任中国作协西安分会主席后，马健翎虽然成了排名第一的副主席，但马此后待在工作地戏曲研究院，不再来作协机关；再后，1964年柯仲平病逝，职位空缺，1965年马健翎离世，职位空缺，柳青就成了这个作协机关排名第一的作家）。中国作家协会西安分会刚成立时，柳青还主持着一些工作——看一看这个机关当时的领导构成就能明白柳青不担着一些工作就不成。那时的中国作家协会西安分会没有党组，主席是马健翎，副主席是柳青、郑伯奇（党外人士）和胡采（兼任西安市文化局局长）。但他显然对当什么和手中的权力不以为意，于是千方百计把胡采从西安市文化局局长的位子上调来顶替他主持工作，他脱身了。柳青说过一句话，"文人宜散不宜聚"，这应该是深深的经验之谈。所以，柳青之安居于皇甫村畔的中宫寺，绝对是精心的选择。

二、在长安的十四年，柳青的角色意识非常明确或者说非常单纯：他是一个作家。甚至，他终生都很明确，他是一个作家，他要当一个作家，而不是其他。强调这一点乍一看像是废话，其实不然。因为有人说他到这里"深入生活"是"去作家化"呀，是"与人民群众打成一片"，与人民"同吃同住同劳动"呀，而且诸如此类的说法甚为流行。我以为，这些说法不是误会就是想象，更多的是不看材料不研究柳青本人而在某种观念支配下的超级想象。在长安县在皇甫村，柳青第一不是当官来了，第二不是当农民来了，他就是一个"深入生活"以为创作的作家。1952年9月30日，柳青刚到长安县不久，就写道："我已经下了决心，长期地在下面工作和写作，和尽可能广大的群众与干部保持永久的联系。""我今后作品的数量和质量，将表现我的决心是否被坚持了。""长期地在下面工作和写作""今后作品的数量和质量"云云，就再清楚不过地表明了这一点。柳青对一个中国作家协会西安分会（最初是西北五省区的作家协会）排名第一的副主席的位子看得都不是那么重要，以把主持工作的权力放开撂手为快，更不会把一个长安县委的副书记放在心上。他兼一个长安县委的副书记的职位是为了下去深入生活的便利，所以，一旦深入生活的一些问题得以解决，县委副书记反而成了累赘，他很快就辞去了。柳青只保留一个长安县委委员的名义，那是为了查看文件（按规定，没有相应的职务不能看相应的文件）和到各处深入调研的方便。当时的中共陕西省委在给长安县委书记的信中就很明确地表明了这一点："考虑到柳青同志工作上的便利，决定保留其县委委员名义，必要时参加县委委员会议，听取各项工作的汇报，定期到县委看电报和深入一部分可以到达的区、乡了解情况。"为了写作《创业史》，柳青确实是尽可能地深入广大的群众和干部之中，与他们保持密切的联系，也具体地参与了一些农村合作化运动的实际工作，这样做，是为了"入乎其内"，观察，了解，研究，但他没有忘记还要"出乎其外"，要有一个作家的独立自主和高瞻远瞩，所以，他曾经以一个青年作家的身份深入农村生活，在一个生产队当社员，结果忘了自己的本分，三年以后当成"五好社员"，结果"不仅写不出好作品来，甚至于写不出可以发表的作品来"。这个事例，被大家引以为教训，告诫作家深入生活不能忘记自己的根本。[①]深入生活而当成了官、当成了"五好社员"，这种现象过去和现在并不少见，此为得筌而忘鱼也。

三、柳青在长安特别是在皇甫村的深入生活，还是有他的特点的，这就是，对当时的生活主要是当时的农村合作化运动，他不是一个冷眼旁观者，而是一个积极的热情参与者。他既是一个作家，又身兼长安县和王曲区互助合作运动的领导者和指导者。年谱记有，1952年9月1日，他初到长安县，"在下基层的过渡时期，暂时担任县委副书记，分管互助合作工作"，"1953年3月6日，长安县委指示，王曲地区的互助合作运动由柳青具体指导"。在柳青看来，当时的互助合作运动以及将要展开的全面的合作化运动，是人类历史上一个伟大的"新事物的诞生"，是中国农民几千年来实现发家致富梦想的道路，同时也是改造小农经济思想的最切合实际也最有可能实现的道路，他之作为一个作家的写作，就是为了记录这个伟大的历史实践，所以他将他的作品命名为"创业史"，是"史"，是中国共产党带领中国农民"创业"之"史"，而不是一部什么小格局的其他的

[①] 柳青：《艺术论》，见蒙万夫等编《柳青写作生涯》，百花文艺出版社，1985年，第74页。

文学作品。为了突出说明这部"创业史"在柳青心目中的重要地位，在这里我要特别提及，柳青在新中国成立以后，在完成长篇小说《铜墙铁壁》以后，深感于当时现实中一些老干部思想感情的变化，曾经写了一部反映老干部在新中国成立后在新的形势下思想问题的长篇小说，但是他毅然决然地废掉了这部作品。这部小说他曾构思很久，1953年3月他借住常宁宫的时候，写的就是这部小说。到了1953年年底，这部长篇小说已经写好，但是面对更新的形势，特别是面对翻天覆地的农业合作化运动，柳青决定放弃已经写好的这个长篇，重新调整自己的创作计划，以全部精力来写农业合作化，以全副热情来歌颂"新事物的诞生"。所以，他对这个"新事物的诞生"投入了巨大的热情和精力。他不仅对互助合作运动的展开进行方向和政策上的指导，还下功夫培养农村基层干部，引导群众的思想，帮助群众解决生产和生活上一些具体的问题。从一定程度上说，他把自己所描写的对象与所生活、工作的对象融为了一体。

所以说，柳青在这样的"深入生活"之后，是了解生活的，知道生活的真相的。这一点很重要。

四、他写入《创业史》中的中国农村的合作化运动，在当时，在他下去"深入生活"的时候，是在中国大地上正在开展和即将全面展开的一个轰轰烈烈、波澜壮阔的运动。在现在看来，柳青的创作，没有与其描写的对象拉开必要的距离，他是紧跟时代的脚步近距离地描写生活。在这里，有必要梳理一下合作化运动的发展过程。中国农村的合作化运动，从1949年10月起至1956年，经历了互助组、初级社、高级社三个阶段。其实质是在中国共产党领导下，通过各种互助合作的形式，把以生产资料私有制为基础的个体农业经济，改造为以生产资料公有制为基础的农业合作经济的过程。这一社会变革过程，亦称农业集体化。第一阶段是1949年10月至1953年，以办互助组为主，同时试办初级形式的农业合作社。1954年至1955年上半年，为第二阶段，初级社在全国普遍建立和发展。1955年下半年至1956年年底，为第三阶段，农业合作化运动迅猛发展，全国农村基本上完成了高级合作化。此后，从1957年到1958年，这个运动按照党的最高领导人毛泽东的意愿和它的运动逻辑不断向前发展，1958年10月全国农村又基本上实现了人民公社化。人民公社制度在中国农村一直实行到80年代初期，后被今天的"家庭联产承包责任制"取代。《创业史》第一部写的是互助组阶段，第二部写的是试办初级社。柳青动笔写《创业史》的时间是1954年春。1952年的年底，皇甫乡互助合作运动还处在互助组的最初阶段。1954年的3月10日，柳青所生活的长安县王曲区第一个初级农业生产合作社才宣告成立，这是在《创业史》中梁生宝的原型人物王家斌所在互助组的基础上成立的，也是长安县第一批建立的第十个初级农业生产合作社——胜利农业生产合作社。可以看到，柳青基本上是紧跟生活的脚步写作的，几乎没有时间的沉淀。生活中刚发生了什么甚至有的事情正在发生，他就写什么。这样写的优势是作品有比较鲜活的生活气息和时代特点，但对于一个长篇小说来说，某些"新事物"未经过岁月的沉淀，未经过"折戟沉沙铁未销，自将磨洗认前朝"的锤炼，特别是小说从一开始就定下了歌颂"新事物的诞生"的基调，小说中人物的性格形象特别是"新人"的思想风貌在第一部中也已大体成型，仿佛往后的历史将按照预先的规划和想象运行，套用当时喜欢用的一个概念就是，这种"历史唯心主义"又显得太过冒险。对于历史来说，"新事物的诞生"可能暂时让人感到有其可喜可贺的一面，但是历史的运行有其规律，"新事物"的发展更有其逻辑，它们都是不以人的主观意志为转移的，谁能很清楚地知道后来的生活和"新事物"会发生什么样的变化和意外呢？时移势变，时过境迁，《创业史》在今天所遇到的一些批评，从另一方面也说明了柳青这种紧跟时代脚步的创作态度和方法，既有其不能不承认的意义，也值得反思。

这也涉及柳青《创业史》的整个创作构想后来为什么没有完成或者说为什么写不下去的问题。一般的说法是，因为柳青身体多病和极左政治特别是"文化大革命"干扰的结果。在我看来，这两个原因确实都是重要的原因，但是还有一个重要的原因，这就是形势的发展和变化，具体说就是农村的社会现实和农民的生活现实后来的发展和变化，完全超过了柳青关于这部作品原来的构想包括想象。前面说过，柳青深入生活之后，他是了解生活的，知道生活的真相的。在未深入生活和初步进入生活的时候，互助合作运动最初的宏伟蓝图感染了柳青，各地热火朝天的宣传和鼓动景象也鼓舞了柳青，所以他一心要写这个人类历史上亘古未有的"新事物的诞生"，这个伟大的乌托邦实践。中外历史上，都有许多关于乌托邦的构想和想象，但那多是甚至都是纸上谈兵，陶渊明的《桃花源记》甚至也被人归入乌托邦作品，如今这个真正能解决几千年来中国农民创业发家问题的伟大梦想，终于要通过一个制度的诞生而成真了，柳青作为一个出身于世代农民家庭的作家，怎么能不欢欣鼓舞呢？所以，他毅然废掉了一部已经写成的反映老干部思想变化的当然也是直面现实问题的长篇小说，而决心写一部大作品，写一部中国农民在中国共产党领导下的"创业史"。我们要特别注意柳青在这里所用的一个关键词——"史"，这个词清晰地透现出柳青最初宏大的作品构想以及创作之初的决心和气魄。但是，客观生活的发展有自身的规律，当现实的发展和变化超越了他的构想甚至想象时，当他的主观愿望与他所描写的客观生活发生了矛盾时，他下笔有些迟疑，思想也有些犹豫了。他深入生活而得到的对生活真相的了解，他的虽然不是完全彻底的现实主义而是革命加浪漫的现实主义创作方法，还是在某一时刻，甚至可能在后来的每时每刻，都提醒他要把一味歌颂的高亢调门降下来，最初的单向度的创作思维在与现实发生剧烈碰撞的过程中也开始有了弯度，并产生一些复杂的冷静的思考。

柳青计划写的《创业史》有四部，他要描写的是中国农村社会主义革命过程，前后大致有两个大的内容构想。一个是"文革"前的构想，这个构想大约形成于他创作《创业史》之初至第一部写成；一个是后来的构想，这个构想最早可以考证到1960年的七八月间。第一个构想，见1960年5月中国青年出版社出版的《创业史》第一部的"出版说明"。这个"出版说明"为柳青亲自所拟,其中是这样介绍的:"《创业史》是一部描写中国农村社会主义革命的长篇,着重表现这一革命中社会的、思想的和心理的变化过程。全书分四部。第一部写互助组阶段;第二部写农业生产合作社的巩固和发展阶段;第三部写合作化运动高潮;第四部写全民整风和"大跃进",至农村人民公社建立。"第二个构想,一是见于他与江晓天的一次谈话,二是见于他的一次公开讲话。1960年7月22日至8月13日,柳青参加在北京召开的中国文学艺术工作者第三次代表大会和中国作协第三次理事会(扩大)会议,开会期间,与编辑家和评论家江晓天谈话时,柳青谈到《创业史》四部的创作,他对江晓天说:"第四部大跃进、人民公社就不写了。"[1]1973年的2月27日下午,柳青在一次受邀为业余作者谈创作的会上,他是这样谈他的《创业史》四部内容构想的:"《创业史》简单地说,就是写新旧事物的矛盾。蛤蟆滩过去没有影响的人有影响了,过去有影响的人没有影响了。旧的让位了,新的占领了历史舞台。第一部大家已经看见了。第二部写试办初级社,基本上也快写完了,没有多少了;第三部准备写两个初级社,梁生宝一个,郭振山一个;第四部写两个初级社,合并变成一个社,成了一个大社,而且是一个高级社。"[2]前后两个构想,最大的区别在第四部:原来准备写的"全民整风和大跃进,至农村人民公社建立",变成了"两个初级社,合并变成一个社,成了一个大社,而且是一个高级社","人民公社"没有了或者说被取消了。

从中可以看出,柳青当年对农业合作化运动即互助组、初级社和高级社这三个阶段还是认可的,而对"人民公社"则保留看法了。也就是说,柳青通过他对《创业史》所写内容的构想,透露出他对新中国成立后中国农村社会现实的认可,止于高级社成立,也就是止于1956年。后边的"史",他就不想写了。笔者这样认识柳青,不全是凭以上所引文字的推

---

[1] 江晓天:《也谈柳青和〈创业史〉》,载《文艺理论与批评》1990年第1期。
[2] 柳青:《在陕西省出版局召开的业余作者创作座谈会上的讲话》,见《柳青文集》,陕西人民出版社,1991年,第810页。

测。据李旭东（介绍详后）对笔者所谈，柳青认为从高级社起至人民公社化，运动"左"倾冒进，违背了党最初制定的过渡时期的总路线和计划，包括农业改造在内的三大改造最初的计划，最初的计划是用十五年的时间逐步完成，逐步过渡到社会主义，而在"左"倾方针指导下急躁冒进，贪多图大，农村基层干部在没有得到有力培养和整体素质没有得到充分提高的情况下，农民在没有得到集体化带来的好处而缺乏自觉自愿的情况下，硬性以运动方式在很短的时间内成立高级社和人民公社，对农民、农村社会和农业发展伤害很大，由此带来的许多弊病和问题影响深远。这当然是柳青后来反思的结果。他当初紧跟时代的脚步近距离描写合作化运动时，并没有想得这么远。在今天，柳青紧跟时代脚步近距离描写运动的创作态度和方法是需要以历史的眼光和理性的态度给以充分认识的。

五、《创业史》创作上的一个突出特点，就是柳青深入当时的农村生活和农业合作化运动之中，从生活和运动中直接撷取创作素材。小说特别是现实主义长篇小说，不仅是叙事的，更是写人的。《创业史》所叙之事，以当时农村的合作化运动过程为故事和情节原型，所写之人，大多也都有生活原型。小说主人公，在作品中起着结构性作用和推动情节向前发展作用的人物梁生宝更是有生活原型，这个原型就是柳青在当时一些散文和报告中反复提及的王家斌。王家斌是一个沉稳、实在、肯干也听话的农民，但是不识字，没有文化，当然也谈不上什么政治觉悟。梁生宝这个文学人物，是当时被柳青刻意塑造的一个社会主义"新人"形象，不仅是"新人"，而且是"新英雄人物"。1958年7月1日，《红旗》杂志第3期发表了毛泽东的秘书、《红旗》杂志总编辑陈伯达的一篇文章，题目叫《全新的社会，全新的人》，这是陈伯达在毛泽东于当年二三月间与他的一次谈话的启发下写的一篇文章，是陈伯达按照毛泽东的意思对当时社会和当时的人提出的一个理论概括和理想要求。就是因这篇文章，"人民公社"这个概念第一次在党中央的刊物中亮相。按陈伯达提出的这个时代概念，梁生宝无疑也是这个即将诞生的"全新的社会"中的"全新的人"。

问题是，文学概念中的"社会主义新人""新英雄人物"也罢，社会概念中的"全新的人"也罢，都是一种文学理想和社会理想，是新时代文学家和政治家的一种热切的呼唤和理想的期待，生活中未必真有。柳青是在王家斌这个原型人物的某些基础上按照他的艺术理想重新创造或者说虚构了梁生宝这个人物，这是毫无疑义的，这是小说艺术允许的。一个是生活中实有的人物，一个是艺术虚构的人物，尽管艺术来源于生活，但两者并不是一回事，也不能等同。这是一方面，另一方面是，在许多人包括一些评论家的理解或解释中，由于有原型人物王家斌，所以梁生宝就是根据当时的生活真实塑造出来的，而非完全的艺术虚构，换句话说，梁生宝并非凭空想象的产物。这个看法并非全无道理。但是笔者在这里想特别指出的一点是，柳青这种从生活出发的在某种程度上依原型人物塑造艺术人物的方法，有他的特点。这就是，他并不是像一个画家照着实物进行写生一样是按原物描绘，而是像戏剧导演一样对原型人物进行了相当程度的指导，然后才按这个原型人物进行艺术创造。这种文学上的创作方法若非空前绝后，至少也是比较独特的。我们已经熟知，柳青在皇甫村，并不仅仅是一个作家——尽管他的目的是创作，他还是党对当时的农村工作进行指导的领导。就对王家斌来说，柳青一方面发现他有非同一般的良好基础和素质，另一方面又发现他欠缺许多东西，其中包括思想的、文化的、觉悟的以及政策水平和工作能力等等，因而在长时间内对其进行了艰苦细致的教育和培养，换句话说，对这个原型人物，他是下了大功夫的。我们看到，在这里，柳青一方面按照他的社会理想下功夫培养王家斌，另一方面又按照他的文学理想从原型人物身上汲取他要表现的素材，进行艺术刻画。显然地，仅从生活层面来说，王家斌已经不是生活中那个王家斌了，因为王家斌已经被柳青这个"导演"按一定程式进行了改造，当他再进入柳青《创业史》中成为梁生宝的时候，更成为二度创造。因此，笔者要指出的是，柳青在这里所用的艺术创作方法，不是画家式的照物写生，而是戏剧导演式的按情境要求排演之后的再创造。这样的方法，由于对原型人物进行了二度创造,其距离原来的生活真实,显然是远的。这是不能不指出的。

而在当时,在1963年,年轻的严家炎在《文学评论》第3期上发表《关于梁生宝形象》,就认为"作家在塑造梁生宝形象时,曾经力图运用革命现实主义和革命浪漫主义相结合的艺术方法,把人物写得高大。只要对农村情况稍有了解的人,都会知道,在土改后互助合作事业的初期,实际生活中梁生宝的新人还只是萌芽,而像他这样成熟的尤其少"。在论述柳青如何处理从生活原型到艺术形象时,严家炎认为,艺术形象梁生宝较之王家斌这个生活原型,"有了许多变动和提高,政治上显然成熟和坚定得多",这是因为,作者柳青在塑造梁生宝时,"除了从长安县亲身经历的生活中作这些发掘、加高外,作家还研究和利用了全国各地先后涌现的大量新人新事材料","加以概括提高,突出了一些在后来历史发展中逐渐成长起来的新因素、新品质,从而塑造了梁生宝这个相当理想的正面形象"。严家炎认为作者运用"两结合"的创作方法塑造"理想的正面形象"的"方向不能不说是完全正确的",但是"方法上发生了问题":忽视了人物"农民的气质"这个基础,忽视了人物的个性特征,人物的思想面貌未能通过活生生的行动和尖锐的矛盾冲突来展现。故而,严家炎认为柳青对梁生宝的形象塑造,有"三足三不足":写理念活动多,性格刻画不足(政治上成熟的程度更有点离开人物的实际条件);外围烘托多,放在冲突中表现不足;抒情议论多,客观描绘不足。①严家炎这里所谈,也是一个方法上的问题,角度与笔者不同。

六、此一阶段,引起我特别注意的,还有一点,如前所述,柳青居然在1954年放弃了一部已经写好了的长达二十万字的长篇小说,而把创作的方向调整到写反映农业合作化运动的《创业史》上来。放弃一部已经写好的作品甚至是长篇作品,对一个作家来说,是相当难的,甚至有点匪夷所思。而柳青毅然决然地调整创作方向,也意味深长。据笔者所掌握的资

---

① 严家炎:《关于梁生宝形象》,载《文学评论》1963年第3期。

料,柳青于1953年3月,在他借住皇甫村西的常宁宫的时候,就开始写作这部他构思了很久的反映老干部在新中国成立后在新形势下思想问题的小说,同年年底,小说已经写完,却决定放弃。为什么放弃?柳青1956年3月20日于皇甫村写的《自传》(可能是一份给有关方面的材料,而非真正的《自传》)中是这么说的:1952年5月"我到西安后,在党校住过一个半月,了解整党学习情况,想写老干部的思想","后搬到常宁宫住了二年,写了四十来万字。其中二十万字的关于老干部的思想的小说,撂下不写了"。[1]令人深思的是,在1953年年底,他对自己的写作方向也就是写什么有了一个明确的规划,并进行了一个角度很大的调整,从某种程度的揭露和反思,调整为反映和歌颂。如果不调整,不"撂下"那部已经写好的长篇,而让反映老干部思想问题的小说出笼,柳青将不是现在这个柳青文学形象,至少不完全是。能以二十万字容量的长篇小说反映新形势下"老干部的思想",想来作者绝非一时心血来潮,定是经过较长时间的深思熟虑。后来又突然放弃,确实"突然"。背后有何玄机?是自己对自己的作品感觉不满意,还是此种写作透露出去后得到了高人指点,得到某种信息,抑或自己根据形势有了什么预感?皆不得而知。总之,柳青在这里拐了一个大弯,成为后来的和今天的柳青。假设未放弃这个长篇小说,根据现在透露出来的题材内容,我们似乎可以说,柳青将有一部刘宾雁式的或接近于刘宾雁式的作品。这一类作品那时被人称作"干预生活"的作品。"干预生活"这个概念来自苏联文学。大约就是1953年前后,这种文学思潮进入中国,1954年后更是蓬勃兴起,此后更成就了刘宾雁、王蒙、耿简、李国文以至刘绍棠这样的本来只是对乡土感兴趣的作家。柳青显然有先见之明,于1953年年底就与刘宾雁之流分道扬镳了。这一点不能不让人特别注意。

第四个阶段,从1966年12月至1978年6月22日去世,柳青从五十岁到

---

[1] 蒙万夫等编:《柳青写作生涯》,百花文艺出版社,1985年,第7页。

六十二岁，这一阶段可以称为柳青的晚年。这十二年，是柳青从人间到地狱、由死到生的十二年。他作为一个名作家、"黑权威"经历了"文革"的全过程和"四人帮"的覆灭。1970年从"牛棚"出来以后，柳青开始读书，主要是历史书，包括中外历史特别是中外现代史，在读书中开始深刻反思。应该说，在柳青的晚年，在大起大落的命运折磨中，在"文革"的炼狱中，他的思想得到更大的提升，提升到了一个空前的高度。在这一阶段，他几次试图续写《创业史》，但都因为主客观原因未能真正实施，《创业史》第二部以残稿在艰难中面世，后两部更是付诸东流。尽管《创业史》这部作品未能如愿完成，但他作为一个深入生活的思想者和作家，他的思想达到了他那一代作家可能达到的高度和深度。他与大女儿以及与友人在长夜中的谈话，在自知来日无多的时日里自觉的遗言式的留言，留下了一个时代的代表性作家的深刻反思，这是一份丰富的需要慢慢整理更需要认真研究的文学的与思想的遗产。这份遗产，将使柳青的形象以更为丰满更为立体也更为复杂的姿态出现。复杂未必是贬义，复杂往往是深刻的。柳青并不是一个内涵单一的柳青。

这一个阶段，需要强调的有以下三点：

一、柳青在"文革"中的态度，一是不惹别人，不揭发批判他人，二是坚守自己做人的底线。柳青有个很多人都知道的名言，说他参加"文化大革命"，就像赶集卖鸡蛋的，担了一担子鸡蛋，别人敢碰他，他不敢碰别人。此话生动地表现了他的态度：明哲保身，过关了事，只有别人寻咱的事，咱不寻别人的事。同时，在经受各种批判和迫害中，他也死死坚守自己做人的底线，保持自己能够坚持的人的尊严。有一个流传很广的故事充分说明了这一点，这个故事被作家陈忠实写进了小说：一次被造反派押上批斗台批斗，造反派要他自报家门"反党反人民反社会主义的三反分子柳青"，柳青却报为"正在接受审查的共产党员柳青"，而且在拳打脚踢的暴力威胁下拒不改口。①这个故事实有其事,只是有的叙述是这样的:文艺界一批有名的"牛鬼蛇神"被拉上台批斗,让他们"自报家门",有的报"我是走资本主义道路的当权派某某某",有的报"我是反共老手某某某",有的报"我是黑作家某某某",而柳青报的是"我是受审查的干部柳青"。②

二、读史与反思。在中国共产党的文化队伍中,柳青算是一个有文化、文化相对也比较高的作家。但是他读的书,五十岁以前,多是文学和艺术方面的书,也读过一些理论和历史,但也多是当时流行的或时髦的书,如《联共(布)党史》一类,阅读视野不够开阔,思想深度也不够。"文革"后期,从1970年开始,他开始重点读历史书。五十岁以前也就是1966年以前的柳青,虽然也参加革命斗争二三十年,经历过诸多的艰难困苦,人生之路虽然也不十分平坦,但总体上还是顺风顺水的,是向前的,向上的。这样,他的思想也就无暇他顾,精神也就比较放松,一门心思创作。"文革"几年中,他的灵与肉都在现实的烈火中备受煎熬,他不能不面对残酷的现实,不能不思考许多以前未曾思考的问题。现实是历史的延续,现实中的许多问题往往需要在历史中寻找解答,历史可以照亮现实,也能照亮未来。他说,"去年、前年(指1972年、1971年。引者注)大部分时间都在看历史,家里成了历史研究室了"③。他读中外古代史,重点读现当代史,读二战史、苏联史、共产主义运动史、中共党史,读史论,也读史料。读史之后,他深有感触地说,"我过去太无知,对我们生活的这个世界的历史知识懂得太少","过去一天就是写东西",读了一些史书以后,"对自己的精神上有很大的影响"。④一个敢于创作"创业史"歌颂"新事物的诞生"的人,能在读史之后慨叹自己对"我们生活的这个

---

① 陈忠实:《一个人的生命体验——三秦人物摹写之二》,载《人民文学》2005年第11期。
② 刘可风:《柳青传》,人民文学出版社,2016年,第293—294页。
③ 柳青:《在陕西省出版局召开的业余作者创作座谈会上的讲话》,见《柳青文集》,陕西人民出版社,1991年,第814页。
④ 同上,第806—807页。

世界的历史知识懂得太少",责备自己"太无知",该是何等地沉重!也是何等地清醒!读史之后,柳青必有许多心得体会,必有许多醍醐灌顶和大彻大悟。抚今追昔,鉴往知来,读史的焦点是解读现实,反思现实,思考未来。柳青不愧是一个深入生活的作家,不愧是一个参加革命几十年的老共产党员,他的反思,带有深厚的生活经验和深沉的生命体验,绝非纸上谈兵。他反思世界范围的共产主义运动,反思纳粹的崛起和灭亡,反思斯大林时代和赫鲁晓夫时代,思考"文革",思考民主与法制,思考党的建设,思考人民的权力和权利,思考当代文学包括他的创作,也思考如何改变陕北的土地经营方针以及一些省地的行政区划如何划分更为有利这样一些具体的问题。"文革"几年的读史和反思,使他的思想提升到了一个对他来说空前的高度。可惜的是,这些反思和思考,未能形诸文字,他的绝大多数反思和思考,只是以谈话的形式,以某种意义上可能是遗言的方式,说给了他的大女儿刘可风和当时身边几个信得过的友人。当然,也有未及言说的思考。他在他的晚年,完成了一个真正意义上的"大写的人"。

三、在长夜漫漫、来日无多的情况下,柳青对自己的大女儿刘可风和几个信得过的友人,私下谈了许多关于政治、历史、文化以及自己的创作等方面的真实想法和思考。这些谈话,既是当时的思想交流,更是为了长远,对自己和对历史负责。他是具有历史意识的人,他意识到时间是最无情的,历史是最公正的,而历史是以真实的资料为依据的,一些真相也许会因某种需要被遮蔽、被过滤甚至被涂抹,但真的东西终究不会被埋没。

当他意识到他写不完《创业史》并且来日无多的情况下,他想让女儿刘可风写他的传记,把他的一生尽可能真实、完整地再现出来,特别是把他晚年的一些反思和思考记录下来。柳青当时可以在私下真正谈心的对象,据笔者所知,还有李旭东和金葳。刘可风写有《柳青传》和《九年日夜》,传记第十三章写的是"文革"中的柳青,《九年日夜》写的是刘可风从1970年到1978年到父亲身边陪伴父亲最后九年生活的记录,其中记有大量柳青的谈话。

李旭东笔者比较熟悉。大约从90年代后期开始,笔者受聘为陕西省广播电影电视厅的电影电视剧专家审查小组成员,经常审看陕西拍摄的电视剧。一同审看的,有一位李旭东,他比我年长,曾任西安电影制片厂厂长、陕西省文化厅副厅长、陕西省广播电影电视厅副厅长。我们很谈得来。李旭东与柳青是陕北老乡,其父辈与柳青关系熟而近。李旭东早在50年代后期在西北大学读书时,就曾骑自行车到皇甫村拜访柳青。"文革"中柳青住团省委院子时,他也常去探望。后来在陕西省京剧团任创作员时,为把《铜墙铁壁》改编成京剧,他与柳青多有接触,曾写过《与柳青谈戏》一文。后此文被收入1982年中国青年出版社出版的回忆柳青文集《大写的人》一书。柳青从"牛棚"出来以后,时间约在1970年以后,读了一些书,反思了一些问题,他对身边几个亲近的信得过的人断断续续谈过他的一些看法和思考。据柳青的大女儿刘可风回忆,李旭东是他父亲的对谈对象之一。李旭东在和我同审电视剧时,由于知道我是作协的,而柳青当年也是作协的人,就和我常谈柳青。若干年中,他说了不少柳青当年私下和他说的话,这些话在令我惊异的同时,也改变了或加深了我对柳青的一些认识。从李旭东那里听到的一些柳青的谈话,有的我还记在了我的日记里。需要特别说明的是,我从李旭东那里听来的一些柳青的谈话和柳青晚年的思想轨迹,在刘可风的回忆录中也看到了,而在刘可风回忆录中看到的柳青谈话和柳青晚年的思想轨迹,有的则听李旭东讲过。由于是相隔数年分别听到或不期然而看到的,我相信,李旭东和刘可风所言的柳青谈话和柳青晚年的思想轨迹,是真实的,是可信的,因为两者可以互证,而非一人独说的孤证。

金葳笔者不熟。笔者只是从刘可风的回忆录里知道,柳青晚年,金葳是他的一个谈话对象。

纵观柳青一生四个阶段,似乎可以用起、承、转、合来概括。第一个阶段,起,思想"左"倾,爱上文学;第二个阶段,承,走上革命道路,以文学为自身工作,短篇小说集《地雷》和长篇小说《种谷记》《铜墙铁壁》可以视为《创业史》的艺术准备；第三个阶段，转，结束东奔西走的生活，定居皇甫村中宫寺，一边深入当时的农村生活，一边创作反映这个时期农村生活的长篇小说，以《创业史》成就作家自身；第四个阶段，合，人生由天入地，作家由人变魔，灵与肉接受生活的洗礼，思想拓展，精神升华，完成"大写的人"。起、承、转、合是柳青作为一个人、一个革命作家的自我完成过程，而伴随其成长并促使其精神蜕变和完成的，是文学这颗种子。文学是精神的种子，它不属于一个人，它是世代流传下来的已然成为传统的精神和意志。这是笔者在完成《柳青年谱》之后获得的关于柳青的总体印象。

原载《西北大学学报》（哲学社会科学版）2016年第1期，原题为《柳青一生的四个阶段〈柳青年谱〉后叙》

百年　回望柳青

在苍茫的历史拐点，何去何从，谁能辨得分明？

在一个窑洞的木头门额上，刻着"贡元"两个大字。围绕"贡元"，右、左、上分别刻着"福、禄、寿"三个小字。这是柳青当年上私塾的通道，经过这个通道，可以上到一个有五孔窑洞的院子，那里就是柳青当年上私塾的地方。柳青八岁起在这里读书三年。柳青上私塾这一年，大哥刘绍华考入北平大学。柳青诞生在这个并不显得特别的寺沟村一百年后，六月的一天，正午的阳光照着崖畔的荒草和"贡元"二字，我站在不远处眺望这座早已废弃的窑洞私塾，心中有一个问题：假如柳青没有在这里读书，他能不能走出这个同陕北黄土高原的千沟万壑毫无二致的小山村？答案显然是否定的。读书是对新世界的发现。读书，尽管是传统蒙学与新式西学混杂的启蒙教育，柳青毕竟明白了，在寺沟村之外，还有另外一个广阔无边的世界。

因为读书，柳青走出了寺沟村，到米脂，到绥德，到榆林，最后到了西安。这一年他十八岁，公元1934年。1937年，是他命运转折的一年。这一年他去北平投考大学，他想像大哥一样，考上北平的大学。不料，车行途中，卢沟桥事变爆发，他又回到西安。这一年的11月，他考上由原北平大学、国立北平师范大学和国立北洋工学院搬到西安后联合办的西安临时大学，入原北平大学俄文先修班。我想起瞿秋白。1917年，瞿秋白到北京，原本要报考北京大学，"研究中国文学，将来做个教员度过一世"，但付不起学膳费，参加普通文官考试又未考取，于是考入外交部办的"不要学费又有出身"的俄文专修馆。由于学了俄文，在当时的历史情境下，因缘际会，后来就走上了革命道路。柳青如果早一年考学，如果考上北平大学或北京大学，其后来人生道路将如何？会不会成为另外一个傅庚生？柳青显然对西安临时大学和这个俄文先修班很不满意，所以也不用心上学，后来学校要南迁，他也不愿去，就到了延安。从此，柳青成了职业的革命文化人队伍中的一员。

柳青的大哥刘绍华不赞成柳青去延安。他一心想让柳青读书，在北平考不上大学，就去国外留学，因此他辛苦攒下三千块大洋，准备资助柳青去国外。刘绍华曾经是柳青的表率和引路人，是他把柳青引上了"左"倾革命的思想轨道，现在他对这个已经长大的弟弟的选择无能为力了。柳青后来说："人生的道路虽然漫长，但紧要处常常只有几步，特别是当人年轻的时候。"柳青去延安这一年是1938年，他二十二岁。柳青选择了自己的道路，柳青也被历史选择。书把柳青带出了寺沟村，左翼的革命的书也把柳青带上了左翼的革命的道路。柳青延安时期的朋友、党的著名的文艺理论家林默涵评价柳青说："柳青是一个作家，但首先是一个共产党员。"柳青后来的文学道路，他的创作，无论是短篇小说还是长篇小说，无论是散文还是特写，放在新文化运动以来的百年历史中看，放在大的思想文化背景中看，都带有鲜明的左翼革命文学特色，他的代表作《创业史》，更是社会主义文学的经典之作。

回望红色延安时代和新中国成立以后的社会主义时代，柳青无疑是延安时代和社会主义时代作家中的一个闪光的代表性人物，他的作品也是这个时代的闪光的代表性作品。百年回望，柳青和他的作品，当然是这一百年中最闪耀夺目的那一批作家和作品，你无法回避，无法绕过，更不能忽视和轻视。回望这一百年，你必能看见柳青，他在历史的深处，也在历史的高处。

活了六十二岁的柳青，大约在五十岁以前，主要是跟文学打交道，读书也是读文学书或读与自己的创作有关的书多一些。五十岁以后，他经历了残酷的"文革"岁月。五十四岁以后，他开始大量地读历史书。读中国历史，读世界历史，重点读第二次世界大战以来的德国史和苏联史。1971年，陪伴他的大女儿刘可风借来美国记者威廉·夏伊勒写的《第三帝国的兴亡——纳粹德国史》，该书1965年由中国世界知识出版社出版汉译本，系内部发行。柳青看完后对刘可风说："爸爸非常感谢你，看了这本书，是我晚年的一次享受。"柳青读过斯大林女儿斯维特兰娜·阿利卢耶娃写的英文版《致友人的二十封信》。1978年5月，北京外文书店的同志到北京朝阳医院病房看望柳青，柳青问能否找到斯大林女儿斯维特兰娜·阿利卢耶娃写的《仅仅一年》英文版本（中文译本1980年9月才由外文出版局出版）。北京外文书店的同志很快给他找来，他拿起就放不下。陪同柳青看病的大女儿刘可风回忆："他头朝墙躺着，两手捧着，不大翻身。我不时给他盖盖被子、倒水，催他吃药，我发现他眼泪大滴大滴顺着眼角的皱纹往下流，枕巾上已经湿了巴掌大的一片。平时，我看书总是不断给他讲讲感想，尤其是托尔斯泰的作品，他会认真地指拨我。这次，他几乎不允许我提起这一话题，一放下书，便给我重复《仅仅一年》的内容，他痛斥斯大林和苏联的一些政策造成社会主义国家的许多荒谬现象。"青年柳青曾经是斯大林的热烈崇拜者，晚年的柳青因为读了一些历史书，对斯大林本人和斯大林主义有了新的认识。晚年的柳青，虽然时时躺在病床上，但他的思想却飞得很远。

　　正午的阳光强烈地照射在刻有"贡元"二字的木头门额上。曾经的私塾早已不是私塾，石箍的窑洞看来也很久没有人住。这个柳青读过的私塾在寺沟村最里边，放眼看去，周围十室九空。我有一个疑问：人都去了哪里？一问，说是青年人多外出打工，留下的人大都搬到了公路边居住。柳青当年是读了书开阔了眼界才走出这个小小的曲曲折折的山沟的。据我看到的资料，柳青最后一次回寺沟村是1942年初，他二十六岁。后来他还回过寺沟村没有？这是一个问题。

　　柳青是走远了，心飞得更远。

原载《延河》2016年第10期

柳青研究：论从史出，全面看人

今天这个会的主题是"柳青精神研讨会"。我提前写了一个发言稿，叫《柳青的人格和精神》，我对柳青人格和精神的概括是：勤学笃行，知行合一；坚守底线，实事求是；追求进步，追求真理。这几个观点都有事实依据，限于时间，我就不念了。

我是柳青的一个研究者，我想谈一谈研究过程中的一些感受和体会。

柳青研究，现在来看，大致有三个方面或三个角度。一个是文学和文学史的角度，这是专业的角度。一个是历史的角度，把柳青当作一个历史人物来研究。还有一个角度，就是政治宣传的角度。当然，政治宣传也有它的意义。虽然三个角度各有侧重，各有自己选取的面，但有一个共同点，那就是我们面对的是一个曾经真实存在过的人，也就是说，面对的是一个历史的人。这样，我们在研究的过程中，就必须重视历史研究的一些方法。

历史研究的一个方法，就是论从史出。这就是说，一个观点，一个看法，需要史实的支持，必须是从史实中得出的。而这个史实，又需要真实可靠的史料支持。目前关于柳青史实和史料方面的研究，主要的成果，一个是1988年陕西人民教育出版社出版的蒙万夫等人编的《柳青传略》，一个是2016年人民文学出版社出版的柳青的女儿刘可风写的《柳青传》，还有同年人民文学出版社出版的《柳青年谱》，这是我和邢之美合作的。我和柳青也可以说是一个单位的人，他当年在中国作协西安分会，我后来在陕西省作家协会，中国作协西安分会是陕西省作家协会的前身。他是我的前辈，我没有见过他。虽然是一个单位的人，我也读过他的不少著作，对他的生平也有一些了解，但真要说清说准这个人，我觉得还很没有把握。根据一些片面资料，胡拉乱扯地谈一些似是而非的看法，也可以谈，但我觉得这样既不严肃，也是对柳青的不敬。所以决定先编他的一个年谱，尽可能地找一手的资料，可靠的资料，把他的一生，特别是生命中那些关键节点的细节，都尽可能地弄清楚，把他的一生全部排列下来以后，才有可能看清一个人，认识一个人。所以，我认为，史实的基础，史料的真实和可靠非常重要。

近年人们谈柳青，甚至在一些关于柳青的书中，有些说法和关于柳青的故事，有的不准确，有的则没有根据。

有个说法是，柳青为了深入生活，当年辞去了长安县委副书记的职务，保留了"县委常委"的职务。但是据我看到的当年的有关资料，柳青是"县委委员"，不是"县委常委"。1953年3月6日，中共陕西省委致信长安县委书记李浩，信中说："柳青同志因工作需要，离开长安县委，移住常宁宫写作，原任长安县委副书记职务撤销。但考虑到柳青同志工作上的便利，决定保留其县委委员名义，必要时参加县委委员会议，听取各项工作的汇报，定期到县委看电报和深入一部分可以到达的区、乡了解情况。"

今天会议上发的《柳青在人民中生根》这本书，我随手一翻，看到一则关于柳青的故事，其中说："1958年，柳青出访日本，给皇甫村买了5000斤稻种。"这本书的主要编者今天在座，我想请教，这个材料是从哪里得来的？前年就看到一本名为《人民作家柳青》的书，其中也写到柳青出访日本买稻种的事，我看了感觉诧异，因为我没有见过柳青曾出访过日本的记录。我打电话问刘可风，刘可风老师今天也在座，刘老师肯定地告诉我，她父亲没有去过日本。我还问过我们陕西作协的杨韦昕。1954年中国作协西安分会成立时，他就到作协工作，是曾与柳青一起工作过的老同志，近年写了不少作品，记忆力很好，是作协的活字典。我问他柳青去没有去过日本，他说柳青没有去过日本，柳青1951年出访过苏联，1952年回陕西到长安县后，一直扎在农村，没有出访过，"文革"后直至去世，更没有出过国。这与我掌握的材料一致。所以，"柳青出访日本"并在日本"买了5000斤稻种"的说法从何而来呢？

2015年，由陕西作协承办在北京召开了一个声势浩大的柳青精神研讨会，会上有位北京的评论家说，"柳青是九级干部"。我当时负责对发言纪要进行修改和把关，我打电话给这位评论家，问他这个"九级干部"的说法得自何处。因为据我所知，柳青在1952年干部工资级别评定中评的是十级。刘可风给我讲过，后来还有过一次干部级别的评定，柳青被拟评为九级，但是在一个关于评级的讨论会上，有工作人员汇报说，统战部提出民主人士郑伯奇的级别低了，郑伯奇是老资格的创造社成员，是中国作家协会西安分会副主席。柳青就提出把他拟提的一级让出，给郑伯奇提一级。这样，郑伯奇就提高了一级，成为十级，柳青仍是十级，两人平级。刘可风讲，后来好像还有过一次评级，柳青还是把要给他提的一级让了出去。刘可风所讲，我未见过其他的文字材料证明。但是，"文化大革命"中，造反派说柳青"招降纳叛"，包庇"反共老手"郑伯奇，证据就是柳青把自己的一级让给了郑伯奇。所以，柳青让出一级一说，并非空穴来风。准确的记录则是，在柳青的档案中——我仔细看过柳青档案，柳青自己于1964年3月12日和1965年6月25日亲自填写的干部登记表中，都写的是十级[1]。我不知道北京这位评论家所言是否另有根据，为了尊重这位评论家——我不能擅改评论家的意见，特别是这种史料，也为了不致出现史实方面的硬伤，我就电话请教他。评论家说，他也没有什么确凿的证据，就

---

[1] 1952年，首次干部工资级别评定，柳青在工作单位一栏填的是西北文联，所执行的人员工资标准类别为行政级，定为十级，工资金额二百三十元。批准机关，中共西北局。

是有这么一个印象。①

刚才会上还有人说，《收获》杂志1960年发表了《创业史》，这也是不准确的。因为《创业史》最先发表于1959的《延河》杂志，从4月连载到11月，11月份才连载完，所以《收获》于1960年发表《创业史》，单凭感觉和印象，就很容易让人相信。过去，有不少研究者在著文中也这么说。多年以前，为了搞清《创业史》到底发表在《收获》哪一期，我买了1960年全年的《收获》，结果没有找见，又买到1961年和1962年两年的《收获》，也没有找到。因为《创业史》1960年5月已经由中国青年出版社出版了单行本，我想，《收获》不可能于1963年及以后才发表《创业史》。于是，我又买来1959年的《收获》，这才发现，《创业史》修改稿全文（《创业史》在《延河》连载的同时，柳青也在修改）刊载于《收获》1959年第6期（11月出刊）。

所以，我觉得，使用史料时，有的还需要考证。不准确、不真实的史料，会改变史实，改写一个人的历史。而从这样的"史"中得出的"论"，也就不可靠了。论从史出，以免游谈无根。

研究柳青，要准确、全面地概括和提炼柳青的精神，还要有整体观，要研究柳青的一生。同很多同代作家一样，柳青经历了几个不同的历史时期，他的思想和精神世界也是从相对的窄狭和单一不断地迈向广阔和丰富。所以，只从一个阶段，比如只从长安十四年来谈柳青，还是难免片面。比如陶渊明，他从二十九岁到四十一岁，十三年间五次入仕，如果我们不看他四十一岁以后的情况，单从这十三年看，那我们可能就会认为陶渊明是一个官迷，而且不是一个好官，因为他每次出去当官，时间都很短。可是陶渊明却是以一个隐士的形象出现在历史上的，还被称为"古今

---

① 这个柳青行政级别是"九级"的说法，系长安县民政局拟稿，时间是1963年1月20日，内容是关于"高级知识分子和一部分负责干部副食品供应问题的意见"，乃他人填写。而柳青于1964年3月12日和1965年6月25日亲自填写的干部登记表中，行政级别都写的是十级。由于柳青填写的时间在后，又系本人填写，在未发现其他新材料之前，暂认为柳青的行政级别为十级。

隐逸诗人之宗"，这就是从他四十一岁以后的生活和精神着眼的，是从他的一生整体来看的。择取人的一个方面或一个阶段，看到的很有可能是一个片面的人，只有全面地看一个人，才有可能看到一个完整的人。从方法论意义上说，我有一个体会，在文学研究特别是对一个作家的研究中，只凭有限的资料，只看取他一生中的某一个片段，是很难全面、准确地把握一个作家的。根据有限的资料或部分资料，谈一些观点，管窥蠡测，难免片面。有一句话叫"窥一斑而知全豹"，这种"知"，基本上是猜测和想象，很难准确。而你如果知道了"全豹"，再来看这"一斑"，就有可能对这"一斑"有特别深入的理解，也才能知道这"一斑"在"全豹"身上的地位和意义。还是以陶渊明为例，只有全面地看一个人，认识到陶渊明其实是一个隐士，我们才能明白他那十三年的不断做官，一方面固然是因为"余家贫，耕植不足以自给"，另一方面也是他决心当隐士前的必要历练和挣扎。诚如他自己所说的，"误落尘网中，一去三十年"，"悟已往之不谏，知来者之可追。实迷途其未远，觉今是而昨非"，他并不以五次做官为荣。

我们现在研讨柳青精神，到底什么是柳青的精神，这个问题我琢磨了很长时间。刚才有人说柳青的精神就是"深入生活"，我觉得"深入生活"只是一个方法，是柳青为了创作而采取的一个方法，以此来概括柳青的精神，似乎不太准确，不够全面，高度也不够。

我们概括、提出的柳青精神，应该今天能站得住，多少年以后也能立得住。柳青曾经红过，也曾经黑过，今天又红了起来。这种红与黑、黑与红的变化，一方面折射出时代的变化和不同时代的思想文化特征，另一方面也提示我们，研究柳青，需要秉持历史学的态度，运用历史学的方法，这就是我前面讲的，一要尊重史料，论从史出，二要全面地看一个人。

原载《文学自由谈》2019年第1期

（本文系2018年12月22日在长安区柳青精神研讨会上的发言）

时代、历史与柳青

柳青年轻的时候，本来有几种人生选择。读北平大学，到国外留学，最不济，也可以在西北联合大学读完书，然后，然后再说。

但是他像当年的许多青年一样，要追求新的生活和新的理想。于是，他到了延安，投身共产党领导的革命。

革命胜利以后，新中国成立，他热情地拥抱新生活，热爱新社会。他认为，他为之奋斗的革命事业终将成功，中国历史将要发生翻天覆地的变化，人民翻身解放了，人民当家做主了，当然，人民也要在毛主席和中国共产党的英明领导下，过上几千年不曾有的富裕和美好的日子。

土地改革，合作化，将是人民实现其生活理想的必由之路，唯一正确的道路。

所以，他要写一部农民在中国共产党领导下的《创业史》，计划写四部。以史，记录下那个辉煌的历程。以文字，以诗（文学，小说）的形式，写一部史诗。合作化不朽，他的《创业史》也将不朽。

所以，他从北京匆匆回到故乡陕西。他要和他的描写对象生活在一起，而且要参与他们的生活和创业的历史过程，观察之，鼓动之，帮助之，成就之，描写之。

他全身心地投入其中。他认为，他在三个学校已经毕业了：生活的学校，思想（政治）的学校，艺术的学校。他给很多文学爱好者反复讲这三个学校，显然这是他的深思熟虑，也是他的经验之谈，那么，他至少应该具备在这三个学校毕业的资格。

他完全没有想到,他写的《创业史》,他笔下的历史,比真实发生的历史要慢,而且慢了许多。他在1959年写完《创业史》第一部的时候,他才写到合作化运动的互助组阶段,初级社才刚刚成立,而现实的合作化运动已经经历了互助组、初级社、高级社,全国已经人民公社化了。历史真是以惊人的速度发展。中国共产党制定的过渡时期的总路线,被现实以"大跃进"的速度远远超越了。人为的现实超越了人的预设,某种超历史的发展突破了人的想象。

当社会还在一片欢呼的时候,问题出来了。人们发现了问题,合作化过程中的各种问题。很严重。身处农村的农民的发现和声音被遮蔽了,但是许多睁着眼看生活看世界的人发现了。彭德怀这样的军队高级将领都发现了。当然,问题被掩盖,不许提问题,不许谈问题。有问题,也被认为是其他方面的,或者,只是个别,不是整体。

柳青在基层,他就在生活深处。他当然看到了问题,严重的各方面的问题。

他的滞后于生活也滞后于历史发展的作品发表和出版以后,问题更严重了。

从互助组、初级社、高级社到人民公社和"大跃进"的全过程,是一场脱离实际的乌托邦狂热过程。农民没有了属于自己的土地,劳动挣工分,分到的"口粮"有限,有时候既填不饱肚子也养不起家。农民没有任何自由,甚至没有外出讨饭的自由——外出讨饭还要开证明。农民的悲惨经历和命运,当时就在农村的柳青,他不可能看不到。

"深入生活"的柳青,不能不对他热情描写的生活和热情歌颂的历史进行冷静和理性的思考。

是的,他有些写不下去了。怎么写?写什么?闭着眼写,按原来的构思写?他都做不到。

所以,他的第二部就写得很艰难,断断续续,续续断断。第一部还算饱满，第二部就显得干瘪，难以为继了。最后，第三部和第四部干脆就付诸阙如。

合作化运动包括与之相应的一切运动，从某种意义上说，是一场全国范围的全民参与的"伟大"的乌托邦实践。

"乌托邦"最早只是人类的一种想象和理想。后来被以某种高调概念命名后理论化了。理想，理论，都只是空想。但是，20世纪以来，这种空想则要被现实化了。"乌托邦"的宏大构想和神话叙事被宣传，被神话，同时也被"科学化"，令一部分人疯狂着迷，然后令很多人着迷后疯狂。

1958年7月1日，《红旗》杂志第3期发表了毛泽东的秘书、《红旗》杂志总编辑陈伯达的一篇文章，题目叫《全新的社会，全新的人》，这是陈伯达对当时社会和当时的人提出的一个理论概括和理想要求，既要创造"全新的社会"，也要创造"全新的人"。就是在这篇文章中，"人民公社"这个概念第一次在党中央的刊物中亮相。陈伯达以《红旗》杂志这一期发表的两篇通讯为切入点，一方面评述，一方面进行高度的理论阐发。他说："通过两篇通讯，我们看到在大跃进中的中国，正看到全新的社会，全新的人。这里的群众几乎全是一批生龙活虎般的，具有冲天意志的英雄好汉。他们敢想，敢说，敢做；而做起来，又善于倾听大家的意见，脚踏实地，合情合理，有条不紊。一句话，有理想，又有办法。用毛泽东同志的话来说，他们正在原来那个空白点，'写最新最美的文字'，'画最新最美的图画'。"陈伯达又引用恩格斯的话进行阐述："在一百多年前，恩格斯在《共产主义原理》的著作里面，认为在彻底废除私有制后，'超出社会最近需要的生产过剩，不但不会引起灾难，而且将保证满足一切公民的需要，将引起新的需要，同时将创造出满足这种需要的手段'。'用整个社会的力量来共同经营生产和由此而引起的生产的新发展，也需要一种全新的人，并将创造出这种新人来。''由整个社会按照计划和为了公共的利益而经营的工业就更加需要各方面都有能力的人，即能通晓整个生产系统的人。''教育可使年轻人很快就能够熟悉整个生产系统，它可使他们根据社会的需要或他们自己的爱好，轮流从一个生产部门转到另一个生产部门。''城市和乡村之间的矛盾也将消失。从事农业和工业劳动的，将是同样的人，而不再是两个不同的阶级，这已由于物质的原因而成为共产主义联合体的必要条件了。'恩格斯当时所说的，是根据社会发展规律而得出的理想。可以不可以说，在我们党的多快好省地建设社会主义的总路线的照耀下，旭光一社是现实生活中，具体地、逐步地实现科学共产主义创始人的这样的理想呢？我想，完全可以这末说。"

柳青经常说他的创作是"描写新社会的诞生和新人的成长"[①]。这种创作思想，与陈伯达所鼓吹的要"创造""全新的社会"和要"创造""全新的人"理念是一致的。新的社会，新的人物，是要经过矛盾和斗争才能诞生和成长起来的。这就是阶级斗争以及各种斗争的"斗争哲学"。

然而，在持续的狂热中，中国，却被"非常年代"迎头相撞。

柳青被批斗，被关押，被审查，当然，也被侮辱……他想自杀，自杀未遂，他的妻子马葳却自杀了。

生活教育了他，也给他提出许多问题，他以前没有想到的问题。沉重的时代也促使他思考。重新思考。在生活中思考时代和历史，在历史中思考生活和时代。换一个角度思考，换一种思维思考。思考一切。思考历史，思考世界，也思考他的过去。

反思。反思自己。在重读历史、重新认识历史的过程中，他也在自我反思中觉悟，觉醒。

晚年，他对女儿刘可风说，也许他写一部自传，可能比他写《创业史》这样的小说更有价值。

是的，其实他用了整整一生，只是在想明白一个问题，或者说，证明一个问题。

---

① 柳青：《谈谈生活和创作的态度》，载《人民日报》1960年8月10日。

柳青这一代人，用了整整一生，终于看明白、想明白了一个道理：某些看似新的东西，其实很旧。

《创业史》的历史意义就在于，它是以多部头长篇小说记录乌托邦从空想到实践的一部作品。柳青是20世纪世界范围的乌托邦实践的一个亲历者和见证者。他以乌托邦实践的支持者和响应者、参与者和书写者的身份，记录人类乌托邦实践，见证了那个轰轰烈烈的乌托邦实践的全过程。他本来以为可以写一部流传千古的史诗，没有想到这个乌托邦实践刚刚开始，就走向了它的反面。

柳青本人也深受其害。他为之惶惑，因之痛苦。开始他以为，这个乌托邦实践，仅仅是因为时间快了一些，犯了所谓的"左"倾盲动的错误，如果能慢一些，这个乌托邦还是能建成的。但是随着历史的发展，他渐渐地清醒了。

柳青从20世纪70年代初开始深入地研读历史，他想通过历史，解决他遇到的现实问题和困惑。通过历史阅读，他发现这个乌托邦实践，原来有它的历史根源。

柳青的价值，在于他用他复杂的一生，给我们表明了一个历史事实：一代或几代知识分子，从盲从到觉醒，从迷信到理性，用了曲折的一生。

他们其实是历史的探路者。他们的人生，给后人树立了一些醒目的路标。

原载《秦岭》2020年春夏卷

柳青与严家炎

1967年8月初,一个炎热的晚上,在中国作协西安分会机关院子,柳青与来访的北京大学教师严家炎见面了。需要说明的是,这个院子不是位于当时的西安市建国路7号的那个大院,而是位于西安市小南门外大学东路共青团陕西省委的那个院子。1966年10月,西安市建国路7号中国作家协会西安分会大院由于要用来关押被打倒的省上重要的"走资派",中国作家协会西安分会机关及家属全部搬迁至小南门外大学东路42号(今红缨路158号)共青团陕西省委大院内,与共青团陕西省委共用一个大院。中国作家协会西安分会在南边,共青团陕西省委在北边。

两人见面的时间,是严家炎来西安后的第二天晚上。

严家炎回忆:

西安竟是这么炎热,白天太阳底下晒着犹如烧烤,天黑下来还酷热得难以忍受。已是晚上大约8点钟了,仍然没有多少凉意。坐在室内想写点东西,挥汗如雨,手臂与纸张接触的地方全湿透了。在灯下看东西也不断冒汗,真恨不得浸泡在冰水里才好,于是只好走到室外去乘凉。

一位约莫五十多岁、理着平头的老汉,坐在院中的水泥池边上,也在纳凉。

我走过去,有点冒失地发问:"您是柳青同志吗?"

"是。您贵姓?"

"我是严家炎。"我伸出手去。

老汉也伸出他的手,和我握着说:"啊!昨天听人说你到这里来了。咱们这是第一回见面吗?你来西安几天了?"

"昨天下午刚到。"

"西安天气和北京不大一样,夏天热得厉害。"

"是啊。早上还算凉快,白天和夜间都很热,真是大陆性气候。"

"倒不是因为离海远,还有一些具体的气候条件。"

于是,他打着手势说起影响西安这一带的气候条件:高大而绵延不绝的秦岭山脉如何围挡在从西南到东南的方位,西南与南方来的温湿气流如何受到阻隔,形成了西安地区暑天的蒸笼效应……他讲得非常通俗易懂,又相当准确到位。

我从《创业史》中知道柳青对这一带的地理、气候条件是熟知的,但熟悉到这种如数家珍的程度,理解得这么透彻,却出乎我的预料,使我惊奇不已。

大约聊到晚上9点左右,柳青与我分手道别,我也回到了自己休息的房间。第二天晚间,我和柳青又在纳凉时见面。他向我问到《关于梁生宝形象》一文写作和发表的情况。他问我:"那时你为什么要写批评梁生宝形象的文章?这是你个人的意见,还是有人授意?"我告诉他:"没有任何人指使我写这篇文章,我仅凭自己阅读《创业史》的艺术感受,而且是把作品读了两遍,做了许多笔记才形成的一些看法,总想把它写出来。在我的感觉中,《创业史》里最深厚、最丰满的形象确实是梁三老汉;梁生宝作为新英雄形象也有自己的成就,已在水平线之上,但从艺术上说,还有待更展开、更充实、更显示力度,眼前仍比不上梁三老汉,因此,不写就觉得手痒痒的。只是我那篇文章中有些措辞可能不太妥帖,斟酌得不够,直来直去,像'三多三不足'

之类。"柳青问:"你当时多大?"我告诉他:"那时二十七八岁。"又补充说:"有关《创业史》的最初三篇文章,都是1960年冬天到1961年夏天写的。《文学评论》编辑部起先对刊发梁生宝这篇有点犹豫,搁了一段时间,延到1963年才发表。"柳青马上说:"如果是这样,看来我对这件事有点误解了。我总以为,批评梁生宝形象的那些意见不是你个人的意见,而是有人想借此来搞我,因此才在《延河》上发了那篇《提出几个问题来讨论》。"他又补充说:"你谈梁三老汉那篇文章的看法,我是同意的,当时我跟《文学评论》的编辑同志也说过。""是跟张晓萃同志说的吧?""是,一位女同志。"

次日午后,柳青要一位家人来邀请我到他暂住的家中去吃西瓜,我见到了他的夫人马葳和其他家人,聊了一会儿家常话,感到很亲切。①

《创业史》问世后,1961年,严家炎发表评论文章,说他不认同"《创业史》的最大成就在于塑造了梁生宝这个崭新的青年农民英雄形象","作品里的思想上最先进的人物,并不一定就是最成功的艺术形象。作为艺术形象,《创业史》里最成功的不是别个,而是梁三老汉"。②"梁三老汉确是千百万旧农民的血泪耻辱历史的真实写照"③,作者"塑造梁三老汉形象的成功之处,就在于一方面按照生活实有的样子,充分写出了他作为个体农民在互助合作事业发展过程中曾经有过怎样的苦恼、怀疑、摇摆,有时甚至是自发的反对;另一方面,又从环境对人物的制约关系中充分发掘和表现了梁三老汉那种由生活地位和历史条件所决定的终于要走新道路的必然性,从而相当深刻和全面地揭示了生活发展的辩

---

① 严家炎:《因为〈创业史〉,我和柳青成了诤友》,载《光明日报》2019年7月5日。
② 严家炎:《谈〈创业史〉中梁三老汉的形象》,载《文学评论》1961年第3期。
③ 严家炎:《〈创业史〉第一部的突出成就》,载《北京大学学报》1961年第3期。

证法"①。1963年，严家炎又在《文学评论》第3期上发表《关于梁生宝形象》，认为梁生宝的形象塑造可谓"三足三不足"：写理念活动多，性格刻画不足（政治上成熟的程度更有点离开人物的实际条件）；外围烘托多，放在冲突中表现不足；抒情议论多，客观描绘不足。柳青在《延河》1963年第8期刊文《提出几个问题来讨论》中说："这不是因为文章主要地是批评我，而是因为文章……提出了一些重大的原则问题，我如果对这些重大的问题也保持沉默，那就是对革命文学事业不严肃的表现。"

1967年8月柳青和严家炎的这次见面及相关谈话，又见严家炎、贺桂梅《从"春华"到"秋实"——严家炎教授访谈录》。严家炎说："1967年在西安我跟柳青见过一次面。当时柳青受了点冲击，我还保了他，我向陕西作协有关领导说，像柳青这样能写出《创业史》的作家，不应该受冲击。柳青问我：'你当时为什么要写批评梁生宝的文章？是不是有大人物做你的后台啊，是不是林默涵让你写的啊？'……我告诉他：'没有人指使我，是我自己想写的。可能语气上有点轻率，冒犯了。'他问我：'你写这文章时多大岁数？'我说'二十六七岁吧'。他就说：'我要知道你还是一个年轻人的话，我也不该写《延河》上那篇文章的。'（笑）。后来柳青患病在北京住院时，我还去看望过他。我们相处得很好。"②

细考严家炎与贺桂梅的这段访谈，有些时间需要推敲。严家炎生于1933年，上海人。1963年他在《文学评论》第3期上发表《关于梁生宝形象》时应为三十岁整。严家炎与柳青谈话时说他写此文时是"二十六七岁"，算来应该是1959年或1960年。1959年11月《延河》连载完《创业史》第一部，同月《收获》杂志第6期发表《创业史》第一部修改稿，如果按严所说，这一年他就写了《关于梁生宝形象》，在时间上算来不大可能。1960年5月中国青年出版社出版《创业史》第一部单行本，说这一年

---

① 严家炎：《谈〈创业史〉中梁三老汉的形象》，载《文学评论》1961年第3期。
② 严家炎、贺桂梅：《从"春华"到"秋实"——严家炎教授访谈录》，载《文艺研究》2009年第6期。

写的有可能。据严家炎在与贺桂梅访谈录中回忆："《文学评论》编辑张晓萃女士告诉我，柳青对我评梁三老汉这篇文章是很欣赏的。梁三老汉这个文章发得早，梁生宝这篇我也是给《文学评论》的，但是《文学评论》开始不发，有些犹疑，到了1963年才发出来，中间隔了两年。"[①]据此推算，《关于梁生宝形象》写作时间似应在1960年，严家炎二十七岁时。但查《关于梁生宝形象》一文出处，发现严家炎在文末注明的写作时间是"1963年6月"，而且他在文章中又提到了艾克恩发表于《上海文学》1963年第1期的文章《英雄人物的力量》，提到了艾克恩对他观点的批评，文中还提到了《创业史》第一部发表后"两三年来"各地报刊登载关于梁生宝形象评论的情况。显然严写《关于梁生宝形象》时又不是二十七岁时，准确地说应该是三十岁时。如严说的"梁生宝这篇我也是给《文学评论》的，但是《文学评论》开始不发，有些犹疑，到了1963年才发出来，中间隔了两年"属实，则合理的解释是先有一稿，二十七岁时写的，未发表出来，后来又有所补充或修改，这时已经是三十岁了。

严家炎在这里说的"陕西作协"，准确的名称应该是中国作家协会西安分会。中国作家协会西安分会当然也是实际上的"陕西作协"，但"陕西作协"即陕西省作家协会是1993年才有的名字；"有关领导"，准确的应该是"中国作家协会西安分会红色造反队队长"或司令李子，李子是1967年1月3日才成立的中国作家协会西安分会造反派头头。据李子生前对笔者讲，1967年8月，是他请严家炎来的西安，因为严家炎与胡经之等人在北京大学办了一个《文艺批判》，当时还与中国作家协会西安分会红色造反队办的《文学战地》遥相呼应。李子于2006年6月7日回忆说："'文革'初期，严家炎特意到西安作协住下来了，名为串连交流，实为深入这个作家群里有所收获。我为了弥合柳青和严家炎的关系，特地和柳青谈了几次，定好了日期让他们见面畅谈。他们畅谈了，沟通了，互相理解了，

---

① 严家炎、贺桂梅：《从"春华"到"秋实"——严家炎教授访谈录》，载《文艺研究》2009年第6期。

握手言欢了，大家都很高兴。严家炎也成了我们的朋友，参加了我们作协的运动，对我们帮助不小……"①李子回忆说，为了解放柳青，他组织人写了一个《柳青在长安的十四年》的调查报告，"为了便于发表这一份调查报告，为了给柳青制造舆论，出资500元，鼓动和支持西大（指西北大学。笔者注）中文系的造反派组织，创办了一份刊物《文艺战线》，而又联合北大文化革命委员会的刊物《文化批判》②编辑部，做共同制造舆论的准备工作，为柳青的解放大造声势"③。"西大停刊已久的《文艺战线》，于1968年元月重新问世（实际上西安作协出资、编辑与其合办的创刊号），并以醒目的通栏大标题《柳青在长安的十四年》（调查报告），作为刊物的头条在首页发表了"，"又通过严家炎、胡经之等人，争取在北大的《文化批判》刊物上发表，再次大造舆论"。④

原载《秦岭》2020年秋冬卷

---

① 李子：《柳青的激动》，见《柳青的有幸与不幸》，内蒙古人民出版社，2010年，第17页。
② 1967年6月，由"新北大公社文艺批判战斗团"编辑的《文艺批判》出版。1968年3月，《文艺批判》改刊为《文化批判》，"作为北京大学文化革命委员会的革命大批判刊物继续出刊"，编辑者也改为"北京大学文化革命委员会《文化批判》编辑部"。
③ 李子：《心灵的解密》，见《柳青的有幸与不幸》，内蒙古人民出版社，2010年，第27页。
④ 李子：《长安十四年——真相和内幕之四》，见《柳青的有幸与不幸》，内蒙古人民出版社，2010年，第142页。

电影《柳青》：柳青三重身份的艺术表现

电影《柳青》经过六年的剧本创作、电影制作和后期打磨，今年隆重上映，反响良好，目前已获得多项奖项，其中包括第二届陕西电影奖最佳故事片奖和最佳导演奖。当代作家或者说共和国作家被搬上电影银幕，其创作、生活和重要史实融为一体树碑立传，柳青是第一位。柳青生于1916年，病逝于1978年，是一位横跨现代和当代的重要作家，是20世纪中国文学的一位代表性人物。他思想进步，1928年他十二岁就加入中国共产主义青年团，1936年加入中国共产党，1938年弃学奔赴延安，后来一直在革命队伍中工作、学习、写作。新中国成立后，他一度在北京共青团中央《中国青年报》任职，1952年自己要求回到陕西，自愿下乡，到长安县（今长安区）挂职、扎根农村、深入生活十四年，写出了反映农业合作化运动的长篇小说《创业史》第一、二部。这部未完成的小说也成为当代文学一部具有一定经典意义的作品。柳青的经历、创作和生活，站在20世纪历史特别是当代文学的角度看，都有相当的历史意义和典型性。因此，给这样一位作家拍电影，既有意义同时又有难度。意义在于，通过这样一位作家的人生道路特别是心路历程，我们能看到时代的洪流和斑斓多姿的历史细节；难度在于，面对不断变化的时代洪流，面对复杂的历史细节，如何提炼出具有典型意义和历史深度的事件和细节，从而把握真实的柳青，表现柳青独特而光辉的作家形象和人格精神。

电影《柳青》，观看了数遍，总体感觉，这是一部优秀的带有史传特征的电影，时代特征明显，历史氛围真实可信，剧中十余个主要人物总体真实而生动。特别是主人公柳青的形象，真实，丰满，生动，有艺术高度，也有相当的历史深度。据说，电影《柳青》主创人员为了表现一个真实而具有历史意义的柳青，做了很多功课，下了很大功夫，人手至少两本书，一本是刘可风的《柳青传》，一本是邢小利和邢之美的《柳青年谱》，还考察了柳青当年走过的许多地方，走访了熟悉柳青、研究柳青的许多专家，几年下来，他们对柳青史料的熟悉程度，对柳青及其时代的认识，不比专家逊色多少。电影《柳青》选取了柳青中年到晚年的人生经历作为表现内容，即1952年从北京回到陕西，落户长安县，深入生活住到皇甫村，写出《创业史》第一部，1967年离开皇甫村中宫寺，到晚年重返长安县，1977年《创业史》第二部出版，这是柳青作为一个作家最为人熟知也最为人称道的一段经历。这一段经历，也成就了柳青作为共和国作家的一位典型代表。

电影《柳青》对柳青这个人物的把握或者说表现，主要侧重于三个方面，或者说，给了他三个身份：第一个是作为作家的柳青，第二个是作为共产党员和革命干部的柳青，第三个是作为兼有知识分子特点的思想者柳青。

作为作家的柳青，时间主要是从1952年5月到1966年12月，柳青从三十六岁到五十岁，这是他在长安的十四年，也是著名的被称为"深入生活、扎根人民"写《创业史》的十四年。这一个阶段，他从北京回到陕西，寻找栖身地，最后选定长安县为生活和写作的根据地。此一阶段，柳青有两个闪光点被载入了当代文学史：一是"深入生活"，因此被看成实践毛泽东《在延安文艺座谈会上的讲话》精神的作家的楷模，二是写成了反映中国农村正在进行的合作化运动的长篇小说《创业史》第一部，第二部写成了部分文字，成为"十七年文学"被人津津乐道的"三红一创"（《红岩》《红日》《红旗谱》《创业史》）、"保林青山"（《保卫延安》《林海雪原》《青春之歌》《山乡巨变》）之一，是那个时代文学上的代表作。

在长安的十四年,柳青的角色意识非常明确:他是一个作家。1952年9月30日,柳青刚到长安县不久,就写道:"我已经下了决心,长期地在下面工作和写作,和尽可能广大的群众与干部保持永久的联系。""我今后作品的数量和质量,将表现我的决心是否被坚持了。"[1]柳青下乡,是有他的创作目的的。他是一位有历史感的作家,当年,他已经意识到中国农村即将展开的合作化运动将是中国历史上的一个大事件。电影开头,就表现了柳青对未来社会的高瞻远瞩和他关于自己创作的雄心壮志。电影中,柳青1952年在西安对青年作家做报告时这样讲:"四二年,毛主席在延安文艺座谈会议上指出,文艺要为工农兵服务,文艺工作者一定要深入生活,到群众中去,改造自己的思想。这次回来,我要扎扎实实长期深入到生活中去。""我要写中国农村正在轰轰烈烈展开的农业合作化运动。农业合作化运动是中国历史几千年来没有出现过的新事物,我相信这个政策可以改变我国农村现在一穷二白的生产状况,抓住这个机遇,记录这段历史。我不仅要投身到这场伟大的农村实践中去,而且还要用笔记录下这场意义重大的历史变革。""深入生活,到群众中去,改造自己的思想",同时"要投身到这场伟大的农村实践中去",而"用笔记录下这场意义重大的历史变革",表明柳青下乡关于创作的目标很明确。

关于柳青如何深入生活体验生活,电影《柳青》有如下镜头:

皇甫村　春夏秋冬

一组柳青体验生活的镜头。

1.一群农民在老槐树下抽着旱烟锅,柳青自然地把烟嘴顺手一抹,噙到嘴里,试着吸了两口,吐出一口烟,呛得直咳嗽。

2.镇上,柳青一身农民装扮,推着自行车,镇上的人们热情地和他打招呼。

---

[1] 邢小利、邢之美:《柳青年谱》,人民文学出版社,2021年,第45页。

3.柳青蹲在街道上，农民打扮，看扯面老板叫卖。

4.柳青在牲口市场和牙家搞价钱。

5.柳青骑自行车走在神禾原。

6.柳青看排队的社员领肉吃。

7.夏天胜利社的社员们井然有序地在水田里劳作。有人拔秧苗，有人推车，社员一字排开麻利地插着秧苗。夕阳映在田里，波光粼粼。

8.秋天柳青和王家斌在山间考察。

9.冬天柳青蹲在地里，抚摸着绿油油的麦苗。

电影还用柳青的画外音表达柳青深入生活之后对艺术的体会：

艺术的永恒是细节的永恒，那么细节就既要生动又要丰富。丰富，不是作者挖空心思去找细节，而是细节排着队让作者选择，哪些是典型的东西，这一切都必须有作者丰富的生活积累做基础。要写出人物真实的感觉，作者感觉不来，一切无从谈起，这就要求作家要深入生活。作家到生活里挖掘的是事物的本质，而不是搜集事物的数量或去求平均数，作家在作品里反映的是本质的真实，而不是数量的真实，更不是现象的真实。

电影精心地刻画了柳青为了深入地了解当时的农村生活和农村各种人物，把握当时的历史脉搏，对创作并不急于求成。因此，他也与当时上级的个别分管领导形成了冲突。柳青住到中宫寺以后，有一天省上的廖部长来看他。

廖部长感慨地：怎么样，这都几年了，你也该修成正果了吧？

柳青无奈地：廖部长，这写长篇可比生娃娃难。

廖部长呵呵一笑：我说大作家呀，你要认清形势啊，写不出长的，像鲁迅一样写些短的，杂文也行啊。

柳青：长篇小说的创作，就像跑马拉松一样，急不得。

廖部长严肃地：文艺界上上下下都在议论你，有许多同志向我反映，说你严重脱离群众，还给自己弄这么一个逍遥宫。长期这样下去，是行不通的！

柳青：行得通行不通，还要看结果。

气氛尴尬，马葳上茶。

廖部长严肃地：柳青啊，我个人的建议，长篇咱写不出来就不要硬写，目前省委缺人手，要不你到省委来做宣传工作，这也是一种贡献嘛！

柳青坚定地：我哪儿都不能去。如果我真的失败了，那对文学也算是一种贡献。

廖部长叹了口气，脸一沉离开了。

马葳看了眼柳青，焦急地追出去：廖部长！吃了饭再走！

电影中的这一段冲突是有史实根据的。当年，柳青下乡几年，未能拿出所谓的大的有分量的作品，文坛是有些议论，个别领导看望柳青时也说过一些看似关心其实却是外行的话。

冲突不仅来自外部，也有内部的冲突。由于有外部特别是来自上边的压力，柳青来到长安以后的新婚妻子年轻的马葳，对柳青也有不理解的地方。在中宫寺，一个冬天的夜里，两个人发生了冲突：

马葳低声说：廖部长的话是不是应该考虑考虑。

柳青自言自语：我现在就想长期在这里住下去，踏踏实实地把书写好……

马葳用拨火棍戳着炉子里的炭灰：我想和你谈谈。

柳青：你说。

马葳犹豫片刻：我不想在农村干了……

柳青疑惑地：你当初不是答应和我长期生活在农村吗？

马葳：当初是当初，现在是现在！现在情况变了嘛！

柳青：什么变了？这不都好好的嘛。我不同意！

马葳脸色一变，瞪着柳青：你凭什么不同意？我跟你来农村，是跟你来写书的，可你现在呢，不务正业！

柳青提高嗓门：什么是正业？身为一个作家，对老百姓的疾苦视而不见，整天待在屋里闷头瞎编？那才是不务正业。我的创作就是要把老百姓的真实生活写下来，这就是我的正业！……外人暂时不理解我，至少你应该理解我吧！

马葳委屈地将拨火棍扔在地上。

柳青当年的创作，是在一个历史巨变之中的创作，他的创作时不时受到时代洪流的冲击。电影从几个方面突出了作家柳青是如何坚持自己的创作理念的。"大跃进"运动中，中国作家协会西安分会召开动员大会，鉴于当时的形势，一些作家纷纷放创作的"火箭"，在一片热烈的鼓掌声中，柳青低着头，使劲地抠着手指上的肉茧子，抠出了血。当领导问到他时，柳青冷静地回答："我是刻图章的，刻得慢，一天刻不了几个字。"此处答话也是史实。更为重要的是，柳青对自己的创作题材和主题方向，也有自己的考量。电影中，有一个柳青火烧自己的手稿的情节：当廖部长批评柳青拿不出作品的时候，柳青却用火烧了自己的一部手稿。

柳青蹲在院子里点燃厚厚的手稿，一张张稿纸在火盆里燃烧。

突然，马葳焦急地冲了出来，一把夺过柳青的手稿。

马葳气愤地：你干啥呀？你不发表就算了，你干嘛把它烧了呢？你真是疯了。

柳青微笑着看着马葳：我要和过去的写作告个别！

此处的史实是，到1953年10月7日，柳青写了一部未完成的长篇小说。小说未写书名。全部手稿写在每页为518字的稿纸上，共计189页。其中第1页引用毛泽东语录："过去的工作只不过像万里长征走完了第一步。残余的敌人尚待我们扫灭。严重的经济建设任务摆在我们面前。我们熟习的东西有些快要闲起来了，我们不熟习的东西，正在强迫我们去做。……"第2页至第189页为正文。篇末用括号注明"未完"，时间注明为"一九五三，十月七日"。以稿纸计字数，约为九万八千字，经电脑统计纯字数，约为七万七千字。该书是1952年柳青回到陕西，作了一段整党调研，又参与了实际工作后有感而发写的。在这部长篇小说中，他概括和揭示了解放初期经历了多年战争的共产党干部（包括解放区和国统区）走向全国，全面参与接管各级政权后出现的社会现象和矛盾，例如：解放区干部和新区（原国统区）干部的矛盾；解放区干部面临新形势的困境；工农干部与知识分子干部的矛盾；干部之间的分歧与不同；等等。作者通过一个县委书记，塑造了他心目中党的领导应有的处世态度和较好的工作方法。难能可贵的是，他非常敏锐尖锐地塑造了这样一个形象——贪图享乐、对群众态度有违共产党初衷、工作方法不切实际、对手中权力认识有谬的县长形象，以告诫全党。这部书稿真实地记录了一个历史阶段。实际上，这部未完成的长篇小说柳青并没有毁弃，晚年他将此作手稿交给了他的大女儿刘可风。[1]

当时的情况是，面对更新的形势，特别是翻天覆地的农业合作化运动，柳青决定放弃继续写作这个未完成的长篇，重新调整自己的创作计划，以全部精力来写农业合作化，以全副热情来歌颂新事物的诞生。

《柳青》电影中多次提到柳青对俄国作家列夫·托尔斯泰的崇敬，如初见马葳与她谈到托尔斯泰，烧那部未完成的手稿时凝视托尔斯泰像，病中躺在床上读托尔斯泰的《复活》等。柳青对列夫·托尔斯泰如此尊崇，说明托尔斯泰的生活方式与写作精神对他有影响。1951年10月至12月，柳青随中国作家代表团出访苏联。11月14日，代表团冒雪去参观列夫·托尔斯泰的故居雅斯纳雅·波良纳。参观后，代表团推举柳青代表大家在博物馆的留言簿上题词，表达中国作家对托尔斯泰的景仰热爱之情。此后，代表团又到森林中托尔斯泰的墓地进行凭吊。乡间美丽的大自然，幽静的庄园，托尔斯泰的生活方式，对柳青都颇有触动。柳青认识到，生活在自己要表现的人物的环境中，对从事文学的人是最佳选择。电影中，柳青对妻子马葳说："托尔斯

---

[1] 邢小利、邢之美：《柳青年谱》，人民文学出版社，2021年，第52页。

泰是个大贵族,他一生追求朴素的生活。晚年的时候,把所有的财产和所有作品的版权,全部捐献给了社会。后来远离贵族生活,长期住在农村,写出了几部传世的经典名著。"电影还用柳青的画外音表达了托尔斯泰对他的影响:"托尔斯泰的小说,被列宁称为俄国革命的镜子……我也渴望自己的作品能成为我国农村社会主义革命的一面镜子。"

在充分表现作为作家的柳青的同时,电影《柳青》同时也很注重表现作为共产党员和革命干部的柳青。列宁在《党的组织和党的文学》中指出:"写作事业应当成为无产阶级总的事业的一部分,成为由全体工人阶级的整个觉悟的先锋队所开动的一部巨大的社会民主主义机器的'齿轮和螺丝钉'。"[1]毛泽东在《在延安文艺座谈会上的讲话》中曾部分引用了列宁的这一说法,强调了无产阶级的文学艺术作为"齿轮和螺丝钉"在革命机器中的作用。[2]柳青也说:"一个作家在政治上(忠实执行党所规定的路线)、生活上(同人民群众的关系)和艺术上(工作能力的提高和改进)这三个方面不断地检查自己,才能使自己对人民有用。"[3]柳青在长安特别是在皇甫村的深入生活,是有他的特点的,这就是,他对待当时的生活主要的就是当时的农村合作化运动,他不是一个冷眼旁观者,而是一个积极的热情参与者。他既是一个作家,同时又身兼长安县和王曲区互助合作运动的领导者和指导者。据《柳青年谱》,1952年9月1日,他初到长安县,在下基层的过渡时期,暂时担任县委副书记,分管互助合作工作。1953年3月6日,长安县委指示,王曲地区的互助合作运动由柳青具体指导。在柳青看来,当时的互助合作运动以及将要展开的全面的合作化运动,是人类历史上一个伟大的"新事物的诞生",是中国农民几千年来实

---

[1] 列宁:《党的组织和党的出版物》,见北京大学中文系文艺理论教研室编《马克思、恩格斯、列宁、斯大林论文艺》,人民文学出版社,1986年,第183页。
[2] 毛泽东:《在延安文艺座谈会上的讲话》,见《毛泽东选集》第3卷,人民出版社,1966年,第822、835页。
[3] 柳青:《一个总结(节录)》,见蒙万夫等编《柳青写作生涯》,百花文艺出版社,1985年,第40页。

现发家致富梦想同时也是改造小农经济思想的最切合实际也最有可能实现的道路，他之作为一个作家的写作，就是为了记录这个伟大的历史实践，所以他将他的作品命名为"创业史"，是"史"，是中国共产党带领中国农民"创业"之"史"，而不是一部什么小格局的或者其他的文学作品。他不仅对互助合作运动的展开进行方向和政策上的指导，还下功夫培养农村基层干部，教育群众的思想，帮助解决农民生产和生活上一些具体的问题。从一定程度上说，他把自己所描写的对象与所生活和工作的对象融为了一体。在这里，柳青充分体现了作为共产党员和革命干部的身份。

电影中，在皇甫村农业生产互助合作动员大会上，柳青作为一个共产党员和革命干部，他是这样表现的：

富农郭富明把烟锅插到腰间，掰着指头说：我家有地有牲口，有劳力，我日子过得好好的，我为啥要入组嘛？

柳青站起来：乡亲们，咱村像老郭这样，有地有牲口还有劳力的人有多少，举个手？

稀稀拉拉地举起了几只手。

柳青微笑着：老郭，你不简单啊。这么多人都比不上你，他们都缺劳力，缺牲口。你说他们怎么办呢？

郭富明无辜地：他们咋办？不是我的事了。

柳青：对的，这不是你的事，但这是共产党的事。共产党号召大家互相帮助，争取每家每户的日子都过好。有人问，日子咋样能过好。这话谁都难回答，所以大家都在摸索。互助组也是在摸索。不管哪一家，他人再强气再壮，力量还是有限。但是把大家组织在一起，这就不同了。众人拾柴火焰高！很快啊，这神禾原上就会有拖拉机耕地、收割，以后还会买化肥，用农药……大家伙儿的日子会越过越红火！

郭富明：反正我是没见过拖拉机啥样子，我家黑蛋犁地干活，这牲口是真的。

> 孟维刚打圆场：互助组是社会主义的萌芽，大家要齐心协力把它搞好。眼下就要秋收，现在谁想要加入王家斌的互助组，请举手！
>
> 柳青仔细观察着农民的各种反应。……

在这里，可以见出，柳青在合作化运动的具体工作中，是以一个共产党员和革命干部的身份来工作的，也是党在一个时期所规定的路线的忠实执行者。

电影《柳青》也突出地表现了一个作为兼有知识分子特点的思想者柳青。柳青是一位很早就参加革命工作的作家，他经历过血与火的革命斗争并在斗争中经历了一些严峻的考验。他是一位关注现实、贴近生活的现实主义作家，在他的中年和晚年，他在"深入生活"之后，了解生活，知道生活的真相，在经历了农村社会主义改造的全过程之后，他对其中的成败得失看得很清楚：成功，他高兴，鼓而呼之，书而写之，而对其中的失败和教训，他也有切身的体会，痛苦反思之余，他对一些问题也有深入的思考。他的一生都在追求进步，追求真理，与人民同呼吸，与时代共前进。

柳青是凭借写中国农村社会主义改造亦即合作化运动的小说《创业史》而名扬天下的，正是因为经历了合作化运动的全过程，而且，他既作为一个作家，也作为一个共产党员和革命干部，参与并在一定程度上领导过合作化运动。他对这个运动本身，应该是有深刻认识的。电影《柳青》在表现作为思想者的柳青时，有一条贯穿整部电影的思想线索，这就是柳青对党在一个时期指导思想的理解和自己对合作化运动前后的思想认识。

电影开始部分有这样的镜头：

> 柳青骑着自行车，载着美丽的马葳，她幸福地把头靠在柳青的后背上。
>
> 两人幸福的画面叠化到一段合作化黑白电影资料片。
>
> 画外音：我们党在过渡时期的总路线和总任务要求是，要在十年到十五年或者更多一些时间内完成国家工业化和对农业、手工业、资本主义工商业的社会主义改造，使我国由新民主主义过渡到

社会主义。努力将我们的国家建设成一个伟大的社会主义国家。

合作化运动不久：

柳青提着皮包回来了，广场上熙熙攘攘，许多村民拉着大小牲口，排着长队在交农具，交牲口，交土地证。

戏台两侧刷着鲜红的标语：高级社成立了。

柳青吃惊地看着眼前的一切。迎面走来的高栓喜牵着驴，他媳妇抱着土地证。

王三老汉正用袖子依依不舍地擦了又擦怀里的土地证。

柳青画外音：初级社刚办起来，屁股还没坐稳就要高级化，是不是太快了？

这里表现出柳青对合作化运动的快速发展既吃惊又有疑问。

通过艺术地描写和塑造人物形象，间接地表达作者自己对生活的态度和看法，这是柳青的一个创作体验和经验。1963年12月，中国青年出版社《创业史》责任编辑王维玲到皇甫村，柳青与他较为系统地谈形势，谈历史，更多的是谈文学。柳青对王维玲说："《创业史》也是我自身的经历，我把自己体验的一部分和我经历过的一部分，都写进去了。生宝的性格，以及他对党、对周围事物、对待各种各样人的态度，就有我自身的写照。"[1]

电影后面，则是柳青和王家斌对合作化运动的反思。

柳青重病躺在西京医院病房，王家斌紧紧抓着柳青的手，柳青微微睁开眼睛。

王家斌：乡亲们都盼你回皇甫呢。

柳青无奈地：我也想念他们，想回也回不去了。

王家斌眼泪直流：回得去！中宫寺被砸了，我们大伙一人一砖一瓦，重新给你盖。

柳青摇摇头：回不去了。

---

[1] 邢小利、邢之美：《柳青年谱》，人民文学出版社，2021年，第83页。

沉默片刻。

王家斌感慨：柳书记，你说我们半辈子闹合作化，闹了个啥？

柳青遗憾地：我们做了一锅夹生饭。

王家斌抹去泪：白干咧。

柳青摇摇头：不能说白干了。家斌兄弟，合作化这条路不管是生是熟，都是我们付出巨大代价走出来的，是一次有意义的实践和探索，这个经验可以给后人做借鉴。

电影最后还有这样的表现：

王维玲：读者都很期待你的二部下卷，三部、四部你会怎么写？

柳青一阵哮喘：如果老天爷再给我两年的时间，我会如实写农业合作化如何走向错误的道路。我们不能只说我们所做的一切都是正确的。事实上我们一直在探索一条适合自己的道路。

柳青在这里所言，带有深刻的反思。柳青不愧是一个深入生活的作家，不愧是一个参加革命几十年的老共产党员，他的反思，带有深厚的生活经验和深沉的生命体验，同时也有历史的深度，是一个思想者才有的反思。在这里，也体现出柳青作为一个知识分子的身份特征。

电影《柳青》开头，柳青对女儿可风说："人这一辈子不经过千锤百炼，就是一块废铜烂铁。"电影结尾，苍老的柳青坐在病床前，说："要想写作，就先生活，要想塑造英雄人物，就先塑造自己。"首尾联系起来看，电影要强调和表现的，就是表明柳青是一位"经过千锤百炼"的"英雄"。这位"英雄"，是作家，是党员干部，同时也是一位思想者。作家兼思想家，不同国家不同时代都有，而这种三位一体的特殊的作家，只有社会主义时代和社会主义国家才能产生。因此，具有作家、党员干部和思想者三重身份的柳青，就具有了特殊的意义。他是典型的，也是不朽的。

原载《中国当代文学研究》2022年第2期

（本文系与阮洁合作）

一个新时代开始的欣喜与警觉

——读柳青长篇小说佚作《在旷野里》

柳青长篇小说佚作《在旷野里》[①]的时代背景是1951年。此时，国内战争已结束两年，旧政权已被推翻，新政权建立不久，这是一个新旧交替特别是社会制度变革、文化思想革新的大时代，从老区和新区各个方面涌现出来并被提拔上来的干部走上了各级领导岗位，这些干部的出身和经历不同，文化水平和思想认识差异也很大，他们如何带领群众进行经济建设，如何处理面临的各种新问题，包括在和平时期如何生活，都是摆在他们面前的新的也是严肃的问题。小说在首页单独引用了毛泽东《论人民民主专政》中的一段话："过去的工作只不过像万里长征走完了第一步。残余的敌人尚待我们扫灭。严重的经济建设任务摆在我们面前。我们熟习的东西有些快要闲起来了，我们不熟习的东西，正在强迫我们去做。"这段话，也鲜明地表达了柳青创作这部小说所要表现的内容和主题。

小说一开始，借主人公朱明山乘火车赴任途中的所见所闻，以欢快的笔调表现了新中国刚刚成立那种朝气蓬勃的景象，"车厢里这块那块都是关于爱国主义的谈论。人们谈论着土地改革以后的新气象；谈论着镇压

---

① 柳青：《在旷野里》，载《人民文学》2024年第1期。

反革命给人们的痛快；谈论着爱国公约像春天的风一样传遍了每一个城市和乡村；谈论着抗美援朝武器捐献的踊跃；谈论着缴纳公粮的迅速和整齐……"，"1951年爱国主义的高潮在这节车厢里泛滥起来了"。

《在旷野里》也以现实主义的创作态度，写出了新中国成立初期面临的一些严肃的问题。此作是1952年柳青回到陕西，作了一段整党工作的调查研究，又到长安县委担任县委副书记，参与了一段实际工作以后有感而发写的。据柳青大女儿刘可风回忆："1952年父亲从北京初回陕西，就对当时的整党工作做了社会调查，而书中所写的治虫工作，他闲谈时提到过，我估计这里有他的亲身经历。特别是书中说县委朱书记在一项工作的初期要往先进的地方跑，及时总结经验和规律，然后就多往后进的地方跑，以便帮助后进，指导和改进全局工作。他说这是他的工作经验。"①这说明，这部作品熔铸着柳青一些真实的生活体验和工作经验。此作中，柳青概括和揭示了新中国成立初期，经历了多年战争的共产党干部（包括解放区和原国统区）走向全国，全面接管各级政权后面临的新形势和面对的新问题，特别是新出现的社会现象和诸种矛盾，如解放区（陕北延安老区）干部和新区（陕西关中原国民党统治区）干部的矛盾；解放区干部走上新岗位到了新区以后生活上与工作上的一些困境与心理状态；工农干部与知识分子干部的矛盾；干部之间的思想分歧与作风矛盾等。作者通过一个县委书记，塑造了他心目中党的领导应有的处世态度、思想方法与工作作风。难能可贵的是，柳青非常敏锐也很尖锐地塑造了一个县长的形象，这个人物贪图享乐，对群众的态度有违共产党初衷，思想浮夸，工作不切实际，对手中权力认识有谬，小说中还用简练的笔墨勾画出权力部门个别干部权力嚣张的现象，借以告诫全党。

柳青以他文学家的敏感和思想家的敏锐，通过《在旷野里》，写出了他对一个新时代开始的欣喜与警觉。

---

① 邢小利：《柳青长篇小说佚作〈在旷野里〉考述》，载《人民文学》2024年第1期。

一

《在旷野里》主要通过县委书记朱明山和县长梁斌两个人物形象，以及他们之间的无形冲突，特别是他们思想认识、工作作风以及领导方法的不同，表现从战火中过来的或从地下工作中走出来的新老干部在新中国成立之后，在社会和生活环境发生变化之后，思想观念和生活作风发生的变化，以及他们的成长或蜕变。小说以对比手法写了工农干部出身的县委书记朱明山与知识分子出身的县长梁斌不同的工作态度和作风，肯定了朱明山深入农村基层调查研究，听取专家和农民的意见，切合实际的工作态度和作风，婉转地讽刺和批评了梁斌浮在面上的官僚主义、形式主义、本本主义和教条主义的工作态度和作风，同时也对梁斌等干部贪图享受、权力私用等生活方式进行了揭示和比较尖锐的批评。

小说的主要情节写新任命的县委书记朱明山到陕西关中一个县里上任伊始，刚刚接触了县、区个别干部，大概了解了一些干部的生活和工作情况，突然接报渭河两岸的产棉区普遍发现了严重的棉蚜虫害，如不及时治理，棉田收成将大受影响甚至无收，农民将被迫铲除棉花临时改种晚苞谷，而这样损失将很大。作为县委书记的朱明山和作为县长的梁斌，在研究了面临的问题之后，立即决定组织治虫工作队。召开工作动员会之后，两人分头带领一些县区干部到产棉区组织农村基层干部和农民群众治杀棉蚜虫。而在治虫工作的展开过程中，朱明山和梁斌表现出了两种不同的工作思路和作风。

当时的农村和农民，限于文化和教育，还普遍缺乏科学的治虫意识和办法，很多人或者失望甚至绝望，或者抱有"天虫天灭"的侥幸思想，有的村子还抬着万人伞祭虫王爷，有的农民则想着棉花不成了改种晚苞谷。面对这种可以说是相当落后的现实状况，如何把群众普遍发动起来，带动群众赶快行动起来科学有效地治虫？朱明山的认识很明确，就是采用榜样示范,先派工作组下田亲自灭虫,取得成效同时也试验出治虫好方法后,让群众看到效果,不用开会讲说和动员,他们自然都会效仿,因为杀虫治棉不仅与农民的切身利益相关,更是农民自身的当务之急。应该说,朱明山这样的"实践派"是非常了解农村和农民的。这样,朱明山带领工作队,在渭河北岸采用现代科学的治虫方法、工具以及药剂,同时结合民间行之有效的治虫土办法,深入田间,杀虫治虫,很快取得了良好效果,同时也带动了群众。这种带头示范的思路和方法,使治虫工作在短短几天就取得了很大进展。

朱明山是小说中的一号人物,他的身份是县委书记,是陕北老区部队出身的干部。小说在开头第一节中,以叙述的方式介绍了朱明山的简历:此前他在西北大区的一个部里当了一个时期的科长,更早一些,他在陕北当区长和区委书记,后来在军队里当连指导员和营教导员,因为患了严重的肠胃病,他被西进部队甩下来,"跌"进医院去。"1949年10月1日的礼炮轰得他在医院里蹲不住,他再三地要求工作。可是正碰上大行政区机构成立,他被安置到办公室里去了。还说他是一个有相当文化水平的工农干部。他坐在科长办公桌后面审阅、批核卷宗的时候,甚至嫉妒那些随军撒在甘肃、青海、宁夏、新疆的同志和后来到了朝鲜的战友们。他曾经报名到朝鲜去,做他解放战争后期所做的后勤工作,可是他得不到允许。他也曾经要求学习过,可是只有那些根本拿不起工作或把工作做坏了的人才容易得到学习的机会,而他得到的回答总是'在工作中学习'。很幸运,最近部里变动把他腾出来了。"小说写道:"'现在我要在工作中学习了。'朱明山高兴地想着,弯下腰去提出他座位底下那口手提皮箱,那里面是他两年来陆续积累起来的心爱的书","列车在向朱明山要去工作的那个县奔驰着。他在读着新近出版的《中国共产党的三十年》,间或用钢笔在书上打着记号"。

从这段叙述中可以看出,朱明山虽是一个工农干部,但爱读书,"是一个有相当文化水平的工农干部"。并且,他能自觉地意识到,新中国成立了更需要在"工作中学习",同时在学习中提高思想认识和工作水平。

朱明山很有头脑,他工作深入实际,领导有方。1951年的农村,已经进行了土地改革,但没有实行合作化,土地由农民自己耕种。朱明山第一次带领县区干部到棉田里治棉蚜虫,看到问题,"回到区上,他把所有留在区上的工作队干部和当地干部召集起来,提出要把县上原先布置的步骤变更一下:两天到三天里头不开群众大会,白天太阳红的时候集中力量,由区乡以上的干部亲自动手,在愿意首先治虫的村干部和群众的棉地里打喷雾器(用喷雾器打农药)。开始多打药剂,第二天就多打烟叶水,第三天见效的话就全部打烟叶水。每天晚上在群众里活动,宣传大家到早上治过虫的棉地里去参观,等到大多数群众转变了态度再说。不许干涉群众的迷信活动"。朱明山认为"科学最有力量的宣传是实验"。他讲:"你们看出了没?现在是讲话最不值钱!谁听咱那一套?那就请事实先发言吧!"

在群众不理解科学、没有见过农药效用的情况下,朱明山主张用事实教育群众。大家一致同意。接着,"吃过早饭,朱明山就和脸庞稚嫩的年轻区委书记骑车子到渭河区三乡蔡家庄去了,那里是区的重点,有一个植棉能手"。朱明山尊重科学,也依靠专家,相信群众,从善如流,工作不急不躁,其领导工作很有章法。

朱明山显然是柳青着力塑造并大力肯定的一个正面人物,是一位具有代表性甚至有典型意义的领导干部。朱明山虽是工农出身,"只有三冬冬学的学习底子",但肯学习,爱读书,加上工作中的积累,他在当乡文书、中学毕业的未婚妻高生兰帮助下,"居然读完了苏联小说《被开垦的处女地》。高生兰把他引进了新的世界,开始了一种不知足的探索,后来他连续读了那个时期风行全陕甘宁边区的《日日夜夜》和《恐惧与无畏》"。他既有做区乡基层工作的历练,又有带领战士们冲锋陷阵的战争磨炼,热爱学习,勤于思考,作风扎实,工作务实,能不断进取,既有全局观念又有时代意识。《在旷野里》虽然并未写完,朱明山形象的全貌还有待于进一步展示，但现在的文字，已经以精彩的细节和扎实的描写，浓墨重彩地塑造出了朱明山这样一个个性鲜明而且光彩照人的县委书记人物形象。

在小说中，梁斌作为第二个重要人物，小说对他也作了深入细致的刻画。他是县长，是当地干部。小说中写道：朱明山在地委会已经知道，"梁斌是1938年延安抗日军政大学毕业，派到一个共产党员当指挥官的原是杨虎城将军部下的国民党军队里工作；后来那个军队里一部分起义进了解放区，另一部分被打散了，梁斌潜逃回家里。家乡初解放的混乱中，他组织起游击队，直到地方武装归军区调走的时候，他留到地方工作"。从这个人的经历来看，他当然是革命的，但并不是十分单纯。梁斌工作上既勤奋又很努力，但也许是习惯了战争中那种战斗的工作作风，他现在的工作方式和方法显得有些简单化甚至粗暴。在治虫工作中，他在渭河南岸指导工作，与朱明山采取的榜样带头的工作方法相反，梁斌采取的办法主要是开动员会，而且是用几天时间召开大会和长会，并在会上不断强调毛泽东主席的话"严重的问题是教育农民"。结果农民没有得到教育，工作也没有展开，最后是朱明山到南岸检查工作，采取纠正和补救措施。

小说中这样描写梁斌的工作方式和态度：

> 朱明山和赵振国同干部们一起过了渭河的第二天上午，梁斌骑着马，通信员骑着自行车，到了渭河南岸的河口区。……两个区的群众都赶河口区上所在的湄镇的集场，梁斌就到这里来指挥这两个区的治虫工作。他到的时候，两个区的区乡干部和工作组干部已经按他的指示集中起来，等待他两个来钟头了。
>
> "同志们，"梁斌拳术家一般粗壮的身体站在摆着纸烟和茶水的桌子后面，对坐在渭水河边树林子里的草地上的百大几十个干部讲话。他的神气和口气都像是大区的或中央的某一个首长下了乡："毛主席说过，'严重的问题是教育农民'。为啥要说是严重的问题哩？因为我们不能用不久以前对付地主和反革命的办法，解决农民落后的、保守的和迷信的思想问题。我们坚决采取

说服的办法，反对强迫的办法。毛主席说这是人民内部的自我教育工作……"

……………

梁斌就这样做了两个多钟头的报告。……

"问题很明白！"梁斌好像两条粗腿负担不起他身子的全部重量，两手托着桌边，上身探出桌面来，用他的洪亮的大嗓音说："我们要领导农民开很多会，特别是讨论会。为啥哩？因为不开讨论会，农民怎个相自己教育自己呢？这和我们搞土改领导农民开诉苦会是一样的哩！同志们，问题的关键就在这里！"[①]

在这里，小说通过简洁的叙述和传神的形象描写，把梁斌这种干部的教条主义、形式主义的思想方法、工作作风和做人态度写得入木三分，刻画得惟妙惟肖。

小说同时写了梁斌不作调查研究、不听取一线工作人员建议的官僚主义、主观主义的工作作风。他并不很懂农业，也不懂生产规律，指挥决断简单粗暴。一天晚上梁斌到县农场视察，这个农场在新中国成立前曾是"王家花园"，谈到关于砍伐二十亩由于管理不善而结得很少的"渭津"苹果的时候，小说写："梁斌把洋火盒往洋灰桌上一掼，怒眼盯着场长说：'春上看见结的少，就应该伐了种苞谷……'"场长红着脸说治完棉蚜虫就伐，一个年老的管果树的雇工凑上前来，求情似的说："梁县长，成物不可毁坏。今年没结好，是去年的作务不到。你等明年看。明年再结不好，你办我的罪。"梁斌问雇工："你说人民现在主要吃啥过日子？你说！粮食还是苹果？"问得老雇工张口结舌没有话说。梁斌带着可以使人感觉到的讥讽笑着，进一步对那已经很难堪的老汉说："我们人民政府和国民党官僚完全不同，这块地皮到我们手里，它就既不是花园，也不是果园，我们要在这块地上办农场，让它为人民服务！"他没有注意到他的语

[①] 柳青：《在旷野里》，载《人民文学》2024年第1期。

气把老汉和人民政府分开使老汉脸上浮起一层冤枉的表情，只是重新指示场长："一定要伐，误了繁殖碧蚂一号麦种，你要负责！""场长还没有作声，梁斌就领头穿过苹果林子，走向麦田——那是头年冬天伐了苹果树的五十亩地的一部分。"

梁斌在现场既不作深入的调查研究，也不听取老果农的意见，而是用命令方式让砍掉多年的成林果树，工作方法既简单粗暴，也不讲究科学的农业与果林业布局，这就是比较典型的官僚主义和主观主义的工作作风。新中国成立后，对原国民党官僚"王家花园"的接收使用，特别是对"百十亩地"中"大部分是果树"的接管与如何使用，既反映政府领导的历史与文化的认识水平，也反映领导的政策水平与实际管理水平。小说中写，年轻的农场场长明知道专署农场处对这种大片砍伐果林早有批评，"有人把这种行为比喻成拆了从敌人接收来的楼房另盖瓦房；有人说这实际上是把接收来的财产当成天上掉下来的东西挥霍；有人甚至提到原则的高度说大批的砍伐既成林木是犯法的"，但他早被县长训斥怕了，几度拐弯抹角言不由衷还是没敢明确地把自己的不同意见表达出来。读到小说这样的艺术描写，可以明显感到作者的批评锋芒。

关于梁斌的工作作风，县委组织部部长冯光祥对朱明山说："对梁斌县长不满的人越来越多，他还坚持他的意见。干部消极抵抗他，他还发脾气。"冯光祥还与县委宣传部部长吴生亮议论梁斌讲话喜欢引用领袖语录："老边区以前有一句流行话，说毛主席的话都是真经；可是真经也要看怎么个和尚念哩。歪嘴和尚能把真经念坏。"小说通过不同干部对梁斌的看法和议论，多角度塑造梁斌这个人物，同时也表现出作品对这个人物的看法和评价。

小说也写了工农出身与知识分子出身的干部在新中国建设初期，在工作中各自的局限和一些问题。柳青善于通过一些生活细节和人物之间并不明显的矛盾和冲突来表现这些问题。小说写，赵振国虽然是县委副书记，但他是农民出身，为人老实正派，工作踏实肯干，能吃苦，也有实践经验，但没有文化，没有理论修养更没有理论高度，嘴笨言拙，所以在一些场合比如在会上讲话发言，他就只能徒叹奈何。小说中有一段是专门写他的：

> 当了一个领导者，赵振国负的责任越大，他就越明显地感觉到自己的缺点，好像残废人一做活就感觉到手不应心一样。他这个缺点在他到了新区以后，被领导者从多数是农民出身变成了暂时多数是知识分子出身，更是常常使他为难。不管他怎么能坚持原则，怎么能坚持完成任务，如果需要他从这方面和那方面讲出一套道理来，那对他是最难不过的事。他革命十几年，连个训练班都没挨上住。在党委会上发言，他每一回站起不是三句就是五句，而且总是一边倒茶或者取烟，一边讲，好像他从来不曾正式发过言。要是轮到他做一个专门问题的报告，秘书或干事根据他的意思写出来，他还得去问人家不认识的字。所有这些都不算什么，大家了解他，反而感到一种不拘形式的亲切。可是遇到在一个重要问题上发生争论的时候，他心里是那么着急。别人一套一套花言巧语明明是不切实际的，只是他除了从十几年积累起来的经验里寻找以外，几乎再没有什么有力的根据涌到他头脑里来，使他能像一个有修养的领导者那样，用不着脸红脖子涨就可以把别人说服。[①]

与赵振国这种农民出身的干部不同，而与梁斌异曲同工的是张志谦这样的干部。张志谦作为另一个治虫工作组的组长，在高台区的干部会上，居然也"作了将近三个钟头的动员报告"。小说写，"工作组长张志谦一手拿着揭开的笔记本，一手不时地拢着他鬓角里固执地不肯就范的头发，根据朱明山和梁斌的讲话，加上他自己看样子很得意的发挥，虽然赵振国事先也叮咛过张志谦讲话扼要些，可是那个住过几天西北农学院的大学生好像决心要露一手，并没有重视这个领导者的叮咛"，"张志谦并不怎么

[①] 柳青：《在旷野里》，载《人民文学》2024年第1期。

强调拿事实来对群众进行科学教育，而大谈其棉花与国家工业和人民生活的关系以及农民的保守性和落后性……"。治虫工作伊始，县委书记朱明山就讲过，"发动群众要我们摸索群众最容易接受的方法"，"群众要看实际。我们就整整一段地一段地治给他们看"，"群众还没普遍动起来以前，最好暂时不提挑战竞赛的话。等火候到了再提，免得有些人为了争模范，就强迫命令"。朱明山还提出连口号也"干脆不提"，因为"我们的口号很响亮嘛——普遍治、彻底治"。这就是踏实稳健的工作作风。而张志谦在治虫工作最紧要的阶段，不从实际出发，也不讲实际工作，所作近三个小时的动员报告多是发挥性发言，这就是典型的夸夸其谈，不切实际也不着边际。

可以看出，《在旷野里》善于通过对比的手法塑造人物，如此，既写出了人物不同的性格，也间接传达出作品对人物的理性认知与感情态度。《在旷野里》，一切都是开始，一切也都刚刚开始，柳青在这部小说里，主要写了县上的主要领导和区乡一些领导，无论是老区的工农干部还是新区的知识分子干部，面对新的时代新的环境特别是新的工作局面，都有这样那样的缺陷和不足。小说以严格的现实主义态度描写了这些人和他们的工作以及他们的生活，给我们揭示出新中国成立初期，一个新的时代开始的时候，"在旷野里"的各种景象，真实，生动，充满问题，充满矛盾，当然，也充满生机，充满希望。

二

全面接管政权以后，如何对待手中的权力，这是每一个领导干部特别是共产党员干部面临的新的现实问题，同时也是对每一个人政治品格和人格水平的考验。

小说中，县长梁斌就是一个未能正确处理领导身份与权力关系的人物。他除了工作作风浮夸，还把权力看得比工作更重，在日常工作和生活

089

中，耍官威，打官腔，重享受。小说第十五节开头这样叙述：

> 很多人被摆在领导地位上以后，人们可以从他们身上体会到责任心和从这种责任心产生的对事业的谨慎，对干部的关怀和对自己的严格。但是有些人被摆在领导地位上以后，人们从他们身上却只感觉到把权力误解成特权的表现——工作上的专横和生活上的优越感，以至于说话的声调和走路的步态都好像有意识地同一般人区别开来了。
>
> 梁斌从副县长变成县长不久，大家就在私下议论他变成另一个人了。①

小说写梁斌对下属的态度和下属的表现：

> "王秘书，"梁斌带着一种权威的神气命令说，"你去看朱书记在哪个屋睡，叫把蚊香给点着。薰完以后把门给关严，不要叫人乱开。""王秘书好像仆人一样驯顺地去了。"②

在治虫工作紧张阶段，县委组织部长冯光祥给朱明山打电话反映"对梁县长不满的人越来越多，他还坚持他的意见。干部消极抵抗他，他还发脾气"。小说写朱明山叹了一口气说："这个同志，唉……"又"觉得在一般干部面前乱说不好，话到舌尖上又咽了，只默然想着梁斌的神气：他给他打过几次电话，多数是跟他一块的助理政务秘书去接的，说他睡觉。要把他叫醒，又说他吩咐过不要叫他。有两次，他和朱明山在电话上说了话，他哼儿哈呀打官腔，总是避免谈实际问题"。朱明山问："梁县长到乡上和村里看过没有？"冯光祥生气地说梁斌"多少次群众运动，他到的最下边是区上！"而且，"他下来几天，一直和他的助理政务秘书住在区上。小馆里叫饭吃，经常喝酒。区上的干部除非有紧急事，谁也不敢回区上去，怕他把脸一沉问：'不好好在下边工作，回来干啥？'他把一个领导的作用降低到好像老百姓插在庄稼地里吓唬飞鸟的草人一样了。"由于

---

① 柳青：《在旷野里》，载《人民文学》2024年第1期。
② 同上。

他到省里汇报了一回工作，原来由县委常书记兼任的县长一职，改由他这个原来的副职担任。小说写，"梁斌一接任正职，马上就变了另一副神气。他在党委会上开始不断地和常书记发生争执，固执地坚持意见；他在县政府里好像成了'真理的化身'，凡是他的话一概不容争辩。他新刷了房子，换了一套新沙发，加强了他权威的气氛。他站在正厅的屋檐底下对着宽敞的大院子，大声地喊叫着秘书或科长们'来一下'。而科长或文书们给他送个什么公事或文件，要在他房外侦察好他不在的时候，进去摆在他办公桌的玻璃板上拔腿就走，好像那是埋藏着什么爆炸物的危险地区。日子长了，他发现了这个秘密，咯咯地笑着，从这些下级的可笑的胆怯里感到愉快"。

小说也触及了刚刚诞生的新政权成立不久，一些人手中掌握了权力，自我膨胀，飞扬跋扈。作品第十六节写县委书记朱明山在乡下治虫工作中，在渭河边偶遇县公安局局长郝凤歧一行人，郝凤歧蛮横霸道，目中无人，几个细节写得极为形象生动。

> 朱明山推着自行车艰难地在渭河宽阔的沙岸上走向河边。……
> "老乡，等一等！老乡，等一等嘛！"
> 他向正要离岸的一只摆渡船嘶声呐喊。
> 撑船的老乡停住手直起腰来，和船客们说着什么。船上只有两三个穿灰制服的和四五个穿黄军衣的人，好多辆自行车在船上灿亮地反射着阳光。朱明山以为船要等他了，就低头更使劲推着车子，努力在陷脚的沙窝里跑步。可是他跑到河边硬岸的时候，发现船夫重新撅起屁股撑船了。船离岸不过十多步远。
> "老乡停住！不许开走！"朱明山愤怒地大声叱咤，喝住了船。……
> 一个穿灰制服的人神气十足地直拗着脖子，斜眼瞟着朱明山，说："啥老爷嘛！把船给我撑走！"他转身命令，唾沫星子溅了船夫一脸。

船上发生了争论。一个穿短裤的中年船夫走到神气十足的人面前，态度平和但却语气坚决地说："现在是毛主席的世事，咱得要讲理。一来咱的船要开时人家就喊叫，还使劲赶了一气；二来把他留下，还得为他一个人摆一回船……"

有五个穿黄军衣的人带着"公安"臂章，屁股后面都吊着盒子枪。他们有的嘟嘟囔囔说着什么，有的制止着。这时有两个船夫蹚水到岸上来了，一个扛了朱明山的车子，另一个要背他。他不要背，把裤子卷到大腿根上，提着鞋，蹚水上了船。

那个神气十足的人轻蔑地从头到脚打量着朱明山。……
…………

大家下了船。朱明山从神气的变化上看出那人已经感觉到他是什么人了。公安局的八辆车子被大家推上了高岸，那人和一个背盒子枪的留了下来。背枪的非得替朱明山把车子推上去不可，结果只剩他们两人在后边走上坡去。

"你是朱书记吗？"那人脸红地问。

"对。"朱明山说，"你是郝局长吧？你在老边区住过几年？连学习三年，不算长，可总算老区来的。老同志不光是指导别人的工作，在平常的态度上，恐怕也应该是别人学习的榜样吧？你看，到处是一片新同志、新干部，他们除过从老同志身上再从哪里看见共产党员应该是怎个样子？"

公安局长红着脸，歪咧着嘴角，没什么话说。

分手后，小说写：

他匆忙地扭头瞭了一眼公安局长领先的八辆自行车的阵势，心里感到好像丢了个什么东西一样难过。

"这号领导同志不要说工作出岔子，光光把他领导的干部带坏，也是个大损失！"①

----

① 柳青：《在旷野里》，载《人民文学》2024年第1期。

事后，朱明山与组织部部长冯光祥议论起这位公安局局长，气愤地说："一个县的公安局长哪来那么大的派头，不管什么任务下乡，怎么能威风凛凛、大张旗鼓带着一串人？现在又没战争。"冯光祥讲了这位公安局局长的一些情况后，朱明山惋惜地叹口气说："这样就把他害了，发展下去很危险。"

与此对照的是，小说塑造的县委书记朱明山则为人低调，生活朴素，能严格要求自己，作风端正。团县委副书记李瑛在火车上偶遇朱明山，两人当时互不认识，李瑛事后对单位同志讲朱明山为人："可朴素啦。准备从车站往城里扛行李……"朱明山在生活中对自己严格要求，对妻子的一些损公肥私行为非常不满。小说写高生兰："她的苦难（这是十分令人同情的）一结束，新的世界使她头脑里滋生了安逸、享受和统治的欲望。高生兰在朱明山工作的部队里管图书，经常不按时上下班，有时在办公时间坐在办公桌后面打毛衣，缝补小孩的衣服，甚至按照某种新鲜图案绣花。她甚至不用手，而用下巴指使她的两个干部——一个女青年团员和一个戴着老花眼镜的留用人员。日子久了，人家对她提出了意见，她竟然给人家扣起'不服从党的领导'的帽子。后来，她要被调到收发室去，朱明山耐心地说服她接受这个新的工作；可是她一直为这个'低下的位置'闹情绪，不考虑怎样把这个工作做好。""最使朱明山气愤的是：上半年他到部里领导的一个学校里去搞整风中的清查工作，她从机关里重领了他一个月的伙食。他奇怪一个人思想溜坡的时候，怎么完全闭着眼不顾危险呢？朱明山在'七一'前部里整风的支部大会上，严厉地揭发了这个事实，虽然他回到家里要用比支部大会上发言更长的时间解释和鼓励她。"因此，朱明山把妻子送到西北党校学习，希望她在党校能重新认识自己并有所提高。

战争结束，进入建设时期，随着个人工作的重新安排与调整，新老干部都面临新的形势和局面，个人的生活问题包括感情与婚姻问题，也不期然浮出水面。这部小说也写到了一些人物的感情关系和纠葛，如老区干部夫妻两地生活如何处理与安排,在新的工作环境中如何对待猝不及防同时也很正常的情感遭遇,从而使《在旷野里》这部小说具有了较为深广的生活面,有了浓郁的生活气息,也有了精神与情感的深度。

这部小说是未完稿,通过朱明山回忆,目前的小说重点写到他与妻子高生兰的关系和高生兰的一些表现。朱明山在陕北一个区里当区委书记时,高生兰从中学毕业,来到区上当乡文书,两人互相学习,互相帮助,朱明山在高生兰的帮助下,读了一些苏联小说,"共同的目标和共同的兴趣终于使他们谈起爱情"并结婚。小说写:"那是令人兴奋鼓舞的1945年的事了。""1947年的战争把他们分开了。朱明山参加了八百里秦川全部解放以前的每个大战役",而留在陕北的高生兰,带着两个孩子,在战争中疏散回家,和她母亲一块逃难,"度过陕北饥饿的1948年"。艰难的生活把"她变成一个村妇","特别使朱明山惋惜的是:她和书报绝了缘,而同针线和碗盏结了缘。朱明山在西安接待了她们大小四口不几天,就发现高生兰变得那么寒酸、小气、迟钝和没有理想"。小说中的这一段回忆性叙述,虽然简略,但内容非常丰富,让人产生很多遐想。朱明山对高生兰气质和精神上的变化不满意自然有他的道理,但高生兰的这种变化让读者能够理解同时也能产生同情。小说还写到,在日常接触和工作中,二十岁上下的团县委副书记李瑛对夸夸其谈的恋爱对象张志谦渐渐没了感觉,而对三十岁上下的朱明山有了好感,朱明山在赴任途中对在列车上读书的李瑛一见面印象就很好,但他后来有意无意地在规避自己的情绪。小说还写到,陕北老区来的渭阳区委书记崔浩田,在与朱明山闲聊中透露,他随军南下以前退了家里给定的亲,如今在工作中暗自喜欢上了李瑛。因此,从党校学习之后出来的高生兰是什么样子又如何表现,年轻而且富有朝气的李瑛后面如何发展,朱明山、崔浩田等人后面的故事如何展开如何结局,都给人留下了想象空间。这部未完成稿有其未完成的不足,但现有的内容已经构成了一个开放式的有意味的结构,给人留下了广阔的想象空间包括再创造空间。

三

新中国成立，开天辟地，因为一切都刚刚开始，所以，面临的新问题就多。从一定意义上说，《在旷野里》这部小说既真实地记录了一个历史阶段，同时也触及并提出了许多新问题，而这些问题，将是一个长时期既需要面对也需要思考和解决的问题。《在旷野里》是一部现实主义作品，现实主义文学的现实性、真实性、典型性、问题性和倾向性都在这部作品里得到体现。难能可贵的是，这部作品提出的一些问题，或者说现实主义的问题性，在这部作品里得到了极其充分的体现。

从柳青的几部长篇小说《种谷记》《铜墙铁壁》和《创业史》来看，柳青对生活和人物的描写总体是颂扬性的，他善于描写正面的特别是具有时代英雄特征的人物形象。在这些作品中，他也写了一些所谓反面的比如富农姚士杰那样的人物，但按当时的文学观念，是因为这样的人物本身有其阶级性特征，姚士杰属于地主富农一类，因此，姚士杰这样的人物形象在当时的文学作品中并不显得特别。《在旷野里》中，柳青既以浓墨重彩写出了朱明山这样的正面而且感人的县委书记形象，也以浓墨重彩写了革命出身的县长梁斌这样的有点灰色的形象。虽然梁斌这个人物在作品中并不一定是反面角色，但对这个人物的态度，作品显示出的倾向性显然是批评的。这在柳青的创作中，还是很独特的。从当代文学史考察，梁斌这样的文学形象在当代文学中还要晚几年才能出现。

因此，《在旷野里》这部柳青写于1953年（写作时间约为1953年3月初至10月7日）的作品，尘封七十年后重新刊出，显然丰富了柳青的文学世界。柳青是一位跨越现代和当代的重要作家，是中国当代文学现实主义作家的杰出代表，是社会主义革命文艺的代表作家之一，同时也是一位具有历史意义的人物。柳青的创作始终追随时代前进的脚步，他的长篇小说《种谷记》《铜墙铁壁》是这样，他的中篇小说、短篇小说以及散文随笔也是这样，是社会巨变的记录和思考，他的长篇小说《创业史》更是中国农村社会主义革命和建设的一面镜子。现在，从创作时间来排列，《在旷野里》位列《铜墙铁壁》之后，排在《创业史》之前。《在旷野里》的思想与艺术，更突出了柳青这位深入生活的作家的人格和思想，表明柳青在新中国成立之初，有着伟大作家所具有的特有品质，他有极其敏锐的发现和思考，也曾提笔写作。同时，《在旷野里》这部作品在今天发表面世，对柳青的研究及当代文学的研究，也都是极有意义的。《在旷野里》将丰富当代文学的艺术画廊，特别是丰富甚至改写"十七年文学"早期创作的某些艺术格局。柳青在生活和创作中长期形成的一些思想、态度和方法，他的一些创作经验和美学思考，具有鲜明的时代特征和深远的历史意义，值得不断学习和深入研究。

原载《中国当代文学研究》2024年第1期

（本文系与阮洁合作）

柳青佚作《在旷野里》内外

一

《人民文学》于今年第1期头条刊登柳青长篇小说佚作《在旷野里》。新年，新作，也可以看作是一件大"新闻"，真是可喜可贺！

《在旷野里》是柳青的一部长篇小说佚作，写作时间是1953年3月初至10月7日，写作地点是陕西省长安县（今长安区）当年的干部疗养院常宁宫，未写完。从未面世，至《人民文学》刊出，珍藏了七十年。当初是柳青先生的大女儿刘可风把柳青这部长篇小说佚作手稿交给我的。

我在柳青生前所在工作单位——陕西省作协工作，2007年陕西省柳青文学研究会成立，我先后被选为副会长和会长。刘可风著的《柳青传》以及我和女儿邢之美合编的《柳青年谱》，2016年同由人民文学出版社出版。由于研究柳青以及筹拍《柳青》纪录片、电影等原因，我与刘可风多有来往，她信任我。大约是2018年上半年，把这部手稿原稿交给我，让我研究，同时也想听听我的读后意见。为了仔细研究，我把柳青这部佚作手稿扫描了一份，又复印了一份，原稿送还刘可风。

刘可风很希望这部凝结着她父亲心血的作品能够与广大读者见面。2019年7月11日，她给我发信，表明出版这部长篇佚作是她父亲柳青的心愿和遗嘱。信中说："这本书稿他曾嘱托我在他离世后找机会出版。这也是他心血的结晶，不忍废弃的文字。这里包含着他的思想、情操，以及创作经历……他殷切的寄托和眼神，更有那些滚烫的话语，至今显现在我的脑海中。"刘可风谈到她父亲柳青对这部佚作的态度，"如果这本书稿他觉得写得不能出版，他会有表示，而正好相反，他十分肯定它对说明自己创作经历有意义"。刘可风还说，"这部小说如果出版，对柳青的文学世界的研究价值很有意义，也是文学界的期望"。

2019年7月27日，刘可风以微信形式给我发来她写的《未发表小说〈县委书记〉刊印后记》，此"后记"较为详细地说明了这部长篇小说佚作的一些情况。柳青原手稿没有书名，为了出版需要，刘可风给此书起了一个《县委书记》的书名。刘可风原文如下：

1978年的三月，父亲肺部感染了绿脓杆菌，精神状态让我们十分担忧。一天早晨，他对我说："你回家，把我留有的文字全部拿来。"我取来时已过正午，窗外阳光灿烂，可高大的梧桐树遮蔽了全窗，屋里阴暗寒冷，也如我心境。

除了《创业史》的手稿我不用拿，其他的存留文字连一书包也装不满，他一份一份地看过，嘱咐几句，记得有两张纸上写了几行字，他撕了："这个没用。"最后拿起的就是这部书稿，他一只手用力擎起，当另一只手来回抚摸时，眼光有着像对亲子的留恋和不舍缓缓说："以后，以后……没用就毁了吧。"

与这部书稿相识以后，隔一段我就要翻看一阵，因为在阅读中能回忆和父亲在一起时的点点滴滴，也可以在心中倾泻时势的酸甜苦辣。后来，在写父亲生平的过程中，我了解到他曾在写《创业史》之前写过四十万字的东西，除了这七八万字保存完好，其他的已无踪影。我在1980年前后，几次访问曾在省委宣传部工作，后调陕西戏剧家协会的金崴，他谈到1953年奉领导之命和柳青谈作品发表一事，他说柳青表示，因不满意自己的创作水平，已将成文焚烧。我推测成为灰烬的就是这本七八万字之外的那些文字。可见，他觉得这部书稿还有保留价值。

父亲一生关注现实生活，书写现实生活，他力求从现实生活中揭示一些问题。给人们启发、影响、引导和教育，从而更深刻地认识生活。

这部未发表的小说是写新中国建立最初两三年关中地区的一个故事。1952年父亲从北京初回陕西，就对当时的整党工作做了社会调查，而书中所写的治虫工作，他闲谈时提到过，我估计这里有他的亲身经历。特别是书中说县委朱书记在一项工作的初期要往先进的地方跑，及时总结经验和规律，然后就多往后进的地方跑，以便帮助后进，指导和改进全局工作。他说这是他的工作经验。

他随便翻开一页说："我喜欢鲁迅书稿中娟秀的豆豆字。"我一看，他的稿中也是页页工整、一字一格的豆豆字。以后，这部书稿我从没有销毁的念头，舍不得。甚至翻动的时候也怕损坏它，我仿佛看见他坐在桌边认真地在写，也像在听他给我讲他动情的经历。我是想，如果我离世前它一直这样寂静地躺着，那我走时就带它走了，没想到，经历了几十年时政的变化，它虽然在艺术手法和反映及概括社会生活上并不突出，但能出版面世，给研究者提供片段的资料，实在是幸莫大耶！我真不知道怎样表达我对出版者和编辑的感激之情。我想，此稿面世，离去的父亲也一定会瞑笑于天的。

后来，刘可风又将手稿录为电子版发给我。2023年6月，中国社会科学院文学研究所李建军会同有关单位拟编《柳青全集》，邀请我做编委，我把柳青的这部未刊长篇小说的电子版请李建军看，李建军看后大为激赏，推荐给了《人民文学》。柳青原手稿没有给作品起名字，"在旷野里"是小说中多次出现的一个短语，也是一个意象，如小说写县委书记朱明山和县委副书记骑着两辆自行车，"在旷野上月牙照耀下的公路上飞奔"，"在渭河平原上的旷野里是这样令人迷恋"。"在旷野里"，有象征性，内蕴丰富，意味深长，有小说所写年代的生活气息和时代特点，也有相当的现代性。《人民文学》刊出作品前，李建军会同《人民文学》主编施战军和我商讨，提议用"在旷野里"作为小说的名字，我们研究后，遂定下此名。

二

《在旷野里》充分体现了柳青创作中一贯坚持的人民情感和家国情怀，他用艺术的笔墨描绘了人民群众对刚刚成立的新中国那种饱满的爱国热情，对刚刚开始的新时代满怀信心并充满希望。小说以生动的细节描写，把历史的重大转型形象化在乡村日常中，成功地塑造或写出了历史转型时期一批基层领导干部形象。小说以鲜明的艺术形象肯定了调查研究、深入实际的工作态度和工作作风，对已经露头的形式主义和官僚主义问题正视并予以"警觉"。小说突出表达的，是要调动一切积极因素，激发群众智慧，用生产、生活实际教育引导干部和农民跟上时代，创造未来。

《在旷野里》是一部未完成作品，即使如此，从小说中已经出场的十七个人物和尚未出场的五个虚写人物来看，这是一部颇有规模的作品。小说前边单独引用了毛泽东的一段话："……过去的工作只不过像万里长征走完了第一步。残余的敌人尚待我们扫灭。严重的经济建设任务摆在我们面前。我们熟习的东西有些快要闲起来了，我们不熟习的东西正在强迫我们去做。……"引文有点明主题的意味。

小说以陕西关中渭河两岸的一个县为描写对象，虽然小说中的人物也上升到了地委一级，但主要是描写县委、县政府及县上一些部门的人物，也写到区、村的一些干部和民众。小说写的是1951年夏天的一个时段。小说第一节就以浓墨重彩渲染出了当时的时代氛围和社会特征，一列向前方开进的列车上，各种身份的乘客兴致勃勃地说着自己的事，更主要的是议论时事，他们对生活、对未来充满期望。百废待兴，未来可期，新县委书记上任。新的生活和新的工作"在旷野里"展开，各种矛盾、各种冲突也随之展开。

1953年写《在旷野里》时的柳青三十七岁，还是青年。从文学创作来看，青年柳青正是思想最为敏锐也相当成熟的时期，已经出版了短篇小说集《地雷》，出版了长篇小说《种谷记》《铜墙铁壁》，在艺术上积累了相当丰富的经验，是一位成熟的作家。从作品可以看出，青年柳青对待新中国就像他在小说开头写的那列火车上的乘客一样，无比热爱、满怀信心并充满期待。同时他具有青年的热情、敏锐和勤思，既表现出强烈的"时间开始了"的欣喜之情，也显示出他发现问题、提出问题的锐气。

可以明显感到，这部未竟长篇，与柳青另外三部长篇《种谷记》《铜墙铁壁》《创业史》比较，有着柳青自己的影子，或者说，有柳青的一些生活经历和生命体验在其中。柳青写小说，特别强调小说的客观化、"对象化"，反复强调"用人物的角度写人物"，人物是人物，不能是作者自己，这从小说艺术上来看，是对的。但我们在《创业史》等作品中很少明显地看到柳青本人的生活、他个人的生命体验。或者说，在他的小说中，很难看到他的身影。而这部《在旷野里》，细读，如果熟悉柳青，则可以感觉到柳青的某些经历、工作经验乃至生命体验，都熔铸在这部作品中。

三

《在旷野里》主要情节是，县委书记朱明山刚刚到任，突然接报渭河两岸的产棉区普遍发现了严重的棉蚜虫害，需要及时治理。朱明山和县长梁斌研究之后，组织治虫工作队，分头带领县区干部到产棉区治杀棉蚜虫。在治虫工作展开过程中，朱明山和梁斌表现出两种不同的思想认识、工作作风以及领导方法。朱明山是工农出身的从陕北老区来的干部，梁斌是知识分子出身的搞过地下工作的当地新区干部，小说通过两人无形的冲突以及其他干部的表现，写从战火中过来或从地下工作出来的新老干部，在社会和生活环境变化之后，他们思想观念、工作作风和生活态度的变与不变，他们的成长或蜕变，特别是他们面临的和存在的新的工作问题、生活问题和思想问题。

小说主人公、新上任的县委书记朱明山说："这个是中国历史上从来没有的伟大时代，每一个诚实的人都能有自己想不到的作为。"同时，这个新时代面临的新问题更是不少。小说中提出的一个问题是，面对新的社会改造和建设任务，领导人民前进的领导干部的文化理论修养、思想方法和工作作风是一个很大的问题。白生玉是县政府建设科长，是一个从陕北来的农民出身、没有多少文化的老革命，他说："革命的饭总算吃下来了，建设的这碗饭，没文化没知识，恐怕不好吃。你看，光个治虫，不是硫磺合剂，就是'鱼藤精'。春上我还在区上，合作社就给群众贷下来些什么'赛力散'，干部也不懂，没给群众交代清楚，毒死几条牛，还毒死一个娃娃。"白生玉说到这里，好像犯了罪一样难过，然后痛苦地说："大概检察署老何说对了：我们和陕北穿下来的粗蓝布衣裳一样，完成历史任务了。建设社会主义，看新起来的人了。"

小说对朱明山深入农村基层调查研究，听取专家和农民的意见，切合实际的工作态度和作风是肯定的；对梁斌浮在表面的官僚主义、形式主义、教条主义的工作态度和作风，是以婉转方式讽刺和批评的。同时，对梁斌等干部一些贪图享受的生活态度和个别干部的权力膨胀行为也有揭示和批评。

小说显然融进了柳青当时在中共中央西北局党校调查研究的一些心得。柳青自述，1952年5月回到陕西后，"在西安，了解解放后三年来西北情况"，"住在西北党校一个半月"，"读过去的文件"，"了解整党学习情况，想写老干部的思想"。由于有这些深入的调查研究，柳青当时显然对陕北老区来的"老干部的思想"情况相当熟悉，对新区干部的思想情况也很熟悉，同时对党校的学习情况和思想提高工作也熟悉。这样，他在《在旷野里》写新老干部的生活、思想以及心理活动，就能与人物对上号，有生活，有细节，有高度，还有像朱明山讲的解决措施。可以看出，柳青对小说中写到的问题是熟悉的，对解决问题的办法也是清楚的。

谈到新区干部特别是知识分子干部，朱明山说："对知识分子出身的地下同志和新同志要求得宽一点嘛！""他们没经过1942年和1943年整风的锻炼，也没经过1947年和1948年战争的考验。人家没经过，你和经过的同志一样要求，那就是不公平。"

这里所说的"1942年和1943年整风的锻炼"，柳青是亲身经历的，他对40年代延安解放区、陕北革命根据地的知识分子思想改造是非常熟悉的。他在延安时，经历了1942年的"整风运动"，然后于1943年至1945年，他深入农村基层工作并锻炼，有了这一段生活。他后来写出了他的第一部长篇小说《种谷记》。所以，柳青懂得"知识分子的改造"过程和任务的艰巨，所以，他笔下的县委书记对组织部部长的谈话，就非常中肯，意味深长。

小说最后写，由于朱明山的引导和开导，组织部部长冯光祥思想上也有了觉悟和提高。

> 冯光祥骑在自行车上很懊悔地想起白生玉经常找他拉谈的情景：他没有像朱明山这样明确地帮助老白解自己思想上的疙瘩，反而有意无意地流露出同情老白对梁斌的不满。想到治棉蚜虫的这些天他自己和县长不和谐的关系，冯光祥更被一种羞愧的感觉烧着脸——他不是像朱明山说的那样，不管县长的态度多么缺乏修养，自己都是从工作的利益出发积极提出改进的方法和他商量，而是抱成见的消极态度。作为县委的组织部长，冯光祥知道一个共产党员和毛主席中间无论隔了多少层领导关系，毛泽东思想总是自己一切工作的指针；但是一个同志究竟接受了多少毛泽东思想，就不光是从讨论会上的发言，更重要的是从对待实际问题的态度上测验。

柳青1952年回到陕西后，曾担任长安县委副书记近一年，所以他有在

103

县委实际工作的经历和经验。刘可风所谈"在一项工作的初期要往先进的地方跑，及时总结经验和规律，然后就多往后进的地方跑，以便帮助后进，指导和改进全局工作"，这个属于柳青的"工作经验"，柳青完全用到《在旷野里》了。朱明山下乡治虫，用的就是这个"工作经验"，而且确实很有成效。

四

新的时代开始，新的工作开始了，新的生活也开始了，如何开始，怎样发展，喜与忧，爱与愁，各种滋味在心头。《在旷野里》除了写干部们的农村工作，也写了他们的生活包括家庭生活。其中，主人公朱明山的家庭就面临着问题。朱明山在陕北一个区当区委书记时，高生兰中学毕业到区上当了乡文书，"由于她那种生气勃勃的生活态度和工作精神，被提到区上当宣传委员"。她对朱明山，"惋惜他文化程度低。她向他学习，又帮助他学习"。在高生兰的帮助之下，朱明山读完了苏联小说《被开垦的处女地》，"引起当时多少干部的惊奇"。是高生兰把朱明山"引进了新的世界"。"1947年的战争把他们分开了。朱明山参加了八百里秦川全部解放以前的每个大战役"，而高生兰则带着两个孩子，和她母亲一起逃难。"在战后满目凄凉的日子里，她又和母亲靠着政府给两个孩子可怜的十分有限的一点点好不容易运到陕北的粮食，度过陕北饥饿的1948年。她变成一个村妇，上山去挖野菜；她背着毛口袋，到乡镇上去卖她娘家的破烂；她有时带着小的孩子，到乡下的朱明山家里去糊几天口。""特别使朱明山惋惜的是：她和书报绝了缘，而同针线和碗盏结了缘。朱明山在西安接待了她们大小四口不几天，就发现高生兰变得那么寒酸、小气、迟钝和没有理想。她在精神上和她母亲靠得近了，和她丈夫离得远了。"

小说中写高生兰的这段文字，是概要性的介绍性文字，不长，却有一种沉痛的今昔之叹和沧桑之感——关于战争与生活、爱情与婚姻、人生的聚与散、青春与生命的今与昔，读起来是那么真实和惊心动魄。小说在这里的书写，有柳青对生活的了解与观察，也有他自己的某些生命体验。抗战胜利以后，1946年柳青去了东北大连，1948年10月他又回到陕北，直到1949年3月离开。在此期间，他一直在米脂乡下和家乡生活，一方面为后来写的《铜墙铁壁》搜集材料，另一方面也见到了家人和不少乡亲，他把这次回陕北的一些生活见闻与生命体验写到了这部作品中。

小说中，朱明山对妻子一些损公肥私的行为非常不满。小说写高生兰，"她的苦难（这是十分令人同情的）一结束，新的世界使她头脑里滋生了安逸、享受和统治的欲望"。高生兰在朱明山工作的部队里管图书，不按时上下班，上班打毛衣，缝补小孩衣服，"她甚至不用手，而用下巴指使她的两个干部"。"人家对她提出了意见，她竟然给人家扣起'不服从党的领导'的帽子"。面对妻子的这种变化，朱明山把妻子送到西北党校学习，希望她在党校能重新认识自己并有所提高。这些生动而有生活内容的描写，都使《在旷野里》有了较为深广的生活面，有了浓郁的生活气息，也有了精神与情感的深度。

五

《在旷野里》创作于1953年，如果把这部作品放在写作它的那个时代，放在中国当代文学的整体发展历程来看，它都是比较早的一部长篇小说。深入研究这部作品，我们会发现它在现实主义艺术上的开拓性。

这部作品为什么没有写完呢？

应该说，柳青最初写这部长篇小说时，是满怀信心并且充满激情的。因为，这是柳青长远打算、精心准备，于1952年5月底从北京回到陕西后写的第一个文学作品，而且是一部长篇小说。柳青在各方面的准备包括艺术构思显然绝非一日之功。写到近十万字（按稿纸页数计），小说已经进入展开部，接近充分展开部，高潮似乎还没有出现，就被搁了下来，然后存起来。一直到了晚年，柳青卧病在床，自知来日无多，又让大女儿刘可风把这部手稿取出来，郑重托付给她。由此可见柳青对这部作品的心心念念之情。

在2019年7月11日刘可风发给笔者的信中，除了谈到"这本书稿他（柳青）曾嘱托我（指刘可风）在他离世后找机会出版"外，还重点谈到出版这部书稿的意义，一是"这本书是1952年柳青回到陕西，作了一段整党调研，又参与了实际工作后有感而发"，"真实地记录了一个历史阶段"。二是在20世纪50年代《创业史》出版前，有人认为柳青"革命意志衰退，长时间写不出东西来"，"但实际情况是，写《创业史》之前，他一直在写作"，而且柳青"一生都在追求艺术手法和技巧的不断跨越，立志每写一部都比上一部高，不能在原有的水平上走来走去"。

《在旷野里》让柳青有所顾虑的一个原因，可能还在于这部小说写了朱明山对妻子高生兰心生不满，这在当年有点敏感。小说往后写，朱明山与高生兰夫妻俩的关系势必会产生新的矛盾，如何发展，是个问题。柳青写到这里，可能也心生顾虑，如何既能按照生活的逻辑写出真实的人性和生活，又能保持朱明山正面形象的光辉，需要认真思考。

所以，到了1953年的10月，已经从北京回到陕西，住在常宁宫写作《在旷野里》的柳青，"门对终南志比高，宅旁滈河人竞勤"[①]的柳青，远眺终南山，听着身旁滈河的涛声，面对旷野，他不能不有所思考。

原载《光明日报》2024年1月12日

[①] 柳青给皇甫村新家写的对联，当年贴在大门两旁。

"旷野"的文化属性与柳青的文学传承

一

柳青长篇小说佚作《在旷野里》在《人民文学》2024年第1期刊出，紧接着，中国青年出版社于2024年1月以平装和精装两种形式出版了单行本。《在旷野里》是柳青于1953年写的，生前没有写完也没有发表。这部佚作在距写作之年七十年之后、距作者去世四十六年之后问世，引起文坛内外极大的关注。

这部佚作原来没有名字，名字是准备在《人民文学》刊出前，评论家李建军和我在电话中商定起的。关于起名，我在《人民文学》2024年第1期刊发的《柳青长篇小说佚作〈在旷野里〉考述》中有一个说明：

> 手稿上没写书名，也未署作者名字。刘可风曾经给这部小说起名《县委书记》，见《柳青传》初稿，她和我通话和微信交谈时为了方便，也用过这个名字。二○二三年七月，在编辑筹划《柳青全集》时，李建军看了这部小说手稿的电子版，和我通话，谈了他的阅读感受，并建议用《在旷野里》作为书名，我赞同此名，认为这个名字应该更准确和更理想。"在旷野里"是小说中多次出现的一个短语，也是一个意象，如小说写县委书记朱明山和县委副书记骑着两辆自行车，"在旷野上月牙照耀下的公路上飞奔"，"在渭河平原上的旷野里是这样令人迷恋"。"在

107

旷野里"，有象征性，蕴含丰富，意味深长，有小说所写年代的生活气息和时代特点，也有相当的现代性。柳青在小说前边特意并且单独引用了毛泽东的一段话："过去的工作只不过像万里长征走完了第一步。残余的敌人尚待我们扫灭。严重的经济建设任务摆在我们面前。我们熟习的东西有些快要闲起来了，我们不熟习的东西正在强迫我们去做。"（注：引自毛泽东《论人民民主专政》一文。小说未注出处）这段引文显然是柳青精心选择的，表明小说创作的时代背景，新中国刚刚成立，"在旷野里"，方向、道路，包括工作的方式与方法、生活的取向与选择，都需要探索、思考和总结。

在这段话中，关于柳青这部长篇佚作的起名和为什么起"在旷野里"这个名字，应该讲清楚了。

《在旷野里》发表和出版后，有一次，我听到一位朋友转述一位学者看了《在旷野里》后的看法，说"旷野"这个词和"在旷野里"这个概念与《圣经》有关，《圣经》中有许多这样的词和概念，以柳青写《创业史》这样的乡村题材小说来看，《在旷野里》宜用《在田野里》或《在田野上》，更切近中国的乡村文化。朋友的转述，让我立即想起了秦兆阳的一部长篇小说《在田野上，前进！》，该作1956年3月由作家出版社出版，与柳青的《创业史》题材一样，也是写上个世纪50年代合作化运动的一部长篇小说，但出版时间比《创业史》早。《创业史》第一部1959年由《延河》4月号至11月号连载，同年11月由《收获》发表了第一部全文的修改稿，1960年由中国青年出版社出版单行本。秦兆阳的书名用的就是"在田野上"。又有一次，我在微信朋友圈发了一个关于《在旷野里》研讨会的照片，一位做音乐研究的朋友留言说：旷野，在旷野里，是西方的词语和观念。

二

我很久以前读过《圣经》，但没有注意过"旷野"和"在旷野里"这样的词或观念。我问一位熟悉基督教和《圣经》的学者，《圣经》中是不是有很多"旷野"和"在旷野里"这样的词和词语，答曰是的。

查了一下，《圣经》中出现的"旷野"和"在旷野里"有：

《圣经·出埃及记》第九章第二十七节："我们要往旷野去，走三天的路程，照着耶和华我们神所吩咐我们的祭祀他。"

《圣经·撒母耳记下》第十七章第十六节："现在你们要急速打发人去，告诉大卫说，今夜不可住在旷野的渡口，务要过河，免得王和跟随他的人都被吞灭。"

《圣经·阿摩司书》第二章第十节："我也将你们从埃及地领上来，在旷野引导你们四十年，使你们得亚摩利人之地为业。"

有一种观点说，"旷野"是基督徒的必经之路，初代以色列人在旷野漂流了四十年，未能到达迦南美地，连摩西也未能到达。主耶稣在旷野抵挡过魔鬼的诸般试探。主耶稣用五饼二鱼解除信众们的饥饿也是在旷野。根据《旧约圣经》，以色列人当初在旷野里面经过了四十二站，这就是基督徒的成长路。

还有一种观点，认为在基督教观念里，旷野其实是世界的代名词。这种观点认为，受造为人，生活在这世界中，意味着有患难、病痛、忧虑、愁苦，更有试探、引诱与试验等各种环境。这一切都发生在旷野之上，然而旷野又是通往天国的必经之路，人不能飞越过去。

这就是说，在《旧约圣经》中，"旷野"被赋予了自然意义之上的"属灵"意义和宗教意义。

在中国文化中，"旷野"这个词中的"旷"的意思就是"空阔远大"，"野"就是"原野"，意思就是空阔的原野，并没有被赋予自然之外神奇的色彩或神性的意义。

先秦《诗·小雅·何草不黄》："匪兕匪虎，率彼旷野。哀我征夫，朝夕不暇。"

魏晋阮籍《咏怀诗十七首》之十二："绿水扬洪波，旷野莽茫茫。"之十五："登高望九州，悠悠分旷野。"

唐王昌龄《长歌行》："旷野饶悲风，飕飕黄蒿草。"

唐贾岛《暮过山村》："怪禽啼旷野，落日恐行人。"

元关汉卿《五侯宴》第二折："眼见的无人把我来拦遮，我可便将孩儿直送到荒郊旷野。"

元王实甫《西厢记·草桥惊梦》："走荒郊旷野，把不住心娇怯，喘吁吁难将两气接。"

明刘基《如梦令》词："昨夜五更风雨，吹尽一汀红树。旷野寂无人，漠漠淡烟荒楚。"

明李贽《代深有告文时深有游方在外》："念本院诸僧虽居山林旷野，而将就度日，不免懒散苟延，心虽不敢以遂非，性或偏护而祗悔。"

明冯梦龙《东周列国志》第一回："卖桑木弓的男子""方知妻子已死。走到旷野无人之处，落了几点痛泪。"

清纪昀《阅微草堂笔记·滦阳消夏录三》："相传明季有书生，独行丛莽间，闻书声琅琅。怪旷野那得有是。寻之，则一老翁坐墟墓间，旁有狐十余，各捧书蹲坐。老翁见而起迎，诸狐皆捧书人立。书生念既解读书，必不为祸。因与揖让，席地坐。问读书何为，老翁曰：吾辈皆修仙者也。"这则笔记虽然写了"狐仙"，"狐仙"也居于"丛莽间"之"旷野"，但这个"旷野"并不具备"灵异"之气，还是空阔的原野的意思。

当代杨沫《青春之歌》第二部第二章："天刚亮道静就起来了。估计江华还在睡觉，她就一个人走到学校附近的旷野里，一边散步一边唱起歌来。"

又有写为"野旷"的，如唐代孟浩然《宿建德江》诗中有"野旷天低树，江清月近人。"

另外，"旷野"也是腹之别名。清代浙江慈溪人厉荃在其所编写的词汇类书《事物异名录·形貌·腹》中说："《黄庭经》：'腹为玉池。'注：'腹为旷野。'"

总上来看，"旷野"除了有腹之别名这个特殊例外，它在中国文化的语境和中国文学与文字的表达中，就是"空阔的原野"的意思，只是"旷野"这个词给人感觉有一种"雄浑壮阔"以及"苍茫"之感，多少有一些诗意。此外，并没有其他形而上的神性或灵性之意。

柳青《在旷野里》出现的"旷野""旷野里"和"在旷野上"共有四处：

小说第七节：朱明山和赵振国"两个人在关中的黑焦土街道上骑上自行车"，"两辆自行车在旷野上月牙照耀下的公路上飞奔"。

小说第八节："有月亮的夏天晚上，渭河平原上的旷野是这样令人迷恋，以至于可以使你霎时忘记内心负担和失掉疲倦的感觉，而像一个娇儿一样接受祖国土地上自然母亲的爱抚。"

小说第十九节："吴生亮、白生玉和小崔领着参观的人群出了村直端走"……"后来他们在离村远的旷野里分了三摊参观正在沤的棉花地"。

小说第十九节：老白（县政府建设科长白生玉）和小崔（渭阳区委书记崔浩田）"出了北张村，重新到旷野的路上。两个人沉默了好大工夫，老白提出他自己的问题"。

总体看，以上"旷野""旷野里"和"在旷野上"在小说中的意义，都是自然环境意义上的。

小说《在旷野里》出现"田野""田野里"凡七处：

小说第一节："列车已经出了烟尘弥漫的市区，带着轰轰隆隆的巨大响声，冲到渭河平原上的田野中了。"

小说第一节："这是他今后一个时期活动的地区。对职务本身的直接感觉，也使他对铁丝网外面那一长排喧嚷着卖茶饭和水果的老人和妇女，对那边田野里的棉花、谷子和苞谷，对那个临近渭河的市镇，产生了一种更密切的精神联系。"

小说第一节："他抽着一支烟，独自望着车窗外面的田野和村庄。"

小说第四节：县长梁斌去原来的"王家花园"现在的"县农场"，"它的旧主人虽然早已远逃到隔着海洋的台湾去了，可是田野里和道路上的农民抬头望着那长长的土围墙……"

小说第十四节：朱明山"就跑到镇外的田野里兜个大圈，看看治过虫的棉田。"

小说第二十节："田野里看不见治棉蚜虫的。"

小说第二十节："朱明山惋惜地大声干笑了，他的笑声在田野里飘荡着。"

结合小说中具体的语言环境，可以发现，这里的"田野""田野里"基本上出现在与"田地"即与农作物有关的语境里。

比较柳青《在旷野里》使用"旷野""旷野里""在旷野上"与"田野""田野里"的语境区别，前者的意义主要在于表现空间的空阔远大，空间还带有一些浩茫的意味，后者的意义主要在于表达与农作物有关的地理环境。

三

从柳青的人生经历看，从其精神成长和思想发展看，柳青总体上是在中国文化和现代以来的左翼文化教育和影响下成长发展起来的。

柳青1943年11月在米脂写的《我的思想自传》中记述：他少年时期，由于"时世动乱，家道衰落"，又是一个多病的身子，高中时期就有了一个文学梦。"一九三四年，十九岁。上半年榆林六中毕业，毕业的一学期很少上课，百分之九十以上的时间躺在床上，除了吃中药汤，就是看小说。看了许多英文和翻译的世界名著。"当年夏天，到了西安，住进了西安高中他大哥处。"在学校因身体关系,不注意功课,仍然看小说,开始学翻译,常到省立图书馆看美国进步杂志《亚细亚》和英国的《左翼评论》,又借'查经班'(读《圣经》,英文的,由牧师讲解)名义,向牧师借《观察家》杂志。有一次,我偷撕下一篇萧伯纳的文章,后来被牧师发觉,说我不讲道德,拒绝再借给我,我就连《圣经》也不去读了。"(陕西省档案馆《柳青档案》)

何为读《圣经》的"查经班"?查经班(Bible Class),就是基督教会以学习《圣经》为主要科目的学习班,主要教授《圣经》课程,以业余学习为主。据柳青在世时与柳青有过交往并研究柳青的学者张长仓记述:"为了学好英文,每逢礼拜六晚,刘蕴华都要到基督教堂去,站在那些虔诚的基督教徒中间,聚精会神地听英国牧师用英语讲解《圣经》。当然,他不是为了向基督礼拜,而是为了学习英语。"(张长仓《柳青传》未刊稿)

由此,我们知道了,柳青在榆林读初中时,就"看了许多英文和翻译的世界名著"。而且,为了更好地学习英文,柳青在西安高中读书时,在"查经班"学习过。柳青当年就读的西安高中地址位于西安东厅门,基本上位于西安城的中心,其周边有不少基督教堂,他去教堂听牧师讲解《圣经》很方便。

关于文学作品的阅读,柳青还讲,"我在两个中学里(指榆林中学和西安高中)特别接近过两个教员,一个是六中英文教员赵曼青,一个是高中国文教员郝子俊。赵给我学英文方面和初期文学鉴赏上极大的影响,使我在初三年级即能读英文的《初恋》(屠格涅夫)、《红笑》(安德列夫)、《卖花女》(萧伯纳)、《少年维特的烦恼》(歌德)、《雅丽莎日记》(哈代)"。自述读苏联的小说,"如《铁流》《毁灭》《静静的顿河》《被开垦的处女地》《布罗斯基》等等"。

柳青还在后来的一些文章中谈到他受到法国作家雨果《悲惨世界》的影响,接触苏俄文学最多,他熟悉并喜欢列夫·托尔斯泰、高尔基、法捷耶夫、肖洛霍夫等人的作品。柳青在《我的思想自传》中还说:"我受沙汀影响很大，中国当今作家中，我对其作品真正佩服的只他一人，别人在我看来有一二杰出作品，但常常粗制滥造。我对苏联文学的学习也有这个偏向，我喜欢肖洛霍夫一人，其次是法捷耶夫，我不喜欢绥拉菲莫维支、卡达耶夫、克雷莫夫。"

由是观之，柳青所接受的思想文化影响，中国和外国的都有。特别是，他的《我的思想自传》中写了他在西安读高中时期，为了学好英文，曾经去过基督教堂，听过牧师用英文讲解的《圣经》。那么，"旷野""在旷野里"这样的词语以及观念，柳青究竟是得自西方文化包括基督教的影响或者启示，还是得自中国文化的影响？在笔者看来，虽然他青年时为学英文去过基督教堂，但他基本上是为学英文而采取的实用主义态度，这从柳青自述的向牧师借杂志，偷撕文章被牧师发觉拒绝再借给他，他就连《圣经》也不去读了可以见出。纵观柳青一生的言行和创作，他的文学观念包括创作方法和手法都受到西方文学特别是苏俄文学的很大影响，但他毕竟是中国作家，他受到中国文化、中国文学传统的影响更为深刻，他自小主要学习中国的语言文学，又在中国文化中长大，那是一种来自中国文化和文学的血缘一样的教育和深入骨子里的影响。

原载《文学自由谈》2024年第4期

论陈忠实的创作道路与文学地位

陈忠实的创作道路

陈忠实，1942年8月3日出生于西安市灞桥区白鹿原北坡下的西蒋村。1962年高中毕业。同年秋任西安市郊区毛西公社蒋村小学民请教师。1964年秋，调毛西公社农业中学任教。1966年2月加入中国共产党。1968年12月，借调立新（原毛西）公社协助搞专案、整党等项工作。其中的专案工作，主要任务是给农村和社属单位在"清理阶级队伍"中揪出来的人落实政策，他主要负责文字工作。1971年6月，因工资问题在公社不好解决，立新公社安排陈忠实任公社卫生院革命领导小组组长（即院长）。1973年春任毛西公社革委会副主任。1975年被任命为中共毛西公社副书记。同年8月，经中共西安市郊区党委同意，应西安电影制片厂之邀到该厂，将他发表于1973年的短篇小说《接班以后》改编为电影剧本。电影于1976年拍成，片名《渭水新歌》，1977年1月发行放映。1977年夏，被任命为毛西公社平整土地学大寨副总指挥，冬，被任命为毛西公社灞河河堤水利会战工程主管副总指挥。1978年10月，调入西安市郊区文化馆工作，任副馆长。同年10月加入中国作家协会西安分会（即后来的陕西省作家协会）。1979年6月3日在《陕西日报》发表短篇小说《信任》，后获中国作协1979年全国优秀短篇小说奖。同年9月加入中国作家协会。1980年，调入西安市灞桥区文化局，被任命为副局长兼文化馆副馆长。1982年11月调入中国作家协会西安分会从事专业创作。1985年4月，在中国作协陕西分会（即后来的陕西省作家协会）三届二次理事会上，当选为中国作协陕西分会副主席。1987年10月被选为代表参加中国共产党第十三次全国代表大会。1992年5月，其报告文学《渭北高原，关于一个人的记忆》（与田长山合作）获中国作家协会1990—1991年度全国优秀报告文学奖。同年10月，被选为代表出席中国共产党第十四次全国代表大会。1993年6月，长篇小说《白鹿原》由人民文学出版社出版。同年6月，陕西省作家协会第四次会员代表大会召开，陈忠实当选为陕西省作家协会主席。2001年12月，在中国作协第六次全国代表大会上当选为中国作协副主席。2006年11月，在中国作家协会第七次全国代表大会上再次当选中国作协副主席。2007年9月，在陕西省作家协会第五次会员代表大会上被聘为陕西省作家协会名誉主席。2011年11月，在中国作家协会第八次全国代表大会上第三次当选为中国作协副主席。

陈忠实的创作道路大致可以分为四个时期。

第一时期：从"文革"前到"文革"结束（1965—1978）。这一个时期又可分为两个阶段。第一个阶段是模仿性的习作期，尚缺乏文学的自觉。陈忠实上初中二年级时就爱上了文学，初中三年级时在"诗歌大跃进"的时代氛围影响下，写了不少诗歌。1958年11月4日《西安日报》发表了其中一首《钢、粮颂》。1962年陈忠实回乡当了小学民请教师，立志从事创作，以文学为人生希望，意欲以此改变命运，同时亦以文学作为困境生活中的精神安慰。从1965年到1966年4月，在《西安晚报》发表散文5篇、故事1篇、诗歌1首、快板书1篇，内容多为叙说农村生活中的好人好事，歌颂新时代和新生活，或通过记述贫苦农民的命运反映阶级斗争历史。这些带有习作痕迹的作品的创作和发表，一方面为他带来喜悦和希望，另一方面又使他受染于时代的生活气息和文学观念，开始了与时代的"合唱"。第二个阶段是"文革"后期，从1973年11月在《陕西文艺》第3期头条发表生平第一个短篇小说《接班以后》亮相文坛，至1976年在《人民文学》第3期小说栏目头条发表短篇小说《无畏》，四年间连续发表的四个短篇小说均在当时文坛和读者中引起较大的反响。《接班以后》《高家兄弟》《公社书记》和《无畏》四个短篇小说，单从形象塑造、结构和语言等技术层面来看，都显得较为成熟，可以看作陈忠实在文学创作道路上跃升为比较自觉时期的作品。

创作和发表这几个短篇小说时，陈忠实三十岁出头，由民请教师身份转为国家正式干部不久，不仅在人民公社工作热情积极，业余的文学创作也有一种期望不断向前的激情。他在这一阶段的小说写作，基本内容和人物塑造明显受到了当时意识形态和文艺政策的影响。这一时期小说内容的一个重点就是农村复杂的阶级斗争尤其是无产阶级和资产阶级两条路线的斗争，这样的政治主题最后往往归结于一个核心问题，这就是围绕权力的斗争。这些小说着力塑造普通人中的英雄人物形象，特别是青年英雄人物形象，这些人物一般富有大公无私的优秀品质，工作出色，特别是勇于斗争，善于斗争，很有一股子闯劲。

第二时期：大约从1979年到1986年。这一时期的创作特点，大致可以概括为从追踪政治与人的关系到探寻文化与人的关系。

这一个历史阶段的中国文学主流，是从伤痕文学、反思文学、改革文学到"85新潮"的现代派文学、先锋文学、女性文学和寻根文学，后浪逐前浪，不断出新。陈忠实因1976年发表关于与"走资派"做斗争的短篇《无畏》受到工作和生活冲击，历经两年多的苦闷和反思，重新拿起笔，一方面继续沿着他所熟悉的政治与人的创作思路进行创作，另一方面，也不断关注当时的文学思潮并受其影响，开始了缓慢而深刻的创作转型。1978年春天，陈忠实在灞河筑堤工地上，读了刘心武的短篇小说《班主任》。这篇小说大胆触及时代给人带来的人格和心灵伤害所呈现出的那种全新文学视境，给他以极大震动。他由此敏锐地感觉到：文学创作可以当作事业来干的时候终于到来了[①]。这一年的10月，他由毛西公社调到西安市

---

① 陈忠实：《接通地脉》，作家出版社，2012年，第54页。

郊区文化馆工作，开始有目标地认真读书和思考，并写成短篇小说《南北寨》，后刊登于《飞天》1978年第12期。这个短篇通过北寨的社员到南寨社员家里来借粮引起的风波和故事，表明因两个村寨以支书为首的干部领导作风和工作思路不同：南寨主抓农业生产，北寨紧跟形势，坚持搞阶级斗争和两条路线斗争，热衷于写诗唱戏，不抓农事。南寨反而被上级领导批评，北寨却被树为"样板"。小说反映了南、北两个村寨社员不同的生活境况和水平，意在批判极左政治和思潮对农村社会和群众生活的破坏。《小河边》（1979年）写了三个人物：一个是老九，搞科研的知识分子；一个是老八，走资本主义路线的当权派；一个是老大，原来是村支书，为大队围滩造田，被划成地主成分。"文革"后期，三人都无所作为，老九钓鱼，老八摸鱼，老大搬石头修河堤。小说重点写三个难友在困难时期互相激励的情谊。在周恩来总理逝世后，他们在小河边给总理遗像敬献鲜花，表达了特殊环境中几个不同身份的人共同的坚定的政治态度。《幸福》（1979年）写幸福与引娣这两个同村的中学同学的故事，幸福为人实在，引娣喜欢弄虚，热衷于参加各种会议和学习班，喜欢在各种会议上代表贫下中农发言，表态积极，批判激烈。两个本来要好的同学有了分歧。谁是谁非？幸福劝导引娣，农民讲究实在的，可是引娣却因其所作所为入了党。公社原拟推荐幸福上大学，引娣揭发了幸福和她私下的一些言论，取而代之。后来幸福自己考上了大学。小说通过两个同学的为人和命运，揭示了扭曲的时代对人格的扭曲和对人物命运的捉弄，表明生活中最后的得益者还是老实人。《徐家园三老汉》（1979年）描写徐长林、黑山、徐治安三个同年龄段的老汉，性格各异，"俩半能人"，都是务菜能手，同在大队苗圃干活。徐长林性子沉稳，智慧。黑山老汉是直杠子脾气。徐治安自私，有心计，人称"懒熊""奸老汉"。徐治安起初一心想来苗圃干活，想方设法来了，却不下力气干活，看园子时偷懒睡觉，让猪拱了菜园子。徐长林是老共产党员，帮助他，教育他，使徐治安有了大的转变。小说写农业集体化时期三个老农对待集体不同的心态和行为，把公与私的心

118

理和诚与奸的人格联系起来写，是那个时代较为普遍的文学意识。陈忠实写了三个农村老汉，意在塑造三种不同的性格，此作在《北京文艺》1979年第7期发表后，受到称赞，陈忠实被誉为写农村老汉的能手。《信任》（1979年）是陈忠实这一时期的一篇代表作。小说写在时代发生巨大转变时人们如何对待过去的矛盾和问题。小说中在前台角斗的是两个年轻人，在背后角力的是两个当年共过事的村干部：一个是"四清运动"中被补划为地主成分、年初平反后刚刚上任的村党支部书记罗坤，一个是"四清运动"的积极分子罗梦田。事情由子辈的打架引起，打架事件是现时显在的矛盾，背后折射出的是父辈在过去政治运动中的恩怨情仇。如何对待今与昔的矛盾，罗坤的公道处理方法使罗梦田父子受了感化，全村人也更为拥戴罗坤。小说在当时普遍写历次政治运动给人留下深重"伤痕"的时代文学风潮中，另辟蹊径，表达了要化解矛盾、克服内伤、团结一心向前看的主题。

这一个时期陈忠实的小说创作，总的特点是紧紧追随时代的脚步，关注政治与人的关系，注重描写政治与政策的变化给农村社会特别是农民生活、农民心理带来的变化，或者反过来说，是通过农民生活特别是农民心理的变化来反映政治的革新和时代的变化。小说艺术的侧重点是塑造典型环境中的典型性格，在性格描写中，着重展示人物的道德品质。道德品质是那个时代对人物的一种强调和评判。

中篇小说《初夏》于1983年写成，它在陈忠实的创作中是一个里程碑，也是一个重要的过渡。前者是说这是他的第一部中篇，后者是说这部小说既有以往写作的惯性延伸，如注重塑造新人，又有新的社会问题的发现和强烈的现实关怀。作品写改革开放初期一个家庭父与子的故事。离开还是坚守农村，只考虑个人前途利益还是带领大伙走共同富裕之路，在此人生选择问题上，父亲这个农村的"旧人"与儿子这个农村的"新人"发生了激烈的无法调和的冲突。父亲冯景藩几十年来一直奋斗在农村基层，把一切都献给了党在农村的集体化事业。如今，农村实行了家庭联产承包责任制，面对这一颠覆性的历史巨变，比较当年的同伴冯安国，冯景藩感觉忠诚工作的自己吃了大亏，有一种强烈的幻灭感。小说中写的这个人物是真实的，颇有时代的典型意义和相当的思想深度，这也反映了作者对生活的敏感。但是，陈忠实这时的艺术思维，还未完全冲破受"十七年文学"影响所形成的心理定式，他还习惯以对比手法塑造与"自私""落后"的冯景藩对立的另一面，这就是乡村里的新人形象冯马驹。他是一个退伍军人，年轻的共产党员，对进城，他虽有犹豫，但他最终还是心明志坚，主动地放弃了进城机会，矢志扎根农村，带头与青年伙伴一起改变农村的落后面貌，与大伙共同致富。冯马驹这个人物不能说现实生活中绝无仅有，但他显然是作者艺术固化观念中的一个想象式的人物，缺乏历史的真实感和时代的典型性。

《初夏》以及陈忠实这一时期的相当一部分小说，如短篇小说《枣林曲》《丁字路口》等，都把青年人进城与留乡的行为选择、为公与谋私的个人打算作为衡量、评价人物的一个标尺，有时还给人物涂上或浓或淡的先进与落后的政治色彩，笔下自觉不自觉地对人物进行着高尚与低下的道德人格评判。而且，在陈忠实的《初夏》以及同类小说中，往往还表明了这样一个认识：农村的贫穷，主要是因为没有或缺乏好干部的领导。所以，陈忠实在多篇小说中，都在着力塑造好干部的形象。这样的好干部差不多都有着与冯马驹一样的特征：年轻，是党员，公而忘私，能舍弃个人利益，一心扑在集体事业上，肯吃苦，脑子也灵活，最终成为农村走共同富裕之路的带路人或榜样。这表明，陈忠实这一时期的创作中，有一个顽强的思维定式，这就是塑造不同时期农村好干部的新人形象。这样一来，作者所塑造的人物性格，特别是作品中所谓的正面人物形象和作者心目中的新人形象，都有着或浓或淡的既定概念的影子。人往往只是表达概念的工具，而不是艺术的目的。所以，这些人物的性格在艺术上都显得比较单薄甚至纯粹，往往是非此即彼，缺乏性格的丰富性和复杂性，这在一定程度上反映了作者艺术思维的简单化，或者说，受"十七年文学"观念的影响过深，艺术思维还未能摆脱旧的观念的束缚。

《初夏》的艰难写作以及这一历史时期诸多社会和思想的变化引发了陈忠实的文学反思，他后来称之为思想和艺术的"剥离"。陈忠实于1982年写了中篇小说《康家小院》。他写这部中篇，至少受到两个外部因素的影响：一是1981年夏，他去曲阜参观了孔府、孔庙和孔林，在那里，他对文化与人的关系深有感触，由此生发而孕育出了这部小说；二是他读了路遥的《人生》，为其人生主题、人物性格的真实准确描写和艺术的力量而震撼，触动他深入思考文学如何写人。《康家小院》开始关注文化与人的内在关系。小说在写真实的人物及其命运的过程中，触及文化与人的关系这一重大命题。写于1985年夏秋之际的《蓝袍先生》，写文化观念对人行为的影响，特别是传统礼教与政治文化对人的束缚。写于1986年夏天的中篇小说《四妹子》，写陕北女子嫁到关中来的生活和命运，是陈忠实第一次从地域文化对人物文化心理性格的影响入手，来开掘人物性格的特点。

第三时期：《白鹿原》的写作时期，1987年至1992年。这个时期的陈忠实已年过不惑，接近天命，他的生活、思想和艺术积累已经相对成熟，同时这个时期也是他精力最为旺盛、思维最为活跃、艺术创造力最为丰富的一个生命阶段。《白鹿原》的准备、构思与写作，是陈忠实创作方向的一个最大转折，他从二十多年来一贯关注的现实转向了历史。这一艺术转变，与陈忠实密切关注1985年兴起的"寻根文学"思潮并且深入思考有关问题有关。他的艺术聚焦，是从家族关系入手，从人与文化角度切入，触及社会特别是农村社会的生产方式、经济活动、教育理念与方法以及政治关系等关乎人的生存的各个方面，深刻透视传统中国宗法社会数千年传承下来的人的生活方式、生存态度和生存之道，展现传统的宗法社会和乡规民约在时代暴风雨的击打中所发生的深刻嬗变——家族的嬗变、人性的嬗变、人心的嬗变。并从这嬗变中，透视社会演变的轨迹和历史深层的文化脉动。

第四时期：1993年至2013年。这二十年，陈忠实除过写了九个短篇小说，偶尔也写点遣兴的旧体诗词，其他写的基本上都是散文和随笔。结集出版的主要有《生命之雨》《告别白鸽》《家之脉》《原下的日子》《吟诵关中》等。这些散文和随笔，其题旨，多为对生活的回味、对生命的咏叹，以及对生活的感悟和思考。陈忠实的创作道路，从写社会热点始，进而以小说直面并深入广阔的社会生活，现在，陈忠实通过散文，回到了自身，审视自己的生活，回味自己的人生甘苦，思索更为深沉的人生哲理。

　　陈忠实从1993年到2013年这二十年的散文写作，可分为前十年和后十年。前十年即上世纪90年代，他的散文多是对往事的回忆和对已逝生命的感怀，后十年即新世纪以来，他的散文中则有了不少直面当下之作。总体上看，陈忠实属于一个客观写实性的作家，他五十岁以前的作品，以写小说为主——小说是一种要把作家主体隐藏起来的文体，五十岁以后，上世纪90年代，他集中写起了散文，尽管散文是一种更为贴近创作主体的文体，但也许是由于写作惯性，陈忠实这个时期的散文，仍然多为写实的叙事散文。有的散文也有很强的情绪表露，但较为节制，注意藏"我"。而六十岁以后，新世纪以来，也许是散文这个文体真的适合表现，也许是作者的生命境界更臻于自由，也许是作者的现实感怀更为强烈，也许三者兼而有之，陈忠实的散文出现了一个重要变化，这就是他虽然还是习惯在叙事或状物中表现思想感情，但他此时的写作旨趣，主要的是托物言志，借景抒情，以事说理，更多的是主体内在思想情怀的表现。

《白鹿原》及其他代表性作品分析

　　《白鹿原》展示的是持续两千多年的皇权社会崩溃之后，新的社会秩序将建而未建以及革命、抗日、内战等历史大背景下，农村社会的图景和农民生活的变迁。地主白嘉轩、鹿子霖，长工鹿三，乡村贤哲朱先生，以全新的面目出现于文学史画廊，每一个人都具有深刻的历史文化内涵；浪子黑娃、白孝文，荡妇田小娥，追求新的社会理想的鹿兆鹏、鹿兆海和白灵，无不体现着鲜明的时代特征。在历史进行深刻转变的时期，这些从传统深处走来的老少人物，有的继续努力恪守传统的生活观念和人格理想，有的受时代感召，或追逐时代的步伐或被时代的车轮驱裹，其凌乱的人生履痕，其复杂多变的命运，揭示了民族的传统观念和人格精神在现代文化背景中的深刻矛盾和裂变，展示了一个民族从传统迈向现代的历史轨迹和心理行程，触及了中国近现代半个世纪历史进程中的深层矛盾和历史搏动。《白鹿原》是一部史诗般的巨作，它超越了简单的阶级斗争模式，突破了狭隘的政治斗争视域，以幽深的文化眼光打量历史行程中的各色人物，以宽阔的历史视角观照波澜壮阔的历史进程。

《白鹿原》的主旨是探寻民族的文化心理，进而探求民族的命运和前途。《白鹿原》中的主要人物大致分属父与子两代人，父辈人物总体上沿袭着传统的人生观念和生活方式，子一辈多叛逆，他们在趋时和向新的历史风潮中、在个人的命运转换中逐步完成了自己的人格形象。父一代是"守"或"守"中有"变"的农民，子一代是"变"或"变"中趋"守"的农民。一"守"一"变"，"守"中有"变"和"变"中趋"守"，生动而准确地反映了清末以至民国再至新中国成立这一历史时期的生活巨变和人心嬗变。

父辈人物是从历史深处走来的，他们的身上带有几千年封建社会的精神遗存。子辈人物则延伸到历史的未来，即使有些人物死了，如黑娃等，但他们在这个转变时代所完成的人生命运和所形成的人格态度，都凝聚成了一种精神。精神不死，伸展到未来，活到了今天。

小说中的核心人物是白嘉轩。这是一个真正意义上的中国农民，他的身上继承了几千年来传统中国农民的本质特征。他是非常现实也务实的人，注重现实的世俗生活，没有不切实际的空想，换句话说，没有浪漫情怀。他所在的白鹿原的生活环境和文化氛围，主体是儒家的思想文化。他在这样的生存环境中耳濡目染，又接受了来自朱先生的儒家思想和伦理观念的教化，他终生服膺儒家的思想和精神，并以儒家思想正己治家。他的整个人生理想和目标，一是做人，二是治家，这也就是儒家所谓的"修身"和"齐家"。在白嘉轩之上，是整个白鹿原的灵魂人物朱先生。朱先生是白嘉轩的精神导师和生活的指路人。白嘉轩则是朱先生思想和精神的实践者。朱先生是白鹿原的精神文化象征，他的思想渊源是儒家，具体到他的身上，则是儒家思想的变相理学，理学中的关学一脉。关学强调"通经致用"，"躬行礼教"。这样一种实践理性非常契合白嘉轩们的生活实践和生命实践，对白嘉轩这样的农民和族长特别有现实的指导意义，易于被他们接受并且深刻地掌握。鹿三是白嘉轩这个地主东家的长工，他与白嘉轩构成了中国传统社会中一对重要的关系，这就是主子与奴仆的关系。他忠厚、善良，也非常执拗，拗在两个字："忠"与"义"，这也是传统封建社会所强调的奴才对主子的"忠"与"义"。鹿子霖也是中国传统农民的一个典型。这个人物与白嘉轩性格相反，成为一对互补形象。白嘉轩做人行事，遵循的是内心已然形成的信念和意志；而鹿子霖行事做人，则是依照现实的形势，这是一个能够迅速判断时势也能够很快顺应时务的乡村俊杰。千百年来，中国的乡村社会，核心人物就是这两类。一个坚守先贤的遗训和内心的原则，一个观风看云不断顺应时势的变化，一静一动，动静冲突又结合，构成了一部激荡的而又稳定的中国历史。白嘉轩和鹿子霖都是白鹿原上仁义白鹿村的精明人和威权人物。他们在中国历史和文化中都具有原型的意义。

  黑娃和白孝文是小说中两个性格最为鲜明的叛逆形象：前者先由一个淳朴的农家子弟变为"土匪"，再由一个"土匪坯子"变为真心向学的儒家门徒，并发誓"学为好人"；后者由族长传人堕落到不知羞耻，再变而为残杀异己毫不手软的冷酷之徒。他们性格的发展和变化，都包蕴着丰富而复杂的时代内涵和历史文化内涵。鹿兆鹏、鹿兆海和白灵等人，皆为一个时代的有志青年，他们不愿意依照父辈预设的生活方式去生活，他们是时代的英才，追求远大理想，忠诚，热情，有献身精神，但他们后来各自的命运，如鹿兆鹏的失踪、鹿兆海的死于内战、白灵的被活埋，既是深刻的个人悲剧，也都深刻地触及了中国近现代半个世纪历史进程中的深层矛盾和历史搏动，具有深广的社会内涵。

  陈忠实是描写秦地关中农村生活的高手，他《白鹿原》之前的一些中短篇小说既有生活厚度，也颇富艺术魅力。

　　《康家小院》就是一篇很有艺术魅力的中篇小说。该作写的是新中国成立初农村一位新媳妇的故事。吴玉贤在新中国成立初期响应政府扫除青年文盲的号召，上了冬学，接触了授课的杨老师这个文化人。杨老师给她讲了一些她闻所未闻的世界上的新鲜事和新观念。这个文化人以及他所带来的新文化，像一股春风，吹得没有见过世面的吴玉贤有些迷醉，使她对生活有了一些前所未有的想象。然而就在她还没有理清自己对这个文化人朦胧的好感究竟是怎么回事的时候，她就糊里糊涂、晕晕乎乎地当了杨老师的俘虏。事情败露后，男人打她，父亲打她，母亲也骂她，她想起杨老师教过她的新观念"婚姻自由"，就找杨老师商量，想离了婚与之结婚。不想杨老师露出叶公好龙的本相，劝她"甭胡思乱想！回去和勤娃好好过日月！他打土坯你花钱，好日月嘛"，说自己和她"不过是玩玩"。与《人生》中的高加林一样，在意识到自己对不住人之后，吴玉贤开始了一番道德上的自我谴责，悔恨中又自觉回归原来的生活秩序。吴玉贤这个人物形象是真实的，她经历的生活以及命运过程也是真实的。吴玉贤先是不识字没有文化，学了一点文化开了眼界，由文化的觉醒引起人的觉醒，觉醒之后试图改变自己的生活，却引起了激烈的始料不及的生活冲突。吴玉贤在痛苦的人生矛盾中开始反省，逐渐对生活有了新的觉悟。小说是一个悲剧，吴玉贤的悲剧是双重的：没有文化的悲剧和文化觉醒之后又无法实现觉醒了的文化的悲剧。

　　总体上看，陈忠实是一位重视客观化写作的作家，他以前的作品较少表现自己的生命体验，到了这一个时期，他开始在客观化的生活描写中融入自己的生命体验。中篇小说《最后一次收获》（1985年），写一个即将举家迁往城市而最后一次回到家乡收获庄稼的文化人的生活经历和人生感悟。该作深刻地融入了陈忠实自己的人生经历和生命体验。一般作者选择这样的题材，可能会简单地处理，写成一种抒情性的感慨之作。陈忠实显然不是一个仅仅喜欢抒发个人感慨的作家，他正面切入这个题材，"硬碰硬"地展开描写，而且进行了深入开掘。《最后一次收获》人物性格真实、准确、生动，乡土生活气息浓郁，是一部艺术魅力极强的小说。由此甚至可以看到陈忠实创作的一个特点，他不大选取侧面取巧的方式处理素材，一般都是正面切入，直接面对他笔下的人物和生活，喜欢正面描写。

陈忠实后期的散文佳作可以《三九的雨》（2002）、《原下的日子》（2003）等为代表。《原下的日子》《三九的雨》是陈忠实最为抒情的散文，也是作家对自己的生命、对人生的方向思考得最为深沉的作品。评论家李建军曾以"随物婉转"和"与心徘徊"评论陈忠实早期和后期的散文创作[①]，确实深中肯綮。而李建军所论"与心徘徊"之作品，还都是陈忠实20世纪90年代所写的散文，陈忠实进入21世纪之后所写的散文，像《原下的日子》《三九的雨》等，不仅有"与心徘徊"的好思致，更有"明心见性"的敞亮感。

在《原下的日子》中，陈忠实引了白居易的一首诗《城东闲游》："宠辱忧欢不到情，任他朝市自营营。独寻秋景城东去，白鹿原头信马行。"然后略作发挥："一目了然可知白诗人在长安官场被蝇营狗苟的龌龊惹烦了，闹得腻了，倒胃口了，想呕吐了，却终于说不出口呕不出喉，或许是不屑于说或吐，干脆骑马到白鹿原头逛去。"《南史·隐逸传上》："著《五柳先生传》，盖以自况，时人谓之实录。"此亦为陈忠实之自况、实录。"还有什么龌龊能淹没能污脏这个以白鹿命名的原呢？断定不会有。"这就是说，白鹿原是干净的，因此，他才回到了白鹿原，复归原下。他写道，回到祖居的老屋，尽管生了炉火，看到小院月季枝头暴出了紫红的芽苞，传达着春的信息，但久不住人的小院太过沉寂太过阴冷的气氛，一时还不能让他生出回归乡土的欢愉。文字之外，让人感受到的，其实是他的心情许久以来过于郁闷，也太过压抑，所以，尽管回归了朝思暮想的老屋，但心情一时还是难以转换，是一派春寒的冷寂。"这

[①] 李建军：《宁静的丰收——陈忠实论》，华夏出版社，2000年，第97页。

个给我留下拥挤也留下热闹印象的祖居的小院，只有我一个人站在院子里。""我站在院子里，抽我的雪茄。""我一个人站在院子里。原坡上漫下来寒冷的风。从未有过的空旷。从未有过的空落。从未有过的空洞。"一连三个排比句，三个"空"字，三个斩钉截铁的句号，极力表达着作者内心的空茫和宁静。他写道："我不会问自己也不会向谁解释为了什么又为了什么重新回来，因为这已经是行为之前的决计了。丰富的汉语言文字里有一个词儿叫龌龊。我在一段时日里充分地体味到这个词儿的不尽的内蕴。"其实，在这里，陈忠实反复斟酌拈出的"龌龊"一词，已经透露了他复归原下的原因。具体是什么"龌龊"，没有必要追问。"我听见架在火炉上的水壶发出噗噗噗的响声。我沏下一杯上好的陕南绿茶，坐在曾经坐过近二十年的那把藤条已经变灰的藤椅上，抿一口清香的茶水，瞅着火炉炉膛里炽红的炭块，耳际似乎缭绕着见过面乃至根本未见过面的老祖宗们的声音：嗨！你早该回来了！"最后一句是陈忠实的表达语言。陶渊明或千古以来文人的表达句式是："归去来兮，田园将芜胡不归！"意思是一样的。第二天微明，他在鸟叫声中醒来，"竟然泪眼模糊"。在尽情地抒写乡间一年四季的美妙之后，他"由衷地咏叹，我原下的乡村"。全文激情涌荡，一唱三叹，气盛言宜，慷慨明志。

　　《三九的雨》写于旧历一年将尽之时，有顾后瞻前之意。此文写得非常从容，然而情绪却又回环往复，宛如一首慢板的乐曲。这是他当时的心境，也是他当时的生活状态。悠游从容，淡定自然。三九本该是严寒的天气，却没有落雪，而是下了一场雨。陈忠实一直感觉自己生命中缺水，缺雨，三九天居然下了这一场雨，自然令他欣喜万分。腊月初四天明后，他来到村外一片不大却显得空旷的台地上，极目四望，感受三九雨后的乡村和原野。四野宁静，天籁自鸣，陈忠实觉得宁静到可以听到大地的声音。雨后的一片湿润一片宁静中，陈忠实的目光从脚下的路延展开去，陷入往事的回想。脚下的砂石路当年只有一步之宽，为了求学，他走了十二年。当年背着一周的干粮，走出村子踏上小路走向远方，小小年纪情绪踊跃而高涨，但对未来却模糊无知。当时最大的宏愿无非是当个工人，不想却爱上了文学，"这不仅大大出乎父母的意料，连我自己也感到奇怪"。"背着馍口袋出村挟着空口袋回村，在这条小路上走了十二年"，所获的是高中毕业。那一刻，他意识到，他的一生，都与脚下的这条砂石路命运攸关。在回顾了过往的大半生的人生之路后，他强调"我现在又回到原下祖居的老屋了"。"老屋是一种心理蕴藏"。他在和祖先默视、和大地对话的过程中，获取心理的力量蕴蓄。特别是，从他第一次走出这个村子到城里念书的时候起，他的父亲和母亲送他出家门，眼里都有一种"神光"，"给我一个永远不变的警示：怎么出去还怎么回来，不要把龌龊带回村子带回屋院"。"在我变换种种社会角色的几十年里，每逢周日回家，父亲迎接我的眼睛里仍然是那种神色，根本不在乎我干成了什么事干错了什么事，升了或降了，根本不在乎我比他实际上丰富得多的社会阅历和完全超出他的文化水平"，关键是，"别把龌龊带回这个屋院来"。这个警示给"这个屋院"赋予了特别的意义：它是净地，它是祖屋。在这篇散文即将结束的时候，他简单地提了一句他前不久在北京当选为中国作家协会副主席，有记者向他提问，他的回答是："作为一个作家，应该始终把智慧投入写作。"然后，他从容地写道："我站在我村与邻村之间空旷的台地上，看'三九'的雨淋湿了的原坡和河川"，"粘连在这条路上倚靠着原坡的我，获得的是沉静"，自然而又端然地展现出一派宠辱不惊的气度、宁静致远的心态。

陈忠实的文学地位、影响和意义

陈忠实是描写农民生活、农村社会和乡村文化的高手。

中国是一个历史悠久的农业国家，几千年来，乡村是中国人生活的家园、生命的故乡，乡村自然也成了历朝历代文人描写和咏歌的对象。从先秦《诗经》中的"国风"到东晋的陶渊明再到唐代的王维、孟浩然、韦应物以及宋代的范成大、杨万里等，形成了一个源远流长的山水田园诗派，形成了中国文学独有的关于乡村的审美范式，并积淀为中国人关于乡村的审美理想和文化想象。仔细辨析，其实乡村可分为自然的乡村和社会的乡村。中国古代文人描写和咏歌的，主要是自然的乡村，是可以尽情享受自然之美和人伦之美的牧歌式的乡村，是士子失意后或不得志时可以归来隐去的乡村。这样的乡村图景和乡村生活，表现的基本上或更多的是乡村社会自然的一面。到了现代文学，文学中的社会展现因素增强，乡村世界中社会的现实的一面，才逐渐在文学特别是小说中得到比较全面的描绘和深刻的表现。鲁迅笔下的乡村社会，灰暗、破败、衰落、沉闷，令人失望甚至绝望，就是当时乡村社会的真实写照。而由于沈从文更倾心于抒写自然人性，他笔下的乡村社会也就更偏向于自然的一面。鲁迅和沈从文，双水分流，各有侧重，从而构成了中国现代文学一个侧重于展现社会的乡村、一个侧重于描绘自然的乡村的艺术流向。前者的艺术价值追求在于真实、深刻，后者的艺术价值追求在于自然、优美。沿此双水分流之方向，赵树理的"山药蛋"小说、柳青描写农民创业的小说，其艺术追求总体上看走的是鲁迅之路，而孙犁的"村歌"小说、刘绍棠的乡村牧歌情调小说，则大体走的是沈从文之路。

从近现代以来的文学改良和文学革命的思想背景、艺术思潮来看，文学的干预社会作用被极度放大和空前提高，从写乡村生活的文学特别是小说来看，以鲁迅、茅盾、赵树理、柳青等人为代表的写实派（或称现实主义流派），显然是主流。陈忠实走上文学道路，完全靠的是自学，而他所学和所宗之师，前为赵树理，后为柳青。因此，陈忠实承续的就是展现社会的乡村这一小说之脉，此脉也被称为现实主义流派。陈忠实在他数十年的创作实践中，在坚持现实主义创作方法的同时，艺术上也不断更新，也吸收和融入了现代小说的魔幻、心理分析等艺术表现手法。从文学表现乡村的历史来看，陈忠实的小说，既准确地表现了自然的乡村，表现了北方大地的乡村民俗风物之美，也真实、深刻地展现了社会的乡村，深刻剖析了那种关系复杂的家族、宗法、政治、经济糅在一起的社会的乡村,而他的《白鹿原》,更是表现了文化的乡村,儒家文化积淀深厚并且深入人心的文化的乡村。

陈忠实的文学史意义,还在于他的创作道路、身份变化与共和国的文艺政策、文学体制密切相关。一滴水而映大海,从他的人生履痕可以见出文坛变化的轨迹以至某些内在的脉动。陈忠实作为一个作家,他的成长之路,他的精神"剥离"过程或反思过程,他对艺术的追寻之路,不仅放在共和国的历史中,就是放在中国文学的历史长河中,也都是相当独特的,具有一定的历史典型意义。

陈忠实首先是在毛泽东《在延安文艺座谈会上的讲话》的精神哺育下,在中国共产党培养工农兵业余作者的体制扶持下,由于自己的兴趣爱好,再加上对人生出路的追求,自学写作,最终走上了文学写作之路。他早期的写作主要是在党的政策指导下写生活与人,这是一种不自觉的听命式的政治性写作。后来几经生活的挫折和文学上的失败,他开始认真反思和苦苦寻找,进入了文学写作上的政策阐释与文学描写的二重变奏。最后,经过生活实践的磨砺,通过创作实践的体悟,他的思想境界得以提高,艺术境界得以升华,终于回到了艺术之本——人自身。他既认识到文学是写人的,是人的文学,文学描写的对象是人,真实的人,不同的人,丰富而复杂的人,在写人中写农民的文化心理,进而探寻民族命运;也深刻地体悟到创作还要回到作家自身,要写作家这个人的"生命体验"。"从生活体验到生命体验",这是他创作并完成《白鹿原》之后谈得最多的一个创作体会。

从中国文化和精神的谱系上看,陈忠实既不属于传统意义上的文人,也不属于现代意义上的知识分子。他的经历、他所受的教育,以及由经历和教育所形成的生活观念和思想观念,都更接近于中国农民的生活观念和思想观念。传统文人的生活方式、价值观念与艺术趣味,在中国历史上,几千年来,有源有流,自成一条源远流长、博大汹涌的江流,独具空间,自成体系，有自己的"文统"，也有自己的"道统"，上与朝廷官府迥异其趣，下与黎民百姓截然有别，它是"士"阶层的文化与精神。中国传统文人虽然也做官，是朝廷官府之一员，但他们在思想和精神上与朝廷官府之习气始终保持着相当的距离，邦有道则仕，邦无道则可卷而怀之，他们在朝廷与山林田园之间进行价值选择，或进或退；他们也可能出自草野民间，但他们与普通百姓的生活方式和趣味也存在着一定的距离，这就使他们对普通百姓的态度，既有关怀、同情的一面，也有劝导、批判的一面。知识分子是一个现代性的概念，它与工具理性相区别，注重价值理性，是社会的良心，上对权力保持警惕和批判态度，下对民众负有启蒙和引导的责任。总之，无论是文人还是知识分子，都有一个共同点，那就是坚持独立之人格、自由之精神。说陈忠实既不属于传统意义上的文人，也不属于现代意义上的知识分子，着眼点就在于此。差不多在四十岁以前，陈忠实基本上还没有或者说尚缺乏独立人格、自由精神的意识。受自身的文化背景、教育以及时代观念的影响，他在意识深处，还是觉得自己是人民大众的一员，即使是一个作家（作者），也应该是人民大众的代言人，他的眼光基本是向人民大众看齐的，对上，则是要听从党的领导和指挥；而对文学的认识，也是除了认同文学的"真"——真实地反映生活和"美"——艺术地反映生活这两条原则之外，也认同文学是党的事业，是代人民大众说话的工具，换句话说，是认同文学为政治服务、为人民服务这个时代的口号。对这个强有力的时代的口号，陈忠实在意识深处是相信并认同的，因而也不可能产生怀疑的念头。

　　文学是党的事业的一部分，作为一个工农兵"业余作者"，陈忠实自然是党领导下的一兵，属于整架革命机器上的一颗"螺丝钉"。当时的陈忠实与传统文人和知识分子对人的认识不同，传统文人和知识分子认为"人"或"我"是独立的"个人"，而作为工农兵"业余作者"时期的陈忠实，认同的是时代的普遍意识，没有独立的"个人"的存在，只有作为"人民"一员的"群众"的存在。文学当然也不是甚至绝对不是"自我"

的表现，而是革命事业的一部分，是党的事业的一部分，因之，文学创作，要服从党对革命事业的统一领导和指挥。文学是按照党的意志对人民生活和群众"意愿"的反映，当群众的"意愿"与党的意志一致时，它就是正确的，反之，它就是错误的甚至是反动的。而在当时的文化语境里，任何背离党的意志、表达自己所认为的群众"意愿"，要么被认为是"不真实"的，要么被视为"自我""小我"的表现，是要受到批评甚至批判的。这种关于文学的认识，在当时，不仅仅是陈忠实一个人的，而且简直就是一个时代的"文学意志"。

这个时期以至以后的陈忠实，反复强调文学与生活的关系，认为生活是创作的唯一源泉，因此，特别强调要深入生活。比如他在1980年4月写的《我信服柳青三个学校的主张——〈信任〉获奖感言》、1982年5月写的《和生活的创造者一起前进》、1982年12月写的《深入生活浅议》，都从不同角度反复地谈到了这一点。他的这个观点或者说认识，主要来自两个方面。一个是理论方面，这个理论就是毛泽东的《在延安文艺座谈会上的讲话》。毛泽东在这个《讲话》中说："一切种类的文学艺术的源泉究竟是从何而来的呢？作为观念形态的文艺作品，都是一定的社会生活在人类头脑中的反映的产物。革命的文艺，则是人民生活在革命作家头脑中的反映的产物。"[①]另外一个是创作实践方面，陈忠实在创作方面，很长一段时期特别是早期一直以柳青为榜样，而柳青为实践毛泽东《在延安文艺座谈会上的讲话》精神，从北京到西安，再从西安到了长安县农村，扎根农村十四年，写出了《创业史》。《创业史》对陈忠实影响极大极深，同时也令陈忠实钦佩不已。陈忠实认为，《创业史》的创作成功，一个重要的原因，就是柳青坚持了"深入生活"。由于长期过于重视生活对文学的作用，陈忠实在某种程度上忽略了作家主体精神建构的重要而特殊的作用，

---

① 毛泽东：《在延安文艺座谈会上的讲话》，见北京大学、北京师范大学、北京师范学院中文系中国现代文学教研室主编《文学运动史料选》第4册，上海教育出版社，1979年，第530页。

表现在创作实践上,陈忠实这一时期的创作总体上偏于客观性和写实性,而弱于主观精神的表现。

陈忠实的文学创作虽然与时代的前行总体能保持同步挺进的姿态,但他某些时段的创作也有徘徊以至困惑。他是一个看重生活积累、强调生命体验并在此基础上极为重视文学的思想性包括政治关怀的作家。原本从文学爱好起步,从业余写作入手,后来在环境、时势和个人的追求中一步步成为半专业以至专业作家,时代所给的思想教育、环境所给的文化影响、个人所修的艺术准备,先天的和后天的都有这样那样的缺陷,因此,当他把文学当作终生的事业孜孜以求的时候,他对自己的创作时有自觉的反思。在经历了文学以及因文学而引起的人生挫折之后,特别是面对变化着的新时期的社会生活,他更是从理性高度自觉地反思自己的思想观念、思维方式和文学观念,博览群书以广视野以得启迪,深刻反省以吐故纳新,用陈忠实的话说,就是"剥离"自身的非文学因素,进而"寻找属于自己的句子"。正是有了自觉的、不断的"剥离"和"寻找",陈忠实的创作才有了大的跨越以至超越。

蝴蝶一生发育要经过几个阶段的完全变态,才能由蛹变蝶。作为作家的陈忠实,在其精神进化的过程中,大约也经历了这样几个阶段。因为出身、经历以及社会环境等各方面的原因,陈忠实的文学准备应该说是先天不足的,但他始终视文学为神圣的事业,他的身上也具有文学圣徒的精神,虽九死而不悔,一方面具有顽强的不断求索的精神,另一方面具有可贵的自我反思精神,这就使他能由最初的听命和顺随式的写作,转为对自身的怀疑和内心的惶惑,进而不断地开阔视野并寻找自己,在不断蜕变中最终完成了作为一个作家的个我。听命与顺随,反思与寻找,蜕变与完成,三级跳跃,陈忠实走过了从没有自我到寻找自我最后完成并确立自我这样一个过程,成为一个具有我们这个时代标志性和代表性的大作家。

原载《西北大学学报》(哲学社会科学版)2014年第3期

用笔刻画民族的魂

——纪念陈忠实

陈忠实先生离开我们已经三年了,但是,先生的人格风范、文学风范,还长留人间,山高水长。

陈忠实先生,无论是他这个人还是他的文,都经历了时代烈火和冰水的淬炼。1958年他十六岁,发表了处女作《钢、粮颂》,这首小诗虽然是对当年"大跃进"诗歌的模仿,但也显示了他写作的一个理念,这就是"家国情怀"。这种情怀一直坚持到1992年他五十岁写成《白鹿原》。陈忠实其人其文有一个鲜明的特点,这就是与时代同呼吸,与历史共进步。淬炼过的陈忠实,澄明,坚定,理性,博大;淬炼过的文,以《白鹿原》为代表,深厚,博大,丰富,意味深长。先生及其作品,深具文学史的意义,人和文都堪称典范。

陈忠实是一个什么样的人?熟悉他的人很多都认为,陈忠实就是《白鹿原》中的朱先生加白嘉轩。朱先生是传统文化人格的典型,白嘉轩是朱先生思想也是传统文化、道德和价值观的实践者和坚守者。当然,陈忠实并不是一个旧式人物,他有很多的新思想,但他在做人方面,愈到后来,中华民族优秀的传统人格和精神,在他的身上体现得愈为鲜明。中国古人对人的要求是:正心、诚意、修身、齐家、治国、平天下。这里主要的是两点,一是个人要修身,二是个人之外要关心国事,心怀天下。陈先生修身，做人，有自己坚守的原则，更有底线；对他人、做事，仁、义、礼、智、信。作为一个人特别是一个作家，他心系民族的命运，关心时代的发展，思考社会文明进步过程中的种种问题。

陈忠实做人讲良心，认为读书首先是为修身。有网友曾经问陈忠实写作是否影响了他的人生观，他说："是人生观影响写作。"网友问："您到底忠实于什么？灵魂，生活，或者钱？"他答："我主要忠实于我的良心。"讲良心，这是传统中国人做人的基本态度。《白鹿原》中朱先生对黑娃说过这样一段话："读书原为修身，正己才能正人正世；不修身不正己而去正人正世者，无一不是欺名盗世。你把念过的书能用上十之一二，就是很了不得的人了。"朱先生在这里说的话，也可以看作陈忠实的一个认识。作为一个作家，陈忠实特别强调作家的人格对创作极为重要的影响作用。早年，有一家出版社要出我的一本散文集，为有销路，出版社让我请一位名人作序，我第一次也是迄今唯一一次请人作序，就请陈忠实给我写一个序。先生写好序后，于2002年10月20日又用毛笔写信给我，说："我在这篇序文中，用较多文字探索了作家的人格操守话题，主要是您的随笔散文文本突显出这个在我看来也许是最致命的问题，较长时日里被轻视，甚至被冷漠了。由此涉及作家的人生姿态、人格、情怀、境界以及思想这些因素的关系，更重要的是对作家创作的发展的至关重要的意义。这些观点，算一家之言，自是我近年间想得较多的一个问题。"他是借题发挥，谈的问题是作家的人格与创作的关系。我觉得这是他五十岁之后特别是晚年深有感触也思考得特别多的一个问题，很能体现他的人生态度和他对创作的认识。他在题为《解读一种人生姿态》的序文中说："在作家总体的人生姿态里，境界、情怀、人格三者是怎样一种相辅相成又互相制动的关系，是一个很值得研究的话题。是情怀、境界奠基着作家的人格，还是人格决定着情怀和境界，恐怕很难条分缕析纲目排列。""人格对于作家是至关重大的。人格肯定限定着境界和情怀。保持着心灵绿地的蓬蓬生机，保持着对纷繁生活世相敏锐的透视和审美，包括对大自然的景象即如乡间的一场雨水都会发出敏感和奇思。设想一个既想写作又要投机权力和物欲的作家,如若一次投机得手,似乎可以窃自得意,然而致命的损失同时也就发生了,必然是良心的毁丧,必然是人格的萎缩和软弱,必然是对历史和现实生活的感受的迟钝和乏力,必然是心灵绿地的污秽而失去敏感。许多天才也只能徒唤奈何。""人格对作家的特殊意义,还在于关涉作家思想的形成和发展。""作家必是思想家,这是不需辩证的常理。尤其是创作发展到一定程度的作家,在实现新的突破完成新的创造时,促成或制约的诸多因素中最重要的一点便是思想的穿透力。这个话题近年间已被文坛重新发现,重新论说。现在我要说的只是思想和人格的关系。作家穿透生活迷雾和历史烟云的思想力量的形成,有学识有生活体验有资料的掌握,然而还有一个无形的又是首要的因素,就是人格。强大的人格是作家独立思想形成的最具影响力的杠杆。这几乎也是不需辩证的一个常规性的话题。不可能指望一个丧失良心人格卑下投机政治的人,会对生活进行深沉的独立性的思考。自然不可能有独自的发现和独到的生命体验了,学识、素材乃至天赋的聪明都凑不上劲来,浪费了。"[1]陈先生在这里论说的人格与创作的关系,极为透辟。

  创作特别是现实主义创作固然是对生活的一种反映,但它是通过特定的创作主体来反映的,这样,创作主体的人格素质和精神境界就对特定的作品起着至关重要的作用。对于文学和艺术来说,人有多高,作品就有多高。陈忠实先生特别强调人格对作品的重要性,他认为一个人的人格是创作的基础,认为人格影响甚至决定着一个人思想的能力、思想的水平和思想的方向。因此可以说,陈忠实的人格精神对其创作起到了重要的作用,既影响着他创作的主题,也影响着作品的格局和气象。他的作品,特别是以《白鹿原》为代表的作品,充满家国情怀。他着重写的,是我们民族的秘史——心灵史和人格精神的演变史。他写作,不游戏笔墨,也不向世俗

---

[1] 陈忠实:《序 解读一种人生姿态》,见邢小利著《种豆南山》,长江文艺出版社,2003年。

所重垂眉低首。在当年一片轻贱文学的喧嚣声中，他高声呐喊"文学依然神圣"，这种对文学的理解和态度，与中国文论中认为文学乃"经国之大业，不朽之盛事"的精神，一脉相承。陈忠实谈到他的文学信念和理想，说他文学信念的形成有一个比较漫长的过程，是从不自觉到自觉的。最初就是一种兴趣和爱好。发表了一些作品后，也有了点名利之心。再后来，当他真正意识到他是一个作家而社会也承认他是作家时，他认为对自己应该提出更高的要求。他认为，"作家应该留下你所描写的民族精神风貌给后人"，"通过自己的笔画出这个民族的魂"。

陈忠实一生，特别是在创作《白鹿原》的过程中，充满一个文学圣徒的精神。他发誓写出一部死后可以"垫棺做枕"的作品，显出了甘为文学殉道的气概。写作期间，他也遇到了一些艰难的问题，他在致友人的信中说，"我已经感觉到了许多东西，但仍想按原先的构想继续长篇的宗旨，不作任何改易"，又说，"现在就有保全自己一点真实感受的固执了"，非常明确地表明他将坚持他的创作初衷。在另一封致友人的信中，他谈到《白鹿原》的创作，他说"这个作品我是倾其生活储备的全部以及艺术的全部能力而为之的"。这里有两个"全部"，一是"全部"的"生活储备"，二是"全部"的"艺术""能力"。其实，还应该再加一个，那就是"全部的艺术勇气"。没有"全部的艺术勇气"，是不可能把《白鹿原》最初的艺术理想坚持到底的。

真正的文学创作往往具有某种向既定的艺术格局挑战的意味。陈忠实一方面坚持为民族画魂的艺术理想，要保全自己真实的艺术感受，另一方面他对《白鹿原》的出版前景看得并不清晰。《白鹿原》在接近写完的时候，他就已经考虑其结局了。《白鹿原》写成后，他只告诉了家人，同时"嘱咐她们暂且守口，不宜张扬"。他在一篇回忆文章中说，"我不想公开这个消息不是出于神秘感，仅仅只是一时还不能确定该不该把这部书稿拿出来投出去"，"如果不是作品的艺术缺陷而是触及的某些方面不能承受，我便决定把它封存起来，待社会对文学的承受力增强到可以接受这个作品时，再投出书稿也不迟。我甚至把这个时间设想得较长，在我之后由孩子去做这件事。如果仅仅只是因为艺术能力所造成的缺陷而不能出版，我毫不犹豫地对夫人说，我就去养鸡。道理很简单，都五十岁了，长篇小说写出来还不够出版资格，我宁愿舍弃专业作家这个名分而只（将写作）作为一种业余文学爱好。无论会是哪一种结局，都不会影响我继续写完这部作品的情绪和进程，作为一件历时四年写作的长篇，必须画上最后一个标点符号才算了结，心情依旧是沉静如初的"。这种"豪狠"的精神，这种沉静，这种大有为未来写作的考量，是大丈夫的气度，也是大作家必备的素质。

  纪念先生，要学习先生。先生人的风范，文的风范，仰之弥高，而这种人的风范和文的风范，作为一种经验之源和精神之流，值得我们不断汲取其有益的营养，同时，它对今天和以后的我们，也有深远的启示意义。

原载《光明日报》2019年5月1日

陈忠实在八十年代

一

作为一个作家的陈忠实，他的"自我"的觉醒，当在1978年。这一年，他的工作面临一个难题。

1976年3月，他在刚复刊不久的《人民文学》发表了一篇短篇小说《无畏》，这篇小说发表后，给三十四岁的陈忠实带来了短暂的荣耀，但是紧接着，中国的历史发生了巨变，"四人帮"覆灭，政治形势也发生了翻天覆地的变化，因为这篇小说，陈忠实受到追查，查他是不是与"四人帮"有牵连。有传言说，这篇小说是江青打电话让陈忠实到北京去写的，去北京的飞机票都是江青让人给陈忠实买的。当然，陈忠实确实是坐飞机去的北京，而且是头一回坐飞机，在北京写的准确说是在北京完成的《无畏》，是一篇主题为与走资派作斗争的小说。尽管事后经多方查明，这篇小说的写作与"四人帮"毫无瓜葛，但因为事情在一段时间内被炒得沸沸扬扬，陈忠实的"官位"和"仕途"都受到了严重影响。先是，他被免掉了毛西公社党委副书记职务，接着，他的公社副主任的职务也摇摇欲坠。

辞职，还是被免，这是一个问题，也是一个选择题。

1978年，陈忠实三十六岁，人生差不多过半。顾后瞻前，来路艰难，去路茫茫。他对自己的前途和未来进行了分析和谋划，再三地审视自己判断自己，决定还是离开基层行政部门，放弃仕途，转入文化单位，去读书，去反省，从而皈依文学，真正全身心地进入文学领域。6月，他这个毛西公社灞河河堤水利会战工程的主管副总指挥，在基本搞完灞河八里的河堤工程之后，觉得给家乡留了一份纪念物，7月，他就申请调动，到西安市郊区文化馆工作。组织上经研究，安排他担任西安市郊区文化馆副馆长。

对陈忠实来说，这是一次划时代的抉择。从此，他告别仕途，转身成了作家，并且一步一步迈向他的文学远方。没有这个也许多少带有被逼无奈的选择，陈忠实多半仍然蹒跚而行于那个荆棘之途，那个辽阔的《白鹿原》未必能进入他的视野。

算起来，到这一年，陈忠实已经在文学的道路上摸索前行二十有年。从1958年他十六岁第一次在《西安日报》发表短诗《钢、粮颂》，到1965年、1966年在《西安晚报》发表快板词、散文和小故事，再到1973年至1976年每年发表一个短篇小说，其间既有作品面世的快乐与憧憬，也有忽然不能写作不敢写作的惊魂与疑问，还有短篇小说处女作《接班以后》被改编成电影、《无畏》登上国家大刊头条的春风得意与其后忽然面临的被审查、被撤职。陈忠实悲欣交集，文学、时代与个人命运之间的关系以及种种疑问缠绕着他，历经少年、青年，如今迫近中年，他必须重新思考，也必须作出选择。

仕途与文学，何去何从？

陈忠实出身于贫寒的农家，此前一直在农村的泥土中摸爬滚打。农民是最讲究实际的，仕途也是最实际的，而文学，多少有些虚幻，作为业余爱好，作为生活的点缀，倒也不失风雅，但要以之安身立命，不能不说有些冒险。而况，最近的一次，陈忠实就是因为一篇小说——《无畏》，而栽了跟头。文学可以"无畏"，现实令人生畏。

1978年，是一个历史悄然转变的年头。乍暖还寒，阴晴不定，欲罢不能，欲说还休。

灞河落日，长夜寒星，陈忠实徘徊于灞河长堤，游走于白鹿原畔，南眺群山，西望长安，对自己的后半生重新丈量。

其实，1977年的冬末，1978年的早春，他就已经敏锐地感受到新时代即将到来或者说已经到来的气息。这一年冬天，陈忠实被任命为毛西公社灞河河堤水利会战工程的主管副总指挥，组织公社的人力在灞河修筑八里的河堤，住在距河水不过50米的河岸边的工房里。这个工房是河岸边土崖下的一座孤零零的瓦房，他和指挥部的同志就住在这里，生着大火炉，睡着麦秸做垫子的集体床铺。大会战紧张而繁忙，陈忠实一天到晚奔忙在工地上。冬去春来，1978年到来了。站在灞河河堤会战工地四望，川原积雪融化，河面寒冰解冻，春汛汹汹。紧张的施工之余，陈忠实在麦秸铺上读了《人民文学》杂志上的两篇短篇小说。第一篇是《窗口》，刊于《人民文学》1978年1月号，作者莫伸，陕西业余作者，时为西安铁路局宝鸡东站装卸工人；第二篇是《班主任》，刊于《人民文学》1977年11月号小说栏头条，作者刘心武，北京业余作者，时为北京一所中学的教师。莫伸比陈忠实年轻，刘心武与陈忠实同龄，两人都是崭露头角的文学新人。这两篇小说在当时影响都很大，陈忠实读了，有三重心理感受：一是小说都很优美；二是不由得联想到自己的写作，更深地陷入羞愧之中；三是感到很振奋。特别是读了《班主任》，他的感受更复杂，也想得更多。当他阅读这篇万把字的小说时，竟然产生心惊肉跳的感觉。"每一次心惊肉跳发生的时候，心里都涌出一句话，小说敢这样写了！"陈忠实作为一个业余作者，尽管远离文学圈，却早已深切地感知到文学的巨大风险。但他是真爱文学的，他对真正的文学也有感知力，真正的文学在表现生活和写人的过程中，那种对现实和生活的思想穿透力量和强大的艺术感染力量，他也是有深切的体会的。他本来是在麦草铺上躺着阅读的，读罢却再也躺不住了。他在初春的河堤上走来走去，他的心中如春潮翻腾。他敏锐地感觉到：文学创作可以当作事业来干的时候终于到来了！在陈忠实看来，《班主任》犹如春天的第一只燕子，衔来了文学从极左文艺政策下解放出来的春的消息，寒冰开始"解冻"了，预示着一个新的时代开始了。陈忠实望着灞河奔涌向前的春潮，明确地意识到，他的人生之路也应该重新调整了。

1978年10月，陈忠实开始到文化馆上班。这个时期的西安郊区是一个大郊区，含西安市城三区之外东南西北所有郊区，郊区党和政府所在地在西安南郊的小寨。郊区文化馆驻地也在小寨，其中一处办公地全是平房，在后来的陕西历史博物馆近旁，院子里长满荒草。陈忠实图清静，就选择了这里。他从图书馆借来刚刚解禁的各种中外小说，从书店也买了一些刚刚翻译出版的外国小说——其中有一些是诺贝尔文学奖得奖作品，在破屋里从早读到晚。读到后来，他的兴趣集中到莫泊桑和契诃夫身上。这次阅读历时三个月，是他一生中最专注最集中的一次阅读。这次阅读，陈忠实提前做了时间上的精心规划和安排，是他在认识到创作可以当作一项事业来干的时候，对自己进行的一次必要的艺术提高。陈忠实从《班主任》发表后得到的热烈反响中，清晰地感知到了文学创作复归艺术自身规律的趋势。"文革"的极左政治和极左文艺政策，对社会对人的精神破坏性极大，早已天怨人怒；而"文革"前十七年愈来愈左的文艺指导教条，也需要一番认真的清理。他在这个时期冷静地反思自己，清醒地认识到，从喜欢文学的少年时期到能发表习作的文学青年时期，他整个都浸泡在十七年文学的影响之中，而十七年的文学及其经验，现在极需认真反思了。尽管赵树理、刘绍棠、柳青等他喜欢的作家及其作品都有迷人之处，但文学要跟上时代特别是要走在时代的前沿甚至超越时代，他自己就得在思想上和艺术上剥一层皮甚至几层皮。他认为，自己关于文学关于创作的理解，也应该完成一个如政治思想界"拨乱反正"的过程。他觉得，这个反思和提高的过程，最为得力的措施莫过于阅读。阅读很明确，那就是读外国作家作品。与世界性的文学大师和名著直接见面，感受真正的艺术，这样才有可能排除意识里潜存的非文学因素，假李逵只能靠真李逵来逼其消遁。他后来把这个过程称为"剥离"。自我反思，自我批判，自我深化，自我提升，是一个作家更新蝶变的最为有效的途径。

二

　　自1976年4月写成《无畏》（5月20日《人民文学》第3期刊出），到1978年10月写出短篇小说《南北寨》，两年又半，陈忠实除过写了三篇应景之作，没有进入真正的写作状态，一直处在痛苦和深刻的反省之中。用陈忠实自己的话说，就是"剥离"。剥腐离旧，"剥离"而后"寻找"，"寻找属于自己的句子"。有没有"剥离"与"寻找"，是当年千千万万被扶持被培养起来的工农兵业余作者在新时代到来时或生或死的一个重要选择和标志。与同时代几个从生活底层走出来的作家如路遥、邹志安等人一样，陈忠实尽管在当时还未踏入真正的文学之门，但他内心视文学为神圣事业，他对文学的追求，尽管左冲右突，因为时代的局限不得其门而入，但他有圣徒的精神和意志。因此，当80年代的精神曙光照亮古老的中国大地，当80年代这个充满理想主义精神和创造激情的时代到来的时候，他看到了光明，也看到了希望，他就会奋力向前，追赶时代。一方面要跟上时代，另一方面还要超越时代，走在时代的前列。

　　不必讳言，陈忠实出身普通农家，只读了高中，早年又受那个时代文学观念的影响颇深，对于真正的文学创作来说，可以说他先天有所不足。陈忠实当年身兼三个社会角色：农民，农村基层干部，作家——业余作者。陈忠实说他当年时常陷于三种角色的"纠缠"中。分田到户后，他有疑虑，直到亲眼看到自家地里打下了那么多意想不到的麦子，这一夜他睡在打麦场上，却睡不着了，听着乡亲们面对丰收喜悦的说笑声，"我已经忘记或者说不再纠缠自己是干部，是作家，还是一个农民的角色了"[①]。三种角色对生活的态度和看取生活的视角不同：农民，是生活者；农村基层干部，是政策的执行者；作家——业余作者，则要对生活进行冷静的观

[①] 陈忠实：《寻找属于自己的句子——〈白鹿原〉创作手记》，上海文艺出版社，2009年，第99页。

察和深入的思考，更要有思想的穿透性和前瞻性。坦率地说，80年代以前的陈忠实，其作家的思想者素质还相当薄弱。正因为如此，他后来才对作家的思想者素质极其看重。从陈忠实自述的在80年代引起他产生"剥离"意识的生活现象（诸如对穿西服着喇叭裤等世相看不顺眼）可知陈忠实当年第一要"剥离"的，是狭隘的农民的精神视野，不能仅仅以一种传统的农业文明的意识看取生活，一个现代作家同时还要具备一定的都市视角和现代文明意识。第二要"剥离"的是政策执行者角色，这个角色是被动的和被支配的，容不得有自己的个性特别是有自己的思考。第三要"剥离"非文学的和伪文学的"文学观念"。第四，还要"剥离"如同他已经意识到的比生活世相"更复杂也更严峻的课题"，诸如"思想，文化，革命，传统与现代，社会主义和资本主义，等等"。在这些问题上，几十年来因袭下来的观念，可谓根深蒂固，"剥离"起来既复杂严峻，也不是说"剥离"就能"剥离"净尽的。无论如何，应该说陈忠实还是比较早地意识到了"剥离"这个问题，而且是"自觉"的，"自觉"到了它的必要性和重要性，这是非常重要的，也是非常了不起的。因为从某种意义上说，所谓"剥离"就是自己"否定"自己，"觉今是而昨非"，这对很多人特别是作家来说是很难的。

　　一般的作家似乎只有"寻找"的过程，而没有也不需要经历这个"剥离"过程。陈忠实为什么要"剥离"？从背景和经历看，陈忠实走上文学道路，先是因为课余、业余爱好，后是因为当时政治的需要，有关文艺机构扶持工农兵业余作者。陈忠实受当时文学实践和文学思潮的影响，早期的创作，大体上是沿着"讲话"的方向和"政策"的指导往前走的。这种创作，在当时的陈忠实自己看来，也是因为喜爱文学而过的一把"文字瘾"。他从模仿自己喜爱的作家到自觉不自觉地成为政策的传声筒，要一变而为具有独立思想、独立艺术个性的作家，不经过"剥离"就不能脱胎换骨。"剥离"是精神和心理上的"洗心革面"和"脱胎换骨"，具体说，是一种思想上的"脱胎换骨"，也是某种程度上的情感上的"洗心革面"。陈忠实说,"我相信我对乡村生活的熟悉和储存的故事,起码不差柳青多少。我以为差别是在对乡村社会生活的理解和开掘的深度上,还有艺术表述的能力"[①]。"艺术表述的能力"与文学禀赋和艺术经验的积累有关,而"对乡村社会生活的理解和开掘的深度"则无疑与作家的思想素质和思想能力有关。而这思想素质和思想能力的培育,对陈忠实个人来说,就非得经历"剥离"这个"脱胎换骨"的过程不可。陈忠实反思,他从1973年到1976年四年里写了四篇小说,这几篇小说都演绎阶级斗争,却也有较为浓厚和生动的乡村生活气息,当时颇得好评,第一个短篇小说处女作《接班以后》还被改编为电影。但是随着时间的推移,这几篇小说致命的问题就暴露出来了,不用别人评价,陈忠实自己都看得很清楚,问题在思想,那是别人的时代的思想,而不是自己的思想,自己只不过做了一回别人思想的传声筒。

站在历史的角度看,20世纪70年代末到80年代初,确实是一个历史发生大转折的时代。在这个代际转换的重要时刻,从过去时代一路走过来的作家,精神和心理上"剥离"与不"剥离",对其后来创作格局与发展的作用,还真是不一样的。有的老作家,在50年代写过一些引起广泛影响当时也颇获好评的歌颂合作化、人民公社化的文学作品,到了80年代,面对时移世变,思想认识和感情态度基本上还停留在当时的基点上,而且对新的东西一时还不习惯,接受不了,对现实失语,也就对历史和未来失语,就很难再进行新的创作,只好写一写艺术技巧谈之类的文章。这说明,不是谁都能"剥离"的,也不是谁都愿意"剥离"的,更不是谁都有这个必须"剥离"的思想自觉的。当然,"剥离"不"剥离",完全是作家个人的一种自觉和自愿选择,绝对不是一条所有作家都必须走的路。笔者和陈忠实闲谈得知,陈忠实对有的作家在新时代面前不能适应和无法适应,思想和创作陷入进退两难,看得很清楚,他以这些作家为镜,反思,自审,

---

[①] 陈忠实:《寻找属于自己的句子——〈白鹿原〉创作手记》,上海文艺出版社,2009年,第9页。

再一次确认自己的"剥离"很有必要。

"剥离"不是完全放弃，而是坚持中有所更新，类似于哲学上的一个概念——扬弃。比如对待现实主义创作方法。1984年，陈忠实参加中国作协在河北涿县（今涿州市）召开的"全国农村题材创作座谈会"，会上关于现实主义和现代派的讨论和争论就对他极有启示：现实主义创作方法可以坚持，但现实主义必须丰富和更新，要寻找到包容量更大也更鲜活的现实主义。这之后，陈忠实开始自觉地反思自己的现实主义写作历程。他想到了柳青和王汶石。这两位陕西作家，既是他的文学前辈，也是当年写农村题材获得全国声誉而且影响甚大的两位作家，陈忠实视二人为自己创作上的老师。但是到了1984年，当他自觉地回顾甚至检讨以往写作的时候，首先想到的就是必须摆脱柳青和王汶石的影响。但他又接着说，"但有一点我还舍弃不了，这就是柳青以'人物角度'去写作人物的方法"[1]。

对陈忠实来说，"剥离"之后的"寻找"，主要就是重新寻求意义世界，重构自己的审美判断。旧的精神世界被逐渐"剥离"了，必然需要新的意义世界来"丰富"。"寻找属于自己的句子"，既是寻找属于自己的艺术表现方式，更是寻找属于自己的意义世界和美学世界。小说，特别是长篇小说，最重要的还是写人。陈忠实在小说艺术上寻找的结果，最终的归结点，还是集中在人物描写上。从1942年"讲话"以后，文学作品写人物，主要是把人物简单地按阶级划分，表现在小说作品中，人物主要就是两大类，一是剥削者、压迫者，一是被剥削者和被压迫者，然后就是按"剥削压迫，反抗斗争"的模式结构情节，设计人物冲突。陈忠实在"寻找"之后认识到，写人，要从多重角度探索人物真实而丰富的心灵历程，要避免重蹈单一的"剥削压迫，反抗斗争"的老路，要从过去的主要刻画人物性格变换为着重描写"人的文化心理"，从写"典型性格"转变为写人物的"文化心理结构"。性格不是不要写了，典型性格也不是不要写

---

[1] 陈忠实：《寻找属于自己的句子——〈白鹿原〉创作手记》，上海文艺出版社，2009年，第44页。

了，还是要写的，但已不是自己创作的着眼点。过去的小说是以塑造性格为目的，他现在要以挖掘和表现人物的文化心理为鹄的，在挖掘和表现人物的文化心理的同时塑造人物性格，要写出人物的文化心理性格，这样，才能写出真实、完整而且丰富的人。

从1978年10月到1988年2月，陈忠实动笔写《白鹿原》（1988年4月1日开笔）之前，一共写了四十九个短篇小说，九个中篇小说，还有一些散文和报告文学，这些都可以看作陈忠实迤逦而行的艺术探索之履痕。仔细研读这些作品，可以看出，在80年代前期，或前或后，或左或右，陈忠实前进的脚步并不整齐，但他是紧紧追随时代大潮的，也一直义无反顾地走在"剥离"与"寻找"的道路上。而当时思想解放、改革开放的时代春风，也确实给陈忠实打开了一扇又一扇激动人心的精神之门，展示出一道又一道前所未见的艺术风景，从而激发出他无尽的创造活力和勇攀文学高峰的豪气。最后通过《白鹿原》的创作，陈忠实完成了自己的文学使命。蝴蝶一生发育要经过几个阶段的完全变态，才能由蛹变蝶。大人虎变，君子豹变，作为作家的陈忠实，在其精神进化的过程中，大约也经历了几个阶段的艰难蜕变。虽有种种先天不足，但陈忠实以圣徒精神追寻文学之门，虽九死而不悔，一方面具有可贵的自我反思精神，另一方面具有顽强的不断求索的精神，这就使他能由最初的听命和顺随式的写作，转为对自身的怀疑和内心的惶惑，进而不断地开阔视野并寻找自己，在不断蜕变中最终完成了作为一个作家的个我。听命与顺随，反思与寻找，蜕变与完成，三级跳跃，陈忠实走过了从没有自我到寻找自我最后完成并确立自我这样一个过程，成为一个时代有标志性和代表性的大作家。

陈忠实后来作有一些诗词，抒发他在创作《白鹿原》过程中的怀抱，"拭目扪心史为鉴，破禁放足不做囚"[1]。特别是《青玉案·滋水》这首词，借那条从南面的秦岭山中奔涌而出，再由白鹿原东面折向西来，

---

[1] 陈忠实：《和宁夏张其玮先生》，见《陈忠实文集》（增订本）第10卷，人民文学出版社，2015年，第549页。

流经他家门前再向西去，然后北折汇入渭河的灞河（古称滋水），抒发了他在创作的道路上，无所畏惧，另辟蹊径，坚持走自己道路的决心和豪迈：

> 涌出石门归无路，反向西，倒着流。杨柳列岸风香透。鹿原峙左，骊山踞右，夹得一线瘦。
>
> 倒着走便倒着走，独开水道也风流。自古青山遮不住。过了灞桥，昂然掉头，东去一拂袖。①

三

对于作家来说，可以真诚交流的朋友圈子是必不可少的。朋友圈子是一个作家的文化生态环境，是信息源特别是重要的和秘密的信息源之一，是思想碰撞进而迸出思想火花的炼钢炉，是灵光闪现、灵感降临的一个重要场所，当然也是交流创作心得的最为合适的地方。

在灞桥乡间，陈忠实有几个文学朋友圈子。

早在1965年，西安市召开文艺创作大会，灞桥区选出十个代表参加，他们是陈忠实、唐高、薄连贵、郭丁戊、陈鑫玉、王宏海、仲益春、张君祥、贺治坤、蒋三荣。由于共同的出身和爱好，几天下来，他们已经互相熟悉并且成了好友，此后多年，一有机会就聚在一起交流，当时号称灞桥文学艺术界"十兄弟"。"十兄弟"之一张君祥后来回忆："为了不断提高兄弟们的创作水平，经忠实提议，我们商定每年至少相聚一次，拿出自己的作品，在会上进行研讨。陈忠实的《高家兄弟》（小说）和我的《争女儿》（戏曲），都是在我家经大家讨论研究而成的。那时候人们的生活条件很差，记得有次在我家聚会，说是过年，还不如现在的平常生活，谁还想吃个白馍，那是镜里边的事情。乡下人过年，好了称上二斤肉，动个

---

① 陈忠实：《陈忠实文集》（增订本）第10卷，人民文学出版社，2015年，第548页。

腥，不好的，常是萝卜白菜一锅熬。若要招待客人，一桌四个盘子算是高档的，一般都是大烩菜一碗。那次我招待弟兄，尽了最大努力，端出了四个盘子和一瓶七角的'小角楼'酒。我亲自下厨，做了一盘烧白菜，端上桌来，忠实先夹了一口，高兴道：'这味咋这么香？'大伙瞪圆双眼：'得是的？'三锤两梆子吃光了。盘子露了底，我也露了馅，大伙要求再来一盘，我尴尬道：'很抱歉，只剩下白菜根了。'那一天，我知道来人多，凳子少，早早让母亲把炕烧热，好让兄弟们坐在热炕上讨论作品。兄弟们来齐后，我让他们都坐在热炕上，中间放个小桌放烟茶。"[①]

1973年春，由西安市郊区革委会政工组安排，陈忠实、王韶之、罗春生、郑培才等人组成写作班子，编写以车丈沟、郭李村群众的血泪史和阶级斗争反抗史为内容的《灞河怒潮》一书。陈忠实写了其中的一部分并为该书统稿，该书1975年9月由陕西人民出版社出版。陈忠实与写作组的几个人自然也就成了交流文学及其他的朋友圈子。郑培才（笔名郑征，后有长篇小说《东望长安》等作品问世）后来回忆，改革开放初期，湖北襄樊是改革试点市，为短期内改变这个历史文化古城的落后局面，上级指示到大城市、先进城市去挖人才，而唯一能调动人才胃口的是：家在农村的，可以解决农村家属子女转为城市户口，可以给他们安排工作，安置住房。这样一来，陕西就有几百名家在农村的科技、文化人才和技术工人到了襄樊。郑培才到了襄樊，负责对来自陕西的科技人员及其家属子女进行安置。他想到故乡白鹿原北坡下西蒋村的陈忠实，陈忠实上有年迈的父母，下有三个嗷嗷待哺的儿女，只有妻子翠英，上侍双亲，下育儿女，一个人劳动于田间。陈忠实是民请教师，后借调到公社工作，很长时间内依然是一位记工分的背粮工，后来转成了正式干部，但工资太少，生活依然捉襟见肘。郑培才就把陈忠实的情况介绍给当时的襄樊市委书记，全面详细地介绍了陈忠实的德、才、能，书记说："这样的人才，我们欢迎。"郑培

[①] 张君祥：《我和忠实五十年》，见灞桥区政协编《灞桥文史资料》第24辑《乡党陈忠实》，2019年，第13页。

才连夜给陈忠实写了一封信，信发出去了却不见回音。郑培才利用到西安出差的机会，找到陈忠实问他为什么不回信，陈忠实歉意地一笑道："那样优惠的条件，老兄说那是个好地方，谁不心动！可我考虑再三，我已背上了文学这个十字架，生活再苦，我也不能离开故乡这块热土。离开了关中，离开了故土，也许我啥也写不出来了！"[①]陈忠实在这里说的话非常重要。这说明他对他的生命价值和人生方向有极为明确的认识，对他的创作也有极为明确的认识：他就是写"乡土"的，乡土是他创作的源泉，离开了乡土，就像鱼儿离开了水，瓜儿离开了秧。所以，陈忠实不仅不去条件优厚、令人心动的襄樊，而且即使后来全家都进了西安城，他当了陕西作协的专业作家，他还是要回到灞桥西蒋村，哪怕是一个人住在那里，始终不离开"故土"，直到五十岁写出了《白鹿原》。

　　文友间更多更深的交流，可能还是发生在陈忠实1982年调入中国作家协会西安分会（即后来的陕西省作家协会）以后。毫无疑问，当年陕西最顶尖的作家、评论家都在中国作协西安分会或者是这里的常客。据笔者的考察和研究，2000年以前，陕西作协（前身叫中国作协西安分会和中国作协陕西分会）的读书和创作风气非常兴盛。笔者前几年看了作家魏钢焰的藏书，吃惊不小。魏钢焰的长子魏林刻回忆，80年代后期，作协后边的大院里，杜鹏程、王汶石、李若冰、胡采、魏钢焰等作家们，一排排地坐在那里读书，给他印象很深。那时很多作家都写出了代表作或成名作，但是为了更好地创作，读书蔚为风气。读书之后，大家也在院子里讨论、争论，也是一景。80年代，那个高桂滋公馆的后院，那三个连排四合院的作协办公院里，也有几个文友经常聚会的房间。其中一个就是《延河》小说编辑王观胜宿办合一的房间。那是门朝北开的一个狭长的房间，一张床，一张桌子，几把椅子，常客有路遥、陈忠实、白描、董德理等。当然，西安和外地到《延河》或作协来办事的作家，也经常参与进来。

[①] 郑征：《忠实的怀念》，见灞桥区政协编《灞桥文史资料》第24辑《乡党陈忠实》，2019年，第87页。

王观胜去世后，2011年11月，陈忠实写了一篇回忆王观胜和他那间小屋的文章，从中可见80年代文友们聚谈的情景，细致而生动，摘录如下（在保持原意的前提下，个别句子有删改）：

  我那时住在白鹿原北坡下祖居的老屋，省作协开会，或是买面粉买蜂窝煤，我才进城。开完会办妥事后的午休时间，我便很自然地走进王观胜宿办合一的屋子，其实只有半间房，一张办公桌和一张床占据了房间的绝大空间，我多是坐在床沿上聊天。聊得兴起时，他便从立柜里取出一瓶雀巢咖啡，为我冲上一杯，我也不客气，品尝起这绝佳的洋货饮品。上世纪80年代中期正是世界文学多种流派一波接着一波潮涌中国文坛的最热闹的时期，自然成为闲聊的话题，相对封闭在乡野的我，常常从他这儿获得许多文学新潮流的信息。文学新潮还携裹着一些洋气的生活习性，喝咖啡便是其中之一。

  在咖啡的余味里，我听着观胜说文学，尤其是苏联文学，许多新的作家和新的作品，有的我知道或者读过(我订有《苏联文学》《俄苏文学》)，交流阅读感受的话题便会很投机。有的新翻译过来的某位作家的作品我尚未见过，他便介绍给我，我到书店寻找购买，又会成为下一回见面时闲聊的话题。他对当时的苏联文学兴趣极高，十分推崇，我们可谓趣味相投。新时期才被介绍进中国的艾特玛托夫，杰出的短篇小说作家舒克申，是我们尤为赞赏的两位大家。品着雀巢咖啡，交流苏联文学的阅读感受，目的在于提升自己的写作，我更多的时候是从他的说辞里获得启迪。

  观胜的半间房子里，我更多见到的情景是"人满为患"，几位资深的《延河》老编辑也到这里来闲聊，椅子和床上都坐满了人，占不上座位的人甘愿站着。闲聊很少涉及家长里短，多是中国文学的最新动向，议论某位作家某篇作品，有欣赏的也有不欣赏的。而刚刚出现的某些非文学因素，常常会引发甚为激烈的议论。在大家你一言我一语七嘴八舌议论着的时候，王观胜突然不温不火地撂出一句："球不顶。"便引发一阵哄然大笑。一句"球不顶"，把热烈议论着的话题给予总结，既然那些非文学现象于文学创作本身球事也不顶，大家就顿然明白，议论这个没有必要。

路遥是观胜半间屋的常客。尽管我十天半月才进一回城，却几乎每回都能在观胜的屋子里见到路遥。路遥如果不外出，"早晨从中午开始"的第一站，往往是这半间屋子，其他时间或是写作或是编稿(路遥也是《延河》编辑)累了需要缓解片刻，他也轻足熟路蹓进来。我在这间屋子遇见路遥，常见的姿势是他斜躺在观胜的单人床上，即使有空闲的椅子他也不坐，自我解释说看稿或写稿坐得腰疼，需要放松一下。路遥的文学见解和对见解的坚信令我感佩，他对世界某个地区发生的异变的独特判断也总是令我大开眼界，他对改革开放初期某些社会现象的观察和透视，其力度和角度，更是深过一般庸常说法。路遥也是苏联文学的热心人，常常由苏联文学对照中国文坛的某些非文学现象，然后用观胜爱说的"球不顶"调侃了之。"球不顶"由路遥以陕北话说出来，我忍不住笑，观胜也开心地笑起来。观胜的"语录"被路遥引用，观胜此时便会打开柜子，取出他自己平时也舍不得享用的雀巢咖啡来，为每人冲上一杯。记得路遥曾调笑说，观胜这间屋子是"闲话店"，也是"二流堂"（抗战时期重庆一些文化人聚集之所，调侃之称），此说不是贬义，而是说这里是人气最旺的一方所在。《延河》编辑部的领导和编辑，无论长幼，已经由喜欢变为惯性在此聚合，在这个小小空间交流信息、抒发见解，可以无所顾忌，自由且自在。这种交流氛围的诱惑，远非咖啡和茶的诱惑所能比拟。①

  当然，陈忠实80年代还有一个很高的交流空间，那就是一些全国性的文学会议。1984年3月，陈忠实参加中国作协在河北涿县召开的"全国农村题材创作座谈会"期间，看到《十月》杂志副主编、作家郑万隆在开会期间校对《十月》"长篇小说专刊"拟刊发的《百年孤独》文稿，就想先睹这部1982年刚刚获得诺贝尔文学奖的拉美作家作品。此时《百年孤独》还未正式出书。会后，郑万隆把刊有《百年孤独》的《十月》专刊寄给了陈忠实。陈忠实因此成为中国当代作家中最早读到这部作品并深为沉迷而且也深受其影响的作家之一。"多年以后"的句式和倒叙手法，魔幻现实主义表现手法，此后一直深深地影响着陈忠实的创作，并且被他用于《白鹿原》的创作之中。

四

  1986年，陈忠实发誓写出一部死后可以"垫棺做枕"的作品，显出了甘为文学殉道的气概。1988年4月1日，陈忠实在草稿本上写下了《白鹿原》的第一行字。漫长的《白鹿原》创作开始了。当他在《白鹿原》的草稿本上写下第一行字时，"整个心理感觉已经进入我的父辈爷爷辈老爷爷辈生活过的这座古原的沉重的历史烟云之中了"。

  关于《白鹿原》最初的创作计划，陈忠实在1990年10月24日致人民文学出版社《当代》杂志副主编何启治的信中，是这样说的："此书稿87年酝酿，88年拉出初稿，89年计划修改完成"，"全书约四十五六万字"。看来原计划是，一年初稿，一年修改完成，明确是1989年就"修改完成"。

  实际写作情况是，初稿在1988年4月初动笔，他写得很从容，坐在沙

---

① 陈忠实：《依然品尝你的咖啡》，见《陈忠实文集》（增订本）第10卷，人民文学出版社，2015年，第111—114页。

发上，把一个大笔记本放在膝盖上，很舒服地写，一点儿也不急。7月和8月，因故中断写作两个月；9月再动笔，到次年即1989年的1月完成，实际用了八个月时间。初稿约四十万字，陈忠实称为"一个草拟的框架式的草稿"。

第二稿陈忠实称为"复稿"或"修改完成"稿，于1989年4月开始写，打算用两年完成。他写得很认真，心里也很踏实，因为有草稿在。但陈忠实蛰伏在西蒋村乡下写他的《白鹿原》时，发生了一些大事，在当时的形势下，创作是必须搁下了。

时间耽搁，陈忠实开始还有些着急，后来想，早半年晚半年或者早一年晚一年写完，都没有什么实质性的意义，如此一来，有了对一些问题再审视的从容，反而有利于把已经体验和意识到的东西更充分地展现出来，不留遗憾。心态从容了，也不着急了，他说他"死心塌地"地进入了后边的写作。

《白鹿原》原计划用两年左右写完，实际用了四年。虽然此作第二稿是1992年1月写完的，但这部作品的起根发苗或称孕育是在80年代，开始写作的时间也是80年代，《白鹿原》的思想、人物、故事以及艺术上的种种追求都在80年代已然形成。如果把《白鹿原》归入特定的年代，那它无论怎么看，都是20世纪80年代的作品。强调这点是因为80年代的中国与90年代及以后的中国，很不一样，甚至可以说是完全不一样。概括地说，80年代是一个充满理想精神与创新激情的时代，郁积已久的理想精神与创新激情像火山一样喷发，冲天烈焰照亮了自1949年以来的历史天空。而八九十年代之交是一个转折点，此后，这种理想精神与创新激情渐渐冷却，实用主义兴起并转而代之，这是一个剧烈而复杂的动荡期。陈忠实此刻正在完成他一生中最重要的"枕头工程"，他的心态是复杂的，却也是坚定的。

在这个时段，他给一些信得过的好友写过很少的几封信，在谈其他事情的同时，偶尔也透露出他当时对一些问题特别是他写作《白鹿原》的一些想法和所持的态度。

1989年10月2日，陈忠实写信给峻里。这封信本来主要是谈他给峻里办的一件私事的，由于是至交，由于峻里一直真诚地关心着他的创作，他就在信中谈及正在写作的《白鹿原》。陈忠实说，他现在无法进入写作的"心境"。又说，"我已经感觉到了许多东西，但仍想按原先的构想继续长篇的宗旨，不作任何改易，弄出来再说。我已活到这年龄了，翻来覆去经历了许多过程，现在就有保全自己一点真实感受的固执了。我现在又记起了前几年在文艺生活出现纷繁现象时说的话：生活不仅可以提供作家创作的素材，生活也纠正作家的某些偏见。那时是有感而发，今天回味更觉是另一种感觉"。这段话内涵丰富。其中"我已经感觉到了许多东西，但仍想按原先的构想继续长篇的宗旨，不作任何改易"和"现在就有保全自己一点真实感受的固执了"，非常明确地表明他将坚持他的创作初衷，完全是一种孤注一掷、背水一战的决绝态度。陈忠实早年创作的一个重要特点，就是追随时代风潮特别是时代的政治风潮，现在，"我已活到这年龄了，翻来覆去经历了许多过程，现在就有保全自己一点真实感受的固执了""生活不仅可以提供作家创作的素材，生活也纠正作家的某些偏见"这些话，都是来自生命体验的肺腑之言。信末，他嘱收信人："读罢烧掉！"

这些话也足以证明，《白鹿原》不仅思想、人物和故事，而且全部的精神与气质，都是80年代的。《白鹿原》是中国20世纪80年代文学精神和气质最后的闪耀和谢幕。

用笔写长篇小说，是一种既耗神又费力的劳动。陈忠实的解乏提神之法，是喝酽茶，抿西凤酒，抽巴山雪茄；散心放松之法，是听秦腔。这差不多也是陈忠实业余所有的爱好了。

80年代中期，陈忠实当了陕西作协的副主席以后，经济状况初得改善，便给乡下买了一个电视机，不想因为接收信号不好，收不到任何节目，有声无像。后来不甘心把电视机当收音机用，又破费买了放像机，买回一厚摞秦腔名家演出的录像带，自己欣赏，村子里的老少乡党来了，也让他们欣赏。电视机那时在农村还是个稀罕物儿，他常常要把电视机搬到院子里，才能满足越拥越多的乡党。后来，他又买了录音机和秦腔名角经典唱段的磁带，听起来不仅方便，而且可以反复听。

写作《白鹿原》的四年间，累了，陈忠实便端着茶杯坐到小院里，打开录音机听上一段两段，他感觉"从头到脚、从外到内都是一种无以言说的舒悦"。隔墙有耳，久而久之，连他家东隔壁小卖部的掌柜老太婆都听上了戏瘾，有一天该放录音机的时候，他也许是一时写得兴起忘了时间，老太太就隔墙大呼小叫陈忠实的名字，问他："今日咋还不放戏？"陈忠实便收住笔，赶紧打开录音机。老太太哈哈笑着说，她的耳朵每天到这个时候就痒痒了，非听戏不行了。

陈忠实四年间听着秦腔写《白鹿原》，秦腔某种潜移默化的影响似乎不可低估。《白鹿原》与秦腔，特别是与秦腔经典戏曲中人物语言的关系，是一个有趣的研究课题。

1990年10月24日，陈忠实在致何启治的信中谈到《白鹿原》的创作，说"这个作品我是倾其生活储备的全部以及艺术的全部能力而为之的"。这里谈到两个"全部"，一是"全部"的"生活储备"，二是"全部"的"艺术""能力"。其实，还应该再加一个，那就是全部的艺术勇气。没有"全部的艺术勇气"，是不能把《白鹿原》最初的艺术理想坚持到底的。

《白鹿原》的写作进度后来有些慢，也是陈忠实有意为之。2012年3月28日晚上，陕西师范大学出版社与一些陈忠实研究者签订图书出版合同，陈忠实在座，他讲，《白鹿原》在写作过程中，他已经感觉"自己写的这个东西是个啥东西"，在当时的文化氛围里，他认为根本不可能出版，所以改写第二稿时，就是慢悠悠的。

1991年，陕西省文联和陕西省作协换届的消息不断传来，作为陕西作协现任的党组成员和副主席，陈忠实何去何从并不由他自己，但他不得不面对并处置相关问题。1991年8月30日，陈忠实在致信至交好友、陕西乡党、评论家白烨的信中提到，"陕西文联和作协的换届又推至十月末十一月初，人选在不断捋码中，一阵一种方案的传闻，变化甚大。无论如何，我还是以不变应多变，不求官位，相对地就显得心安了"。"不求官位"，而且他后来还拒绝了到省文联当正厅级书记的上级安排，一心当一个作家，一心写作，"心安"一语正是他当时写作的心态和要追求的心境。提到正在写作中的《白鹿原》，陈忠实说，"长篇这段时间又搁下了，因孩子上学诸事，九月即可投入工作，只剩下不足十万字了，能出不能出暂且不管，按原构思弄完，了结一件心事，也可以干些别的"。这里所说的"能出不能出暂且不管，按原构思弄完，了结一件心事，也可以干些别的"这话，再一次证明陈忠实不仅仍然是"按原先的构想继续长篇的宗旨，不作任何改易"，而且此时完全是一条道走到黑的心态，纯粹是沉入自己的艺术世界中了，不了结这一件"心事"，心何以安？怎么可以再干别的？

历时四年，1991年深冬，在陈忠实即将跨上五十岁的这一年冬天，小说中白鹿原上三代人的生的欢乐和死的悲凉都进入了最后的归宿。陈忠实在这四年里穿行过古原半个多世纪的历史烟云，终于迎来了1949年。白鹿原解放了，书写《白鹿原》故事的陈忠实也终于解放了。这一天是农历辛未年十二月二十五日，公元1992年1月29日。写完以鹿子霖的死亡作最后结局的一段，画上意味深长的省略号，陈忠实把笔顺手放到书桌和茶几兼用的小圆桌上，顿时陷入一种无知觉状态。久久，他从小竹凳上欠起身，移坐到沙发上，似乎有热泪涌出。仿佛从一个漫长而又黑暗的隧道摸着爬着走出来，刚走到洞口看见光亮时，竟然有一种忍受不住光明刺激的晕眩。

傍晚的时候，陈忠实到灞河滩上去散步，胡乱走着，一直走到了河堤尽头，然后坐在那儿抽烟。冬天的西北风很冷，腿脚冻得麻木，他也有了一点恐惧感才往回走。半路上，又坐在河堤上抽起烟。突然间，他用火柴把河堤内的枯草点着了，风顺着河堤从西往东吹过去，整个河堤的干草哗啦啦烧过去。那一刻，他似乎感觉到了一种释放。回家以后，他又把所有房间所有的灯都打开，整个院子都是亮的。村子里的乡亲以为他家出了什么事，连着跑来几个人问。陈忠实说："没事，就是晚上图个亮。"

真正的文学创作往往具有某种向既定的艺术格局挑战的意味。陈忠实一方面坚持为民族画魂的艺术理想，要保全自己真实的艺术感受，另一方面他对《白鹿原》的出版前景看得并不清晰。《白鹿原》在接近写完的时候，他就已经考虑其结局了。《白鹿原》写成后，他只告诉了家人，同时"嘱咐她们暂且守口，不宜张扬"。他在一篇回忆文章中说，"我不想公开这个消息不是出于神秘感，仅仅只是一时还不能确定该不该把这部书稿拿出来投出去"。"如果不是作品的艺术缺陷而是触及的某些方面不能承受，我便决定把它封存起来，待社会对文学的承受力增强到可以接受这个作品时，再投出书稿也不迟；我甚至把这个时间设想得较长，在我之后由孩子去做这件事；如果仅仅只是因为艺术能力所造成的缺陷而不能出版，我毫不犹豫地对夫人说，我就去养鸡。道理很简单，都五十岁了，长篇小说写出来还不够出版资格，我宁愿舍弃专业作家这个名分而（将写作）只作为一种业余文学爱好。无论会是哪一种结局，都不会影响我继续写完这部作品的情绪和进程。作为一件历时四年写作的长篇，必须画上最后一个标点符号才算了结，心情依旧是沉静如初的"。这种"豪狠"的精神，这种沉静，这种大有为未来写作的考量，是大丈夫的气度，也是大作家必备的素质。

五

1998年，《白鹿原》获中国作家协会第四届茅盾文学奖。之后，《白鹿原》被教育部列入"大学生必读"系列，被评为"百年百种优秀中国文学图书"（1900—1999），被中国出版集团列入"中国文库"系列；2008年《白鹿原》入选深圳读书月组委会、深圳商报联合组织的"改革开放30年影响中国人的30本书"；2009年全文收入《中国新文学大系》（1976—2000）出版；2018年入选《新京报》"改革开放40年影响中国人的40本书"。《白鹿原》已被改编或移植为秦腔、话剧、舞剧、歌剧、电影、电视剧、连环画、雕塑等多种艺术形式，被翻译成法文、日文、韩文、越南文、蒙古文、维吾尔文、柯尔克孜文、锡伯文出版，在中国台湾和香港出版繁体字本。

陈忠实逝世后，海内外很多单位和个人发来了唁电，在悼念的同时高度评价陈忠实其人其文。中国社会科学院文学研究所研究员、中国当代文学研究会会长白烨唁电中的两段话，似可为"盖棺论定"：

> 陈忠实是中国当代文学从新时期到新世纪的四十年历史进程中的贯穿性作家，领军性人物。从早年的《接班之后》《信任》，到后来的《康家小院》《蓝袍先生》，再到长篇小说《白鹿原》，他以敏锐的感觉，灵动的文笔，感应着时代的脉搏，把握着生活的律动，塑造了一系列栩栩如生的个性鲜明又富有精神内涵的人物形象，深入探析了人性与人生的丰盈蕴藏，民间与民族的厚重秘史。尤其是坚实而丰厚的《白鹿原》，由乡土与乡镇、乡民与乡俗入手，步步深入地展开中国近代以来的社会变迁与历史演变，描绘出了一幅熔乡情、民情与社情、国情为一炉的雄浑壮阔的艺术画卷，堪为中国当代文学的史诗性杰作，实为中国当代长篇小说的珠穆朗玛峰式的里程碑性精品。

> 陈忠实的为文与为人，都称得上"言为士则，行为世范"。他对文学，志存高远，倾心竭力；对朋友，赤诚交心，讲情讲义；生活上简从俭朴，得过且过，文学上攀登不懈，永不满足。他把自己的一切都毫无保留地投给文学，奉献给社会，交付于人民。他是以为自己立言的方式，为人民代言。他是我们这个时代最具生活元气和时代豪气的伟大作家。

原载《当代》2022年第2期
（本文系与阮洁合作）

注目南原觅白鹿

一

出西安城区往东,遇出自秦岭而北流的浐河。沿浐河往北,会自东西来的灞河。陈忠实长篇小说《白鹿原》称灞河为滋水,浐河为润河,滋润二水从东北西三面环绕一原,即白鹿原。白鹿原居高临下,西望长安。地质学认为,此原为亿万年形成的风成黄土台原。清代学者、陕西巡抚毕沅,在《关中胜迹图志》中考述白鹿原之得名,引《三秦记》说:"周平王东迁,有白鹿游于此原,以是得名。"[①]

西周亡,东周初年,有人见到白鹿原上有白鹿。白鹿原上什么时候没有了白鹿,无从查考。至少从《白鹿原》所记述的清末以至于今,未见白鹿原上有白鹿的记载。

1992年夏天,陈忠实已经写完了《白鹿原》,他感慨万端,填了一首词《小重山·创作感怀》:"春来寒去复重重。掼下秃笔时,桃正红。独自掩卷默无声。却想哭,鼻涩泪不涌。单是图名利?怎堪这四载,煎熬情。注目南原觅白鹿。绿无涯,似闻呦呦鸣。"[②]陈忠实写完《白鹿原》,他"注目南原觅白鹿",结果是"似闻呦呦鸣",但他没有看到白鹿。

[①] 毕沅:《关中胜迹图志》,张沛校点,三秦出版社,2004年,第36页。
[②] 邢小利:《陈忠实传》,陕西人民出版社,2015年,第190页。

2022年7月，一个黄昏，我驾车西上白鹿原，转从白鹿原北坡下去，就到了西蒋村。村边就是陈忠实故居，陈忠实生前总是称这个地方为"祖居老屋"，现在这个"祖居老屋"的门前立着一个牌子：陈忠实故居。我站在门外，绿树掩映之中，旧居还是当年的样子，我熟悉的老样子。只是大门紧锁着。

这个被陈忠实称为"祖居老屋"今天又被称为"陈忠实故居"的院子，现在静静地隐在大树的浓荫之中。我知道，院子后面，就是白鹿原的北坡。北坡上某一处，是陈忠实的墓地。小小的一块地方。墓地朴素。有一棵松树。一块黑色墓碑，上面写着"陈忠实之墓"。

1986年春天，陈忠实住在西蒋村老宅，在《白鹿原》创作准备的阶段，他找乡亲们帮忙，在祖居老屋的地面上，亲手建成了一院新房。新房或者说新院落，我来过很多次，不进去都很清楚：院子倚着白鹿原北坡，坐南朝北，面向北面的滔滔灞河。院子格局是：门楼，前面小院，前房三间，中间院落，种有小树花草，后房三间，后面小院，小院背后是白鹿原北坡，坡底下，当年凿有一个小窑洞，夏天在里边可以乘凉。2001年7月23日下午，就是在这个窑洞里，陈忠实与西安光中影视有限公司董事长赵安、总经理赵军谈成并签了《白鹿原》电视剧改编版权的合同。

老家新房建成，陈忠实把后房三间中的右边那一间，有十多平方米，做了他的书房。这个书房，是陈忠实1992年年底住回城里之前，也是写完《白鹿原》之前，他的读书创作之所在，其中存放着他数十年间所购、所藏之书刊。这个书房共有三个两开门书柜，其中两个样式一样，稍宽一些，上边是花纹玻璃推拉门，里面分为三层，下边是木拉门；另一个较窄，上边是木框镶透明玻璃拉手门，里面分为四层，下边是木拉门。当年，我把陈忠实在这里的藏书全部拍了照片。他的藏书大致有一个归类，如中国文学、外国文学，但总体上没有很细致地分类存放，看起来是散乱摆放的。从藏书来看，书多，刊少。书主要是文学书，文学书里又多是外国文学作品。

前两年我与中国社科院文学所李建军等朋友还来看过这个书房，旧貌依然。前几天遇到西北大学教授研究现当代文学的王鹏程先生，他说他近年有一次来看这个书房，偶然看到书房桌子抽屉里还散放着一些陈忠实收到的当代一些作家学者的信件。看来，陈忠实的这个旧居，特别是他的书房，还依旧样保存着。

新房建设时，陈忠实还在前房屋后廊沿两边的石子墙上，以深色石子各画了一幅画，一边是山，一边是水和海燕，算是山水画吧，镶在墙上。这是陈忠实平生第一次也是唯一一次作画。

这就是现在的陈忠实故居。它是20世纪80年代陕西关中农村居家小院的典型风貌。当然，它也有浓厚的文化气息——属于一个长期生活在农村基层的作家陈忠实的文化气息。

二

依我的观察和了解，陈忠实的人生观总体上属于实用一类，他较少浪漫，不喜欢务虚。比如对旅游，他并不热衷。但是，他专门去过三个作家的故居或者是家乡。

绍兴鲁迅故居、乌镇茅盾故居、湘西凤凰沈从文的墓地，陈忠实都去过。去，都是为了他心仪的作家。

2000年5月底至6月初，陈忠实应邀到浙江省金华市参加中国小说学会第五次年会。会后，他与李建军等人，专程去了绍兴。在绍兴，他参观了鲁迅故居和鲁迅博物馆。他说："每个弄文学的人都应该到这里来归宗认祖。咱们这是来归宗认祖哩。"对一些丑化或诋毁鲁迅的言论，他大感不解，说："这些人都不想想，把鲁迅都否定了，那现代文学史上还剩下啥东西不能否定？问题是到现在为止，还没有谁达到鲁迅的高度，还没有谁像鲁迅那样对我们这个民族的病根和问题挖得那么深。"[1]可以看出，陈

---

[1] 邢小利、邢之美：《陈忠实年谱》（增订本），华文出版社，2021年，第141页。

忠实对鲁迅的认识中，重视的是鲁迅对民族病根和问题的解剖。

2002年10月下旬，陈忠实参观了乌镇和茅盾故居，随后写了散文《在乌镇》。在这篇散文中，他深情地叙说："一千余年的古镇或村寨，无论在中国的南方或北方，其实都不会引起太多的惊奇，就我生活的渭河平原，许多村庄的历史可以追溯到公元纪年之前，推想南方也是如此，这个民族繁衍生息的历史太悠久了。我从遥远的关中赶到这里来，显然不是纯粹观光一个江南古镇的风情，而是因为中国现代文学的开拓者奠基者之一茅盾先生，出生并成长在这里。这个镇叫乌镇。乌镇的茅盾和茅盾的乌镇，就一样萦绕于我的情感世界，几十年了。"[1]陈忠实回忆他读高中时的情景："游览在东溪河上，我的思绪里便时隐时浮着先生和他的作品。周六下午放学回家的路，我总是选择沿着灞河而上的宽阔的河堤，这儿连骑自行车的人也难碰到，可以放心地边走边读了。我在那一段时日里集中阅读茅盾的《子夜》《蚀》《腐蚀》《多角关系》，以及《林家铺子》等中短篇小说。那时候正处于'三年困难'时期，教育主管部门在中学取消体育课的同时，也取消晚自习和各学科的作业，目的很单纯，保存学生因食物缺乏而有限的热量，说白了就是保命。我因此而获得了阅读小说的最好机遇。我已记不清因由和缘起，竟然在这段时日里把茅盾先生所出版的作品几乎全部通读了。躺在集体宿舍里读，隐蔽在灞河柳荫下读，周六回家沿着河堤一路读过去，作为一个偏爱着文学的中学生，没有任何企图去研究评价，浑然的感觉却是经久不泯的钦敬。四十余年后，我终于走到诞生这位巨匠的南方古镇来了，这镇叫乌镇。"[2]

陈忠实写他参观茅盾故居的所见与所感，写得很细，表明他观察细微，想的也很多。他谈到茅盾乡土小说对他的影响，特别提到他在参观中"联想到我曾经在中学课本上学过的《春蚕》，文中那个因养蚕而破产的

---

[1] 陈忠实：《在乌镇》，见《陈忠实文集》（增订本）第7卷，人民文学出版社，2015年，第203页。

[2] 同上，第204页。

老通宝的痛苦脸色,至今依然存储在心底",并且"意识到养蚕专业户老通宝的破灭和绝望",并非茅盾在自家的深宅大院里体验感受到的,作为一个新文学作家,是茅盾的"眼睛和心灵""投注到""无以计数的日趋凋敝的老通宝们的茅屋小院里去了"的结果。因此,"学习《春蚕》时的感觉,竟然没有因为老通宝是一个南方的蚕农而陌生而隔膜",反而觉得"与我生活的关中地区的粮农棉农菜农在那个年代的遭际也没有什么不同"。陈忠实进而谈到,"这种感觉对我一直影响到现在"。因此,他后来"不大关注一方地域的小文化色彩"。他认识到,"一个儒家学说",在同一个历史进程中是广泛地影响着同一个民族的,因而要在北方南方不同地域"寻找心理秩序和心理结构的本质性差异,是难得结果的"[①]。

2005年5月底到6月初,陈忠实参加中国作家协会组织的重走长征路活动。他担任中国作家采风团第一团团长。在行程进入尾声时,为了缅怀沈从文,陈忠实带着第一团特地选择从湘西古城凤凰路过。当年,沈从文就是从故乡凤凰沿着一条沅水走出山外,"走进那所无法毕业的人生学校,读那本未必都能看懂的大书"。团员们乘舟沿沱江而下一段路程,弃舟登岸,沿听涛山麓拾级而上,到了沈从文墓地。墓地没有坟冢,只竖有一块天然五彩石墓碑,正面镌刻着沈从文的手迹:"照我思索,能理解我;照我思索,可认识人。"碑石背面由沈从文姨妹张充和撰联并书:"不折不从,星斗其文;亦慈亦让,赤子其人。"这是对沈从文其文其人的概括与评价。在离墓碑不远的树荫下,有一块石碑,上面刻着画家黄永玉为表叔沈从文题写的碑文:"一个士兵不是战死沙场,便是回到故乡。"在沈从文墓前,陈忠实戴上眼镜,拿出笔记本,严肃地看着,认真地记着。无论是从故乡地域特点还是从作品风格来说,来自陕西关中的陈忠实和从湘西水乡走出的沈从文,都无相似之处,但陈忠实钦佩沈从文的人格,"边城"的风景也给陈忠实以丰富的感受和想象。

[①] 陈忠实:《在乌镇》,见《陈忠实文集》(增订本)第7卷,人民文学出版社,2015年,第205—206页。

陈忠实是当代一位主要描写乡土的作家。鲁迅、茅盾、沈从文，三人文学风格不同甚至截然不同，但他们三位都写过乡土，茅盾的创作重点虽不在乡土，但他的包括《春蚕》在内的"农村三部曲"等作品，可看作广义上的乡土小说，而鲁迅和沈从文，他们文学创作的一个重要方面就是乡土小说。因此，从一定意义上说，鲁迅、茅盾、沈从文是中国现代乡土文学的大家和前驱。从这个意义上说，他们三人也应该是陈忠实乡土创作的文学之"根"与"源"，是陈忠实乡土创作的重要的参照作家。

陈忠实对鲁迅、茅盾和沈从文故乡的参观，从文学的意义上说，多少带有朝拜的意味。这是作家对作家的朝拜和尊重，也是作家对作家的学习和传承。由于尊重和传承，某种文学的价值和意绪，将得以永久流传。

三

传统中国是一个乡土社会，社会学家费孝通的《乡土中国》对中国乡土社会作过深刻论述。陈忠实的《白鹿原》，现在看来，无疑是描写中国乡土社会和历史的一部有经典意义的长篇小说。如果说，鲁迅、茅盾和沈从文所写的乡土世界，是南方的乡土社会，那么，陈忠实所写的乡土世界，则是北方的乡土社会。鲁迅笔下的半城半村的S城、半镇半村的鲁镇和封闭的未庄，因为有弯曲的水，有乌篷船，就有了江南的特点。茅盾笔下的"春蚕"，也是江南的代表性意象。沈从文的"湘西世界""边城"，那清澈的小溪和渡船，自然也是南方的。而陈忠实笔下的"白鹿原"世界，则是厚实的平整广阔的黄土台原，其间也有沟坎，但那是平原与平原之间的过渡，而不是崇山峻岭中那深不见底的沟壑。"白鹿原"世界也有滋水和润河，还有渭河，但这些水与河已很久不用于航行，渭河还有个摆渡的船，而滋水和润河虽有渡口，多无渡船，是人背人过河。《白鹿原》第二十四章，写润河上"通往古城的路上就形成一个没有渡船的渡口，也就造就了一种背人渡河的职业"，共产党人鹿兆鹏，被国民党县保安队的白孝文追捕，逃脱后到润河渡口，就装扮成了一个背人渡河的背河人。《白鹿原》所写的白鹿原上的交通，比如从滋水县城到省城西安，公共交通是牛拉的木轮车，只有白嘉轩和鹿子霖这样的富户大户人家，出行才是马拉或骡子拉的木轮车。这一切，都充分地体现了"白鹿原"的世界，这个关中平原的乡土世界，它与水乡的南方不同，它是北方的，是黄土地的北方。一方水土养一方人，一方水土自然也养一方文化。"白鹿原"世界与其他乡土社会还有一个重大区别，这就是它在古代处于"京畿"之地。西安曾是周秦汉唐十三个王朝的建都之地，陈忠实说，他的家乡"灞桥地区占有历史上咸宁县的大部疆域"，"在汉唐时咸宁为京畿之地，其后作为关中第一邑直到封建制度彻底瓦解"，封建王朝"在宫墙周围造就一代又一代忠勇礼仪之民，所谓京门脸面"，因此，灞桥地区即古时的咸宁亦包括现在白鹿原的部分，"封建文化封建文明与皇族贵妃们的胭脂水洗脚水一起排泄到宫墙外的土地上，这块土地既接受文明也容纳污浊"[1]。把陈忠实的形象化表达换一个说法，即这块土地传统文化积淀很深。因此，陈忠实笔下的"白鹿原"世界，既是北方的一个自然世界，也是一个传统文化积淀深厚的乡土文学世界。

从乡土文学角度来看，陈忠实的《白鹿原》自有天地。鲁迅、茅盾、沈从文等，出身或者是没落的大家庭或者是小康之家，尔后成为学生或洋学生，生活在北京、上海这样的大城市，他们写乡土，多少都有回忆或怀旧的成分。陈忠实是地道的农民家庭出身，生于斯，长于斯，靠土地吃饭，虽然也读了高中，但毕业后就回乡当了民办教师，三十岁成为农村基层干部，四十岁虽然当了专业作家，却一直住在农村，直到五十岁写出《白鹿原》才正式住进城里。因此，从熟悉农村社会、了解农民群体来看，陈忠实有他无可比拟的生活厚度和体验深度。从他们作品的特点看，鲁迅是五四新文化、新思想的前驱与代表，他的乡土小说，带着对传统文

---

[1] 陈忠实：《我说关中人——〈灞桥区民间文学集成〉序》，见《陈忠实文集》（增订本）第5卷，人民文学出版社，2015年，第316页。

化或曰旧文化的批判眼光，他像医生一样，拿着解剖刀，解剖农村社会和人的病灶与病根，从某种意义上说，他是对传统的田园诗式的乡土文化概念和想象的"祛魅"。茅盾的文学角色总体上是一城里人，他是站在左翼思想和文化角度，揭示资本主义裹挟下农村的衰败。沈从文从故乡湘西走出，一个"乡下人"奔走在北京（北平）、上海、武汉、南京、青岛、昆明等城市，带着对城市既需要又厌恶的复杂情绪，如有的学者所称，他像"先知"一样地"白昼提灯"，照见了城市、上流社会以及现代化的种种不堪，因而带着"反现代化"的倾向。他回眸那个未曾被现代化冲击的民风淳厚的湘西边城世界，写出了属于他的乡土文学作品。他的乡土文学显然具有"返魅"的特征。后来的赵树理和孙犁，也写乡土，他们的作品甚至带有"山药蛋"浓郁的泥土气息和"荷花淀"清芬的荷香与水气，但他们更为属意的，似乎是乡村社会的阶级和阶级斗争等包含着政治意味的人与事。再后来的柳青和浩然，他们所写的关于农村或称乡土的作品，泥土气息仍然浓郁，农村人物及生活景象也丰富生动，但其要旨，是写"全新的社会"和"全新的人"。比较来看，陈忠实的长篇《白鹿原》，不能说是后来居上，但确实在写乡土社会方面，由于学习和借鉴了文学前辈的经验，在前贤开辟的各种路径中"寻找属于自己的句子"，终成自家风景。

陈忠实笔下的乡土社会，更趋于乡土社会特别是北方关中乡土社会的本真。这是一个由地主、家长和族长白嘉轩，贤妻良母仙草，地主鹿子霖，长工鹿三，诗礼传承、教书育人的朱先生，以及儒家仁义孝悌忠信等思想观念构成的传统的超稳定的乡土社会结构。可是，时代的暴风雨来了，延续数千年的"超稳定"结构在风雨中飘摇。白鹿原上腰杆最直最硬的白嘉轩被子一辈的当了土匪的黑娃打弯了腰，他的女儿白灵在新时潮的引导下，不仅拒绝包办的婚姻，进城读新式学堂，而且参加了革命，成为坚定的共产党人。白嘉轩的看起来要当族长接班人的儿子白孝文，虽然也受过朱先生的教诲，但最终还是人格堕落，堕落到底之后，幡然悔悟，却变成一个投机分子。他对他后来的太太说的一句话意味深长："谁走不出这原谁一辈子都没出息。"是的，老一辈的白嘉轩们还在"守"，而新一代的人却要走出去，并要"变"。白鹿原上的聪明人鹿子霖的两个儿子，鹿兆鹏和鹿兆海，也都投身"革命"，甚至分别成为共产党人和国民党人，在外面各闹各的世事。由此看，《白鹿原》既是一部乡土社会的全景图，也是一部乡土结构的崩溃史和传统社会的消亡史。《白鹿原》以文学的形式，记载并且在一定程度上还原了我国几千年来形成的成熟的乡土社会各种历史形态，这部作品在相当程度上还保留着民族关于乡土真实而深刻的记忆。

几千年来，乡土曾经是绝大多数中国人生命的根，乡土社会也曾经是中国人的生活家园。在革故鼎新隆隆的"革命"炮火声中，在呼啸而来的现代化浪潮中，传统的乡土中国逐渐消失，重新塑形。李白有诗曰："此夜曲中闻折柳，何人不起故园情。"（《春夜洛城闻笛》）杜甫："丛菊两开他日泪，孤舟一系故园心。"（《秋兴八首》其一）岑参："故园东望路漫漫，双袖龙钟泪不干。"（《逢入京使》）文学特别是小说，因为有艺术再现的功能，有"故园心""故园情"的人总要在现实中寻求历史的斑驳遗迹，也愿意在小说中寻找通往"故园"的路径，重温"故园情"。正如要了解封建或曰帝制时代贵族家庭的生活，需要读《红楼梦》一样，如果要寻求传统乡土社会生活的质感，则要读一读《白鹿原》。

四

"浮云游子意，落日故人情。"（李白《送友人》）热衷于文化寻根者和喜欢历史寻迹的人，总要寻找一个能寄托"意""情"之地，安顿乡愁。小说《白鹿原》出版后数年，因为此书的巨大影响力，白鹿原改回原名。周平王东迁时名此原为白鹿原，因宋代狄青曾在此原驻军扎寨，后世又称此原为狄寨原，《白鹿原》问世，改回原名并在原顶上立碑以志。《白鹿原》问世后十余年，以《白鹿原》中的白鹿仓（民国时期县下边的行政机构）为理念的文旅项目在白鹿原北边建成。白鹿仓初为民间兴建后有国资投入，其中有古代街区和民国街区，试图以实景再现民国时期白鹿原上的旧时风景，鼎盛时年游客量达千万以上，近年其年游客量亦在六七百万。白鹿原影视城也在同时期建成，位于白鹿原南面的原坡沟道之中，规模宏大，是省文旅项目。它以《白鹿原》中的乡土社会为基本建设理念，有滋水县城，城中有各种具有民俗特点的街区，有白鹿村，村中有牌楼（牌坊）、祠堂、戏台，有白嘉轩宅院和鹿子霖宅院以及村口的寨门等。白鹿村中的诸设施及民居宅院，多由《白鹿原》电影摄制时的实际场景迁建。这些实景相当一部分就是关中平原东部的历史实物，因此，游于白鹿村及滋水县城等园区，就有恍若重回旧时之感。园区又将《白鹿原》中的若干人物及故事，以实景演出形式循环演出，如《二虎守长安》《黑娃演义》等。据了解，白鹿原影视城2017年游客为346万人次，2021年游客为108万人次。

而在更早的时候，2005年，陕西一些学人就会同陈忠实本人，与西安思源学院合作，办起了白鹿书院，陈忠实被推举为终身院长。陈忠实在书院成立时感慨地说，"白鹿回到了白鹿原"。据专家研究，由宋至清，我国建书院计7500多所，今天还保留下的这些传统书院有1000多所，20世纪80年代以来，新建现代书院近2000所。作为从小说《白鹿原》中搬到现实生活中来的白鹿书院，继承创新，聚书编书，论坛讲学，学术研究，师生名流雅集，各界文化交流，兴办十八年来亦颇有影响，中国书院学会成立时白鹿书院被推举为副会长单位，甚至被有关方面誉为现代四大书院之一。2006年，白鹿书院与西安思源学院合作，建起了陈忠实文学馆，展示陈忠实的文学道路和创作成果。陈忠实文学馆亦成为白鹿原上一道风景，今已成为中国博物馆协会会员单位和博协文学专业委员会会员单位，来自海内外的参观者和研究者络绎不绝。

在这个黄昏，我独自徘徊在陈忠实故居门前，想起陈忠实的话，"乌镇的茅盾和茅盾的乌镇"，"萦绕于我的情感世界，几十年了"。我想，某个时候，也许，不，一定会有另外一个作家或一些作家，以及来自不同地方的游人，来到西安，来到灞桥，来到西蒋村，看陈忠实的旧居，说"灞桥的陈忠实和陈忠实的灞桥"曾经多年萦绕于他的情感世界，再上白鹿原，看"白鹿原的陈忠实和陈忠实的白鹿原"。

此后的某一天，在陈忠实八十周年诞辰的时候，陈忠实的故乡灞桥区召开了一个与陈忠实有关的会。会上，区上有一位领导说，白鹿原上某处林地发现了几只白鹿。

据说还是野生的白鹿。

周平王东迁洛邑（公元前770年）之后2792年，又有白鹿游于白鹿原。

原载《光明日报》2022年7月29日

陈忠实的得意

陈忠实是一个拿得住的人，谦逊，低调。但是，也有得意的时候。

得意的时候，他一边大口大口地抽着他的黑杠子卷烟，一边说着令他得意的事。说到更得意时，也会突然放声大笑几声。这个时候，他显得很快乐，也很自信。

我记得很清楚的，印象也很深的，有三次。这三次都与有人评价他的作品、肯定他的文学观点有关。

陈忠实并不是一个爱炫耀的人，但他遇到高兴的事，还是愿意与熟悉的朋友分享的。那时，我和他都在陕西作协办公楼二楼办公，他的办公室与我的办公室相邻，有时他叫我，有时我到他办公室串门，我们坐在沙发上闲聊。聊到高兴处，他就说起令他得意的事，大口抽着他的黑杠子卷烟，坐着坐着，忽然就站了起来，把烟灰随便弹到地上，走到窗边向外俯视，呵呵笑起来，甚至大笑起来。

一次是京城有人评价他的"折腾到何日为止"思想，说他这个思想与党中央当时提出的"不折腾"思想不谋而合，夸赞他借朱先生的话以古讽今，思想前瞻，有高度，而且这句话对中国历史颇有概括性也颇有思考的深度。

京城评家说这个话的背景是，2008年12月18日，北京举行纪念党的十一届三中全会召开30周年大会，党中央领导在讲话中讲："我们的伟大目标是，到我们党成立100年时建成惠及十几亿人口的更高水平的小康社会，到新中国成立100年时基本实现现代化，建成富强民主文明和谐的社会主义现代化国家。只要我们不动摇、不懈怠、不折腾，坚定不移地推进改革开放，坚定不移地走中国特色社会主义道路，就一定能够胜利实现这一宏伟蓝图和奋斗目标。"①"不折腾"一语一时被人盛传。

"折腾到何日为止"，则是《白鹿原》中白鹿书院的山长朱先生留给后世的遗训。此语当然也可以视为陈忠实的一个思想，作家借小说中人物之语传达他的现实关怀。

此语出处见《白鹿原》小说。小说写朱先生下葬，"白嘉轩亲眼目睹了姐夫下葬的过程"，"姐夫朱先生终于躺在土炕上了，头下枕垫着生前著写的一捆书"。朱先生用著作垫棺作枕（陈忠实四十岁时曾发誓写出一部死后可以"垫棺作枕"的作品，他逝世后有关人员就在他的头下以一函三册线装本的《白鹿原》给他作枕）。白嘉轩这时忍不住对众人又一次大声慨叹："世上肯定再也出不了这样的先生啰！"接下来，陈忠实庄重的笔调变得既写实又不无黑色幽默，"几十年以后，一群臂缠红色袖章的中学生打着红旗"，"冲进白鹿书院时呼喊着愤怒的口号"，他们架火烧了"白鹿书院"的匾牌。"书院早在此前的大跃进年代挂起了种猪场的牌子，场长是白鹿村白兴儿的后人"，即"小白连指"。"小白连指上过初中，又兼着祖传的配种秘诀，在白鹿书院的旧址上把种猪场办起来了。那年同时暴起的小钢炉很快就熄火了，公共食堂也不冒烟了，而小白连指儿的种猪场却坚持下来，而且卓有功绩。他用白鹿原上土著黑猪和苏联的一种黑猪交配，经过几代选优去劣的筛选淘汰，培育出一种全黑型的新种系。此猪既吃饲料也吃百草，成为集体和社员个人都喜欢饲养的抢手货，由县长亲自命名为'黑鹿'"。白鹿原不见了颇显神灵之气的白鹿，黑猪居然被命名为"黑鹿"现身，陈忠实真够冷峻和幽默。不久，"书院住进来滋水县一派造反队，这儿被命名为司令部，猪圈里的猪们不分肉猪或种猪、公猪或母猪、大猪或小猪一头接一头被杀掉吃了"。"大约又过了

---

① 本书编写组：《胡锦涛〈在纪念党的十一届三中全会召开30周年大会上的讲话〉学习读本》，人民出版社，2008年，第35—36页。

七八年,又有一群红卫兵打着红旗从白鹿原上走下原坡","在班主任带领下,寻找本原最大的孔老二的活靶子朱先生来了。班主任出面和生产队长交涉,他们打算挖墓刨根鞭挞死尸。生产队长满口答应,心里谋算着挖出墓砖来正好可以箍砌水井"。"四五十个男女学生从早晨挖到傍晚,终于挖开了朱先生的墓室,把泛着磷光的骨架用铁锨端上来曝光,一堆书籍已变成泥浆。整个墓室确系砖坯砌成,村里的年轻人此时才信服了老人们的传说。老人们的说法又有了新的发展:唔!朱先生死前就算定了要被人揭墓,所以不装棺木,也不用砖箍砌墓室。整个墓道里只搜出一块经过烧制和打磨的砖头,就是封堵暗室小孔的那一块,两面都刻着字。十年级学生认不全更解不开刻文的含义,只好把砖头交给了带队的班主任老师。老师终于辨认出来,一面上刻着六个字:

天作孽　犹可违

另一面也是刻着六个字:

人作孽　不可活

班主任欣喜庆幸又愤怒满腔,欣喜庆幸终于得到了批判的证据,而对刻文隐含的反动思想又愤怒满腔。批判会就在揭开的墓地边召开。班主任不得不先向学生们解释这十二个字的意思,归结为一句,就是'阶级斗争熄灭论',批判会就热烈地开始了。

一个男学生用语言批判尚觉不大解恨,愤怒中捞起那块砖头往地上一摔,那砖头没有折断却分开成为两层,原来这是两块磨薄了的砖头贴合成一起的,中间有一对公卯和母卯嵌接在一起,里面同样刻着一行字:

折腾到何日为止

学生和围观的村民全都惊呼起来……"[1]

朱先生用"折腾到何日为止"这个反问句表明对"胡折腾"历史和现实的反思和批判。而要深刻理解这句话的含义,既要认真阅读《白鹿原》

---

[1] 陈忠实:《白鹿原》,人民文学出版社,1993年,第639—642页。

这部小说，也要结合中国现当代的历史特别是各种运动史亦即"折腾史"反复体会。

又一次是京城有人评价陈忠实的"接通地脉"思想，说他的"接通地脉"思想与当时上边提出的"接地气"要求一致，说他"先知先觉"，早早提出了"接通地脉"的思想。

2007年，陈忠实六十五岁了，这一年的1月4日，他在西安的二府庄书房写成一篇回忆性叙事并带抒情和思考的散文，题为《接通地脉》。这篇散文写他全家当年带户口进城后，他把村里的责任田交还给村委会，村长又把无人耕种的二分地让他种玉米等作物。他住在乡间，既务弄这二分地，也写作，由于接通地脉，他感慨地说，"这几年间，大概是我写作生涯中最出活的一段时光"。这篇文章其实也是在阐发一个乡土作家与土地的内在关系。一个乡土作家的生活积累、情感蕴蓄以及理性思考，都与是否"接通地脉"有着内在而微妙的关系。

且看陈忠实在这篇散文中的一段叙写："这几年间，大概是我写作生涯中最出活的一段时光，无论是中篇《蓝袍先生》《四妹子》《地窖》等，以及许多短篇小说，还有费时四年的长篇《白鹿原》，我在书案上追逐着一个个男女的心灵，屏气凝神专注无杂，然后于傍晚到二分地里来挥锨把锄，再把那些缠绕在我心中的蓝袍先生、四妹子、白嘉轩、田小娥、鹿子霖、黑娃们彻底排除出去，赢得心底和脑际的清爽。只有专注的体力劳作，成为我排解那些正在刻意描写的人物的有效举措之一，才能保证晚上平静入眠，也就保证了第二天清晨能进入有效的写作。这真是一种无意间找到的调解方式，对我却完全实用。无论在书桌的稿纸上涂抹，无论在二分地里务弄苞谷蔬菜，这种调节方式的科学性能有几何？对我却是实用而又实惠的方式。我尽管朝夕都生活在南原（白鹿原）的北坡根下，却从来没有陶渊明采菊时的悠然，白嘉轩们的欢乐和痛苦同样折腾得我彻夜失眠，小娥被阿公鹿三从背后捅进削标利刃时回头的一声惨叫，令我眼前一黑钢笔颤抖……我在二分地的苞谷苗间大葱行间重归沉静。"[①]此文发表在当年的《南方文坛》第2期。后来，陈忠实又把此文编入他的一部散文集并以《接通地脉》为书名，2012年6月由作家出版社出版。

听到陈忠实讲述有人把他的"接通地脉"与"接地气"联系起来，我查了一下。关于"接地气"，有如下阐述：

"接地气"是一种民间用语，指大地的气息。

"接地气"就是接其自然，顺乎人情物理。

"接地气"就是贴近现实生活，贴近本地文化，贴近普通民众需求。

"接地气"就是要广泛接触老百姓的普通生活，与最广大的人民群众打成一片，反映最底层普通民众的愿望、诉求、利益。

"接地气"就是听民声，惠民生。

我后来想，"接通地脉"与"接地气"确实有相通之处，但是"接通地脉"似乎更有文学的形象感。

还有一次，也是京城有人评价陈忠实的一个观点，肯定他在创作中重视和强调作家思想的重要性。

陈忠实是一个非常重视思想重要性的作家。

在我看来，陈忠实是一个生活型的作家。这里指的是他生活积累的丰富和厚实。文学创作特别是小说创作，需要生活、才气和思想综合要素。但是，具体到每一个作家个人，则各人的情况不同。如果要对作家大致分类，从一个作家创作中最突出的特点来看，以中国当代作家为例，似乎可以分为这么几类：思想型，如王蒙、张贤亮；才子型，如刘绍棠；生活型，则以陈忠实为代表。或者不这么绝对地看问题，从一个作家创作中表现出来的突出要素排序来看，以陕西当代的几位作家为例：路遥是思想加生活；贾平凹则首先是才气，其次是思想，最后是生活、才、理（悟）、生活经验；陈忠实首先是生活，然后是思想、人格及其他。要论才气，陈

[①] 陈忠实：《接通地脉》，见《陈忠实文集》（增订本）第9卷，人民文学出版社，2015年，第5—6页。

忠实并不十分突出。陈忠实终生都是一个乡土作家，他充分地认识到他的题材领域和认知领域就在故乡的土地上，所以他在五十岁以前亦即写出《白鹿原》之前，一直住在乡村，住在他白鹿原北坡下的老屋，不敢离开。改革开放初期，他家庭里的其他人都还是农村户口，外省有地方曾以给他全家办城市户口并为他安排合适工作为条件，请他去外地落户，他不为所动，以创作的根据地就在家乡为由谢绝。所以说，从一个乡土作家来看，陈忠实的生活积累在同代作家中，是相当深厚与扎实的。因此，他的关于乡土社会（中国本来就是一个"乡土中国"）的"生活体验"与"生命体验"也就相当地丰富，而由"体验"生出与升华的"思想"与"认识"就"接通地脉"，而不是那种凌空蹈虚的玄言和从书中得来的熟语，这种"接通地脉"的"思想"往往也就有了它的独特性和深刻性。

我和陈忠实在一个单位工作了二十八年，他在晚年，多次郑重其事地跟我谈作家思想的重要性。同时，他还谈到作家的素质和品质。我听他谈得最多的，一个是思想，一个是人格。

2002年10月，陈忠实住在白鹿原下的老家，他读了我的一部散文集《种豆南山》书稿，乘兴写了一篇评论，其中谈到作家的思想和人格的问题。他首先肯定了人格对作家的重要性，他说："人格对于作家是至关重大的。人格限定着境界和情怀。保持着心灵绿地的蓬蓬生机，保持着对纷繁生活世相敏锐的透视和审美，包括对大自然的景象即如乡间的一场雨水都会发出敏感和奇思。设想一个既想写作又要投机权力和物欲的作家，如若一次投机得手，似乎可以窃自得意，然而致命的损失同时也就发生了，必然是良心的毁丧，必然是人格的萎缩和软弱，必然是对历史和现实生活的感受的迟钝和乏力，必然是心灵绿地的污秽而失去敏感。许多天才也只能徒唤奈何。""人格对作家的特殊意义，还在于关涉作家思想的形成和发展。"同时，陈忠实认为"作家必是思想家，这是不需辩证的常理。尤其是创作发展到一定程度的作家，在实现新的突破完成新的创造时，促成或制约的诸多因素中最重要的一点便是思想的穿透力"。

在论述"思想和人格的关系"时，陈忠实认为："作家穿透生活迷雾和历史烟云的思想力量的形成，有学识有生活体验有资料的掌握，然而还有一个无形的又是首要的因素，就是人格。强大的人格是作家独立思想形成的最具影响力的杠杆。这几乎也是不需辩证的一个常规性的话题。不可能指望一个丧失良心人格卑下投机政治的人，会对生活进行深沉的独立性的思考。自然不可能有独自的发现和独到的生命体验了，学识、素材乃至天赋的聪明都凑不上劲来，浪费了。"①

"作家必是思想家"这个认识，大约是陈忠实五十岁以后形成的成熟看法。有时，他会专门告知我，他在哪里发表了谈作家思想的文章或访谈，要我看，同时想听我的看法。

我最早注意到他重视作家思想的问题，是2003年10月，他和我应浙江省作家协会副主席、作家王旭烽之邀参加首届浙江作家节。10月9日晚上，作家节安排举行中国当代文学首届"西湖论剑"活动，一共有八位作家被选为坛主论剑。由于陈忠实当晚被当地的一位重要领导邀请参加招待会，论剑活动早早举行。"西湖论剑"在一个很大的报告厅举行，华灯辉煌，参加作家节的嘉宾和杭州听众约二三百人坐在台下。论剑活动由高洪波主持，提出一个问题：当前的中国文学缺少什么？请八位坛主依座位顺序分别回答。陈忠实第一个"论剑"。接下来分别论剑的是仲呈祥、铁凝、莫言、张平、张抗抗和鬼子。我记得很清楚也很有意思的是，李存葆当时也是论剑坛主之一，轮到他时，他却说没话好讲，直接从台子前边跳下来，不讲了，急得主持人高洪波在台上直喊"别跳""别跳"，李存葆高大的身子还是从台子上跳下来了，转眼不见影了，颇有落荒而逃之势。

陈忠实亮出他的思想剑光："我觉得中国文学现在最缺乏的就是思想的力量。社会发展到了今天，各种矛盾都已经展示得非常清楚，一个普通的读者，都能在一定程度上看到这些问题，于是就有一个非常严峻的问题留给作

---

① 陈忠实：《解读一种人生姿态》，见《陈忠实文集》（增订本）第7卷，人民文学出版社，2015年，第521页。

家：如果作家的思想不能超越普通读者，具有穿透当代生活和历史的力量，那么，我们的作品就很难接近读者、震撼读者。这个思想力量的形成，要求作家在创作过程中，必须从生活体验进入生命体验的层面。生活体验的作品可能会有雷同，但进入生命体验的作品就很难雷同，这里有本质的区别。比如米兰·昆德拉，他前期的作品《玩笑》，应该是生活体验的作品，这样的作品在当代中国不难找到，而后期作品《生命中不能承受之轻》则是生命体验的作品，这是我们的文学所缺少的。写作就像化蝶，一次次蜕皮，蜕一次皮长一截，这是生活体验；而一旦蛹化成蝶，就变成了生命体验。我觉得应该有更多的作家和作品进入生命体验这个层次。"①

　　在这次"论剑"中，陈忠实不仅重点提出文学需要"思想的力量"，而且把"思想力量的形成"，与作家的"生命体验"联系起来。作家要从"生活体验"进入"生命体验"，这个观点也是陈忠实后来形成的重要的文学思想之一。那么，什么是"生活体验"，什么又是"生命体验"？陈忠实后来有深入的论述。陈忠实认为："从生活体验进入到生命体验，对作家来说，如同生命形态蚕茧里的'蚕蛹'羽化成'飞蛾'，其中最为关键的是心灵和思想的自由，有了心灵和思想的自由，'蚕蛹'才能羽化成'飞蛾'。'生活体验'更多地指一种主体的外在的生活经验，'生命体验'则指生命内在的心理体验、情感体验以及思想升华。"②2009年11月23日晚上，应我之请，陈忠实与高艳国等一起在西安荞麦园吃饭交流。高艳国是山东德州一位企业家和文学作者。席间，高艳国请陈忠实为他所编的《鲁北文学》题字，陈忠实题：既随物以婉转，亦与心而徘徊。题完之后，陈忠实说，这两句是刘勰《文心雕龙》中的话，他认为前一句讲的是生活体验，后一句讲的是生命体验。陈忠实在这里的解说可以看作他的"两体验论"的另一注解。

　　2009年9月，陈忠实在接受记者采访时说，当前长篇小说创作数量大，

---

① 邢小利、邢之美：《陈忠实年谱》（增订本），华文出版社，2021年，第178—179页。
② 陈忠实：《从生活体验到生命体验》，载《南方文坛》2017年第5期。

但没有史诗性作品，是因为作家的思想缺乏力度。他说："在我看来，主要在于思想的软弱，缺乏穿透历史和现实纷繁烟云的力度。""体验"这个词的意思是通过实践来认识周围的事物，陈忠实从"思想"又谈到了"体验"，陈忠实认为，作家有自己独立的思想，对历史或现实生活就会有独特的体验，而"这种体验决定着作品的品相。思想的深刻性准确性和独特性，决定着作家从生活体验到生命体验的独到的深刻性"。[1]在另一篇与记者的对话中，陈忠实又谈了相似的看法，在谈到对"文学的本质"的理解时，陈忠实认为："我所理解的文学的本质，是作家对社会对人生的独特体验，用一种新颖而又恰切的表述形式展现出来。"作家的"独特体验""能引发较大层面读者的心灵呼应，发生对某个特定时代的思考，也发生对人生人性的理解和思考"。[2]

概括陈忠实与两位记者的答问和对话，可以看出，陈忠实在创作中非常重视思想的作用，特别看重"生命体验"特别是"作家对社会对人生的独特体验"对"文学的本质"的体现。

"折腾到何日为止"是朱先生的遗训与诘问，当然也是作家陈忠实通过小说人物要表达的"思想"和"生命体验"。"接通地脉"，是陈忠实的生活体验，当然也是一种生命体验，甚至也是他的一个思想。由此也可以理解，当京城人士夸赞他这两个文学观点时，自己的"思想"和"生命体验"被人发现、被人理解并被人肯定和赞扬，作为一个作家，他是得意的，也是可以得意的。陈忠实本来就十分重视"思想"以及"思想的力量"，当京城人士肯定他在创作中重视和强调作家思想的重要性时，他自然引为知己和知音，当然要得意一回。人生得意有几回，该得意时且得意。

原载《文学自由谈》2023年第1期

---

[1] 陈忠实：《也说思想——答〈南方周末〉张英问》，见《陈忠实文集》（增订本）第9卷，人民文学出版社，2015年，第538页。
[2] 陈忠实：《文学的心脏，不可或缺——与〈解放日报·周末刊〉高慎盈的对话》，见《陈忠实文集》（增订本）第10卷，人民文学出版社，2015年，第521页。

忠实与发挥

——谈《白鹿原》电视剧的改编

陈忠实的长篇小说《白鹿原》是当代文学一部具有经典意义的作品，它厚重的内容、丰富的意蕴以及某些可以引发不同解读进而引起争议的叙写，既是其他艺术形式改编、移植包括再创作的丰富资源，同时也给改编、移植和再创造设置了难度。从一般的改编来看，大体上有三种情况：一是完全忠于原著；二是基本或大体尊重原著的精神，保留原著基本的主要的内容，同时又对原著的部分内容进行改动，或在原著的基础上局部再创作；三是有选择地撷取原著几个人物及其故事，根据不同艺术形式的特点，进行改编和再创作。电视剧《白鹿原》的改编，可归为第二种情况，基本尊重，略有改动和发挥。当然，作品中人物和情节的一增一减，它所体现的意义也会有所改变。它大体尊重原著的史诗品格，基本上保留了原著的主要内容，同时在原著的基础上，根据时代的要求、观众的心理需求和电视剧艺术的特点，对一些人物和情节进行了改写和创造，在内容的某些方面作了开掘、深化和充分展开。总体上看，电视剧《白鹿原》思想上具有相当的深度，艺术上有感人的甚至震撼的力量，具有史诗的气魄，它的改编是可以理解的，也是相当成功的。

史诗品格的追求，是《白鹿原》原著和电视剧的共同追求。陈忠实的小说试图写出"一个民族的秘史"——"秘史"就是心灵史，写这个民族原本稳定的生活方式和根深蒂固的"文化心理结构",如何在"皇帝死了"之后,新的社会秩序将建而未建,白鹿原这个乡土社会历经军阀混战、革命、灾荒、瘟疫、抗日、内战、新中国成立等历史巨变和各种天灾人祸,所呈现的农村社会的历史图景和农民生活的变迁,重在展现农村两代人在时代巨变面前精神与人格的守与变。《白鹿原》电视剧显然也在刻意追求史诗品格,它将白鹿原乡民的生活与清亡以来社会的巨变紧密结合,清晰地展现了近现代半个世纪以来的历史行程在白鹿原这个乡土社会的刻痕。传统生活的冲击与守护,传统社会的崩溃和瓦解,不同性格的年轻人自觉和不自觉的理想追求和生活追求,他们的成长和变化,都与历史、与时代有着内在的联系。白鹿原——代表乡土社会及其近邻西安城——代表区域政治和文化中心半个世纪的大事变都有表现。如对镇嵩军对西安惨烈的围困战,电视剧的展现更为充分。为追求史诗效果,全剧的画面精美讲究,很多大的景观和场面震撼人心,如白鹿原全景,山川风物,割麦场景,西安围城后掩埋死者的万人坑,祈雨场面等,给人的视觉冲击极其强烈。

与原著比较,电视剧《白鹿原》对所要表达的主题思想有更为集中也更为突出的表现,这一点可能更体现了电视剧的某些艺术特点。小说更多的是描写客体的世界,写的是"他在",所以,小说是"呈现"或"再现",而非"表现",作者宜"藏",作者的见解是愈隐蔽愈好。陈忠实对其笔下的人物及其行事,总体是从人物的角度叙写,作者的感情倾向、文化归属、价值判断较为隐蔽,因此,关于小说中的人物及其言行,不同观点的人有时会有不同的解读,争议也就产生了。电视剧的受众面可能更广,因此,它对所要表达的东西需要有更为鲜明的表现,以免出现误导。可以明显感到,电视剧《白鹿原》集中、突出地表现了以白嘉轩为代表的传统农民为人仁义、知行合一的精神。白嘉轩一号角色的身份在某种意义上也确立了作品的主题思想。他坚守儒家思想和乡约规条,是白鹿村人的主心骨,也是白鹿原这个乡土社会砥柱中流的人物。他腰杆直——表示正气,讲人活着是"活人"呢——既要生存,更要守规矩和有尊严(有脸面)地活着。其他的几个重要人物,既是独立的艺术形象,也与白嘉轩构成一种意义互解的人物结构图。朱先生是白嘉轩的精神导师,鹿三是白嘉轩的影子——"义"仆,白嘉轩是鹿子霖的镜子——照妖镜,鹿子霖的自私、投机、滑头、无原则等性格特点恰成白嘉轩的反照。同时,与原著相比,与白嘉轩这样的老式农民相映成趣的是,电视剧《白鹿原》特别突出和强化了年轻一代尤其是鹿兆鹏和白灵的人物形象和戏剧内容,突出了以鹿兆鹏和白灵为代表的中国共产党人在风雨如磐的历史年代和民族危难的时刻,救国救民,舍生取义,强烈地表现出中国共产党人奋斗、苦斗和献身精神,从而使这部剧作有了另一个鲜明的主调和主题。

　　如果说,长篇小说主要的是叙事和人物刻画的艺术,那么,电视剧作为一种现代化的戏剧艺术形式,可能更多地重视在特定的时空中表现人物之间的矛盾冲突。基于电视剧艺术的要求和改编者对全剧的艺术把握和意义表现,《白鹿原》电视剧的改编,基本忠于原著,但对原著的个别情节也施行了必要的减法和加法,对个别人物的性格特征也做了适当调整。比如全剧一开篇就是白嘉轩以粮食换媳妇,遭遇他后来的第七任妻子仙草。仙草的出身也改变了——她本是白家老药房故人之女,在电视剧中为贫寒山民之女。而原著开篇白嘉轩的六婚六丧经历也简化为白鹿原上的六座墓碑,内容精炼了也集中了。白嘉轩种罂粟,原著是仙草的父亲吴长贵教的,这既反映了当时的历史事实,也表明在当时自然经济条件下白嘉轩简单的逐利行为,电视剧中种罂粟改为由白嘉轩的狱友胡掌柜所教,而且只为药用。这个改动的用意,除了不再扯出白家故人吴长贵那一条线,也是为白嘉轩的行为给出一种"合理"的解释,以免损害白嘉轩的道德形象。电视剧改编最多并且充分展开的,是鹿兆鹏、白灵以及鹿兆海这几个人物和他们的故事,剧中加了很多内容,使这几位走出白鹿原的优秀儿女的形象大放光彩,同时也通过他们深入地表现了那个时代。人物性格方面,似乎是为了与白嘉轩形成一正一邪的反差,与原著比较,鹿子霖的性格中多了一些耍赖和幽默。电视剧中更突出了白孝文年轻时的软弱和动摇，这样就为他后来的被引诱和堕落做足了铺垫，使其显得顺理成章。《白鹿原》中女性少，田小娥无论在小说还是在电视剧中，都是最重要的一个女性，她不仅是一个独立的艺术形象，还是一位具有结构作用的人物：是她给仁义白鹿村带来了一种异样的气味，是她把黑娃、鹿子霖、白孝文以及白嘉轩和鹿三几个本来各是各的男子串联起来并结构成为一种复杂的矛盾关系。电视剧更是把她与孝文的媳妇的关系也设计成一种激烈冲突的关系。与其他性格较为单一的女性不同，田小娥命运复杂，性格也复杂了一些，电视剧更突出了她要"活人"的一面，其愿望是既像人一样活着，也要活得有尊严。可怜她最无助，所以备受损害与侮辱，给白鹿原和整个世界留下了一个巨大的问号。

优秀的作品无论写什么时代，都有很强的当代性。也就是说，作品的思想、精神和问题有当代指涉，有了当代性才有可能上升到超时代的普遍性。感动今人，才有可能感动后人。创作是这样，改编也是这样。陈忠实《白鹿原》的创作，有文学"寻根"之意，探寻民族之过往、之来路，以昔视今，有很强的当代性。电视剧《白鹿原》更重视当代性，剧中的人物和生活，特别是思想、精神和问题的指涉，都能唤起我们很多的想象，激发我们很多的思考。比如白鹿村人种罂粟突然发财了以后的精神迷茫，怎样"活人"，知行分裂和知行合一，革命与反革命，乡约与乡村治理，民治与官治，乡土社会的昨天、今天与明天，等等，是曾经的问题，似乎也是今天的问题，甚至也是明天的问题。改编是对一部优秀作品精神和内涵的一次再激活和最大可能的再发挥，电视剧《白鹿原》的改编就是这样的。

原载《文艺报》2017年6月9日，原文无副标题

集体性共创：路遥对陈忠实的影响

陈忠实与路遥，是我国新时期现实主义文学创作的两位杰出代表，从新时期陕西文学的版图和成就观察，两人可谓双峰并峙，难分伯仲。路遥以1982年问世的中篇小说《人生》[1]和1986年至1989年间陆续问世的长篇小说《平凡的世界》[2]享誉文坛，影响广泛，奠定了他在中国当代文学中的地位，也确立了他在陕西文学格局中的大家地位。陈忠实则以1983年问世的中篇小说《康家小院》[3]和1984年问世的中篇小说《初夏》[4]特别是1993年出版的长篇小说《白鹿原》[5]享誉全国，影响深远，奠定了他在中国当代文学中的不朽地位，也确立了他在陕西文学格局中的又一大家地位。

陈忠实与路遥，前者是陕西关中人，1942年生，后者是陕西陕北人，1949年生，两人当年同在一个单位——陕西省作家协会工作，又在同一部门——作协创作组共同从事文学创作。这种单位、这种工作，一般而言，

---

[1] 《收获》杂志1982年第3期发表，同年11月中国青年出版社出版单行本，后获1981—1982年度全国第二届优秀中篇小说奖。

[2] 该作第一部1986年于《花城》杂志第6期发表，中国文联出版公司分别于1986年12月、1988年4月、1989年10月陆续出版该作一二三部，1991年3月获中国作家协会第三届茅盾文学奖。

[3] 1983年获《小说界》首届优秀作品奖。

[4] 1984年获《当代》文学奖。

[5] 1997年获中国作家协会第四届茅盾文学奖。

两人应该是彼此敬重而又各行其是的状况。但在两人当年共事和各行其是的创作过程中，据陈忠实多次文中自述和口头回忆，路遥对他的创作有过很大的影响。

这种同时代特别是同一地区同一单位共同坚守现实主义创作方法的作家，互相切磋，彼此影响，特别是陈忠实能向同辈同行虚心学习，是文坛佳话，也有文学创作中一些值得深思并值得探讨的问题。

创作从根本上来说是个人的创作。但是，个人的创作并不是说个人可以不学习前人和他人的创作经验，不接受前人和他人的影响。即使是天才作家，他也要学习前人，也要或多或少接受他人的影响。从文学史看作家之间，古代和现代作家都有结为诗社或文学社团的，他们因为文学主张比较一致，艺术追求和审美趣味比较相近，同声相应，同气相求，进而自由结社、互相切磋、彼此影响，在"集体性共创"的艺术环境中创作出一些佳作巨构，文学史多有此类佳话。当代中国，文学创作环境更有其时代特点，有作家协会这样的文学组织和单位。以陕西作协[①]来说，20世纪50年代，柯仲平、马健翎、柳青、胡采、王汶石、杜鹏程等有延安时期经历的作家齐聚于此。80年代，路遥、陈忠实、邹志安、京夫这些主要从陕西农村成长起来的作家先后调入，并齐聚于陕西作协创作组。1976年9月，路遥从延安大学中文系毕业，被分配到《陕西文艺》编辑部任小说组编辑（该刊由陕西省文化局文艺创作研究室主办）。1977年《陕西文艺》恢复《延河》刊名，1978年中国作家协会西安分会恢复，《延河》复归中国作协西安分会主办，路遥由《陕西文艺》编辑成为《延河》编辑，并随《延河》成为中国作协西安分会的工作人员。1982年12月，路遥由《延河》编辑部转到中国作协西安分会创作组，从事专业创作，成为专业作家。同年11月，陈忠实由西安市灞桥区文化局副局长兼该区文化馆副馆长任上调入中

[①] 陕西作协的前身是1954年成立的中国作家协会西安分会，1983年9月更名为中国作家协会陕西分会，1993年6月更名为陕西省作家协会。为方便叙述，本文一律简称陕西作协。

国作协西安分会创作组，从事专业创作，与路遥在同一单位同一部门。

路遥与陈忠实，由同行变为同事。曹丕讲"文人相轻，自古而然"，认为相轻者是"各以所长，相轻所短"。有人分析"文人相轻"现象，认为中国作家的文人相轻，多出于嫉妒心，西方作家也有"文人相轻"现象，然多基于价值观的冲突。笔者是1988年4月调入陕西作协的，以多年的接触和观察看，从性格上说，路遥沉雄、陈忠实刚毅，用普通人的话说，两人都是强者。这样的两个人，在同一个单位又在同一个部门，比较容易形成矛盾甚至冲突的关系，至少是内在的矛盾。但陈忠实与路遥，后来他们至少有十年的共事时间（路遥于1992年11月去世），两个人未见有什么矛盾和冲突，亦未见"相轻"现象。相反，二人互敬互重。陈忠实后来多次带着感情谈到路遥，而且具体谈到路遥对他创作上的影响。在此，陈忠实一方面道出了他由一个学历不高的工农兵业余作者不断进步并有创作上非凡超越的某些秘密，另一方面也表现出了一位真正的作家谦虚的美德。也正是因为谦虚并以谦虚的态度敢于学习善于学习，陈忠实不断丰富壮大，终成一代大家。

一

路遥和陈忠实的文学创作，主要是写小说，写农村题材，他们秉持的创作方法也主要是现实主义。从直接的文学影响上来说，路遥和陈忠实都奉柳青为师，路遥称柳青为其文学上的"教父"，陈忠实则称呼柳青为其文学上的"老师"。颇有意味也合乎逻辑的是，柳青、路遥和陈忠实，都是陕西人，先后在一个单位——陕西作协工作，他们文学上的影响自然而且显然有内在关联性。他们文学上的认同和相互影响既有地理意义上的，也有文化意义上的，当然更多的是文学意义上的，因为他们都尊奉现实主义创作原则和方法。柳青是陕北榆林地区吴堡人，1952年落户关中的长安县，他的长篇小说《种谷记》《铜墙铁壁》是陕北题材，《创业史》则是关中长安县农村题材；路遥生于陕北榆林地区的清涧县，七岁被家人送到延安地区的延川县，他的代表性作品《人生》是陕北题材，《平凡的世界》主要是陕北题材，同时也延伸到关中地区的铜川和西安等地。柳青的创作特别是他的《创业史》侧重写集体中的个人，并以集体中的个人来反映时代和社会，他的创作经验代表着"十七年"文学的高度。路遥也以柳青为师，但他有60年代中后期至70年代的社会经验和生命体验，他的文学观念属于另一个时代——80年代，这是一个充满理想精神和创造激情的时代。他的《人生》和《平凡的世界》写的正是中国社会由70年代向80年代转变的历史过程，他的创作与柳青小说侧重集体中的个人不同，他突出了个人，并把个人与时代紧密结合，代表着80年代现实主义文学的高度。陈忠实的小说创作主要写陕西关中平原渭河两岸特别是南岸地区，小说的地理、文化以及民俗背景虽与前两位不同，但有共通之处。他以前辈柳青为师，并谦虚地从同辈路遥那里汲取创作经验，寻找并创造"属于自己的句子"。他写于80年代后期和90年代初期的《白鹿原》，代表了90年代现实主义文学的高度。

　　路遥对陈忠实的影响之一，是在20世纪80年代中期，路遥对现实主义创作方法的理解和态度，坚定了陈忠实坚持现实主义创作方法的信念。2011年5月13日，作家张炜到访白鹿书院，陈忠实、葛水平和笔者陪张炜在书院的四合院里喝茶聊天。笔者先介绍了白鹿书院，张炜后讲了他们的万松浦书院。接下来的闲谈中，张炜和陈忠实共同忆起了路遥，说到了1984年3月上旬，他们参加中国作协在河北涿县召开的"全国农村题材创作座谈会"，在那个会上路遥的发言给他们留下了深刻印象。张炜说，路遥在大会发言中说"万元户中也有坏人"，写万元户，可以写他们的好，也可以写他们的坏。这个话给他印象很深，因为当时的"万元户"还很少，全国正在宣传"万元户"，路遥这么讲，与舆论宣传是唱不同的调子。张炜说，在会议期间的一些场合中，比如在饭桌上，他就听到好几个领导对路遥的这个讲话大为不满。陈忠实说，他当年对路遥大会发言印象最深的，是路遥讲"我不相信全世界都要养澳大利亚长毛羊"。澳大利亚有一种长毛羊，品种好，当时正在推广，路遥借"澳大利亚长毛羊"这个比喻，来说当年文学上的现代派主张，认为现代派可以搞，但现实主义也应该有自己的立足之地，不能"全世界都要养澳大利亚长毛羊"，让"澳大利亚长毛羊"一个品种独行，而扼杀世界上一切其他羊的品种。这个说法在当时文学界现代派呼声甚高、行情看好的时候，一方面给人提供了关于文学走向上的别一种思考，另一方面也显示了路遥独立思考、敢于发言、不怕别人说他"土"的艺术勇气。①陈忠实强调，路遥这个发言引起他的深思。1984年，新时期文学从伤痕、反思、改革等潮流到现代派的种种试验和表现，进入一个重要的阶段，"新"与"奇"竞相炫技并狂欢。有人认为文坛已经没有主流，并以"三春过后诸芳尽，各自须寻各自门"概括当时文坛。陈忠实说他写的是农村题材，用的又是传统的现实主义方法，面对文坛各种令人眼花缭乱的试验和新潮，多少有些惶惑和不安，但是听了路遥会上自信而且幽默的发言，他受到启发，也受到震动，在心中坚定了坚持现实主义创作方法的信心。

　　1984年3月11日，陈忠实写信给人民文学出版社《当代》杂志编辑何启治，信中谈到他参加涿县会议的收获："这次农村题材讨论会是开得不错的。几年来，在农村题材的创作中，面对变化着的新的生活潮流，我不止一次感到困惑，甚至痛苦。这种困惑，首先是对复杂的生活现象缺乏一种高屋建瓴的理论把握。至于作品从怎样的角度去反映现实，以避免图解政策的前车之鉴，又当别论，而作者总应该搞清楚当前政策的理论基础。我以为这是我个人独有的困惑，因为我缺乏高等教育，缺乏系统的理论学习，又长期困于比较狭隘的一隅，因而导致如此。所以这次会议，我是从内心感到踊跃的，企图得到启示，特别是活跃于当今文坛的农村题材的名家纷涌而至，我想我会受益的。会上，绝大多数的作家都谈到困惑了。困

---

① 邢小利：《和张炜在书院聊天》，见《长路风语》，陕西人民出版社，2013年，第162、163页。

惑成为大家的口头禅了。我心里踏实了，看来大家面对新的生活现象都有类似的思考、类似的苦恼。我甚至想，严肃的作家对变化着的农村生活的思考是必然的。而对这种新的生活现象觉得轻易可以认识，可以表现，往往使人感到了某种图解的简单化作品。我这次主要是带着耳朵去的，我达到了目的，听到了许多长期保持着与生活联系的新老名家的精彩发言……"①从这封信中可以看到，陈忠实当时面对新的社会现象包括文学现象颇多困惑，对自己的某些局限也有着极为清醒的认识。他参加这个会，"主要是带着耳朵去的"，可以看出他的主要目的也是多听高见，以图打开眼界，解除困惑。

  2015年3月27日，陈忠实在《文艺报》发表《路遥和他的〈平凡的世界〉》。在这篇文章中他再一次谈到涿县会议路遥那个精警的发言留给他的深刻印象："路遥在大会交流发言中阐释他的现实主义创作主张，末了有一句让我至今不忘的警句：'我不相信全世界都养一种澳大利亚羊。'"陈忠实还从《平凡的世界》被改编为电视剧并热播谈到作品的史诗品格，评价《平凡的世界》是"经典性作品"，认为"坚持现实主义创作精神，丰富并开拓现实主义创作方法，是路遥始终不渝的艺术创造理想"。陈忠实还引用路遥的话，"现实主义在文学中的表现，决不仅仅是一个创作方法问题，而主要应该是一种精神"，然后发挥说"这种精神在我理解就是依循现实的客观逻辑，再现和表现生活，直面人生"。②在这段话中，陈忠实不仅充分肯定了路遥关于现实主义的理解，而且对现实主义进行了自己的阐发。

  路遥、陈忠实两位现实主义大家关于现实主义创作方法的坚持、理解和阐释，既是一段文坛佳话，也对我们充分理解和研究现实主义创作有所启示。

---

① 邢小利、邢之美：《陈忠实年谱》（增订本），华文出版社，2021年，第69—70页。
② 陈忠实：《路遥和他的〈平凡的世界〉》，见《陈忠实文集》（增订本）第10卷，人民文学出版社，2015年，第403页。

二

路遥对陈忠实的影响之二，是路遥的创作促使陈忠实对现实主义文学的真实性进行了更为深入的思考。

真实性是现实主义文学的一个重要原则。真实当然与事实有关，但在文学创作以及作品阅读中，所谓真实不真实更多的是一种个人的经验感知。它虽然可以与现实生活中的某些真实事件、真实的人联系起来，但一般来说，无法与现实生活中的真实直接对应起来，更不要说一一对应起来。所谓真实性只能是作家和读者根据自己的人生经验与理性认知进行综合判断的结果。对于现实主义作品来说，真实性是一个具有本体意义的本质性的要求。真实性与写实手法是两个概念，用写实手法写出来的作品并不一定是现实主义作品。反之，现实主义也可以用夸张、浪漫甚至一些魔幻的手法。

陈忠实的创作，是从自学起步，用他前引致何启治的话说，"缺乏高等教育，缺乏系统的理论学习，又长期困于比较狭隘的一隅"。他从1958年十六岁发表第一首诗《钢、粮颂》，到1973年至1976年每年发表一篇短篇小说，诸如《接班以后》这样当年还由他改编成电影的小说，包括1979年写的后来获得本年度全国优秀短篇小说奖的《信任》。虽然他的写作能力不断提高，但在80年代前期，他的创作思想还未完全摆脱多年以来形成的某些桎梏。尽管他有着比许多作家更为真实、深刻和丰富的农村生活经验，但他此刻仍未完全摆脱小说主题"图解政策"（前引致何启治信中语）、人物塑造概念化等从"十七年"以来特别是70年代后期以来就形成的某些创作窠臼。这从他写中篇小说《初夏》的艰难过程可以充分看出。陈忠实于1981年1月就已写成他的第一个中篇小说《初夏》第一稿，寄给了《当代》杂志编辑何启治。何认为"有基础"，对小说中冯景藩和彩彩两个人物很感兴趣，希望能"充分"写他们，退稿让修改。陈忠实认真修改了一次,《当代》主编秦兆阳看后又指出"冯景藩等人物身上有很大潜力可挖掘",让再改。陈忠实后来用了三年多时间,又反复修改了三次,才得以通过,后刊于1984年第4期《当代》。陈忠实后来回忆说:"这部中篇从初稿到定稿,大约写过四次,从最初的六万字写到八万字,再到最后发表出来的大约十一万字。这是我写得最艰难的一部中篇,写作过程中仅仅意识到我对较大篇幅的中篇小说缺乏经验,驾驭能力弱。后来我意识到是对作品人物心理世界把握不透,才是几经修改而仍不尽如人意的关键所在。"①

陈忠实1981年1月写成《初夏》第一稿,②至1984年8月发表,历时三年多的时间,初稿写成后《当代》负责人和编辑秦兆阳、何启治、朱盛昌、龙世辉等反复提出修改意见。陈忠实后来意识到他是"对作品人物心理世界把握不透"。究其原因,笔者认为陈忠实在当时还是没有完全摆脱概念化描写人物的桎梏。换句话说,他没有真实地面对他笔下的主要人物,也没有完全写出《初夏》这部小说主要人物的真实性来。《初夏》写的是改革开放初期一个家庭父与子的矛盾故事,父亲冯景藩是冯家滩的老支部书记,50年代以来一直奋斗在农村基层,当年把一个进城机会让给了别人,把一切都献给了农村的集体化事业。农村实行了家庭联产承包责任制,他产生了强烈的幻灭感,醒悟之后,他走后门让儿子到城里当司机,不料儿子冯马驹却放弃了他多方奔走弄到的进城机会,决心留在农村创办农办工厂,带领大伙"共同富裕"。这是一个中国社会历史转型初期的故事。当时,陈忠实的思想观念和艺术观念也正在转变过程中。陈忠实所谓"对作

---

① 陈忠实:《在〈当代〉,完成了一个过程》,见《陈忠实文集》(增订本)第6卷,人民文学出版社,2015年,第307页。
② 陈忠实1981年7月9日晚写信给《当代》编辑何启治,信中谈了他的一些生活和工作情况,最后说他准备写中篇小说,"第一个中篇,无论好坏,一定先送您,不管能否刊用,得到真诚的指导这一点以及及时的处置,那是无须怀疑的"。据此判断,陈忠实早在1981年下半年就已经酝酿《初夏》了。参见邢小利、邢之美:《陈忠实年谱》(增订本),华文出版社,2021年,第57页。

品人物心理世界把握不透",实际上反映了作家在新时期初期思想认识上的某些局限性。陈忠实写冯景藩这个人物在历史转变时期情绪的"失落"和"思想负担",反映了作者对生活的敏感。冯景藩不仅有生活的真实,而且有时代的典型意义,但是,陈忠实受"十七年"及以后的文学影响甚深,他长期形成的艺术思维和心理定式还未完全突破,他还以习惯用的对比手法,塑造了一个同冯景藩的"自私""落后"相对立的另一个人物,这就是乡村新人冯马驹。这样的人物现实生活中不能说完全没有,但这样的形象显然缺乏时代的典型性和历史的真实感,他是作者艺术固化观念中的一个想象式人物。

就在陈忠实为反复改写《初夏》而煎熬的时候,他读到了路遥的《人生》。陈忠实在《摧毁与新生——我的读书故事之五》中说,1982年5月,他到延安参加纪念毛泽东《在延安文艺座谈会上的讲话》发表四十周年。开会期间,几乎每天晚上,来自陕西各地的青年作家聚在一个房间,谝着闲传,同时也交流创作信息,议论新发表的小说。有一天晚上,路遥说他的一个中篇小说《人生》将在《收获》杂志第3期发表,接着向大家介绍了这部小说的梗概,又讲了《收获》杂志编辑对这部中篇的高度评价。可以说,在陕西,路遥当年在他们那一代作家中,无论是在思想上还是艺术上,都是一位文学前锋人物。陈忠实记住了《人生》,着急想看,但在延安没有找到。会议结束,他从延安一回到灞桥镇,就到他工作的灞桥文化馆,拿到第3期《收获》,迫不及待地回到他的房间,一屁股坐在椅子上没有起来,一口气读完了十多万字的《人生》。陈忠实回忆,读完之后,他坐在椅子上"是一种瘫软的感觉"。此种感觉并非读了小说而被主人公高加林的命运故事触动,而是因为《人生》"完美的艺术境界",他受到了强烈的艺术打击。陈忠实说他当时创作激情高涨,读罢《人生》,却是一种"几乎彻底的摧毁"。此后连续几天,他一有空闲便走到灞河边上,思绪翻腾,不断地反思着他的创作。他认识到,《人生》中的高加林,在他所阅读过的写中国农村题材的小说里,是一个真实的而且是全新的人物形象。他在内心感叹,高加林的生命历程和心理情感,是包括他在内的读了书又回到乡村的青年差不多共同的经历,所以引发了他强烈的共鸣。他真诚地认为,《人生》是路遥创作道路上的里程碑,也是中国当代小说史上的里程碑。他在灞河沙滩以及长堤上不断走着,不断反思,他重新思考怎样写人。他想的最根本的一个问题,就是作品的真实性问题。真实是作品的生命,没有真实性就没有现实主义,没有真实性也就没有艺术性,更无法打动人。如何真实而准确地写人?陈忠实自述:"我在灞河沙滩、长堤上的反思是冷峻的。我重新理解关于写人的创作宗旨。人的生存理想,人的生活欲望,人的种种情感情态,准确了才真实。一个首先是真实的人的形象,是不受生活地域文化背景以及职业的局限,而与世界上的一切种族的人都可以完成交流的。"[1]陈忠实这里所言,是说一个"真实的人的形象"具有时空的超越性。陈忠实关于真实的人和人的真实的思考,特别有意义。真实的东西,特别是真实的人,往往是丰富的,也是复杂的,丰富性包含着多,复杂性还包含着自身的对立和冲突。真实的人不是简单的是与非和对与错,更不是简单的所谓"先进"与"落后"。由陈忠实所谓的"摧毁与新生"一说可见,路遥《人生》对陈忠实的"摧毁"性冲击所形成的思想和艺术的"新生"启示,使陈忠实对小说最重要的人物刻画问题的认识,达到了一个空前的高度。由此出发,陈忠实更是逐渐形成他自己对人的认识和理解,这从《初夏》到《康家小院》到《蓝袍先生》再到《白鹿原》人物形象描写的演变可以明显看出。

陈忠实还回忆,《人生》发表后,有一次他骑自行车回村里,有一个当了农民的老同学拦住他,问他:"你也写作呢,你咋没写出一个《人生》?"陈忠实说他无言以对。他深刻反思:高加林的那些愿望和想法,比如进城,当个城里人,咱也有呢,怎么就没有写,而且,为什么咱还要批判这种思想?《人生》发表的时候,陈忠实正在改写《初夏》,《初

---

[1] 陈忠实:《摧毁与新生》,见《陈忠实文集》(增订本)第9卷,人民文学出版社,2015年,第73页。

夏》中的复员军人冯马驹，回到村里，他父亲走后门给他弄了一个进城工作——当汽车司机的机会，他居然拒绝了，还批评他父亲这种做法是自私、落后的思想。陈忠实回忆，那时候他也认为这种思想是自私和落后的。陈忠实反思：我都想进城，我年轻时明明也想进城当工人，我为什么总是写不出也不敢写这种真实的思想，反而总是按照一种社会既定的思想来写冯马驹这样的人物，还要把他写得光明正大，理直气壮？这种明明虚假的人物，怎么能够立得住，怎么能有打动人的艺术力量？

陈忠实说他被《人生》"完美的艺术境界"击倒。这个"完美的艺术境界"有很多方面，也应该包括真实性，真实性是艺术性——艺术魅力的基础。好的作品因为具有强烈的真实性，以及由真实性生发出来的丰富性，所以才有巨大的艺术性。陈忠实从早期的观念化写作到体验性写作，所谓"从生活体验到生命体验"，这个转变过程与路遥的《人生》对他的冲击有一定的关系。《人生》的冲击、《初夏》的艰难写作，特别是当时社会生活的诸多变化引发了陈忠实的反思。他后来称之为思想和艺术的"剥离"。1983年，王蒙认为新时期文学的发展，其前提是清理反现实主义和伪浪漫主义，小说创作的突破表现在"文学真实性的恢复""我们的文学的审美功能有所提高，文学更加多样化，文学不再简单地、片面地从属于政治"等方面。[1]在这种时代和文学背景下，陈忠实明白，他自身需要一个蜕变，一个文化心理上的和艺术思维上的深刻蜕变。"剥离"的同时还要"寻找"，这是陈忠实80年代前期必要的思想和艺术的蜕变过程，没有这个过程，就没有后来的作家陈忠实，也就没有《白鹿原》。此后，陈忠实在创作中，开始自觉地从自己的生命体验出发写作，摒弃从某种宏大的理念出发的概念化写作模式，进而一步一步形成陈忠实自己的更为独特的文学个性和文学风格。

从文学真实性的震动到对现实主义文学真实性的深刻思考，陈忠实产

---

[1] 黄发有：《文学刊授活动与八十年代文学的公共性——以史料挖掘为基础》，载《扬子江评论》2023年第3期。

生了一个他后来反复提到的问题，这就是"生活体验"与"生命体验"。《白鹿原》问世以后，陈忠实多次谈到他的创作体会，他有一个主要而且重要的观点就是"生命体验"，他特别强调"生命体验"对作家认识生活和创作的重要性。他说："过去大家谈生活体验的多，谈生命体验的少。我在生活、阅读和创作过程中，意识到生命体验对一个作家的创作极为重要。在昆德拉热遍中国文坛的时候，我读了米兰·昆德拉译成中文的全部作品。我把昆德拉的《玩笑》和《生命中不能承受之轻》对照阅读，发现这两部作品在题旨上有相近之处，然而作为小说写作，却呈现出截然不同的艺术气象。我从写作角度探寻其中奥秘，认为前者属于生活体验，后者已经进入生命体验的层面了。从生活体验进入生命体验，对作家来说，如同生命形态蚕茧里的'蚕蛹'羽化成'飞蛾'，其中最为关键的是心灵和思想的自由。有了心灵和思想的自由，'蚕蛹'才能羽化成'飞蛾'。'生活体验'更多地指一种主体的外在的生活经验，'生命体验'则指生命内在的心理体验、情感体验以及思想升华。""写作《白鹿原》之前，我在农村已经生活了四十多年，我相信我对乡村生活的熟悉和储存的故事，不差柳青多少。我以为差别的，是在对乡村社会生活的理解和开掘的深度上，还有艺术表现的能力。"[1]陈忠实后来还对"生命体验"有所阐发，认为刘勰《文心雕龙》中的"既随物以婉转，亦与心而徘徊"，前一句讲的是生活体验，后一句讲的是生命体验。[2]仔细辨析陈忠实这两个概念，他所谓的"生活体验"实际上就是外在的身体经验和生活经验，而"生命体验"则指人内在的生命感受、心灵震颤、理性自觉和心灵的自由丰富。在现实主义创作中，这种"生命体验"尤其表现在对生活"真实性"的感受、认知和理解上。

从陈忠实的创作经历看，他都是在他所认为的现实主义理念指导下进行创作，但是仅就现实主义文学的真实性而言，他的认识和深化有一个较

---

[1] 陈忠实：《从生活体验到生命体验》，载《南方文坛》2017年第5期。
[2] 邢小利、邢之美：《陈忠实年谱》（增订本），华文出版社，2021年，第281页。

长的过程。他写于1974年的短篇小说《高家兄弟》[①]，写和睦友爱的高家兄弟围绕着推荐谁去上大学产生了矛盾冲突。哥哥是党支部领导成员，先公后私，力主推荐认真经管医疗站、热心为社员服务的乡村医生秀珍去，而不同意有着"不健康思想"一心想成名当专家的弟弟去，由此引发了一场涉及家内外相关人之间的思想感情上的斗争。这个小说在当年那种文化观念和文学环境中，内容虚假似乎可以理解。但1984年发表的《初夏》，其主人公的人生选择就令人有些难以置信了。在集体（家庭、单位、社会和国家）和个人的关系中，中国文化更强调前者。如果说，路遥和陈忠实早期的小说创作都写集体中的个人，那么路遥更重视更突出集体中的个人。他的《人生》放在整个新时期文学发展过程中来看，都是人的个性复活的一个重要标志；而陈忠实的创作更强调个人与集体的和谐，如果仅从真实性和人的个性复活角度考察陈忠实的创作，似乎到了他1984年写成的《十八岁的哥哥》（载《长城》1985年第1期）这部并不引人广泛关注的中篇小说，才凸显了陈忠实写真实的扎实功底，突出了他写人的个性美的魅力。在笔者看来，《十八岁的哥哥》似乎就是陈忠实的《人生》，此作也是笔者看到的唯一多少具有陈忠实自叙传色彩的小说，该作写的也是青年人高中毕业以后回乡的人生经历，从中能看到路遥《人生》的些许影响。另外，似乎只有到了《白鹿原》（1988—1992），陈忠实通过白孝文、白灵、黑娃、鹿兆鹏、鹿兆海以及田小娥这些子女一辈才实现了"集体叛逆"和"个性的集体复活"，因为这部作品突出了每一个人的个性。

三

作家是以其个性立足的，创作是一种个人化的工作。但是，个人化并不等于作家之间不交流，不受彼此的影响。作家之间的交流不仅是必要

[①] 发表于《陕西文艺》1974年第5期。

的，而且是必需的，互相影响也是必然的。从消极的方面看，影响固然有所谓的"影响的焦虑"：文学后来者面对先驱者的鸿篇巨制，同行者面对他人的技高一筹甚至光芒四射，既想摆脱影响，又想超越创新，有时候产生一定的焦虑在所难免，有的还可能踌躇不前。但从积极的方面看，影响既能激发一个作家前进甚至超越的动力，更能让一个作家汲取更多的艺术养分。用陈忠实的话说，就是"互相拥挤，志在天空"。更重要的是，文学艺术的创新和创造，自古至今，即使是一个天才的创造，也绝非天马行空的独立行为，他总要汲取前人和他人的养分。因此，从一定的意义上说，艺术作品的创造和完成都有"集体性共创"的成分。

"集体性共创"是评论家李建军创造的一个概念。李建军说："集体性共创是我整合出来的一个概念，其基本内涵是：一切成熟意义上的文学创作，都是以前人或同代人文学经验为基础，是对多种经验吸纳和整合的结果，因而，本质上是集体性的，而非个人性的；是由知名或不知名的人'共同'参与和创造的，而不是由一个人师心自用独自创作出来的。"[①]

笔者以为，"集体性共创"这个概念可以涵纳作家之间艺术思维上和创作上的积极性影响，包括对前人和他人创作经验、方法和技巧的学习、借鉴，也包括显在与隐在的启示。陈忠实后来的创作不仅受到路遥这样的作家的影响，而且受到外国作家的影响。陈忠实是一个受中国儒家文化影响较大的人，他生前曾对笔者说，他没见过也不相信的东西都不写，他不信鬼神，也不写佛道。他不像有的作家那样，作品中喜欢"装神弄鬼"，谈佛说道。但他读了马尔克斯的《百年孤独》之后——1984年读《十月》"长篇小说专刊"刊发的《百年孤独》，受到震动，也受到影响。影响之一就是接受了"魔幻"手法。他后来在《白鹿原》中写的田小娥被鹿三刺死后，她的冤魂化作千万只各色的蛾子在天空中飞舞；鹿三也疯了，似乎被田小娥鬼魂附体，说话和动作都像田小娥。这样的描写，在陈忠实《白

[①] 李建军：《并世双星：汤显祖与莎士比亚》，二十一世纪出版社集团，2016年，第456页。

鹿原》之前的作品中是没有的。《白鹿原》中的这些描写，既写出了白鹿原这块土地上历史与文化的某种神秘性，也增强了作品的艺术魅力。作家创作中这种"集体性共创"现象非一人所有，具有一定的普遍性。

陈忠实后来把作家之间这种互相影响、互相学习包括互相竞争和互相激励，称为"互相拥挤，志在天空"。他说："（西安）市文联为促进西安地区刚刚冒出的十余个青年作者的发展，成立了一个完全是业余、完全是民间的文学社团，叫作'群木'文学社"，"贾平凹起草的'社旨'里，有一句话至今犹未忘记：互相拥挤，志在天空。在我体味，互相拥挤就是互相促进互相竞争，不是互相倾轧互相吐唾沫。道理再明白、再简单不过，任何企望发粗长壮的树木，其出路都在天空。中国当代文学的天空多大呀，陕西和西安当代文学的天空也够广的了，能容得下所有有才气、有志向的青年作家，要把眼光放开到天空去。天空是既能容纳杨树柳树吸收阳光造成自己的风景，也能容纳槐树椿树吸收阳光造成另一番完全不同的景致。二十年过去，'群木'文学社早已解体，我却记着这条'社旨'"。[1]陈忠实后来在一篇答问里又说："《白鹿原》离不开当时陕西文坛氛围的促进。我后来写过一篇文章叫《互相拥挤，志在天空》，说的就是当时的文学氛围。那时候我们那一茬作家，几十个，志趣相投，关系纯洁，互相激励，激发智慧，不甘落后，进行着积极意义上的竞争。可以说每一个人哪怕一步的成功，都离不开互相的激励。"[2]这里所说的"志趣相投"恐怕只是就共同爱好文学而言，非指艺术趣味和审美取向，而"竞争"与"激励"两个词，实为核心概念，也应该看作陈忠实数十年身处共和国文学团体之内，对同行关系积极意义上的真切感受。共一个团体，比如在陕西作协，陈忠实和路遥之间的"竞争"与"激励"，与对方

---

[1] 陈忠实：《互相拥挤，志在天空》，见《陈忠实文集》（增订本）第7卷，人民文学出版社，2015年，第270、271页。

[2] 陈忠实：《关于四十五年的答问》，见《陈忠实文集》（增订本）第7卷，人民文学出版社，2015年，第318页。

的人格与思想有关，更多的是与作品有关。陈忠实阅读同行特别是阅读同代作家的作品，用他的说法，对他的文学观念和文学创作就具有某种"摧毁与新生"的积极作用。

良性的"竞争"与"激励"作用很大。路遥对陈忠实的影响，还表现在陈忠实既要"寻找自己的句子"，还需要把自己的"句子"打磨好，磨得漂亮。1991年，路遥的长篇小说《平凡的世界》获得茅盾文学奖后，评论家李星得到消息后一见到陈忠实就说，你今年再把长篇小说写不完，就从楼上跳下去！陈忠实分明感到了文学朋友在为他着急，但他心里想，人家都得了茅盾奖了，我还急什么，不急，一定要弄好再说。这也促使他下决心把正在创作的《白鹿原》打磨得更精到些。

陈忠实和路遥在一个单位工作，他们都以现实主义创作小说，其互相影响，从哪一个方面看，都是势所必然。路遥当年在陕北的时候，他的成长包括思想的、精神的和艺术的诸方面，都与他当时接触结识了大量北京知青颇有关系。当年在陕北包括延川插队的北京知青有很多是清华附中和人大附中的学生，他们对路遥很有影响。在与林达、林虹、陶正这样的北京知青相处特别是交流、讨论过程中，路遥的思维与思路得以开启，对他开阔视野、增长见识、丰富知识以及提高艺术鉴赏力都有极大的帮助。陈忠实后来与路遥在一个单位共同从事创作，相互间的影响既是必然的，也是日常的。陈忠实后来回忆：他那时住在白鹿原北坡下祖居的老屋，省作协开会，或是买面粉买蜂窝煤，他才进城。"开完会办妥事后的午休时间，我便很自然地走进王观胜宿办合一的屋子"，"坐在床沿上聊天"。"我听着观胜说文学，尤其是俄罗斯文学（当时称苏联文学）。""路遥是观胜半间屋的常客。尽管我十天半月才进一回城，却几乎每回都能在观胜的屋子里见到路遥。""路遥的文学见解和对见解的坚信令我感佩"，"他对世界某个地区发生的异变的独特判断总是会令我大开眼界；更有对改革开放初期某些社会现象的观察和透视，力度和角度都要深过一般庸常的说法。他也是苏联文学的热心人，常常由此对照中国文坛的某些非文学现象，便用观胜的'球不顶'的话调侃了之。'球不顶'由路遥以陕北话说出来，我忍不住笑，观胜也开心地笑起来"。"记得路遥曾调笑说，观胜这间屋子是'闲话店'，也是'二流堂'"，"不是贬义，是人气最旺的一方所在，《延河》编辑部的领导和编辑，无论长幼，业已喜欢到成为惯性地在此聚合。（这里）成为交流信息、抒发见解而又可以无所顾忌的一方自由且自在的小小空间"。①陕西作协大院内的作家们在这里以聊天的方式交流见闻、议论新作佳作、介绍国外文学，以及品藻人物。笔者当年就住在大院内，与王观胜毗邻，也是常客，所以对陈忠实此段描述感到既真实又亲切。陈忠实在陕西作协大院内这个"闲话店"和"二流堂"得到其他作家特别是路遥的一些启示和影响，由此可见一斑。这种影响是日常的，不经意的，看似闲淡，但如有所得，却一定是深刻的。

简单比较一下路遥和陈忠实的生活道路和创作情况，可以发现他们早年有一些共同的经历和创作，后来则有不同的发展，既合乎逻辑，也颇有意味。两人的早期作品，都是所谓"时代精神"的传声筒，个人被时代风潮淹没，此后随着时代的思想解放和改革开放，加上他们之间的互相影响和砥砺同行，两人都形成自己的文学个性和艺术风格，长成文学的大树。仅从作品的影响而言，《人生》是路遥的里程碑，路遥沿着《人生》顺理成章走向了《平凡的世界》；《人生》则是陈忠实的分水岭，陈忠实由《人生》的"打击"开始寻回文学的"自我"，由此走向《白鹿原》。而路遥以《人生》《平凡的世界》踞于80年代文学的高度，陈忠实则以《白鹿原》踞于90年代文学的高度，两个人、三部作品交相辉映。

陈忠实比路遥年长七岁，一般来讲，承认向年长者学习既不失面子也会赢得虚心好学的好名声，而公开承认曾受一位比自己年轻的人的影响，何况是同行，同是搞创作的作家，这既需要勇气，更需要谦虚、宽阔而又自信的人格力量和精神。陈忠实在《摧毁与新生》中说："路遥写出了

---

① 陈忠实：《依然品尝你的咖啡》，见《陈忠实文集》第10卷，人民文学出版社，2015年，第111—114页。

《人生》,一个不争的事实便摆列出来,他已经拉开了包括我在内的这一茬跃上新时期文坛的作者一个很大的距离。我的被摧毁的感觉源自这种感觉,却不是嫉妒。"①在这里,陈忠实讲了他的被"摧毁",更讲到了他的"新生"。陈忠实在这里表现出的,就是一种谦虚、宽阔而又自信的人格。这样的人格,某种意义上,也成就了陈忠实这样一位靠自学成为大家的作家。

陈忠实认真地阅读过路遥的不少作品,而且深有体会和心得。他在八集纪录片《路遥》第四集《夏至》中接受采访时说,路遥中篇小说"《在困难的日子里》,就艺术而言,不亚于《人生》……他对人在困难中的那种情感、心理、行为,那种准确的把握,对那个生活氛围的准确把握和表述,我是很震撼"②。陈忠实比路遥年长,但基本上与其同属一个时代,他对路遥文学作品中所写的时代和生活非常熟悉,特别是对《在困难的日子里》的"饥饿"有着同样刻骨铭心的经历和体验,因此他对路遥"在困难的日子里""饥饿"的艺术表现有着高度的认同,他知道路遥的价值在哪里。

路遥1992年去世,陈忠实在悼念大会上以《别路遥》为题致悼词。这个悼词充满感情也充满理性,它有陈忠实代表陕西省作家协会对路遥的评价,也表达了陈忠实对路遥的个人认知。陈忠实评价路遥是"中国文学的天宇"中"一颗璀璨的星","曾经是我们引以为自豪的文学大省里的一员主将","为中国当代文学的繁荣创造了绚烂的篇章";他认为路遥"智慧的头颅"曾经"异常活跃、异常深刻也异常痛苦",有"开阔宏大的视野,深沉睿智的穿射历史和现实的思想",有"成就大事业者的强大的气魄",有"朝着创造的目标""坚韧不拔的意志和艰苦卓绝的耐

---

① 陈忠实:《摧毁与新生》,见《陈忠实文集》(增订本)第9卷,人民文学出版社,2015年,第73页。
② 《〈路遥〉纪录片》,见刘瑞平主编《不平凡的世界(三)遥想集》,陕西人民出版社,2019年,第37页。

力","充分显示出这个古老而又优秀的民族的最优秀的品质";他评价路遥"热切地关注着生活演进的艰难的进程,热切地关注着整个民族摆脱沉疴复兴复壮的历史性变迁";他认为"路遥并不在意个人的有幸与不幸,得了或失了","这是作为一个深刻的作家的路遥与平庸文人的最本质区别",路遥是"具有独立思维和艺术品格的"。[①]

　　陈忠实对路遥的评价和认知,得于他们多年的交往,真实、准确,也充分表现出作家之间的惺惺相惜,是文坛佳话,也是研究者得以窥视他们关系和他们创作的一把钥匙。

原载《中国文学批评》2024年第3期

[①] 陈忠实:《别路遥》,见《陈忠实文集》(增订本)第5卷,人民文学出版社,2015年,第338—339页。

路遥和《平凡的世界》

路遥是一位人生视野与艺术视野十分开阔的作家,他的小说创作,不像有的私语型作家,喜欢更多地耽溺于个人一己的世界中,或叙写个人的某种经历和感受,或品味一己的某些欢乐和伤痛,在个人与世界、与人类生活之间缺乏一些广泛而且必需的关联。路遥不是,路遥关注的,是平凡的世界中普通人的人生。路遥同时也是一个主观性很强的客观型作家,他的小说世界,在对客观的现实世界进行真实而深刻的把握和描写中,也深深地融入了他对生活的深切体验和对人生的深沉思悟。路遥创作上的这种特点,与他的生活经历和生命体验有深刻的关系。路遥的童年和少年是在苦难中度过的。他出身于陕北清涧县一个贫苦的农民家庭,世代务农。由于家庭贫穷,孩子又多,食难饱肚,衣难蔽体,一家人甚至共用一床被子,他的父母实在养活不起,七岁的路遥就被过继给延川县的伯父。即使是送路遥到继父家,他的父亲也是一路讨饭,才把他送到伯父家。路遥后来回忆说:"那时候贫困生活的经历,给我留下了十分强烈的印象,尽管我那时才七八岁,但那种印象是永生难忘的。"[①]路遥后来在其小说创作中对苦难生活的真切描绘,表现炼狱般的苦难生活对一个人性格磨砺、精神成长的作用,都与他童年和少年时对苦难生理上和心理上的双重体验有关。路遥十七岁以前没有出过县境。青年时期经历了"文革",他有过革

[①] 路遥:《路遥文集》第2卷,陕西人民出版社,1993年,第450页。

命的狂热，也经历了人生的沉重的挫败。但他没有消沉，也没有屈从于命运的安排，而是不断地寻求属于自己的正确人生之路，最终成为一个有影响的作家。

路遥是一个性格极其坚定、信念也极其坚定的作家，是一个永不满足于既有成绩的作家，也是一个能为其认定的事业包括文学而献身的作家。路遥说："作品在某种意义上，不完全是智慧的产物，更主要的是毅力和艰苦劳动的结果。"① 为适应这种艰苦的、创造性劳动的需要，路遥认为一个作家必须一开始就培养自己的优良品质。优良品质首要的是坚强的性格。他说："性格的坚定是建立在信仰的坚定这个基础上的。一个人要是对社会、事业等等方面没有正确的认识和坚定的信仰，也就不可能具有性格的坚定性。而一个动摇的人怎么可能去完成一项艰难困苦的事业？"② 在十九岁那年，年轻的路遥在陕北那片绵延起伏的黄土地上曾对未来有一个憧憬：如果这辈子要做一件了不起的事情，一定是在四十岁以前。在中篇小说《惊心动魄的一幕》《在困难的日子里》以及《人生》相继获奖以后，路遥并没有陶醉于鲜花和胜利之中，也没有在已有的文学高度驻足，写轻车熟路的东西，他要迈向一个新的创作境界，"冲刺"新的文学高度。他沉潜下来，抵制了各种名目繁多的活动的诱惑，为下一个更艰苦的文学远征做准备。他要写三卷本百万字的长篇巨著，而且要一气呵成，不能有任何中断。他汲取了曹雪芹、柳青的教训，他们都有巨著未完成的遗憾，不是艺术功力不逮，而是精力和命运不济。所以路遥要以他的整个青春和生命来完成他的《平凡的世界》，他要给作品灌注浑然一体的气韵。无论情绪还是力量，都不能割裂，那样将无法弥合。路遥用两年准备，四年艰苦写作，终于在四十岁前，完成了一百万字、三部曲的长篇小说《平凡的世界》。这部小说作为路遥的告别青春之作，是他向青春投去的热烈而深沉的一瞥，是他青春的证明。该作在摘取茅盾文学奖桂冠之后，路遥以

---

① 路遥：《路遥文集》第2卷，陕西人民出版社，1993年，第378页。
② 同上，第379页。

四十二岁英年猝然离世，倒在了青春门槛之外。

路遥的代表作是中篇小说《人生》和长篇小说《平凡的世界》。这两部小说，揭示的是一个问题，这就是改革开放以前，中国农村有志青年（有才华、有思想）普遍面临的人生问题：在城乡二元对立的现实情状下，农村人进不了城，但他们都有一个梦想：走出乡村，走向城市。《人生》发表于1982年，这部作品以生动的人物形象、尖锐的矛盾冲突提出了这个问题，这在当时非常尖锐。那是整个农村青年的出路问题。小说主人公高加林的形象总体上是反抗的，他的人生目标就是走出去。但他最终失败了，他在城里转了一圈，最后被撵回了农村。《平凡的世界》（第一部出版于1986年，第二部出版于1988年，第三部出版于1989年）是回答出路问题的。在这部作品中，路遥基于他对现实和生活的理解，由高扬主体理想精神转为冷静理性地面对现实。因此，从主题表现上看，《人生》可以看作《平凡的世界》的序曲，《平凡的世界》可以看作《人生》的展开部。

《人生》写出了一个时代的深刻命题——一个有新的志向并有才华的青年与其所处的现实环境难以调和的巨大冲突。《平凡的世界》试图解决这种冲突，给矛盾的人生寻求一个出路，给人生的矛盾寻求一个解决的办法。它在1975年至1985年这个广阔的时代背景中，在叙写中国社会由禁锢而解冻再到改革开放的时代变化中，展现的是《人生》中就已深刻触及的中国乡村与城市二元对立的社会结构和社会问题，展现的是农村中有志向、有才华的青年人与现实的激烈冲突和人生追求。如果说，《人生》更多的是展现冲突和矛盾，那么，《平凡的世界》更多的则是展现如何解决冲突和矛盾；《人生》中的高加林实际上并没有找到他应该有的人生出路，而《平凡的世界》中的孙少安、孙少平则在他们不同的人生追求中似乎找到了属于他们的归宿。

孙少安、孙少平兄弟俩，是路遥在《平凡的世界》中倾心塑造的两个具有相当典型意义和美学价值的人物形象。路遥像是在描写自己的亲兄弟一样，既准确地把握住了他们的性格特征，真实地描绘出了他们的命运发展,又对他们倾注了充分的爱和理解。美国剧作家尤金·奥尼尔有一名剧《天边外》,剧中的兄弟俩,无论是弟弟罗伯特,还是哥哥朱安,都是因爱情的或得或失,忘却了自己的本性,然后又悖逆自己的本性去追寻自己"天边外"的生活,喜欢幻想、具有诗人气质、应该出海的弟弟却守在了庄园,踏实稳重、善于治家的哥哥却出了海,结果都各失其所,酿成了各自的人生悲剧。与《天边外》中的兄弟俩不同,《平凡的世界》中的兄弟俩,都是依着自己的性格寻求人生的发展,一个守在家中发展,一个外出打工谋生,都是脚踏实地寻求自己的爱情与幸福,应该说都是各得其所,找到了属于自己的一片天地。

孙少安是一个土生土长、脚踏实地的新一代农民形象。他的身上,既有老一代农民勤劳、朴实、忠厚、善良的特点,有为家庭而牺牲自我的传统美德,也有新一代农民渴望变革、敢于冒险的精神。十三岁小学毕业,他就自愿回家,帮助父亲挑起了养活全家的重担。他以优秀成绩考取中学而不去,无怨无悔,一心只想着将弟弟妹妹供养成人。这是一个吃过苦、受过难的庄稼人,他因苦难而懂得了生活的真实含义,诚实做人,老实做事。他对自己的人生设计,没有"浪漫""美妙"这样的幻想,而只有"脚踏实地""面对现实"这样的务实精神。他对婚姻的选择最能显示他的性格特征。他和田润叶青梅竹马,两人儿时美好的纯情交往尽管久久萦绕于心,田润叶当了小学教师尽管仍然非他莫嫁,恋他,追他,多次向他表白心意,但他还是狠下心来去山西找了和他"般配"的贺秀莲。贺秀莲确实成了他生活中最可靠的帮手和事业上的得力助手,但他的婚姻选择却伤了田润叶的心,酿成了田润叶的爱情悲剧。这一方面表现了孙少安作为一个贫苦农民的自卑心态和顽固的世俗观念,另一方面也反映了城乡对立、工农差别给人性格、心理以及个人命运带来的巨大负面影响。在孙少安身上,既有千百年来中国劳动农民政治上、精神上和生活上逆来顺受的忍耐力,也有顽强求生、奋力求变的抗争精神和抗命精神。他办砖厂的沉与浮、悲与喜,既写出了他的性格,也表现了他作为那个时代的一个农民的某些思想的局限性。

　　孙少平是一个有知识也有远大抱负的农村青年。他因知识而开阔了眼界，因开阔了眼界而有了自己的理想。与孙少安一样，他也是一个经历过苦难的农村青年。因为经历过苦难的磨砺，他的理想就不是年少诗人的只是耽于幻想，而有了深沉的生活内容。他对人生理想的憧憬，对理想人生的追求，就是一个知识青年自我意识和人的意识觉醒后对最有价值的人生的寻求。他不甘于困守山村，而是期望到更广阔与更自由的天地里去闯荡。但他不像《人生》里的高加林那样，寄希望于偶然性的机会平步青云，他对生活的思考和追求是客观、冷静和现实的，"哪怕比农民更苦，只要他像一个男子汉那样去生活一生，他就心满意足了。无论是幸福还是苦难，无论是光荣还是屈辱，让他自己来遭遇和承受吧！"[①] "人就得闯世事！安安稳稳活一辈子，还不如痛痛快快甩打几下就死了！即使是受点磨难，只要能多经一些世事，死了也不后悔！"[②]这是他基本的生活信念。需要指出的是，孙少平的"多经一些世事，死了也不后悔"，与那种"过把瘾就死"是完全不同的两回事：一个是农村知识青年渴望多经见一些世事的死而无悔，一个是空虚无聊的城市青年向往醉生梦死。路遥不愧是一个现实主义的作家，他描写渴望"闯世事"的孙少平，并没有给他安排什么奇遇和巧事，而是严格按照生活的逻辑来表现追寻理想的孙少平的人生命运。他到黄原城去当"揽工汉"，再到铜城当矿工，虽然是从乡村到了城市，但他仍然只是一个社会底层的劳动者。路遥没有给一个有梦想的青年身上涂抹不必要的梦幻色彩，而是把他放在一个又一个真实的环境里让他寻找自己的位置和人生目标。在爱情和婚姻上，孙少平最后选择了寡居煤矿的惠英嫂，这虽然有些出人意料，但对孙少平来说，似乎也是一个很"合适"的归宿。他在这里，可以得到家庭的温暖和情感上的满足。

　　因此，可以说《平凡的世界》基本上是现实主义的，同时也充满了理

[①] 路遥：《路遥文集》第4卷，陕西人民出版社，1993年，第100页。
[②] 同上，第152页。

想主义的浪漫精神。它有冷硬如铁的现实,更有如春天般亮暖和温柔的诗意理想。它写了现实社会的冷峻无情,也写了人性的美好、人情的美丽和生活的温暖。这是一部属于春天的作品,是北方的春天,不是那种"杂花生树,群莺乱飞"的一派明媚景象的南方的春天。北方的春天挟风带雨,常常风沙弥漫,还常有倒春寒,有比冬天似乎更冷的春雪。寒冷的冬之余威迟迟不肯退出,但在冰冻的土层底下却涌动着勃勃的春之生机。春天也并不都是风和日丽,风雨送春归,就是在风吹雨打之中,到处萌发出了春的希望。《平凡的世界》写现实的严酷令人震悚。孙少平的饥饿,孙少安的艰难,双水村人的贫苦,以及那个时代政治的黑暗,思想的禁锢,文化的贫乏与人的精神的贫困,都给人留下极为深刻的印象。这是真正来自社会底层的描写。然而正是在经历苦难的过程中,人才体会到了生活的意义,人性的美之花才得以怒放。路遥写劳动之苦,苦得令人无法忍受,但他对劳动充满了宗教般的敬意,他笔底下的劳动常常是普通人在忘乎生活根本之时得以正视现实并净化灵魂的炼狱,也是孙少平们在心底滴血的痛苦之时治愈伤口的苦口良药。劳动在《平凡的世界》中占有极其重要的地位和不同寻常的意义,它差不多就是宗教徒的礼拜仪式。路遥对劳动是深情赞颂的。还有爱情。爱情是青春的象征,也是给受苦受难的普通人的最丰厚最美好的奖赏。路遥将平凡世界中普通人的爱情故事写得如诗如画,如歌如泣,感人至深。在现实的土地上劳动,在爱情的煎熬与向往中憧憬,不寄希望于虚妄,也不祈求神赐,这正是普通人的生活,它真实而富有诗意。

原载《当代陕西》2015年第5期

回望路遥

我和路遥在陕西作协有过五年的一起工作的时间。路遥那时已经是一个非常有名的作家，作品影响也很大，那段时间，我们的关系说起来也比较密切，但是那个时候我比较年轻，三十出头，我对他这个人，对他的作品，还有一些问题，都缺乏独立和深入的认知。他去世以后，这许多年来，我经常地想起路遥，回望路遥。我是把路遥当作一个研究对象，把他放在一个比较长的历史过程中，从文学和文化的角度来观照，陆续记了一些感想。

路遥的文化心理结构：走出去，在路上

现在看来，路遥七岁那年，从榆林清涧走到延安延川，是路遥生命中至关重要的一个节点。七岁，对生命已经有了真切的感受，也有了深刻的记忆。这种记忆，已经永远地积淀为路遥的一个心理定式，那就是，尽管他无限依恋，但他还是不得不离开那个贫苦不堪却又温馨的清涧老家，衣衫褴褛，徒步走向一个未知的却可能活口的远方。

七岁的路遥第一次出门，一百多里外的延川，对他来说，就是远方，就是天边外。

一个人的某种心理定式，往往源于童年或少年的某个体验特别深刻的经历。

走出去，在路上，走向未知的远方。这种生命体验应该就是从这一次出走起始并扎根，后来又被生命无数次重复。这种生命体验后来就铸成了路遥内心最深处的文化心理结构和心理定式。他的所有情感和思想，都是沿着这个文化心理结构或者说心理定式而成长和发散开来的。七岁这一年，路遥这个名字还没有诞生。后来叫路遥的那个人这时叫王卫（卫儿）。为什么后来会叫路遥？路漫漫其遥远兮，就是从这一次走出清涧萌生的。最后，他干脆把自己的名字从王卫国（这个名字是1958年上小学时定的）改成了路遥。

路遥，应该就是从这一次，七岁那一年的出走和远行，就已经诞生了。

从清涧老家到延川新家，路遥走了两天，但他当时的心理体验时间应该就是一辈子。路遥后来的生命历程，不过就是无数次地重复七岁这一次的生活体验和记忆。他后来所写的作品，《人生》和《平凡的世界》这两部代表作，也就是对他这一次生命体验的回忆和以复调的形式进行的改写。《人生》把路遥一生要表达的都表达了，它是路遥关于生命、关于情感、关于世界的全部体验和思考的浓缩，《平凡的世界》不过是《人生》的展开罢了。

而《人生》和《平凡的世界》这两部作品的最深层，回环往复的那个思想主题和情感调子，是路遥——准确地说是王卫——在七岁那年就已经在心底完成了的。

> 我父亲是个老农民，一字都不识。家里十来口人，没有吃的，没有穿的，只有一床被子，完全是叫花子状态。我七岁时候，家里没有办法养活我，父亲带我一路讨饭，讨到伯父家里，把我给了伯父。那时候贫困生活的经历，给我留下了十分强烈的印象，尽管我那时才七八岁，但那种印象是永生难忘的。当时，父亲跟我说：是带我到这里来玩玩，住几天。我知道，父亲是要把我掷在这里，但我假装不知道，等待着这一天。那天，他跟我说，他要上集去，下午就回来，明天咱们再一起回家去。我知道

他是要悄悄溜走。我一早起来，乘家里人都不知道，我躲在村里一棵老树背后，眼看着我父亲，踏着朦胧的晨雾，夹着个包袱，像小偷似的从村子里溜出来，过了大河，上了公路，走了。①

1992年10月，生命垂危的路遥还回忆起这一段往事，他说：

> 我小时把罪受尽了。八岁（此为虚岁，实为七岁。邢注）那年，因我家穷，弟妹又多，父亲便把我领到延川的伯父家。我和我父亲走到清涧城时，正是早晨，那时我早就饿了，父亲便用一毛钱给我买了一碗油茶，我抓住碗头也没抬就喝光了，再抬头看父亲，我父亲还站在我眼前。于是，我就对父亲说："爸，你咋不喝？"我父亲说："我不想喝。"其实，并不是父亲不想喝。我知道父亲的口袋里再连一分钱也掏不出来了。唉——②

路遥在后来的生命中念念不忘、反复提及的，就是这个七岁时被迫离家，走出去，在路上，那种深刻的生命体验和人生感受。走出去，在路上，也成为路遥主要作品的一个深层的生命与情感的旋律。

路遥的不满、反抗和追求

人的性格的最终形成，与人和现实、人和时代的关系极为密切。

低头是现实环境，抬头是时代，仰头是天道。这一切，构成了一个人的命运境遇。

路遥对现实肯定是不满的。理想远大，现实艰难。"停杯投箸不能食，拔剑四顾心茫然。欲渡黄河冰塞川，将登太行雪满山。"（李白《行路难》）

人与时代的关系：面对自己的处境，因为性格的原因，或者不满、反

---

① 路遥：《东拉西扯谈创作（一）》，见《路遥全集·早晨从中午开始》，北京十月文艺出版社，2013年，第125页。

② 航宇：《路遥在最后的日子》，陕西师范大学出版社，1993年，第127页。

抗，或者妥协、投降。

路遥的性格是刚硬的。他有过不满，也有过反抗。有的反抗惊心动魄，有的反抗令人回味无穷。

创作其实也是一种反抗。

路遥在80年代：三十而立，创造的十年

20世纪80年代，是新中国成立以来最激动人心的一个时代。回头来看，那真是一个思想解放的时代，一个充满理想和创造激情的时代。80年代，路遥过了而立之年，思想成熟，激情焕发，他的两部代表作，都创作于80年代。80年代，可以说是路遥"创造的十年"。

1982年5月，《人生》在《收获》发表，震动文坛，轰动一时。

1985年8月，中国作家协会陕西分会于延安、榆林召开长篇小说创作促进座谈会。会后，路遥留在榆林，开始写长篇小说《平凡的世界》（第一部）。

1986年11月，路遥的长篇小说《平凡的世界》（第一部）在《花城》第6期发表。12月，中国文学艺术界联合会出版公司出版路遥长篇小说《平凡的世界》第一部单行本。

1988年4月，中国文学艺术界联合会出版公司出版路遥长篇小说《平凡的世界》第二部单行本。

1989年10月，中国文学艺术界联合会出版公司出版路遥长篇小说《平凡的世界》第三部。

1990年，中国电视剧制作中心将《平凡的世界》拍摄成14集电视连续剧在中央电视台播出。

1991年3月，路遥的长篇小说《平凡的世界》获中国作家协会主办的第三届茅盾文学奖。

路遥的代表作：《人生》《平凡的世界》

改革开放以前，中国农村有志青年（有才华、有思想）普遍的人生问题：城乡二元对立，农村人进不了城。一个梦想：走出乡村，走向城市。

《人生》以生动的人物形象、尖锐的矛盾冲突提出了这个问题，在当时非常尖锐。那是整个农村青年的出路问题。小说主人公高加林的形象总体上是反抗的。他的人生目标就是走出去。

《平凡的世界》是回答出路问题。在这部作品中，路遥基于他对现实和生活的理解，似乎冷静多了。在这部作品中，作家主体高扬的理想精神向强大的现实有所妥协。高加林执着的走出无疑是一种坚韧的反抗，而孙少安则留在了农村，他是妥协的，孙少平走出去了，看似不妥协，但最终还是妥协了。按孙少平的性格，他的结局，不是死在路上，就是还在路上。不是死在理想与现实的剧烈冲突中，就是还在追求远方理想的路上。他不应该是这样的归宿：安于当一个矿工，娶一个寡妇。他的性格应该与哥哥形成反差。

站在今天的历史节点来看，煤矿被关闭，孙少平将向何处去？他跟寡妇结婚，日子过得幸福吗？这一切，难道就是孙少平最终要追求的？我总觉得，小说最后所写的孙少平对自己工作和婚姻的选择，既不符合这个人物的性格逻辑，也削弱了这个人物的力量和意义。

孙少平上过高中，而且读过许多书，虽然是农民出身，却也可以算作小知识分子。《平凡的世界》刻意提到，孙少平读过的文学作品，既有苏联作家尼·奥斯特洛夫斯基《钢铁是怎样炼成的》，柳·科斯莫杰米杨斯卡娅《卓娅和舒拉的故事》，阿·托尔斯泰《苦难的历程》，钦吉斯·艾特玛托夫《白轮船》，尤里·纳吉宾《热妮娅·鲁勉采娃》，俄国作家列夫·托尔斯泰《复活》，中国作家罗广斌、杨益言《红岩》，柳青《创业史》，也有美国作家杰克·伦敦《马丁·伊登》《热爱生命》，英国作家狄更斯《艰难时事》，夏洛蒂·勃朗特《简·爱》，爱尔兰作家伏尼契《牛虻》，法国作家巴尔扎克《欧也尼·葛朗台》，司汤达《红与黑》，还读过《马克思传》《斯大林传》《居里夫人》这样的传记作品，读过《辩证唯物主义和历史唯物主义》以及《各国概况》，而且喜欢看《参考消息》，等等。读书丰富了孙少平的精神世界，使孙少平知道了在双水村、黄原城之外还有更为广阔的世界，他也因此要走向外面的世界，看看外面的世界，走向远方寻找属于自己的人生。这说明，孙少平绝不是一个简单的农村青年，他其实是一个知识比较丰富、视野相当广阔因而对人生有梦想、对生活有追求的小知识分子。这样的人，他怎么可能甘心于当一个在黑暗的地下掘煤的矿工呢？他与田晓霞这样的知识女性谈过恋爱，他对知识女性是有认识的，他怎么可能满足于娶一个没有什么文化的寡妇惠英呢？

如果说，孙少安是为生存而战，他的人生，追求的是生活的温饱，那么，孙少平除了为生存而战，他的人生，还有超越生活温饱之上的追求。生存与温饱之上，还有更高的光亮照耀着他，更高的存在召唤着他。孙少安是脚踩实地的人生，孙少平则应该是风雨路途的人生。

小说的结局——人物结局的安排，是人物最终的选择，也是作者要表达的意义最终的显现——人到何处去，安于何处，就是对意义的揭示。这个小说的结局，对孙少平命运的安排，既反映了路遥的道德理想主义创作思想，似乎也反映了他心中的某种现实顾虑，给人感觉他似乎是刻意地扭曲了孙少平的性格，为孙少平设置了这样一个令人诧异的结局。

《平凡的世界》反映了路遥思想的矛盾性和不彻底性：少安留在农村，还是集体主义的想法和做法；少平走了出去，但不彻底，当他停下走向未来和远方的脚步时，他的意义就终止了。

现实主义文学，要有真实性，真实地深刻地反映现实生活；要有典型性，选择能反映现实的本质特征和生活主流的人物和故事；还要有问题性和倾向性，敏锐地发现时代的普遍性问题和生活中的尖锐问题，在提出问题的同时，在作品中融入作家对问题的思考以至解决方案。同时，我认为现实主义文学还应该有永恒性，因为它毕竟是艺术，艺术必须有超越一个时代的久远性乃至永恒性。

这就是我要特别强调的，现实主义文学的作品，既要有时代性，还要有永恒性。《人生》《平凡的世界》反映了一个时代，中国改革开放前那个城乡二元对立的时代；但作品提出的关于人生的问题，守望乡土还是走出乡土，走出乡土以后走向哪里，这个问题是永恒的。

永恒性：时代远去，但问题还在。问题，永远让人思考。

以人的典型生存状态和生命形态而言，农耕文明的人习惯于"在家里"，而信息文明的人则向往着"在路上"。"在家里"对应着稳定的伦理秩序，属于传统观念；而"在路上"却体现着对未知领域的冒险与开拓，是一种现代意识。

孙少安，在家里；孙少平，在路上。孙少平最后的结局，应该不是死在路上，就是还在路上。而不应该是现在小说所写的结局：娶了一个寡妇，当一个煤矿工人。这不符合这个人物的性格。

在他那一代作家中，路遥的"进步"和"超前"的地方，在于他有一定的"个人"和"自由"的意识。然而历史地看，他在思想的深层，还是少了"个人"的意识和"自由"的意志，而多了一些某种"规范"的意志。从这个意义上说，路遥没有完全脱离"农民"意识的局限，他仍然是一个渴望现代但仍然处在前现代的人。这是路遥的局限，也是他思想的悲剧。他勇敢地挑战着他那个时代，但他并没有完全超越他的时代。

路遥的经验

为谁写？平凡世界中平凡的人。

写什么？平凡世界中平凡的人，劳动人民。重点是农村中的青年人。他们的现实生活，他们对生活的态度，他们的理想和追求。

路遥在茅盾文学奖颁奖典礼上的发言,回答了为谁写和写什么的问题:

> 我们的责任不是为自己或少数人写作,而是应该全心全意全力满足广大人民群众的精神需要。我国各民族劳动人民创造了辉煌的历史壮丽的生活,也用她的乳汁养育了作家艺术家。人民是我们的母亲,生活是艺术的源泉。人民生活的大树万古常青,我们栖息于它的枝头就会情不自禁地为此而歌唱。只有不丧失普通劳动者的感觉,我们才有可能把握社会历史进程的主流,才有可能创造出真正有价值的艺术品。因此,全身心地投入到生活之中,在无数胼手胝足创造伟大历史伟大现实伟大未来的劳动人民身上领悟人生大境界、艺术的大境界应该是我们毕生的追求……①

怎样写?路遥的创作,秉持的是现实主义的精神和方法。一方面,真实地描写生活的贫穷、人生的苦难、现实的残酷和普通人的卑微;另一方面,路遥作为创作主体,对这种生活和现实又持有一种诗意的态度。他不是冷眼旁观的书记员,也不全然是居高临下的批判者。有批判,但批判与诗意并存。路遥讲,作家的创作也是一种劳动,作家要保持"普通劳动者的感觉"。所以,他笔下的人物,既是客观的平凡世界中的普通劳动者,也是他的兄弟姐妹、同学、伙伴、爱人。他与这些人是站在一起的,站在一边的。这样,他对他笔下的人物,就倾注了深深的理解和爱。

在路遥看来,贫穷,既是生活,也是对人的一种磨炼;苦难,既是人生的遭遇,也是生命的一种体验。青年人就是在这种体验和磨炼中,人格得以成长,精神得以升华。所以,路遥把年轻人的贫穷和窘迫,写得那么无辜,那么纯洁,那么可爱。这是路遥的不同凡响之处,也是路遥对平凡世界中平凡的人的一种诗意的态度。他要超越活着本身,超越这种卑微和辛酸去挖掘人生的诗意。

---

① 路遥:《在茅盾文学奖颁奖仪式的致词》,见《路遥文集》第2卷,陕西人民出版社,1993年,第374页。

路遥的启示

创作需要生活。

什么是生活？像路遥曾经经历过的那样，带有深刻的生命体验和情感体验的，才是生活。听别人讲的、间接得来的故事、传说和素材，只是事像，在创作中，严格说来，还不能算是生活。作者经历过的生活，带有生活的原始质感，是毛茸茸的，是血淋淋的，最重要的是，这样的生活中，天然带有作者的情感体验，而这种情感体验只有作者自己能够真切地感知，别人是无法体验的。文学创作最为重要的，是在写出事象的同时，真实、准确、毫发无损地写出作者曾经体验过的那种情感，而这种情感，又天然地融在事像之中。文学作品最后打动人的，看起来似乎是事像，其实是事像背后的情感力量。

文学作品的深度，当然也有思想的深度，但最主要、最深刻的，是情感的深度。没有情感的深度，所谓生活的深度、历史的深度、思想的深度，都无从谈起。

原载《文学自由谈》2020年第4期

路遥与《在中亚细亚草原》及其他

一

五月的黄昏，我在二十七层楼上的书房，眺望着远山，听着鲍罗丁的《在中亚细亚草原》，东京爱乐乐团演奏的，忽然想起了路遥。路遥当年，也喜欢《在中亚细亚草原》。而且他说，他非常喜欢。

想一想，路遥离去，已经三十年了。感觉，却是倏忽间的事。1992年11月，路遥因病去世。那一年，他还不满四十三岁。

路遥是喜欢音乐的，相当地喜欢。我听他说他喜欢《在中亚细亚草原》，是在王观胜那个宿办合一的半间屋里。

说到这里，需要介绍一下当年的陕西省作家协会大院情况。陕西作协大院，用的是1933年建的民国高级军官高桂滋的公馆。公馆大院占地十余亩，当年是请天津的建筑公司设计并建造。前院是一座西式小楼，中院是花园，后院是三座相通相连的四合院，可称中西合璧。小楼所在的院子当年被称为"大楼院"。1936年"西安事变"发生，蒋介石曾在小楼东侧房里暂住十一天。三座四合院从东到西分别被称为一、二、三号院。四合院坐南向北，当年大门都开在北边街道，三个院落之间都有偏门相连，后来封了北边的大门，三个院落连成一体。四合院的平房全是砖木结构，院中铺满方形青砖，院中央植有花木。当年，《延河》杂志编辑部主要在东院也就是一号院，王观胜就住在一号院东边平房北侧的屋子里；《小说评论》杂志编辑部是在中院也就是二号院,我住在二号院北边的平房里。据史料记载,"西安事变"前夕,叶剑英前来西安会晤张学良时,中共中央曾派员和高桂滋进行联系,高桂滋同意中共代表住进自己的公馆,叶剑英就在二号院北房住了近一个月。如此说来,我住的房子就是当年叶剑英住的房子。

话说当年路遥有一段时间就住在二号院和三号院之间平房的北屋,他"早晨从中午开始",常在几个院子里晃悠。我的房子坐北朝南,阳光好,门前有一株巨大的蜡梅树,根深叶茂,几乎遮蔽了半个院子,树下有一个水泥台子围起来的自来水管。路遥常常在外面街上买根黄瓜或两个西红柿,到水龙头下冲洗,洗完后就坐在我常年放在院子里的一个旧藤椅上边吃边想着什么。白天我们多是打个招呼,晚上,我们经常聚在王观胜的房子里闲聊。

一个雪后的夜晚,王观胜敲我的门借录音机,说他刚从新疆旅行归来,带了不少新疆的音乐磁带,路遥要听。我就提着录音机和他一起去了他的半间屋。王观胜年轻的时候在新疆北疆当过边防兵,对新疆情有独钟,一有机会,就往新疆跑。他是小说家,主要写中短篇小说,多写新疆、西部,如《放马天山》《各姿各雅》《汗腾格里》《喀拉米兰》《阴山鞑靼》《北方之北》等。五十岁以后,历时五年写了一部三十多万字的长篇小说《遥远,遥远》,身后四年才出版,被《大秦帝国》作者孙皓晖称为"西部文明小说巨著"。他喜欢写孤胆硬汉"匹马西天"的故事,硬汉、骏马、女人、民歌、荒漠、草原、雪山,构成其小说的主要元素,是中国式的西部小说,艺术上讲究"惜墨如金",作品风格独特,有"夸父逐日"的英雄情结,带有浓郁的浪漫主义特征和抒情色彩。在王观胜温暖的小屋里,路遥、王观胜和我,围着火炉,一边喝着苦茶,一边欣赏王观胜带回来的歌曲。歌都是20世纪五六十年代的老歌,《新疆好》《高原之歌》《冰山雪莲》《塔里木河》《草原之夜》等,距离现在都已很遥远,带有那个时代鲜明的特点,但听起来既熟悉又亲切。路遥靠着椅背,仰着头，沉浸在歌曲的旋律中，不时随着歌曲唱起来。这些歌曲对路遥来说，或许有某种怀旧的意味，但更多的，是这些旋律符合他的心理、气质。路遥说他特别喜爱新疆歌曲，那里边有一种深沉的感情。这个来自陕北黄土地的汉子，对雪山、大漠、草原这些能给人以严峻、辽阔的审美感受的自然景观有一种天然的爱好是不奇怪的。他从严峻、忧郁、深沉而辽阔的旋律中似乎听到了他的心灵的回声。

后来就聊起了音乐。王观胜提起话头，主要是路遥说，我听。

后来，路遥深情地聊起了陕北民歌，说到激动处，他有时还会情不自禁地唱起来。微闭着眼，不看我们，自顾自地用他浑厚的声音唱起来，《走三边》《叫一声哥哥你快回来》《羊肚子手巾三道道蓝》。

后来就聊起了外国音乐。路遥说，他喜欢老贝（贝多芬）的音乐，特别是"贝五"（《命运交响曲》）"贝三"（《英雄交响曲》）。说到俄罗斯和苏联的音乐，路遥提到了苏联的肖斯塔科维奇，还提到了俄国作曲家鲍罗丁的《在中亚细亚草原》。听到这里，我有些惊讶，我喜欢听音乐，我以为我的音乐知识够丰富的，没有想到，路遥听的音乐以及关于音乐的知识也是丰富的。路遥谈到他对《在中亚细亚草原》的感受，王观胜也接了话，他对这部交响音画作品也很熟悉。王观胜于2009年出版了一部小说集，名字就叫《中央亚细亚故事》，他在该书的前边还专门引用苏联专家的话说明中亚和中央亚细亚这两个概念的区别，他说："中亚倾向于行政概念，专指苏联的五个中亚共和国。中央亚细亚的意思是：中部亚洲，范围更大一些，包括了中国西部的一部分。"[①]

第二天，天晴了。中午时分，阳光透进我在中院的北房，我在我的房子里用我的"先锋"音响放了鲍罗丁的《在中亚细亚草原》。我的"先锋"当时是日本原装，电压还是110伏的，专门配了一个电压转换器才能放，音质非常好。记得当年，天津作家、《文学自由谈》编辑赵玫带着她

---

① 王观胜：《中央亚细亚故事》，陕西人民出版社，2009年，第1页。

的女儿若若来西安，她是应张艺谋团队之邀为写作电影剧本《武则天》来西安的，要到乾陵等地考察，我接待的她，她听了我的"先锋"音响，说"这个机器好"。《在中亚细亚草原》刚放了一会儿，我就看见路遥出现在中院，手里拿着一个蒸馍和一根葱，一边吃着一边似乎在欣赏音乐。我出门请他进来听，他说就在院子里听。后来，他就靠在院子那个旧藤椅上，仰着脸，冬天的阳光洒在他的脸上，《在中亚细亚草原》在院子里那棵巨大的蜡梅树枝叶间回荡。

《在中亚细亚草原》是一首交响音画，作曲家是19世纪俄国作曲家亚历山大·波菲里耶维奇·鲍罗丁。鲍罗丁在这部作品的乐谱上题解是："在宁静而广袤的中亚细亚草原上，突然响起了一首优美的俄罗斯歌曲。远方传来了马匹和骆驼的脚步声，伴随着带异国风味的忧郁的东方曲调。一支商队在俄罗斯士兵的护送下，由远而近，平安地穿过一望无际的沙漠，缓缓消失在远方。俄罗斯歌曲与东方歌曲相互融合，和谐的旋律随着商队的远去逐渐消失。"[①]

鲍罗丁的注解有助于我们进一步理解这部音画作品。

二

我是1988年4月底调到中国作协陕西分会（后更名为陕西省作家协会）的，1992年11月路遥去世，算起来，我和路遥在一个单位共事约有四年半之久。路遥长我九岁。他是1976年从延安大学中文系毕业后，8月被抽调9月被正式分配到当时的陕西省文艺创作研究室《陕西文艺》（隶属当时的陕西省文化局）当编辑的。1977年7月《陕西文艺》恢复《延河》刊名，1978年4月，中国作协西安分会（即后来的陕西省作家协会）恢复，《延河》归中国作协西安分会，路遥也就一路过来。我来作协之前，和路遥也

---

① 鲍罗丁：《〈在中亚细亚草原上〉题解》，路旦俊译，见《在中亚细亚草原上》（总谱），湖南文艺出版社，2002年，"扉背"。

认识，但没有什么交往。我到中国作协陕西分会报到的当月，路遥《平凡的世界》第二部由中国文联出版社出版。其时，路遥已因《人生》等作品享誉全国。在作协大院，我和他之间，是简单的同事关系，工作上没有交集，私下里，彼此信得过，可以聊天，也可以合作。

路遥习惯晚上写作，白天，常常是中午或下午，一个人不知道从哪里晃过来，然后懒懒地坐在我家门前的旧藤椅上，或休息，或若有所思。没事的时候，我也会拉一把椅子，坐在院子里，与他聊天。话题行云流水，国际形势，国内现实，下海，生活，书，音乐。不谈单位的人与事，也很少谈当下的文学。有一次，聊到柳青，路遥视柳青为他的文学"教父"，他说了一段话，我印象很深，他说："做一件事，你认为有价值的事，必须全身心地投入，一定要经历全过程，你才会有深刻的体验，并对事情有全面的认识。"他这里所说，是从柳青当年为写作《创业史》下到长安县，住到皇甫村说起的。

1992年5月，由中共咸阳市委宣传部组织，邀请陕西五位著名作家写咸阳市的五位医疗、保健品生产方面的专家，号称"五神"。路遥选的记写对象是505企业的老总来辉武——来辉武当时的名气和影响最大。记得陈忠实当年写的对象是"神针"赵步长。路遥当时找我，要我与他合作写来辉武（其他四位作家都是自己写的）。路遥当时说他有些事情要办，抽不开身，让我先去采访来辉武，写出初稿，他再和我一起完成。我答应了。我当时在《小说评论》当编辑，并不是很忙，经咸阳方面介绍与来辉武见面后，我用了大约一个月时间，采访、了解、熟悉来辉武及其企业，写出了初稿，其中既有我的观察、印象和研究，也揉进了505企业给的一些材料。稿子写了一万多字，给了路遥。现在已经记不清这篇文章初稿当时有没有起名字，总之，路遥看后，起了一个颇为大气的名字：东方新传奇。初稿是手写的，路遥在初稿上用笔对全文个别地方做了修改和调整，有的地方还有充实，总之，经路遥之手最后定稿。《东方新传奇》当年发表在全国很多报纸和杂志上（505企业配合这篇文章提供广告赞助），记得《人民日报》《光明日报》等都发表过，甚至《小说评论》这样的学术杂志也发表过，当时有人开玩笑用"铺天盖地"来形容。

路遥当年答应写这篇文章，我想，主要还是缺钱。当年组织写作这篇报告文学的，是中共咸阳市委宣传部，组织方考虑的当然是宣传地方企业和人物，被写的对象考虑的是宣传本人和扩大企业的影响，而写作者，包括陈忠实在内（他后来跟我深入聊过他写关于赵步长报告文学的一些想法以及后来发生的故事），当年写作这样的报告文学，除了社会责任外，也考虑能挣一点稿酬。1992年，陕西的作家普遍还很穷。那么当年的稿酬是多少？据我的记忆，写作报酬是由写作组织方付，大约每篇是500元吧（在那个年代也不算少）。

交稿以后，路遥于当年的8月6日乘刚开通的西安至延安的火车回陕北，刚去两天就病倒在延安。9月5日，重病中的路遥由延安乘火车回西安治疗，作协的几位同志和我一起到西安火车站接他。路遥还在延安的时候，我就把路遥病重的消息打电话告知来辉武，来辉武当时要去日本，他立即给路遥批了一笔医疗费，金额是6000元，要我从505企业代领后转给路遥。我后来到西京医院看望路遥时，告诉他这笔钱的事，路遥说先放在我这里，他需要时会让人来取。我现在还保存着四张取款条子。第一张是张世晔的，条子上写："张世晔在刑（邢注：应为邢）小利处拿走伍佰元交于路遥。"此条无时间。第二张是路遥的弟弟王天乐的，上写："今领到小利处人民币（路遥存款）伍佰元正（整）。"条子后边写的时间是9月29日。第三张条子上写："小利：请将钱交远村处壹仟元，因他暂代我管理家务经济，此钱作为机动。"我对路遥字体很熟悉，仔细辨认，条子上的这些字不是路遥亲笔，用的是路遥的口气，估计是路遥口授。条子是路遥署名，一看是路遥亲笔，日期写的是"2/10"（10月2日），亦为路遥亲笔。第四张条子上写："小莉（邢注：应为利）：请将肆仟元正给远村，由远村转交金铮。"仔细看，条子上的这些字也不是路遥亲笔，条子后边的路遥署名，是路遥亲笔，日期写的是"30/10"（10月30日），亦为路遥亲笔。后两张取款条子用的是印有"中国作家协会陕西分会"红色字样的小号便笺。

由此，也可以见出路遥最后时刻的经济状况。

这四张条子涉及四个与路遥有关的人，需要说明一下。张世晔，笔名航宇，后著有《路遥的时间——见证路遥最后的日子》。远村，本名鲍世军，诗人，后来写有回忆文章《病中的路遥》。张世晔和远村都是陕北青年，他们当时都在作协陕西分会临时工作。远村是《延河》编辑部诗歌组的见习编辑，张世晔在作协陕西分会内部刊物《中外纪实文学》工作。由于他俩是陕北人，与路遥是老乡，平时与路遥关系也密切，路遥病重，他俩受作协陕西分会委托安排，在西京医院看护病中的路遥。王天乐，是路遥的弟弟，在路遥诸兄弟中，他当年与路遥的关系似乎最为密切。金铮是路遥的挚友、铁哥们，当时是陕西省艺术研究所《喜剧世界》杂志主编，路遥病重期间他负责协调一些关系，照管路遥家人。

三

作为作家的路遥和作为朋友的路遥，都是一个巨大的存在。他去世后三十年来，有意无意，我会在心里反复琢磨这个人。

他的性格到底是什么样的？怎样的归纳才符合他的本真或者是全貌？

我觉得，"雄霸"这个词，也许更能概括我对他这个人整体的认识。路遥当然也有柔情甚至也有脆弱的一面，但如果要概括他性格的本质性特征，我觉得，"雄霸"可能更为接近：他有强烈的英雄气质，也有霸悍甚至霸道之气。我与路遥相处的日子里，我能接触到的路遥，都是风和日丽的，温和的甚至是忧郁的，但我从各方面得到的信息，以及了解到的一些材料——这些信息和材料都是真实的，又促使我从多个角度、多个方面去理解、去把握路遥。

反复掂量，"雄霸"这个词，才能反映我对路遥的整体认识。当然，这只是一种感觉。这种感觉，只能谈出，印象强烈，但不可论证，也无法论证。

也许，雄霸是路遥作为男人的"外面"，"里面"则是作为个人和作家的温情、忧伤、孤独以及寂寞。

我在陕西作协时的领导、路遥的同事和朋友刘成章（散文家，曾任陕西省出版总社副社长，陕西省作家协会党组副书记、副主席），关于路遥有这样一些回忆和评说：

20世纪70年代中期，刘成章在延安歌舞团创作组（组长是诗人晓雷）做编剧，与闻频（时在延安地区延川县文艺宣传队工作）等人"集体创作"，"虽然没有出过什么像样的成果，我们却可以得到生活补助，所以我们天天可以在东关饭馆吃饭，用闻频的话说，是'享受共产主义好生活'。而闻频不忘他和路遥的延川之情，他深知路遥现在只是个穷学生（邢按：若按"穷学生"一说，路遥当时应该在延安大学读书），生活比我们艰苦多了，就时时关照着路遥，私下邀请路遥每天来这里改善伙食"。"路遥来吃饭的次数多了，免不了会出现些意见。一些人虽然不好当面说出，却故意对路遥视若无物，从不和他说一句话。而路遥，早已当过县革委会副主任，在延川县曾经呼风唤雨，这时倒也能放下身段，只默默地吃着，一点也不介意。""闻频和路遥从延川一路走来，到了省里之后，两人的角色发生了转换。过去，闻频是领路人，路遥在后边跟着走；而现在，路遥成了长啸山林之虎，而闻频则成了喜欢在溪边饮水的一只麋鹿，还逗着蝴蝶玩儿。但他俩，以及我，还是要好的朋友。很长一段时间里，我们可以说是休戚与共。""闻频和路遥的成就，很不一样。我以为，这是性格所致。路遥有雄心，能吃得下大苦，真像他所说，像牛一样劳动，残酷地折磨自己；而闻频则没有太大的目标，不求闻达，但求闲适。在现实生活中，路遥非常强势，他不管自己在组织里处于什么位置，总想而且差不多有能力掌控和左右一些重要活动。""闻频呢，从来都不和别人争抢什么，是顺从强者的角色，和闻频共事，可以高枕无忧，心里不累,而他也因之烦恼不多,得以长寿,至今还如少年。"①

刘成章(1937年生)、闻频(1940年生)、路遥(1949年生)三人年龄相差一些,但都是从延安出来的,后来又一起在陕西作协共事,是朋友,也是同事。刘成章在比较闻频和路遥时说的这些以事论人的话,应为知人之论。他认为"路遥有雄心""非常强势""成了长啸山林之虎",似与我说的"雄霸"一词有相近之处。

我在微信朋友圈转发了刘成章《闻频与路遥》一文后,我的大学同学强沫也转发了,他还在前边加了一段长长的按语,其中一段叙述了他的一个经历:"1989年夏初,我与作家陈忠实老师从西安的钟楼东大街一路步行至建国路省作协院子,碰见作家路遥。那时候的路遥比陈忠实老师名气大得多,陈老师与路遥打了招呼,说了几句闲话,路遥一直躺在躺椅上,穿着白背心、大裤衩,搧(扇)着扇子,应酬了几句。这是我第一次见路遥。走过墙拐弯角儿,我问陈老师:这就是路遥?这人看着势咋这大的。""势大"是强沫当时对路遥的强烈印象。

由强沫所述,一是可以见出他眼中的路遥确实有些"雄霸"之气,以致他感叹"这人看着势咋这大的"。二是可以见出当年的路遥和陈忠实的关系,他们当然都是同行、同事和朋友,但他们之间似乎也隐隐有那么一点"内在的紧张"。

陕西也称三秦。三秦的概念有两说,一说与历史有关,与项羽当年灭秦后裂地分封诸侯有关,这里不述,一说是后来将陕西的陕北、关中、陕南合称为"三秦",这里用后一说。陕西文学自新时期以来,出现了三位大家,路遥、陈忠实、贾平凹,这三位又恰好分别来自陕北、关中、陕南,他们的作品特别是代表性作品,也都是叙写自己故乡的故事,所以,我们也可以从人与文的角度,称他们为"三秦三大家"。

"三秦三大家"的性格,各自不同。依我的接触与观察,结合阅读他

---

① 刘成章:《闻频与路遥》,泽明书院公众号2022年9月2日。

们作品的印象，他们的作品也是他们性格与精神的映像。从文学的观点来看，路遥的性格总体是"雄霸"，陈忠实的性格是"正大"，贾平凹的性格是"鬼灵"。

2016年陈忠实去世后，作为陕西省作家协会主席的贾平凹为陈忠实写了一副挽联："关中正大人物，文坛扛鼎角色。"这种挽联，一般来说，多少具有盖棺论定的意思。贾平凹对陈忠实其人的评定，用的也是"正大"二字。"关中"是指陈忠实是关中人，三秦中的关中。似乎也可以说，我与贾平凹对陈忠实性格为人的评定，乃"英雄所见略同"。

话再扯开来。我说陈忠实的性格是"正大"，并不是受贾平凹的影响，而是我的独立判断。2016年4月27日，也就是陈忠实去世前两天（陈于29日去世），陕西作协与西安石油大学在西安联合举办了王心剑的长篇小说《生民》研讨会。贾平凹等作家、评论家参加。我在会上发言说："《生民》是一部反映民国时期关中平原原生态民生境遇和农业科技传播题材的小说。我把这个作品读了几遍之后，想到了一个词——题旨正大。小说的题材、立意、主题正大，主要人物性格也是正大，正而且大。这也是《生民》具有的独特性，少见，很震撼我。陕西几代作家写农村题材写得非常好，很难逾越。这部小说也写农村题材，但是整个视野和最主要的着眼点是跟农业有关的一批知识分子，这个没人写过。小说中的人物很多都是有原型的，比如谷正春这个人物。关中平原有1934年创建的国立西北农林专科学校（后发展为西北农林科技大学），写这些人物有非常真实的历史依据。谷正春是知识分子精神的代表，在那个年代，知识分子精神是非常普遍的。谷正春也是传统意义上的圣贤，光明正大的圣贤式人物。我们现在觉得做圣贤非常遥远，但是古代士人包括民国一些知识分子读书就是为了做圣贤。"[①]

所以说，"正大"这个词语在陈忠实去世前后，分别由我和贾平凹用

---

① 引自王心剑提供的长篇小说《生民》研讨会发言纪要。

于不同对象。我现在再用"正大"来概括陈忠实,可谓与贾平凹"英雄所见略同"。

我说贾平凹的性格特征是"鬼灵",也是一种印象式的概括,不可论证,无法论证。

一个人性格的形成,有其个体的原因,比如遗传和家庭,也有环境的原因,比如一方地域的自然环境、社会环境,乃至这个环境中深层的历史文化因素,即所谓"集体无意识"。就大环境而言,路遥所处的陕北高原,历史上是农业文明与草原文明、农耕文化与游牧文化的交叉互渗地带,游牧民族的铁蹄曾踏过这片土地,江南一些被流放到这里的官宦人家也到过这里戍边,因此,路遥的性格中也多少体现了这种交叉互渗地带的历史文化特征,既有孙少安式的守护家园愿望,也有孙少平式的外出闯荡意识乃至"闯王"式的向外扩张特征。陈忠实所处的关中,是典型的平原、京畿与古都的结合地带,陈忠实说他的家乡灞桥地区在汉唐时"为京畿之地,其后作为关中第一邑直到封建制度彻底瓦解",封建王朝"在宫墙周围造就一代又一代忠勇礼仪之民,所谓京门脸面"[①]。这样的地方,也就是出"朱先生"和"白嘉轩"的地方,因此,陕西师范大学畅广元教授说陈忠实其人就是"朱先生"加"白嘉轩",颇为中肯。其实,所谓"朱先生"加"白嘉轩"说的就是"关中正大人物"。贾平凹所处的商州,属于陕南秦岭山地,那里是中原儒家文化与楚巫文化的交叉互渗地带,贾平凹的"鬼灵"性格,颇能体现这块山地的地理文化特征。

评论家李建军也曾从地域文化的特点来分析路遥、陈忠实、贾平凹三个人的精神气质。他说:"陕北的文化是一种我称之为'黄土高原型精神气质'的文化:它具有雄浑的力量感、沉重的苦难感、淳朴的道德感和浪漫的诗意感。它与陈忠实受其影响的关中平原型的精神气质不同,后者具有宽平中正的气度、沉稳舒缓的从容,但在道德上却显得僵硬板滞,缺乏

---

① 陈忠实:《我说关中人——〈灞桥区民间文学集成〉序》,见《陈忠实文集》(增订本)第5卷,人民文学出版社,2015年,第316页。

必要的宽容和亲切感；它也与贾平凹等陕南作家受其影响的山地型精神气质迥然相异，后者属于这样一种气质类型：轻、灵脱、善变，但也每显迷乱、淫丽、狂放，有鬼巫气和浪子气，缺乏精神上的力量感及价值上的稳定感和重心感。"[1]李建军在这里说的"高原型""平原型""山地型"精神气质，既道出了"三秦"的地理特点，也探讨了"三秦"人的精神气质，如果结合路遥、陈忠实、贾平凹三人的作品看，他的观点颇有让人深思的地方。而且，李建军在分析中所谈的路遥精神气质中的"雄浑的力量感、沉重的苦难感"，陈忠实精神气质中的"宽平中正的气度、沉稳舒缓的从容"，贾平凹精神气质中的"轻、灵脱、善变""有鬼巫气"，与我概括的路遥性格的"雄霸"、陈忠实性格的"正大"、贾平凹性格的"鬼灵"，虽不完全一样，似乎也有某种程度的契合之处。

从时代背景看，陕西当代文学第一代的代表性人物，都是从红色延安走出来的，柯仲平、马健翎、柳青、杜鹏程、王汶石、戈壁舟、魏钢焰、李若冰、贺鸿钧等，他们的创作构成了20世纪五六十年代的文学风景。第二代作家的代表性人物，则大多是在党培养、扶持工农兵业余作者这样的大背景下成长并发展起来的，如陈忠实、路遥、贾平凹、邹志安、京夫、王晓新、李小巴、王蓬、冷梦等，他们的创作构成了20世纪70年代以来的文学风景。时代洪流，大浪淘沙，惊回首，第一代多已谢世，第二代也纷纷凋零，文学的风景渐次变换，文学的山河重整，尚待来者与后生。

原载《文学自由谈》2022年第6期

---

[1] 李建军：《文学写作的诸问题——为纪念路遥逝世十周年而作》，载《南方文坛》2002年第6期。

贾平凹及其创作

近年来，我陷入一些感兴趣的史料之中，不能自拔。有一天，一位喜好收藏的人让我看一封信，陈忠实的信，让我鉴其真伪。恰好我在整理陈忠实的往来书信，对陈先生当年书信的笔迹以及用语习惯，都了然于胸，所以我打眼一看，就说："真的。"

收藏者让我看的这封信，是用微信发来的。事后研读，发现此信有日期，没年份。为弄清年份，我就此信中提到的"群木"二字展开考证，草成《民间"群木文学社"考》一文。由对"群木文学社"的考证、研究思路出发，我来谈一谈我眼中和心中的贾平凹。也算一论。

"文革"结束后，大约在1979年，贾平凹挑头成立了一个民间的"群木文学社"，并任社长，陈忠实为副社长。社员有七八个人，皆当时西安地区较为活跃的文学青年。

贾平凹回忆："记得40年前，当时我是20多岁，在西安有一帮人都是一些业余作者，都非常狂热，当时组成了一个文学团社，我给这个文学团社取名'群木文学社'。"[①]为什么叫"群木"？贾平凹说："取这个名字的意思就是一棵树长起来特别不容易，因为容易长歪长不高。一群树木一起往上长的时候，虽然拥挤，但是在拥挤之中都会往上长，容易长得高

---

① 《64岁的贾平凹，把一辈子文学创作秘密都公开了》，来源：中国作家网，2016年4月13日，网址：http://www.chinawriter.com.cn/neww/2016/2016-04-13/269878.html。2016年4月13日，下引此文不再注明出处。

长得大。"

2016年，中国作协第九次全国代表大会在北京召开，贾平凹当选为中国作家协会副主席。

从这一年往回看，看"群木"，看那一批曾经的"幼树"，真是身后寥落。虽然还有陈忠实这个比贾平凹年长十岁的关中汉子，还在与贾"互相拥挤"着比肩成长，成了大树，但在这一年的4月，风雨苍黄，终因老迈不支，轰然倒下，"群木"只余贾平凹一枝独秀。从"群木"的角度看，现在的贾平凹堪称"贾独秀"了。

从遥远的历史看去，一枝独秀的景象，很壮观，也很悲壮。

树大招风。

"独秀"的景象，必然招风。这个风，就是人们的关注和议论。

关注和议论，挡也挡不住。当然，这也是正常现象。非常正常。

只要这棵树一直还矗立在文学的原野，进入文学史中，人们将一直议论下去。

远远看去，贾平凹无疑已是文学的一棵大树。树高几何？暂时不好说，但肯定是大。大了也一定有其高度。这是一个巨大的存在。他的作品的数量，在当代作家中，恐怕无人企及。在西北大学贾平凹研究中心，眼前书架里那套耀眼的红色封面的《贾平凹文集珍藏版》，没有重复编入，收录的作品截至2009年年底，就已是皇皇二十一卷，逾八百万字。产量惊人，"著作等身"已经不足以形容。这是一条"文学恐龙"。

树大根深。

根不深，则无以负其大。

贾平凹的文学吸纳胃口异乎常人。他有一个超级胃。古今，中外，传统、现代，文、史、哲，小说、散文、诗歌、戏剧、文论、评论，书、画、音乐，收藏，民间文学、神秘文化，怪、力、乱、神，七七八八，杂七杂八，一概吸纳，不是研究，不当专家，而是为我所用，用其所用。所以，他已有的文学景观，七彩斑斓，驳杂丰富，不好言说，不好概括，不好一语说破。

一般的树，一般的人，有吸纳的，也有排斥的。贾平凹不是这样。他万般皆敢食，看上去似乎只有吸纳，没有拒斥的。

长出来的树，与根有关，与吸纳有关，与营养有关，也复杂、扭曲、多姿多态。

但缺明晰，不单纯，不一目了然，不好言说。这成了贾平凹的一个特点。

一说是这个，他一定又不是这个。可能是那个，又不一定就是那个。

他的成长有一个特点，就是变化，且擅长变化。

早年，《满月儿》时期，"群木"时期，他的作品，特点是清新。现在看来，是年轻的小清新，面貌也清晰，好把握。

《废都》时期，已经复杂化。

往后，追求丰富性，不提炼，不抽象，当然也不明晰，混混沌沌，也汤汤水水。

这种文学风貌的形成，写了什么，包括怎样写，也包括所谓的叙述，有些让人看不清。

人、文一致。人与文应是统一的。这是名言，也是至理。

日常做人，如贾平凹研究行家韩鲁华所说的，说什么事，对什么人，贾都是"是是是，对对对，好好好"，口不臧否人物，嘴不议论是非。当然，这都是表面上的。一定是表面上的、人面前的。

他心中一定有他的尺度，有他的好恶，一定有他的不满甚至愤怒，以及痛感。

2016年4月11日，贾平凹在华中科技大学中国当代写作研究中心主办的"春秋讲学"论坛，对学生的讲演中就说过："痛感在选材的过程中是特别重要的，而在选材中能选择出这种具有痛感的题材，就需要你十分关注你所处的社会，了解它，深究它。"

他的很多作品，特别是后来的很多作品，就有这种"痛感"，以及对现实的批判，非常尖锐的批判。

但贾平凹做人，就外在形象看，特别是就外在表现看，非常圆润，无棱无角，无刺无扎。所以他的人生虽偶有挫折，小的失败，但总体上是顺风顺水。

贾有韬略，懂韬晦，很会做人。陈忠实会骂人，路遥也会骂文学，但贾平凹不会。贾平凹骂人，可能会在心里骂，不会当面骂出口，或者不会大声骂。贾平凹更不会骂文学，他敬文学为神，礼之，拜之，为之焚香叩头。

贾平凹的人际关系处得好。几次重要场合，言语往来，恰到好处，彼此欢悦。贾平凹也不假辞色，对记者，对身边人，关于细节，关于问对，津津乐道，天下欣闻。

这就牵涉到一个作家在一个时代的处世态度。非常重要。

一个时代非常看重这一点。文学史更是非常看重这一点。

一个人的人格，特别是作家的人格，历史最为看重；性格的其他方面，似乎都可以忽略不计，但处世态度常常占着"大头"。

原载《文学自由谈》2021年第6期，原题为《也是一论》
（本文据2016年12月西北大学文学院中国文艺评论基地"贾平凹与中国当代文学"研讨会发言整理）

民间"群木文学社"考

社 名

贾平凹说,叫"群木文学社"。他回忆:"记得40年前,当时我是20多岁,在西安有一帮人都是一些业余作者,都非常狂热,当时组成了一个文学团社,我给这个文学团社取名'群木文学社'。"①

当时的社员叶萍(可能是笔名。他的另一个笔名叫田夫,网名老虎庙)说,叫"群木小说社"。他回忆:"1980年,我加入了陕西'群木小说社'。记得有小说家黄河浪、平凹,还有大哥周矢在场,三张口一句话就定了我算是'群木小说社'社员了。"②

张敏也说,叫"群木小说社"。他回忆说:"那一年的春天,古城西安一帮年轻文人,为日后能在中国文坛上亮出雌雄来,纷纷捋袖子绾裤腿,串联拉帮。搞文艺批评的,结成'笔耕社';一群诗人结社为'破土'。贾平凹在西安小说界已小有名气,关键是他的产量又特别高。那时全国的文学杂志甚少,随便翻一本,几乎都能找见他的小说,于是一伙人便在我家商量也成立一个什么组织,不能让评论家和诗人,小瞧了我们这

---

① 《64岁的贾平凹,把一辈子文学创作秘密都公开了》,来源:中国作家网,2016年4月13日,网址:http://www.chinawriter.com.cn/news/2016/2016-04/13/269878.html。下引此文不再注明出处。
② 叶萍:《民间"群木小说社"之命运》,阿里巴巴网商博客,2013年5月4日。下引叶萍文字不再注明出处。

一帮子未来的小说家。大家就让贾平凹当头儿，贾平凹为这件事很费了些脑子……""贾平凹把小说社定名为'群木'。"更重要的是这一句话："包胶卷的一张纸，是贾平凹写的'《群木》小说社'社章。"①

如果张敏在这里说的没有错误，如果当年确实是与文学评论的"笔耕组"、诗歌的"破土"相区别而突出"小说"群体的，似乎应该是叫"群木小说社"。但这里有一个问题，那就是文学评论的"笔耕组"最早的成立时期，据有关材料，不会早于1980年12月，而"群木"的成立时间要早于"笔耕"。再者，据张敏在《贾平凹在1979》中说，"笔耕组"是在西安市文联登记备案的，"几天后，'笔耕'和'破土'组建社团的申请和章程，都交到市文联主席杨公的手里了。杨公便问贾平凹，听说你们也要成立一个小说社，赶快把材料送来，上党组会，一块批！"这个也不对。"笔耕组"由当时的中国作家协会西安分会（即后来的陕西省作家协会）王愚等人发起，是省上的组织，不是西安市的，不大可能在西安市文联申请登记。

所以，叫"群木小说社"还是叫"群木文学社"还需要更确凿的一手材料证实。

2016年12月18日，西北大学中国文艺评论基地等单位召开一个"贾平凹与中国传统叙事的现代转化"学术研讨会，笔者应邀参加。在会议室，见到贾平凹，笔者问他"群木"的社名问题，也说了叶萍和张敏关于社名的回忆。贾平凹肯定地说："叫群木文学社，你听我的。"他接着补充说："那时候写小说的人还很少，不会叫小说社。"

这里社名姑从贾说。

社名含义

贾平凹："取这个名字的意思就是一棵树长起来特别不容易，因为容

---

① 张敏：《贾平凹在1979》，张敏新浪博客。下引张敏文字不再注明出处。

易长歪长不高，一群树木一起往上长的时候，虽然拥挤，但是在拥挤之中都会往上长，容易长得高长得大。"

成立时间

贾平凹2016年回忆"记得40年前……"，若照此说推算，则群木文学社成立时间为1986年，显然不对，这里应该是大概一说，不是确凿的时间。

2016年12月18日，笔者就成立时间问题问贾平凹，贾说："这个……记不清了。不过很早，那时西方的文学还没有过来（指新时期大量译介西方文学并强烈冲击中国文坛，这要到上个世纪80年代初了。邢注）。"

据叶萍回忆："1980年，我加入了陕西'群木小说社'。"说明"群木文学社"的成立至晚在1980年的某一个月或1980年前。

社长与副社长

社长贾平凹。副社长陈忠实。

叶萍："我们不定期的聚会"，到会人数最多的一次聚会，"有社长平凹"，"陈忠实没来，他是副社长"。

张敏：贾平凹"当了一回'群木小说社'社长"。"大家就让贾平凹当头儿"，贾平凹"大部分时间就住在我家。我家里住着一个社长"。

社　员

叶萍："印象里唯一一次到会人数最多的"，"有社长平凹，其余社员是周矢、郭培杰、高明（洺）、张敏，再就是我了"。

张敏："再一个严重的问题是小说社的生活问题"，"饭总是要吃的。七八个人，又都年轻，坐一席，饭钱谁掏？粮票谁掏？""小说社有两位女性。一位李佩芝"，"一位高泺"。

按张敏的说法，"七八个人"。综上算一算，贾平凹、陈忠实、周矢、张敏、郭培杰、李佩芝、高泺、叶萍（"群木小说社"时用笔名田夫）、黄河浪，九人。

社内活动

张敏："开始还新鲜，大家正襟危坐，贾平凹咳上一声，讨论便开始了。无非是汇报一下，这个星期又有什么新作在什么地方发表，然后交上三毛钱的'荣誉费'。没有发表作品的，当场也要交三毛钱的'耻辱费'。钱由周矢来收，每人还要在'荣誉费'和'耻辱费'的栏目下签上自己的名字。"

叶萍回忆："我问小说社都干些什么事情，平凹说，每月发一篇稿子交会费三毛叫'荣誉费'，不发一篇就罚三毛叫'耻辱费'……"

张敏："再一个严重的问题是小说社的生活问题。大家聚会，要喝茶，要抽烟。不吃肉不喝酒，饭总是要吃的。七八个人，又都年轻，坐一席，饭钱谁掏？粮票谁掏？虽说是轮流坐庄，可以抵销，但陈忠实家离城三十里，谁去？贾平凹没家，咋办？还有单身汉，没房子，心有余而力不足。于是又增加了周矢的工作量，要想办法给大家办伙食，买烟茶。小说社逐渐往家庭化上发展，后来就学会了打麻将。桌子一支起来，小说社便名存实亡了。"

邢按：张敏在这里所记，不可不信，也不可全信。一方面文人好学名士状，名士风度就是对什么正经事都视而不见，单拣好玩好笑的嬉笑怒骂一番，另一方面张敏是多年后忆往，自然云淡风轻，心态超然。试想七八个青年文学爱好者，处在80年代初那个充满朝气和生气的时代（与90年代及之后盛行的"痞气"和"疲化"不同），好不容易聚在一起，虽然不一定都是"指点江山,激扬文字",但总免不了议论时事,臧否人物,品评文艺,不然这个"群木文学社"竟是一个混吃混喝社了。倒是贾平凹所记,可能更接近"群木"的真实面貌,贾平凹说,"那个时候我们条件特别差,但是热情特别高,也不梦想在各单位当什么科长、处长,那个时候很年轻也不急着谈恋爱,一心只是想着文学,一见面就是谈文学,要么就是写东西"。

何时解散

叶萍:"1980年,我加入了陕西'群木小说社'","一月后我把新的作品三篇短篇小说发往全国各地,就电话联系周矢想到社里看看。周矢说:'完了,小说社解散了。'我在'群木小说社'的命运很是短暂,因为小说社的命就短!"

2016年12月18日,笔者问贾平凹"群木文学社"什么时候结束的。贾说:"也没有结束时间,活动少了,最后就不了了之。"

结束原因

张敏回忆:"一日,贾平凹在《长安》编辑部上班,忽闻走廊里有女人的哭闹声。正想看个热闹,不承想那上了年纪的女人竟是冲着他来的,一把撕住他的衣领,只问他要人。贾平凹那一时真是丈二和尚,问清了才知道来人是高洺的婆婆,问他要儿媳妇去向的。高洺出去之事,贾平凹一点不知道,直吓得贾平凹出了一身冷汗。事情闹到文联主席杨公那里。这个杨公,平生最喜欢秦腔,便拖了唱戏一样的腔调对平凹说:'你这个贾平凹呀,怎么才有了一点名气,就敢勾引良家妇女?'只这么一句,就逼出了贾平凹的眼泪:'我宣布小说社解散!马上解散!'可怜的群木小说社,才刚抽出几条嫩枝,就在平凹的一声大吼中夭折了。"

叶萍转引自高洺《上帝无言》的"高洺叙述"：

那时，文联（叶萍注：《长安》杂志社所在地）常常举办活动，召集我们这些文学青年去开座谈会。于是，我认识了张敏、周矢、陈忠实、李佩芝、徐剑铭等，当然还有当时已初露锋芒的贾平凹。认识了，就常常在一起聚会，清谈文学。由此引发，就干脆成立了一个小说社——"群木"。我们推举贾平凹为小说社的社长，陈忠实为副社长，大家商定，凡谁拿到了稿费，就由谁来做东，大家坐在一起吃吃喝喝，边吃喝边谈文学，比真的在那儿"坐谈"，要引人入胜多了。

木秀于林，风必摧之。谁让贾平凹是我们中间的佼佼者呢。我的前任婆婆也跑到了文联大吵大闹，点名道姓地质问文联领导：

"我好端端的一个儿媳妇，硬是被贾平凹的一群木头带坏了！男男女女的整天在一起吃喝嫖赌，你们这些当领导的也不管管！难道你们就是这样教育年青（轻）人的吗？"

那个文联领导甚是难堪，把贾平凹叫到了办公室，语重心长地批评道：

"贾平凹啊贾平凹，你才刚刚有了点小名气，就去勾引人家良家妇女！"

贾平凹蒙受了这个不白之冤，气坏了，当即宣布："弄啥哩弄啥哩！不弄咧！"

于是，"群木小说社"解散了。这是陕西省自解放以来，唯一的一个民间自发的文学结社的始末。

评　价

贾平凹："现在陕西很多知名作家当时都是群木社的。那个时候我们条件特别差，但是热情特别高，也不梦想在各单位当什么科长、处长，那个时候很年轻也不急着谈恋爱,一心只是想着文学,一见面就是谈文学,要么就是写东西。那个时候写东西就像小母鸡下蛋一样,焦躁不安,叫声连天,生下来还是一个小蛋,而且蛋皮上还带着血。从那个时候一路走过来,走到今天,回想起来有喜悦有悲苦,写出来作品就像莲开放一样喜悦,遇到了挫败就特别悲苦,这种悲苦是说不出来的。"

陈忠实参加"群木文学社"活动的资料,除了上述他人零星提到,笔者还未见到。他参加的次数可能不会太多,但肯定是参加过的。2001年9月15日,陈忠实写了一篇文章,他是有感于叶广芩、红柯获得中国作协第二届鲁迅文学奖而写的,题为《互相拥挤,志在天空》,其意就得自前述贾平凹关于"群木"社名含意的阐释。陈忠实说:"我想起新时期开初几年,我在西安郊区文化馆时,归西安市文联领导。市文联为促进西安地区刚刚冒出的十余个青年作者的发展,成立了一个完全是业余、完全是民间的文学社团,叫作'群木'文学社,由贾平凹任社长,我任副社长。记得由贾平凹起草的'社旨'里,有一句话至今犹未忘记:互相拥挤,志在天空。在我体味,互相拥挤就是互相促进互相竞争,不是互相倾轧互相吐唾沫。道理再明白、再简单不过,任何企望发粗长壮的树木,其出路都在天空。中国当代文学的天空多大呀,陕西和西安当代文学的天空也够广的了,能容得下所有有才气、有志向的青年作家,要把眼光放开到天空去。天空是既能容纳杨树柳树吸收阳光造成自己的风景,也能容纳槐树椿树吸收阳光造成另一番完全不同的景致。二十年过去,'群木'文学社早已解体,我却记着这条'社旨'。"[①]尽管无法确知陈忠实参加了多少"群木"的活动,但有一点可以肯定,他在这个群体里,是有收获的,因为他二十年后还记得"群木"所昭示的象征意义。

[①] 陈忠实:《互相拥挤,志在天空》,见《陈忠实文集》(增订本)第7卷,人民文学出版社,2015年,第270、271页。

社员介绍

贾平凹，1952年生，陕西省丹凤县棣花镇人。1975年毕业于西北大学中文系。1974年开始发表作品。先后在陕西人民出版社、西安市文联、陕西省作家协会工作，历任陕西人民出版社文艺编辑，《长安》文学月刊编辑，西安市文联主席，陕西省作家协会主席，中国作家协会副主席。散文广有影响，小说作品主要有长篇小说《废都》《秦腔》。

陈忠实，1942年生，2016年去世，西安市灞桥区西蒋村人。1962年毕业于西安市第34中学。1962年至1982年先后在家乡做过小学民请教师、农业中学教师、公社卫生院负责人、毛西公社革命委员会副主任和党委副书记、西安市郊区文化馆副馆长、灞桥区文化局副局长兼该区文化馆副馆长，1982年11月调入中国作家协会西安分会（即后来的陕西省作家协会）从事专业创作，历任陕西省作家协会副主席、主席，中国作家协会副主席。代表作为长篇小说《白鹿原》。

周矢，曾任陕西省总工会《陕西工人报》编辑、记者。著有长篇小说《书香门第》。

张敏，当过兵，当过工人，当过编辑，曾任西安电影制片厂编剧。写过小说、散文、报告文学，编过电影、电视、广告片等。作品有纪实小说《黑色无字碑》《悬念乾陵》等。

叶萍，笔名田夫，网名老虎庙。1983年7月，在西安市北大街开办的"天籁书屋"，被称为新中国开办最早的私人书店之一。叶萍在自述文字《八十年代的私人书店》中说，因为售书与"上层建筑"有关，故国家对之管理甚严，"当时私人书店全国仅有三家"，"黄宗英分别在北京和深圳蛇口创办的'都乐书屋'是一家"，"另一家是北京女孩在南礼士路一带开办的图书沙龙，兼带售书，后因'政治沙龙'嫌疑被取缔"，"天籁书屋轰轰烈烈走完了它六年的寿命，于1989年'春夏之交'被迫关张"。

叶萍还说，"八十年代的个体书店'天籁书屋'正是贾平凹在《废都》第二章中所写'天籁书局'原型"。

黄河浪，陕北人，流浪作家，曾在《长安》编辑部做过临时编辑。主要写小说。亡于车祸。

郭培杰，为某企业干部。叶萍说郭培杰喜欢日本作家川端康成的文学风格，据此大略可知其审美取向。

李佩芝，女，散文家，曾任陕西人民出版社编辑。

高洺，女，上个世纪80年代初期搞过行为艺术，先锋人物。后隐居，改名"不还"。著有《上帝无言》。

原载《美文》2021年第4期

文人情怀　史家眼光

——叶广芩论

一

法国历史学家、文学家、哲学家丹纳在其《艺术哲学》一书中，认为种族、时代、环境这三个元素对艺术家和艺术创作具有深远而持久的影响。以此理论证诸文学和艺术史，不能说没有道理。当代中国作家叶广芩，本是北京市人，满族，但她1968年十九岁时就到了陕西，先当知青，再当护士、记者和作家，历任西安市文联副主席、周至县挂职县委副书记、陕西省作家协会副主席等职，生命、生活和工作中的大部分时间都在陕西，陕西的地理环境、历史和文化对她的思想、情感乃至文学创作，显然都产生了巨大的影响。虽然源远流长的华夏思想和审美意识特别是汉语言文化对她有着根本而巨大的影响，但她的满族出身和满族历史文化传统对她也有深远的影响。1948年出生的叶广芩，其生活和创作，基本上与共和国的历史同步，因此，共和国社会的发展和历史的变化及其特定时代的现实和精神因素对她创作的影响，也是极其重要的。同时不可忽略的是，叶广芩与一般作家不同，她出身于一个对中国历史特别是近代社会产生了巨大影响的家族，这个家族的历史渊源和时代因素对她的影响同样重要。不仅如此，对叶广芩来说，种族、时代、环境这三个元素，每一个元素都不是纯粹的单一元素，而都具有两个或两个以上的因子。比如环境元素，对她来说，一是北京，一是陕西，前者是故乡，后者是客居之地，但后者所居时间太长，是她成年以后的安身立命所在，看起来虽为异乡，却也具有故乡的生命意义了；比如民族元素，对她来说，一是满族，一是华夏大民族其中主要是汉族，对她的文化心理和审美情趣都有深刻而直接的影响；再比如时代元素，对她来说，既有共和国的，也有清末至民国的时代精神的影响。无疑，这些元素共同塑造了文化心理、文学审美上的"这一个"——叶广芩。

这样的出身和文化背景，这样的人生阅历，使得叶广芩较之其他作家，具有不同寻常的较为宽阔的文化视野和深远的历史意识。我们可以看到，叶广芩的文学创作特别是小说创作，始终体现出一种宽阔的文化视野和深远的历史意识。这两个特点，鲜明地体现在她写的家族小说中，也体现在她写的世情小说中。如果要给作家叶广芩的创作个性进行一个概括，我以为，文人情怀、史家眼光较为恰切，当然叶广芩也有着女性作家特有的温婉。文人情怀，使她与中国的士人、文人传统关联起来。士人的风骨，文人的趣味，以及他们所秉持的价值观，都在叶广芩的创作中有鲜明的体现。所谓史家眼光，不仅仅是指她喜欢写旧时代的题材、对旧时人物感兴趣、有某种文化偏好甚至于考据癖，它还有更重要的一个方面，那就是有现代意识，包括现代社会的文明理念和文化观念。史家眼光是在现代意识烛照下的历史眼光。从这个意义上说，叶广芩的创作，与传统和现代都有着密切的关联，传统和现代在她这里交汇。这就使得她的创作写旧而不陈腐，还时有新意甚至时尚和先锋，写新而不单薄、空泛，它有深厚的历史底蕴和扎实的生活内涵作为支撑。

叶广芩创作上发生大的变化是在1994年以后。她的小说给当时的文坛带来了一些新鲜的东西，引起了文学界内外的广泛注意。她创作中新鲜的东西是什么呢？说独特的题材也行，但不够恰切，我以为是一种独特的小说精神视域。叶广芩是那个在中国历史上赫赫有名的叶赫那拉氏的同族后裔，尽管在叶广芩出生后的很多年里为了生存的需要她极力讳言这一点，但这个出身所带来的很多明显的和隐秘的文化背景却是根性的，与生俱来的，血脉性的。叶广芩说："我有两个家，中国北京东城老旧的四合院里至今还有我的亲人，那里是我的小说《祖坟》《黄连·厚朴》们的发源地；日本广岛铃之峰的小山上也有我的亲人，那里是《风》《注意熊出没》们的产地。"叶广芩当年小说描写的题材主要也是以这两个"家"为"依据"——我指的是她创作的精神根性来源和生命体验的创痕点，分为两个系列：一是写家族、家事或由此生发引申的叶广芩称为"古色古香"的小说，这以《本是同根生》《祖坟》《黄连·厚朴》为代表；二是写日本生活题材，具体是有关二战中日本侵华战争特别是日本在华北作战序列的小说，这以《风》为代表。

1994年以后，叶广芩引起文坛广泛瞩目，但她并不是在那个时期才冒出来的年轻作家，在陕西文坛上她出道较早且著作颇丰，出版过长篇小说《乾清门内》，发表过不少的中短篇小说和散文作品。她创作上的深刻变化是她从日本访学回国之后。上世纪90年代初，叶广芩去日本进修。由于拉开距离，有了文化比较，再去审视历史，审视两国的民族精神和文化，换一个角度看待世界，看待人生，叶广芩有了很多感触和新的认识，回来后创作上大变。家族背景在叶广芩90年代以前的作品里一直被回避，被压在了无意识之中，从国外回来后，许多情景都有了很大改变，家族生活、个人体验及老北京的某些文化习俗从无意识的深海中破冰而出，不由自主地进入叶广芩的创作中，这就形成了她的一系列令文坛刮目相看的作品。她的家族小说中那种浓郁的不同寻常的文化氛围，近代史和老北京的种种掌故，天潢贵胄家族的陈规旧俗，那种气质，那种神韵，非长期耳濡目染，非长期浸淫其中，非生命体验，是无法深知和熟稔的，加之叶广芩与之相谐的笔调的悲悯与哀怨、沉静与深致，构成了叶广芩独有的一道文学风景。

叶广芩的长篇小说《采桑子》由北京十月文艺出版社出版后，引起文学界和广大读者的关注，颇受好评。就在叶广芩创作的家族小说广受关注、日益红火的时候，叶广芩曾对我说，她要为她的家族系列小说暂时画一个句号了。《采桑子》之后，叶广芩说，她要换一个角度，换一种方式来写。为了思想和艺术上有一个新的调整，她甚至有很长一段时间不写任何东西。1999年，她曾告诉我她调整之后的创作的"十年计划"：分三个阶段，写三部长篇，每部长篇计划用三年左右时间完成。第一个阶段，写关于日本广岛原子弹爆炸的小说。在那一次爆炸中，有五个华人幸存，国内当时有一些报道，叶广芩早在日本时就已经查阅了有关档案。关于这个题材，日本诺贝尔文学奖获得者大江健三郎曾写过一部《广岛札记》。叶广芩说，那是日本人眼里的、笔下的，她写，是从世界范围看这一事件，站在人类的高度看这一问题。叶广芩说，这里关键的问题是思想的高度。这个关于原子弹爆炸内容的小说后来没有见到。第二个阶段，以陕西秦岭山中的佛坪自然保护区为背景，写一部人与自然、人与人、人与自我关系的小说。佛坪位于秦岭山中，那里自然环境优美，有大熊猫出没，叶广芩1986年去采访过一次，后来在周至县挂职时每年都去一次或多次，一方面体验生活，一方面搜集素材。最后写出了两部作品，一部是纪实性的写秦岭山中佛坪县历史、文化和生态的《老县城》，一部是长篇小说《青木川》。第三个阶段，叶广芩笑着说，那时她是一个老太太了，再回到家族写家族吧。近几年来，她陆续发表的"京戏系列小说"，想来就是她当年计划的实施了。

　　叶广芩是一个坚定、旷达而乐观的人，兴趣非常广泛。她喜欢游历，游历中遇有不平事还敢挺身而出，豪侠仗义，让人对一个女性刮目相看；她喜欢音乐书画，闲时也拨弄两下古筝，写几笔书法，画两笔画，文人趣味十足。据云其墨宝不轻易送人，但笔者当年求字，点名请她书写纳兰性德《采桑子·谁翻乐府凄凉曲》那首词，她写了，还写了一副对联送我："文章真处性情见，谈笑深时风雨来。"联语乃翁同龢所撰。她还拜秦腔名演员全巧民（秦腔名剧《三滴血》中贾莲香的扮演者）为师学习秦腔。

不过她的北京语音太重，唱秦腔发音不准，常把秦腔唱成了秦歌和京剧，后来索性跟着全巧民学了京剧，因为全巧民也曾师从梅兰芳、荀慧生，京剧唱得也很好。《采桑子》中的第一章《谁翻乐府凄凉曲》，写王府里一个大格格喜爱唱京戏，以及由唱戏而表现出的不同常人的性格，因演戏而引发的悲剧性命运，以及叶广芩近年写的"京戏系列小说"，所用的京戏知识都十分丰富、准确，看来这都与她当年下苦功学京戏大有关系。叶广芩把创作当成了一种很快乐的事情。她既写小说，也写散文随笔，还写电影和电视剧本，多部作品拍成了电影和电视剧。

叶广芩成名以后颇为引人关注，很多人说她是"贵族出身"，她则严肃地说，她是平民出身，是从社会底层走过来的，是从最贫贱中甚至是死亡线上挣扎过来的。她给我讲，她十九岁那年差点自杀。那是在一个很热闹的会场的角落，她讲述了她企图自杀的经过。那一年她十九岁，在华山脚下的一个农场当"知青"。由于她在宿舍里无意中说了一些话，被人告发，说她反党反社会主义，反毛主席，企图复辟大清王朝。而后她就被批斗。她说："一个十九岁的姑娘，站在台子上被群众大会批来斗去，而老母这时一个人在北京，双目失明，还得着红斑狼疮的绝症，生活无人料理，全是老母一个人摸索着过日子，想想活着真没有意思，就想自杀算了。"自杀未遂，叶广芩说：死都不怕，还怕活着吗？她说她也由此而悟透了许多东西，理解了许多东西，懂得了什么是底层和真正的苦难。参透了生与死，叶广芩说她要活得快乐自在，活得值！她的自传体小说《没有日记的罗敷河》，作为一个知青小说系列出版，其中就有她苦难经历的记述。她极力淡化她的出身背景，但她的作品特别是家族家事小说系列中所泄露出的对传统文化的怀恋，对不随流俗、清芳高贵的人格精神的肯定与赞美，都显示出一种精神上的高贵性，难怪有论者说她是"精神贵族一个"。这种高贵精神对今日欲望化的世界有一种反动，作为一种文学精神，它有一种清凉和芬芳的意义在。她务过农，放过猪，当过护士，做过记者，由于亲身的经历，由于太多的耳闻目见，叶广芩的作品在宽阔的文化视野和深远的历史意识中，往往聚焦于人生的苦难，抒发"时代哀音"，但她的作品往往哀而不伤，透着一种生命的旷达，这是有阅历有见识的作家才会有的文学气度。坊间有一个传说不知是也不是，说的是有人在叶广芩面前卖弄收藏，炫宝亮奇，同时撺掇叶广芩搞点收藏，叶广芩呵呵笑着说："故宫当年就是我们家的，我还收藏什么？"

二

中国社会特别是既往的数千年社会历史，从某种意义上，可以说是一个家族社会，家族是这个社会的基本单元，国家同家庭、家族结构密切对应，所谓"家国同构"也。所以，家庭、家族题材小说源远流长，蔚为大观，其中以《红楼梦》为其代表和顶峰。对家族题材，叶广芩可以说是体验深，感受多，加上这个题材所包蕴的丰富的历史文化和人的内涵，因而叶广芩在后来比较属意于家族题材创作，她也可以说是一个擅长写家族题材的小说家。《采桑子》是一部讲述满族贵胄后裔命运及生活的长篇小说，这是叶广芩家族小说的一部力作和代表作。

这部长篇小说结构上很有特点，书名"采桑子"本为词牌，满族词人纳兰性德有一首《采桑子·谁翻乐府凄凉曲》词，叶广芩将词牌名用作书名，将词句用作小说的章节名。"谁翻乐府凄凉曲？风也萧萧，雨也萧萧，瘦尽灯花又一宵。不知何事萦怀抱？醒也无聊，醉也无聊，梦也何曾到谢桥。"[①]再加叶广芩自撰的一句"曲罢一声长叹"，九句词写九个既相关又游离的故事，形散而神不散。从"我"——金家第七女、老小同时又是一个作家的角度讲述各人的故事，左右旁通，上下勾连，显得自然、亲切又极具真实感。叶广芩说，这"九个既相关又游离的故事，像编辫子一样，捋出了老北京一个世家的历史及其子女的命运历程。其中自然有不

---

① 纳兰性德：《采桑子·谁翻乐府凄凉曲》，见张秉成《纳兰词笺注》，北京出版社，1996年，第105页。

少我的情感和我的生活的东西，有人说我是在写自己，在写家族史，这未免让人有吃不了兜着走的尴尬，文学作品跟生活毕竟有很大的差距，很难严丝合缝地对应起来。"[1]小说被认为是一种虚构的艺术，自然不能等同于个人史和家族史，但叶广芩个人的一些经历特别是一些生活体验和情感体验，她的家族中一些人物的故事，还是很深刻地渗透在她的这部内蕴深广的小说中。没有那样的生活，没有亲身的阅历，没有铭心刻骨的体验，是写不出这样的小说的。换句话说，除了叶广芩，恐怕无人能写出这样的作品。纳兰性德这位三十一岁便逝去的词界才子，本是叶广芩叶赫那拉族中之人。纳兰性德的《采桑子·谁翻乐府凄凉曲》曾被梁启超赞为"时代哀音"，称其"眼界大而感慨深"，叶广芩的《采桑子》可以说也是"眼界大而感慨深"。

叶广芩是站在今天的历史高度来审视既往的历史生活，对描写对象入于内又能出乎外，因而她对所写的人物，那些身上留有旧时代深重遗迹的人物，同情、理解、肯定中又有批判，批判又不是简单的否定，而是重在展示人物性格中复杂的历史内涵和丰富的文化内涵。时代与人物的关系或者说人物与时代的关系是作品的一个重要着眼点。小说中金家的先祖科尔哈赤原是努尔哈赤的胞弟，跟皇上打过江山。"我的祖先科尔果"则因战功赫赫和懋建功勋而被封为郡王，世袭罔替。到祖父时，尚有镇国公头衔。"我的父亲"承袭爵位，依清例代降一等，为镇国将军，有一妻二妾，生七男七女。金家是天潢贵胄，几百年来过着锦衣玉食的贵族生活。若大清江山不倒，他们也就会这样一代一代地生活下去。但是，清亡了。时代的暴风雨来了，这个大宅门里的人也四散而去，十四个兄妹及亲友各奔西东。一个世家在时代的暴风雨中衰落了，一群子弟在时代的激流中挣扎沉浮，形象地展示了近百年间中国历史的风云、社会生活的变迁及传统文化的嬗变。

---

[1] 叶广芩：《采桑子》，北京出版社，2009年，第335—336页。

面对时代的变迁,金家诸子弟采取的人生态度大致有三种:一是追赶时代的潮流,力图站在时代的浪尖;一是抱残守缺,依然故我,不改夙志;一是被时代裹挟着前行,与时俯仰。第一类人物可以长子金舜铭、三女金舜钰为代表,有意思的是,前者加入的是国民党,后者加入的是共产党。金舜铭为国民党军统高官,金舜钰为北平中共地下党员,互为仇敌,而且都忠于自己的信仰。金舜钰1947年被国民党"戡乱"时逮捕要杀头时,其父亲自到南京向参与"戡乱"工作的儿子求情,让儿子念及手足至亲之情,予以营救,舜铭则对其父言:"将受命之日即忘其家,一切当以国家为重,不能徇私情。"舜钰遂被杀。不过,《采桑子》对此类人物着笔不多,或者说主要的不是写此类人物,而是写另两类人物。时代的暴风雨来了,可金家的许多人由于一直生活在大宅门的高墙深院之中,在一种既定的生活方式中生活已久,他们对外部世界缺乏适应的心理准备,自然也就缺乏敏锐的感受,缺乏应对的经验,尽管外面世界的风风雨雨已经吹了进来,甚至打乱了他们惯常的生活秩序,但他们却漠然视之,依然保持着自己已经习惯的生活方式和人生态度,天变而人不变。《谁翻乐府凄凉曲》写的是大格格金舜锦的故事。这是一个以戏为生的格格,其人生亦如戏。小说中写到清末和民国年间的风气,宗室八旗,无论贵贱、贫富、上下,咸以工唱为能事,以至于有人说:"子弟清闲特好玩,出奇制胜效梨园。"金家上上下下的人也都爱唱,而且唱得相当不错,尤以大格格用功最深,自然唱得也最好,成为轰动一时也名重一时的京剧著名票友。她嫁给了时为北平警察总署署长的儿子北平德国医院副院长宋家驷,但因痴迷于京戏,又不能忘怀曾给她操过琴的一个叫董戈的青年,所以虽与宋公子结了婚,却"感情平平淡淡,生活虚无缥缈,说得好听是超脱,说得不好听是神经"[①]。宋公子失望之余弃格格而去,大格格就在分不清是戏还是生活中郁郁而终。大格格金舜锦是活于戏亦死于戏,戏唱得好却不会生

[①] 叶广芩:《采桑子》,北京出版社,2009年,第37页。

活。她与现实生活离得太远了。三格格金舜钰对戏是外行，对家里动辄吹拉弹唱也极为反感，她对自家人热衷于唱戏有一个批评，倒是说中了大格格诸人在现实生活中的姿态："现在的时局都成什么了，日本人都打进北京了，金家院里一帮男女却还要涂脂抹粉、粉饰太平，真是'商女不知亡国恨'，没出息极了。"大格格实际上是在现实生活中找不到出路，才生活在戏里。

在时代巨变面前，金家一些子弟旧的生活方式不能为继，新的生活方式又不能适应或不想适应，却又要顽强地保持既往的生活风格和人生态度，这就需要相当的人生定力。《醉也无聊》这一章的主要人物是金家五女金舜铃的第一任丈夫完占泰。这个完占泰本姓完颜，原是金朝贵族的后裔，金世宗的第二十九世孙，是北洋时期东三省总督幕府秘书长的二公子。如果说大格格是以戏为生，这个金家的女婿则是嗜酒如命。这个完占泰虽然生于华门，长于鼎食之家，并毕业于清华大学数学系，却是一个很超脱的人，性情散淡，不仅对出身、对家族的荣誉视若无睹，而且对世俗的一切似乎都视若不见，唯好一个"酒"字。这个完二少爷人很随和，嗜美酒却不食荤腥，有学问但不修边幅，颇有名士做派。镇国将军金载源对这个女婿颇为赞赏，说金家子弟缺的就是完二少这种飘逸、洒脱的做派和空灵、恬淡的性情，说跟完家的二少爷比，金家的哥儿们全是屎蛋，是一群俗不可耐的吃货。完二少的父亲热衷于政治，完占泰却对世事不闻不问，学了现代的学问也不致用，却跟了妻子住到岳父家，居于偏院，一天只忙两件事，喝酒和修道。喝酒每天不少于一坛，因而常呈迷醉态，但"醉得很有分寸，我们常见他腿脚不稳，跟跟跄跄地在院子里绕圈子，嘴里念念有词，昂首挥臂，俨然豪气如云，却从没见他胡闹乱来过"[①]。有时喝醉了酒竟赤身裸体地绕于树上，但也只限于自家院里。喝酒之余，则是学道，他跟一个老道学道。与魏晋名士一样，完占泰嗜酒亦吃药，也服

[①] 叶广芩：《采桑子》，北京出版社，2009年，第216页。

"五行散",并且修炼一种名为"添油法"的房中术。与魏晋名士纵酒、吃药及清谈不同的是,魏晋名士的放达、任诞及佯狂,多有现实的原因,是为了逃避当权者的政治迫害,完二少爷虽然可能多少也有一些消极避世的原因,但更多的似乎是相信道家的学说,是为了企求长生,甚至羽化登仙。完占泰受的是现代教育,本来应该成为现代形态的知识分子,但奇怪的是,他的身上更多的却是旧士人的格调。他与中国传统文人、名士还有些差别,中国传统文人、名士的放达、任诞往往与傲视权贵、鄙视世俗有关,完占泰则更多是道家的无为思想,消极,无为。在国民党垮台、共产党成立新中国的历史巨变中,他的妻子——金家五格格先是参加欢庆的腰鼓队,后又参加南下工作团,他依然无动于衷。"外头风云变幻,我的老姐夫竟然一点儿无动于衷。解放军在台阶上坐着的时候,老姐夫也在西墙下坐着;五格格走出了北平,他还在西墙下坐着,为找回他让美国人给散了的元气而努力。这实在是一种功夫。"[1]五格格要跟他离婚,他不急也不辩,同意离婚。新中国成立后,他没有了过去的家产,一贫如洗,一方面给人糊火柴盒为生,一方面仍有滋有味地饮酒,不改其乐。在饥饿的年月,这个完占泰有七天没有进食,被人救醒后,他却说他正在练辟谷。他确实是一个顺其自然的人。道家是讲究顺其自然的,完二少爷也是顺其自然的,此人身上有一种道家精神,而且是一种彻底的道家精神。不过,这种精神却是与时代精神格格不入的。格格不入,却没有反叛,这也是道家的无为精神。

如果说,大格格的人生体现的是一种艺术化的人生,完占泰体现的是一种道家精神,而金家第七子金舜铨的人生体现的就是一种儒家精神了。不过这种儒,是"穷则独善其身"的儒,是温良恭俭让式的儒,儒而雅。舜铨是一个画家,擅长工笔重彩,从他的出身和教养来看,他继承的应该是以清初"四王"为代表的正统派画风,重传统,重法古人,而少革

---

[1] 叶广芩:《采桑子》,北京出版社,2009年,第233页。

新精神。这与他的为人一样，他从未走出过金家大门，接触社会实际有限，一直生活在一种讲究孝悌忠信礼义廉耻的贵族之家的氛围里和书香世界里，养成了温良恭俭让的人格精神，为人谦让有余，争斗不足，委曲求全，而又矜持自重。年轻时，他恋了一个演文明戏的演员，因母亲反对，遂携恋人离家投奔在南京的大哥舜铻处，等他再返南京，不料自己的恋人已别赴巫山，竟成了大哥的夫人。此事放到谁，都难咽下这口恶气，而他却不与大哥争论，孑然一身返回家中。舜铨后来娶了一个貌丑又没文化的织袜女工为妻。对这门亲事，舜铨本来是不满意也不情愿的，是因母亲重病在身，为了做一个孝顺儿子才勉强答应的。就是这么一个逆来顺受的性格上有些懦弱的人，做人却是正气铮铮。在义与利的权衡中，多少人见利忘义，而舜铨却义字当先。他不仅保存着一个偶然在夹墙中发现的楠木匣子，一定要等到兄妹都在场时才打开，而且在数十年后与大哥重逢，又凛然拒绝大哥给他的美金，说，亲情永存，血脉相连，此情谊非金钱所联结的。与世无争，重情重义，这是中国传统的人格精神。在时代的风吹雨打之中，能一以贯之地保持这种传统的人格，确实不易。

　　当然，时代的变迁、社会风气的变化，不可能不影响这样一个家庭。应该说，影响是巨大的，不受影响反而是微小的。这样一个言义不言利的世家，在门墙既倒、世风颓败的时代风潮中，为了自身的生存，似乎也不能不遵循所谓"适者生存"的自然法则。尊严和体面往往是要以经济作为基础的，传统的重义轻利的人格固然让人称道，讲仁讲信，讲温文尔雅，讲中庸之道，讲与世无争，固然有其芬芳的人格魅力，但在现实社会中，却是要以饱尝诸多辛酸和忍受许多屈辱为代价的。完占泰的道也罢，金舜铨的儒也罢，从人格上来说，都有其可敬与可称道之处，但他们在现实生活中，一个饿得前心贴后心才练辟谷，一个穷得连住院费也拿不出。这也就是金门这个世家一些子弟在命运的浮沉中观念发生变化、人格发生分裂的现实原因。皇上已不复存在，爵位已不能世袭，特别是新中国成立以后，房产、家产或被没收，或被充公，生活来源断了，金家一家人需要自食其力，自力更生。金家老三舜其年轻时看不惯商人，他说"但凡挨着'商'字儿的，绝没什么好人"，但到了晚年，他这个对文物颇有鉴定能力的世家子弟，却以鉴定文物赚钱，给的少了还大发脾气，甚至将真的说成假的，以让卖家低价出售，再由自己的儿子买进，从中谋取大利，比奸商更奸。对此，小说中的"我"——七女金舜铭从作家的角度感受更深：老三收了文物鉴定费，"我便知道，老三这一切都不是白干的。问题是别人收这钱不足为怪，老三收这钱倒是给人以'进步太快了'的感觉"。"他厌恶商人的论调仍萦绕于耳，曾几何时，他自己竟变作了口中斥责过的奸商，且有过之而无不及！古人说，世情恶衰歇，万事随转烛。有人能把握自己的命运，有人就把握不住自己的命运。"而老三的儿子金昶则开导姑姑说："没钱是万万不能的，金家连老爷子都开窍了，您怎么还在犯迷糊？""古人说衣食足而知礼仪，这话不假，'穷且益坚'只能过瘾，'富且益奸'才能生存。"①这是金家后人在生活中悟出来的。

当然，这里也有一种撕破脸面的深深的耻辱感和痛苦在。叶广芩在写这些人物时，并没有止于描述表面现象，而是深入写出他们人格变化的深刻的社会原因和心理变化过程。金家的下人刘妈有一段话说出了金家在败落过程中的真实境况：金家倒是不经商，也不跟商人打交道，怎么样呢？轮到太太卖嫁妆、卖老爷的收藏过日子，外头人以为咱们的日子过得有多奢华，其实顿顿是白菜汤窝窝头，蒸俩带枣儿的给丫丫，还落三娘的埋怨，让小孩子跟着苦熬。不仅是金家，金家的亲戚、蒙古科喇奉沁右旗的亲王的姨太太在新中国成立后也断了生活来源，后来由街道每月补助老太太八元生活费，将她划入鳏寡无依的"五保户"。到了"文革"时期更是连这八元钱也没人给了，在绝境中被接入金家。这个王府的姨太太精通满文，她寄人家中，用满文记了一笔流水账，记录她每天吃了什么，用了什么，以备让她那个离家出走再未回来的儿子将来如数偿还。这是一个很

---

① 叶广芩：《采桑子》，北京出版社，2009年，第94页。

有学问也很有道德修养的亲王姨太太，她识书明理，但又极其无奈。这里有一种辛酸，也有一种沉痛。是人生的沉痛，也是历史的沉痛。老三舜其的变化，老三是有自觉意识的，他说过这样的话：世态炎凉，年华逝去，置身于市井之中，终难驱除自己身上沾染的俗气；然而厌恶俗气的同时又惊异于以往的古板守旧，苛求别人的同时又在放松着自己。检束身心，读书明理已离我远去，表面看来，我是愈老愈随和，实则是愈老愈泄气。我自己将自己的观念一一打破，无异于一口一口咬噬自己的心，心吃完了，就剩下了麻木。老三的心也是沉痛的。"我"更是沉痛："我"知道老三为什么不见舜镅了，那是羞愧，是汗颜无地的自责，是橘已为枳的感叹。"我"心中忽然觉着辛酸万分，眼泪一滴滴流在腮上。"我"的哥哥与姐姐，舜其与舜镅——走了的，已然走了；没走的，正轻轻地抛掷掉淡泊的天性，怀着背叛与内疚，悄无声息地存在着……在人生的感慨中，透出了历史变迁的沉重感。

时代的暴风雨来了，一个世家衰落了，一群子弟分道扬镳了，或浮或沉，或守或变，内中多少人生况味，内中却也折射出历史的沧桑世变。纳兰性德有一首名为《望海潮·宝珠洞》的咏史词："漠陵风雨，寒烟衰草，江山满目兴亡。白日空山，夜深清呗，算来别是凄凉。往事最堪伤。想铜驼巷陌，金谷风光。几处离宫，至今童子牧牛羊。　荒沙一片茫茫，有桑乾一线，雪冷雕翔。一道炊烟，三分梦雨，忍看林表斜阳。归雁两三行。见乱云低水，铁骑荒冈。僧饭黄昏，松门凉月拂衣裳。"[1]咏史总难免产生今昔之叹，所谓"满目兴亡""别是凄凉""往事最堪伤"。叶广芩的《采桑子》是写史，写一个家族的历史，似也有"满目兴亡""别是凄凉""往事最堪伤"的况味，但她的视界显然比她那位同宗族的词人要高一些，写没落而不颓丧，叹沧桑终能释怀，感伤的同时更有历史的审视意识，同情的同时更有批判的深度，叹往却不忘今天的历史尺度与高度，

---

[1] 张秉成：《纳兰词笺注》，北京出版社，1996年，第413页。

这就使《采桑子》有了一种深沉的历史感。

三

家族小说之外，叶广芩也写了不少的社会小说或者说是世情小说，同样很出色。《青木川》（《中国作家》2007年第4期，太白文艺出版社2007年版）是一部颇有分量，对叶广芩的创作来说也颇为重要的一部长篇小说。该作曾荣获首届（2007年度）中国作家鄂尔多斯文学奖。这部长篇小说，写的不是叶广芩已经驾轻就熟的家族小说或京城生活小说，它写的是陕西西南部与四川、甘肃交界的一个实有其名、实有其地的地方青木川，小说中所写的主要人物基本上也曾经实有其人。在这部小说中，我们依然可以看到叶广芩创作的一贯特色，宽阔的文化视野，深长的历史意识。面对大千世界，叶广芩独独选中古镇青木川作为题材，选择一个向往现代文明的土匪作为描写对象。这显然与叶广芩的文化关切有关，与她的历史情怀有关。

叶广芩相遇青木川，颇有戏剧性。上世纪80年代初，她写一篇小说，其中涉及土匪，却不知何处有土匪，就在地图上找，目光游走在陕、甘、川交界处，看到"青木川"这个小镇名，就用了。后来又听阳平关的矿工说到了青木川，听到了土匪魏辅唐及其夫人的故事，不能忘怀。2001年，她终于去了青木川，访问了"大土匪"的最后一个"压寨夫人"，看遍了青木川的山水民居，听了过去现在的一些故事，颇有触动，感觉其中历史的、社会的、文化的、人性的、人生的内涵相当丰富，此后又多次探访青木川及魏辅唐（小说人物原型）的后人，这就有了小说《青木川》。

青木川镇，形成于明代，成型于清代中后期，民国时期达到鼎盛，是一个山清水秀的羌汉民族杂居的羌州古镇，至今许多地方还依然保持着清末民初的风貌。"土匪"魏辅唐——小说中名为魏富堂也实有其人，其兴学建校等事迹至今仍然在乡间流传，因为他当年所建的漂亮的中西合璧的学校等建筑还在，乡里的娃娃们还在那里上学。小说《青木川》就是在这样的真实生活的基础上，经过艺术提炼与艺术加工，凿璞为玉，琢玉成器，脱胎换骨，画龙点睛，成为一部思想内涵丰富、艺术品位高的长篇小说。《青木川》以古镇青木川作为小说的背景，以"土匪"魏富堂的传奇经历及有关人物为主线，从青木川镇解放前夕的40年代写到改革开放的今天。小说以一老二少对往事的追寻访问作为切入点，悠悠地展开了上世纪40年代至今秦岭山地中这个神秘古镇中一个个神奇人物的传奇故事。冯明是离休老干部，上世纪50年代初曾经在青木川负责土改工作，他再次回到青木川，是重返自己曾经战斗过的地方，是老年的怀旧，同时，他还有一个更重要的心事，就是要祭奠英勇牺牲在这块土地上的战友加恋人林岚，了一段未了情。冯小羽系其女儿，女作家，她从旧报纸的片言只语中发现了一些感兴趣的线索，以其作家的大胆想象和合乎逻辑的推理，试图突破人们传言和故意制造的话语迷雾，找出所有隐藏在历史烟云和话语迷雾中的人物的真实面目，还原全部的历史真相。而钟一山是一位留学日本的唐史学者，满脑子稀奇古怪的念头，他的目的是寻访杨贵妃的遗迹。一行人各怀心事，踏上了寻访青木川之路，从而也从各个视角展现了青木川的前世今生。

《青木川》重点写的是一个性格复杂、有时难以用善恶、是非、功过进行明快评判的"土匪"形象——魏富堂。这个人物形象，在中国文学的人物画廊里，应该是一个以前没有见过的人物形象。此人出身贫寒，父亲是镇上的一个卖油郎，饥荒之年，为了不被饿死，魏富堂十四岁就入赘镇上首富刘家。小小的魏富堂，在苦日子中长大，对生活有着清醒的认识。他有头脑，有心计，也有抱负。他的起家是充满血腥和肮脏的。入赘刘家，他明知刘家姑娘是个长年卧病在床的病秧子，还是来了。进门以后，他没有"倒插门"的缩手缩脚，倒是反客为主，并以主人自居，拉牛卖地，自作主张，气死了岳父，气疯了岳母，对刘家那个病媳妇则采取不即不离的政策，最后活活拖死了她。魏富堂以刘家的资本和根基起家，一做生意，明白经济基础的重要，二拢民心，懂得独木不成林的道理。二十二岁那年，魏富堂杀了地区民团团总，亡命在外，就有十几个贴己兄弟跟了来，拥戴他为首领，干起了杀人越货的勾当。魏富堂先跟着陕南有名的大土匪王三春，任铁血营营长，杀人放火，作恶多端，后来看到王三春滥杀无辜，没有信义，感到这样下去没有出路，于是另立门户，最终回到青木川老巢发展。

经历了血雨腥风的洗礼，特别是在洗劫一个教堂时，意大利神父那优雅的生活方式、从容不迫的神态，桌布、刀叉、风琴、电话、汽车这些他从没有见过的东西以及英语这样的他从没有听过的洋话，让他迷惑也让他着迷。现代文明给这个世代居住在偏远深山中的"土豹子"以强烈的冲击，而现代文明的文化细节所产生的魅力也使这个在月黑风高夜讨生活的聪明人目眩神迷，进而对自己的追求甚至对自己的生存方式产生了怀疑。还有一件事，对他的刺激或者说教育也很深。魏富堂以为他有钱有枪有权有势，他在青木川就是王，想干什么就能干什么。他那个卖油郎父亲死后，他大操大办，极尽哀荣，但他想给魏老爷子的墓碑戴个令牌，为他操办丧仪的施秀才虽然拿了他的金条地契，却给他较了文人的真，不仅退还金条地契，还说他这样做是坏了乡规，超越了规制礼数，即使硬戴上高大令牌，也是不算数的，而且要遭人唾弃和耻笑。依乡俗，只有中了科举的读书人才能给先人墓碑戴令牌，这其中的理就是礼和文化。改变就是这样开始的，变化也是这样开始的。一切都是那样地突然，一切也都是那样地自然，现代文明的魅力、文化的力量，如同春夜好雨，随风潜入，润物无声。应该说，魏富堂是个聪明人，也是个明白人。聪明，就会迅速地领悟许多没有人教他的道理；明白，就会懂得这个世界比他知道和想象的要大，他应该做什么和往哪里走。

魏富堂改变了，也分裂了。他把他的土匪武装变为人民自卫队，自任人民自卫队总司令。他要发展经济，繁荣地方，富强自己。他在本地推行一些新政，办一些好事，全是强制执行，用的办法差不多都是土匪式的霸道做法，但在当地非常有效。发展经济的策略是种植大烟，却只销往外地。他严令当地民众禁烟，自己不抽，本地人也不许抽，谁抽枪毙谁，于是本地竟然没有一个烟民。再是繁荣商业贸易，大家公平交易，他责令本地人不许欺负外地人，如果本地人与外地人发生冲突，先收拾本地人，于是外地客商如云。他架桥修路，桥塌了死了人，有人不想干，他就动用武装押着大伙干，还亲自监督工程质量，吃饭都在工地上。魏富堂性格看似分裂，人生追求方向却很明确，那就是向着文化和现代文明。眼界既开，他在对现代文明痴迷的同时，比如他除了为自己建立现代化的配备洋枪的武装力量之外，还从千里迢迢的山外背回电话、留声机、冰箱、钢琴和美国福特车，更对文化极端崇敬，舍得投入。令人惊叹也让人深思的是，此一粗野山贼没有上过学，文化程度很低，对教育却极为重视，对文化极端崇仰。他在偏僻大山修建巴洛克式的堂皇建筑作为中学，延请名师，促人就学，学费全免，谁家不让娃儿上学，就把家长关进牢里，即使是本家人也不例外。学校开设英语课程，那些上学的山里娃娃，衣衫褴褛却说得一口标准英语，可谓奇观。这些娃娃长大后，许多人还被送出大山到大城市深造，日后成为国家的有用之才。

  物质和环境之外，他的人生，也在自觉不自觉地向文化靠拢。这特别表现在他对女人的选择上。作家冯小羽根据旧报纸上的一段新闻，对魏富堂几个夫人的寻访、想象、推理和判断，颇有推理小说的悬疑色彩，迷雾重重，疑团阵阵，山重水复，柳暗花明，回环曲折，很是引人入胜。魏富堂的身上还是有一些不凡之处的，作为横霸一方的"土匪"，在对待女人的问题上有他独特的眼光和追求。他不像一般土匪、土皇帝那样一味荒淫，他有他既定的理想和追求。第一任夫人刘二泉，他不碰她，也不离不弃，居然能夜夜挂在床边一睡数年。第二任夫人朱美人，虽为戏子，却很有见识，两人性情相投，可惜朱美人后来被官家斩首。再下来，他不惜重金从西安城里娶回进士后人赵氏二女，为的就是改换门庭，以让魏家后人也能传承文化的基因。第五位夫人解苗子，除了有他喜欢的蓝眼睛之外，主要还有文化，解苗子能读英文的《圣经》。五位夫人之外，还有一个特别的女人，此人对魏富堂影响极大，魏富堂对此人也极为赞服，甚至对她言听计从，这就是程立雪，亦即后来的富堂中学校长谢静仪。程立雪原系北平女师大西语系毕业生，容貌出众，才学超群，其时为陕南教育督察主任夫人，1945年在翻越秦岭大梁时被魏富堂的外甥——土匪李树敏劫持，送给魏富堂。魏富堂一见，惊为天人，深为其气质谈吐折服，以礼相待。程立雪改名谢静仪，留在青木川教书，办学育人。谢静仪在青木川解放前夕身患绝症，吞服大烟自杀。魏富堂和谢静仪的学生许忠德等人把她悄悄地埋在了青木川，对外则宣称校长走了。魏富堂和谢静仪的关系，用魏富堂的女儿魏金玉的话说，"他们的关系清澈如水，可鉴日月"。应该说，在魏富堂周围，在整个青木川，最有文化也最有见识的人，当是这个中学校长谢静仪，所以魏富堂对谢静仪不仅待若上宾，"一味尊敬"，而且遇到大事要事还要向她求教。在最后向解放军是"降"还是"反"的问题上，魏富堂依然乞求谢校长指点迷津，只是因青女等人的捣鬼，阴差阳错，才导致了后来的结局。土匪魏富堂也是人，文明点化了他，文化开化了他，他对物质文明的追求，对精神文化的崇仰，应该是一个人正常、自然而合理的人性需求。所以说，土匪魏富堂性格的演变和人生的轨迹，既反映着特定历史的社会内涵，也透示着丰富的人性内涵。

魏富堂是以反革命罪被新政权枪毙的，其实他在政治上，并没有一定的立场和远见。对国民党和共产党，他采取的基本上都是敬而远之的态度。他敌不过人，力量也不是很大，只求保存实力以自保。政治上的短视与一定程度上的盲目，与他的文化视野有关。可惜，他的身边既没有李自成身边的谋士李岩（史上有无李岩其人，史学界有争议，姑用小说家言）那样的文人，也没有红色娘子军中洪常青那样的党代表给以"常青指路"，谢静仪算有文化也有见识，但也只能搞些教育，倡扬一下文化，政治上帮不了魏富堂什么忙。所以，魏富堂只能是雄踞一方的半匪半绅、亦绅亦匪的"土豹子"，他的悲剧结局几乎是必然的。魏富堂是一个很聪明的人，他也许意识到了他可能的结局，于是他迅力地朝着文化奔跑，努力地向文化人学习，结果倒在了半途上。

《青木川》是以倒叙的方式讲述历史故事的，在当下的寻访故事进行中不断穿插或对接回忆和追述，历史和现实交替闪回。小说以今天的视角写昨天，以昨天映照今天，在一种恍兮惚兮的历史烟云中，历史与现实贯通，今天与昨天形成对照。小说中的所有人似乎都在追寻历史，追寻的同时当然也在反思，反思历史的同时也在叩问今天。这是一种叙述策略，也是一种历史态度和方法，它试图表达的是多维视野观照下的多元价值取向。冯明是政治思维指导下的红色话语，冯小羽是文学是人学思维方式下的文学话语，而钟一山是求真证实的历史话语。1952年，魏富堂在"镇反"中被枪决在自己亲手建造的富堂中学，冯明努力地想要证明历史决策的正确，可乡民们却依然恭敬地记得那个"魏老爷"。冯明的愤怒和失落极有历史感也有时代感。冯小羽看到的是一个粗野山贼与文化，与有文化、有品位的女人的故事，以及一个偏僻闭塞的小镇被一个大土匪改造为一片富庶繁华的热土，一个豪强暴烈又锐意进取的"土豹子"在割舍不断的文化向往中，被文明慢慢驯服。在中国的乡土社会发展中，这个人执着却未必自觉的脚步是那么意味深长……叶广芩不是在做简单的"翻案"文章，她是以一种新的历史视角，新的文化观念，重新打量那个被镇压了的家伙以及他脚下的那片土地，从中国历史纵向打量，也从世界格局横向考察，这是用现代的文化眼光对历史进行重新审视。它给人的感受是复杂的，想象和思考的空间是丰富的，当然，给人的启示也是多方面的。

四

叶广芩近年来发表了一些中篇小说，总名为"京剧系列小说"，其题目都取自传统京剧剧名。小说内容与原剧作的题旨有着或多或少的关联，这些京剧题目对叶广芩所要表现的小说的思想内涵，起着一定的或点题或烘托的作用。这些小说或写家族秘史，或写旧时京华人物及其生活，其文人情怀、史家眼光更是彰显无遗。小说用笔看似散漫随意，信手拈来，实则别具匠心，蹊径独辟，放得开，收得拢，似臻随心所欲不逾矩之境。世事洞明，人情练达，故事讲得行云流水，人物写得入木三分，从容淡定中蕴着智慧和深刻，闲散温婉中透着幽默和锋芒。

《盗御马》（《北方文学》2008年第1、2期）写的是当年的知青生活，《玉堂春》（《芒种》2009年第11期）写的也是当年知青生活的所见所闻与所遇，但故事背景不是一个地方，而是旧时北京和现时的陕西两地，写了两个妙手回春的"神医"，北京的陈玉堂和陕西的陈豫堂。写神医是讲故事，其主旨还是展示当年即"文革"后期的社会现实和底层人的生活命运，揭示人之病与社会之病。《豆汁记》（《十月》2008年第2期）其京剧剧目又名《金玉奴》，写自家原来一个女仆莫姜的故事。莫姜出身卑微，命运悲苦，但气韵清朗，自尊自爱，能以仁爱待人，遇事颇有主见。《小放牛》（《小说月报·原创版》2009年第5期）写"畸人"或者说是"异人"张文顺——这是一个太监，还有"我的五姐姐"。他们当年都演过而且合演过京剧《小放牛》，后来生活都发生了巨变。这些现实生活中的平常人，他们的内心世界并不贫乏单调，也有五彩缤纷，也掀万丈波澜，天地万物，六合之内，几乎无所不包。叶广芩自己说，《小放牛》说的是一种心灵的放飞，这种放飞尽管艰难，尽管曲折，却是人的本真和本能，是无法遏制的精神追求。《豆汁记》和《小放牛》，写的都是小人物，或是地位低贱的女仆，或是命运悲惨的太监，但他们都有着自己的人格精神和心灵世界，世事多变，命运多舛，但他们坚守其认定的做人原则，至死不渝。这种中国人的传统精神，也许正是叶广芩看重的。

"京戏系列小说"中，表现家族秘史和旧京生活的，也许更能体现叶广芩的文人情怀和史家眼光。关于这些小说的真实程度，叶广芩说，以"源于生活，高于生活"简短回答似乎太原则，她说她写得未必比生活更高，但她"创作的人物基本都是有原型的"（《北京文学·中篇小说月报》2009年第10期）。《采桑子》之后，叶广芩说她的家族题材要放到做了"老太太"时写，而今重新提笔，显然对某些事件和人物有了更为深刻的会心和思考。《状元媒》（《北京文学》2008年第12期）写"我"父母由偶遇相识到结为连理的过程。母亲原是北京朝阳门外南营房的平民，父亲则出身豪门贵族，曾为大清国的"镇国将军"，留过东洋，其门不当户不对的千里姻缘，乃中国历史上最后一位状元刘春霖所牵，其中充满了传奇色彩，也饱含着丰富的老北京的生活故事。从情节上看，中篇小说《大登殿》（《民族文学》2009年第1期）应该是《状元媒》的续篇，从人物上看，这部小说将上部小说以事件为主的散点透视聚焦为母亲这样一个女性。《大登殿》写母亲对婚姻的态度，主要写母亲为自己是正房还是偏房的名分进行的抗争和正名。小说还有一条情节副线，自然地穿插了一个当代年轻女子的生活方式，意在表现不同时代女性对生活的态度和他们不同的价值观。母亲是民国初期的女子，为了抚养弟弟，三十岁才出嫁。到了洞房花烛夜才知道所嫁的男人比自己大十八岁，而且还有一个已经给他生了七个孩子的夫人。于是母亲大闹洞房，演出了闹婚、逃婚、抗婚的系列剧。父亲是个毫无心机、满腹经纶又永远快乐的北京大爷，遇到此类难缠事情选择的是逃开。母亲远赴天津寻找状元媒讨个说法，媒人刘春霖的回答是"明媒正娶，坦荡磊落"，庚帖换过，大礼行过，主婚证婚都在，"怎能是小老婆？"状元媒人说叶家虽有夫人，但那是妾，而母亲是父亲一见钟情娶回去的妻。媒人还说大十八岁不是问题，自己的女婿就比女儿大十八岁。媒人是清末最后一个状元，母亲觉得自己并不比状元的女儿更金贵，讨得如此说法，母亲遂平心静气，回去安心过日子了。如此讲究并看重一个名分，这是母亲那个时代人的观念，名分关乎一个人的人格和尊严，与生命一样有价值。可是到21世纪初，母亲的重外孙女儿，一个硕士毕业生，不找工作，却找了一个已有家室、比自己大二十八岁的大款。母亲当年看重的名分，在重外孙女儿看来却是没必要追问的事情。叶广芩在这里写了时代变化带来的社会风气的变化、生活变化与人的价值观的变化，颇有历史感。

《三岔口》（《中国作家》2009年第5期）写性格与性情对人的命运的影响，或者说是人的命运同性格和性情的关系。人生可能有许多三岔口，但关键处就那么一两个。小说中写的三个人物，我父亲和姑爸爸家的两个儿子大连、小连，虽然是亲人，同属"八旗子弟"，他们后来的命运遭际和人生结局却迥然有别，这是他们在人生的三岔口自我选择的结果。当然，这种选择与他们各自的性格与性情大有关系。父亲是没落贵族，有着文人士大夫的情怀，以绘画为事，懂礼仪，循规矩，尚艺术，爱美食，凡事拿得起，放得下，30年代初到江西景德镇云游写生。小连十八岁，风流多情，在北京和一个药铺老板的女儿小瑛子相好，把人家肚子搞大了。他娘不愿小连娶那个女子，就叫他跟舅舅一起到景德镇，以逃避婚事。走到九江，得知小瑛子上吊自杀，小连痛不欲生，恨不得跳进长江追随小瑛子而去，硬是被父亲劝阻了。就是这么一个多情之人，经过革命熔炉的锻冶，后来则变得冷峻、理性，很有原则性。他的哥哥大连在新中国成立后被关进监狱，适逢国庆十周年大赦犯人，父亲和"我"去见他，他让夫人接待，夫人说"小连是个原则性很强的人，从没有为个人的事朝国家张过嘴"。在景德镇，父亲和小连住在一个庙里。庙里住持是父亲留学东洋时的师弟，如今放下了所学的化学专业，青灯黄卷，过上了远离世俗的生活。此时庙里住了一个红军的团指挥部，小连很快喜欢上了一个叫吴贞的女红军，并跟着红军做些事。父亲帮小连也是帮红军写些标语，红军团长叫父亲帮部队办了一个教写字的美术班。红军撤退时，团长极力鼓动父亲同他们一起走，父亲没有去，小连却跟着走了，由此走上了革命道路，因此当上了大官。大连走的则是另外一条路。北平解放后，人民政府接收了他这个旧政府遗留下来的所谓"录事"，但他懒散惯了，不适应新政府的纪律约束和工作作风，辞职不干了。没了职事也就断了生活来源，生活拮据，他就到亲戚故旧家蹭吃蹭喝，招摇撞骗，落得个人嫌狗不爱，再后来则混入了反动会道门"一贯道"，最终沦为阶下囚。"三岔口"是三条道路的交汇点，也是出发点，三个亲人不同的人生选择和命运道路，皆与这个"三岔口"有关。风云际会的大革命时期和改朝换代的历史紧要关口，对于他们来说，就是他们各自人生的"三岔口"。"三岔口"的人生选择当时看似偶然，看着不那么经意，但放大拉长置于一定的历史时段来看，这种偶然与人的性情有着必然关联，这种不经意却决定了他们后来漫长的人生道路和命运结局。

叶广芩在《小放牛》（《北京文学·中篇小说月报》2009年第10期）创作谈《心灵的放飞》中说，她的"京戏系列小说"，"说的依旧是北京的过去和现在，关于这类话题似乎总是说不完，只要生命演绎着，便不会枯竭。北京是我的故乡，我爱这里的一草一木，爱这里的人，爱它的古老沉稳，爱它的时尚快捷。我年轻时走向了西北，在黄土地生活的时间远多于京城，但儿时的精神烙印一直起着决定作用，幼年的性格铸造已经定型，即使是走南闯北，即使是鬓间白发丛生，也是无法改变的，命运的根把我牢牢地系在了北京，系在东城那座老旧的四合院里，无论走多远也离不开这个中心"。关于她写的这些"京味"小说，她说："人们可以不看，但我不能不写，因为它们和北海的白塔，和隆福寺的小吃，和通达的地铁，和街上往来的车流一样，是北京的一部分。它们使历史与今天糅合，将昨天和今天衔接，填充起北京构架的细部，使这座城市的内涵活跃而生动，使我的故乡充盈得满满当当。"老北京和新北京，既是叶广芩生命的故乡，也是叶广芩文化精神的故乡；她选择的"使历史与今天糅合，将昨天和今天衔接"，是她文学的表现手法，也是她史家眼光的体现。

由北京而陕西，由西安而北京，这是叶广芩的两地情，双城记。叶广芩是一位文人情怀很重、历史眼光很强的作家，两地情也罢，双城记也罢，表现在创作中，都能充分地展示她这两点艺术特色。

原载《中国作家》2010年第9期

经典作家的经验给我们的启示

——读李建军《并世双星：汤显祖与莎士比亚》

李建军的《并世双星：汤显祖与莎士比亚》（以下简称《并世双星》），是在汤显祖和莎士比亚逝世四百周年之际，对东西方两位戏剧大师的致敬之作和比较研究之作。该著内容厚重、广博，是对四百年前中西方两位经典作家、伟大作家比较研究的力作，也是一部交响乐，关于历史，关于现实，关于文学、文化、文明的交响乐。书中对很多问题的阐述稳当而犀利，文采斐然，读起来让人有一种含英咀华的感觉。李建军的这部作品，是他在多年学问和思考积累的基础上，包括关于汤显祖和莎士比亚阅读、研究、思考积累的基础上，一段时间激情燃烧所产生的一部心血之作。

对汤、莎进行比较研究，涉及东西方戏曲、戏剧、文学、思想、文化、时代背景、政治文明等很多方面。李建军评梁实秋说，梁实秋有"开阔的文化视野和成熟的人文精神"，李建军也具备这样的开阔的文化视野和成熟的人文精神。非此，对两位经典作家的比较研究无法深入展开。《并世双星》视野宏阔，同时又能站在当今学术的前沿，对相关问题既有宏观的总体的把握，更能从细处入手，进入艺术欣赏的境地。比如关于"活文学"与"死文学"之辩，关于"文学"与"纯文学"之辩，关于汤、莎的作品及其艺术性，他都能深入艺术的肌理分析，特别是对像汉语之韵致这样一些有时只能体味其微与妙而难以分析的对象进行了深入分析。所以,李建军这部著作显得很扎实,无论是谈思想还是分析艺术,都能深入其里并展开之,没有那种凌空蹈虚的空话,没有不着边际的昏话。

李建军借汉诗《秋风辞》中的诗句"兰有秀兮菊有芳"来概括和评价东西方两位巨擘,认为对他们强分轩轾没有意义。比较研究的意义,在于对他们所处时代的政治和文化环境进行比较分析,进而联系戏剧家个人的生存境遇和创作道路,比较他们在审美和伦理方面的异同,总结出他们艺术创作的伟大经验和这种经验资源对后世的启示意义。书中有对汤显祖和莎士比亚的两部爱情经典作品的分析,即牡丹与玫瑰——《牡丹亭》与《罗密欧与朱丽叶》,也有对两位戏剧家艺术世界总体性的研究,如第四章《汤显祖的戏剧写作与精神向度》和第五章《莎士比亚戏剧的意义世界及其表现》,有对比较研究中引出的相关问题的梳理,对两位经典戏剧家所呈现出的各自的戏剧史以及文学史价值的梳理,对两位戏剧大师的接受史和研究史的再研究,进而理出一些有价值有美学意义的命题,进行深入分析,探讨两位戏剧大师所呈现出的美学与艺术伦理共同性的问题和意义。李建军对两位戏剧大师概括、总结出三个"伟大的共同性":人格,人生哲学,再度创作。

确实,经典作家的伟大经验给我们很多的启示。《并世双星》比较研究的是四百年前东西方两位经典作家,该书在一个非常广阔的时空中所发掘和讨论的一些命题,对文学艺术来说,涉及一些根本性的问题,具有普遍性的意义。有些问题既具有历史性,也能让人感觉到深深的当下性、现实性以及未来性。比如时代对作家、对艺术的深刻影响,比如作家的人格、精神境界对文学艺术的作用,比如创新和如何创新等问题,我觉得都有非常强烈的现实意义,对未来的创作也有一定的规箴意义。

从时间上来说,汤、莎是同时代人,考察作家与时代的关系问题,就是一个非常有意义的问题。而作家与时代的关系问题,也是一个大问题、老问题。"文变染乎世情,兴废系乎时序"(刘勰《文心雕龙·时序》），刘勰很早就论及时代、世情与文学的关系问题。确实，时代和世情对作家个人命运的影响是巨大的，作家的思想和人格的形成也与时代和世情有着密切的关系，而且，时代对文学的影响不仅是外部的，也深入了内部。同时时代和世情对作家的美学选择、叙事策略以及艺术风格也都有着深刻的影响。如果泛泛而论，人们对这个问题或许得不到特别真切的感受。李建军从时代角度比较汤显祖和莎士比亚，是该书的一个重点，他的分析细致而深入，让人印象深刻。李建军认为他们的志趣有很多相似性，但生活的空间不同，亦即他们所处的时代背景、文化环境、政治文明等不同，他们的命运、文运、心境以及美学选择、叙事策略当然也包括其艺术世界所呈现出来的风格也就不同。时代在他们的身上打下了非常鲜明的烙印，他们艺术上的很多选择既是个人的，也是时代的。

李建军认为，文运取决于时代，而莎士比亚之为莎士比亚，是他幸逢其时。李建军展开分析说："无论从哪个方面看，人都是自己时代的产物；而他的写作，则是其时代的精神镜像。一个人的生活和写作，从内容、态度、格调、情绪和文体等很多方面，都反映着他所在的时代的文化教养和精神气质。"[1]因为，写作需要最低限度的自由——安全地思考、想象和表达的自由。在一个极端野蛮的时代，只有少数勇敢的人，才敢在积极的意义上写作，而大多数人，或选择沉默，或满足于虚假的、无关痛痒的写作。即使是那些勇敢的写作者，也不得不选择一种隐蔽的写作方式，例如隐喻和象征的写作方式。汤显祖象征化的"梦境叙事"，就是一种不自由环境下的美学选择；而莎士比亚的全部创作所体现出来的极大的自由感和明朗感，则彰显着写作者与写作环境之间积极而健康的关系。

李建军说："汤显祖与莎士比亚虽然身处同一个时代，但却生活在两个世界。"他感慨："从物理时间上看，他们确乎是同时代人；但是，从文明程度看，他们则生活在完全不同的时代——汤显祖的时代落后莎士比

---

[1] 李建军：《并世双星：汤显祖与莎士比亚》，二十一世纪出版社集团，2016年，第17页。

亚的时代，何止四百年！"①他展开分析，莎士比亚生活在伊丽莎白女王时代，女王有良好的修养，她笃信"人的良知无法强迫"，脑海里没有那些强制作家按照自己设计的理念和模式去写作的荒谬念头。因此，"没有伊丽莎白时代的伟大精神，就没有莎士比亚的辉煌成就"②。故此，莎士比亚的"写作在题材取舍、主题开掘、风格选择、修辞态度等几乎所有方面，都表现出一种自由而积极的状态"③。即使涉及政治和权力的主题，也不用左顾右盼，不怕"触犯时忌"。

而汤显祖就不同了。他生活在一个落后而野蛮的前现代社会，恐怖氛围里的静止与和谐，是这个社会的突出特点。在李建军看来，汤、莎就想象力和才华论，两人"在伯仲间"，但境遇和命运，却全然两样。汤怀抱利器，无由伸展，处处碰壁，一生偃蹇。他本来志在兼济利民，却沉于下僚，游宦不达，无可如何；转而想寄情楮墨，以写作为业，却同样困难重重。就是在这种"无可奈何"的写作环境里，他努力不懈，这才创造出了"临川四梦"的不朽成就。

李建军关于时代对作家及其文学影响的阐述，不仅在于作家的个人命运以及人格精神这些大的方面，让人印象深刻、感受真切的，还在于他关于这种影响达于文学修辞方面的阐述。

关于汤显祖的创作，李建军认为，"从文学精神来看，汤显祖无疑属于现实主义作家。但是，从写作方法来看，汤显祖的'临川四梦'，除了《紫钗记》大体上是用写实的方法创作出来的，其他三部全都是象征主义性质的作品，就此而言，可以说，他是用象征主义方法来写作的现实主义作家"④。他认为，汤显祖的"临川四梦"之"梦境"，是作家在"被动的境遇"中所选择的一种"积极的策略"。"汤显祖的象征主义写作既是

---

① 李建军：《并世双星：汤显祖与莎士比亚》，二十一世纪出版社集团，2016年，第18页。
② 同上。第23、24页。
③ 同上，第25页。
④ 同上，第133页。

被动的，也是自觉的。"他展开分析："在一个异常的写作环境里，士人和作家常常被视为一群需要驯服的人。权力会以极其严酷的方式，例如，通过'文字狱'等恐吓的手段，控制人们的情感方式、思维方式和表现方式，有效地限制作家的叙事边界，规范他们的叙事态度和写作立场，从而获得它所需要的现实效果，实现它所设定的功利目的。所以，很多时候，作家在写作方法上的选择，完全是被动的。也就是说，在技巧的背后，人们可以看见强大的皇权专制，可以看见意识形态诡异的面影。在一个极端形态的专制社会里，真正意义上的幽默和讽刺，是很难看到的；自由而充满个性的抒情和叙事，也是极为少见的。"[1]

李建军指出，"真正的现实主义文学，本质上都是以勇敢的精神追求真理的文学，以挑战的姿态批判现实的文学，以求真的态度发现和揭示真相的文学。所以，在任何专制主义的写作环境里，现实主义都是一种被敌视和压制的写作方法"[2]。元代的专制统治也很黑暗和严重，知识分子的地位也很低，但因为少有"文字狱"，作家和艺人的自由空间也就相对大了一些。而与元代比，明代社会的思想天空就要黑暗得多，文化生态环境也要恶劣得多。李建军说，"这是一个纯粹意义上的前现代社会"[3]。因此，作为一种安全而积极的叙事策略，汤显祖喜欢写梦境，写梦境中的奇人异事。"梦境中事，子虚乌有，容易打马虎眼。"[4]"临川四梦"，《紫钗记》《牡丹亭》以梦写人之至性至情，特别是《牡丹亭》，人可以因情而死，又因情而生，这是对人性至真、至纯、至美的肯定和赞颂；《邯郸记》《南柯记》则借梦对现实生活和虚妄的人生追求进行讽刺和批判。无论是肯定和赞颂，还是讽刺与批判，以梦来表现，都是一种"安全而积极的叙事策略"，这使我们对时代与文学关系的认识，似乎更为内

---

[1] 李建军：《并世双星：汤显祖与莎士比亚》，二十一世纪出版社集团，2016年，第133页。
[2] 同上，第134页。
[3] 同上，第135页。
[4] 同上，第135页。

在。展开来看,中国古代文学以诗词和文章为主流,这显然与古代作家的身份构成有关。古代作家基本上是文人士大夫,他们文化高,修养深,且大多居于社会的上层,而诗词文章,需要一定程度的文化和修养,才能创作和欣赏,所以,一般而言,诗词文章是文人士大夫的文学,某种意义上说是"贵族的文学",而不是平民的文学。现代以来,时代强调文学的社会改造功能,白话文就大行其道,后来提倡"为工农兵写"甚至"工农兵写",白话文中又更强调人民群众的语言特别是口语化,文学中"文"的色彩就有些淡化,而"野"的味道就浓了一些。受这种时代思潮和文化风气的影响,现在的文学,对诗词和文章明显地不太重视,甚至完全忽视,人们一提文学,似乎只是指小说。作家身份的构成,从古代到今天,由文人士大夫而平民而工农兵(共和国作家的主体,就是工农兵或工农兵出身的人),这种时代对文学的要求和对作家的选择,历史脉络非常鲜明。而20世纪七八十年代所谓朦胧诗的兴起,显然也与那个时代的社会氛围特别是政治状况有关,是时代造就了诗歌"朦胧"的修辞方式和叙事策略。

李建军在论及汤、莎两位作家创作的伟大经验时,有两点概括,"创作的时代性"和"集体性共创",我觉得对当前的文学创作特别富有启示性。

创作的时代性就是当代性,作品的思想、精神和问题首先立足于当代,针对的是当代,即使是历史题材的写作,所指涉的也首先是当代。有了当代性即时代性,然后才有可能上升到超时代的普遍性。李建军认为,汤显祖和莎士比亚首先是属于自己时代的作家,他们的"再度创作",给后世的作家提供的有价值的经验资源,其中首要一个就是时代性。"任何自觉的写作,都是首先针对自己时代的写作。它必须首先立足于当代性,然后再由此上升到超时代的普遍性。"而"一部毫无时代性指涉的作品,不可能成为超越时代的伟大作品;一部不能感动自己时代读者的作品,也很难感动后来时代的读者"。[①]这就要求"无论多么古远的题材","都

---

① 李建军:《并世双星:汤显祖与莎士比亚》,二十一世纪出版社集团,2016年,第447页。

要将它转化为关乎时代生活的叙事内容,都要将自己时代的情绪、问题和经验灌注进去"。①"莎士比亚把一切遥远时代的生活,都变成了自己时代的生活,否则,他的同时代人就不会那么感兴趣。"②这些论述和分析中的点睛之笔,读之豁人耳目。这种经典作家的伟大经验,对那种有意无意回避时代重大问题和普通情绪,忽视时代对文学要求的创作特别是现实题材的创作,确实有警醒和启示作用。也可以说,李建军在这里的研究和论述,也有他的"时代性"。

汤显祖和莎士比亚给人以启示的经验资源,还有一个是"集体性共创"。李建军说:"集体性共创是我整合出来的一个概念,其基本内涵是:一切成熟意义上的文学创作,都是以前人或同代人文学经验为基础,是对多种经验吸纳和整合的结果,因而,本质上是集体性的,而非个人性的;是由知名或不知名的人'共同'参与和创作的,而不是由一个人师心自用独自创作出来的。它涉及了对独创、生活和内心封闭性等问题的理解和阐释。"③李建军引用歌德与爱克曼的一段谈话证明自己的"集体性共创"观点,同时说,"对极端的'独创性'理论的质疑和反对,是歌德一贯的立场和观点","汤显祖和莎士比亚的戏剧创作,就是一种'集体性的创作'。他们的文学大树的根,扎在别人经验的土壤里。他们乐意与古人或前辈作家一起合作,共同创造。他们将自己的生活经验、情感、思想与原始文本融为一体,赋予它们以新的内容和风格"。④"他们的意识中根本没有狭隘的'独创性'。"⑤这个"集体性共创"观点,说清了创作中的一个根本性问题。"创作"固然是一种个人的"创造"或是某种程度、某种意义上的"独创",但也确实是"以前人或同代人文学经验为基

---

① 李建军:《并世双星:汤显祖与莎士比亚》,二十一世纪出版社集团,2016年,第448页。
② 同上,第449页。
③ 同上,第456—457页。
④ 同上,第458—459页。
⑤ 同上,第459页。

础，是对多种经验吸纳和整合的结果"，没有"前人或同代人文学经验"这个"基础"，作家不可能凭空"独创"，作家的创作及其作品就是"由知名或不知名的人'共同'参与和创作的，而不是由一个人师心自用独自创作出来的"。认识到这一点，对创作非常重要的一点启示，就是我们要充分尊重和学习"前人或同代人"的"文学经验"，要"会通"古今中外的文学经验，然后在此深厚的基础上进行创造。这样，也许可以少一些那种"无源之水"和"无根之木"的所谓独创，少一些那种不能与时代、与他人"对视"和"对话"的"自言自语"。

李建军在这里的理论分析也有其"时代性"，他针对当下一些关于"独创性"的鼓吹发言展开论述说："对文学来讲，很多时候，'独创性'是一个充满陷阱的概念。文学上的完全的'独创'或'创新'，是不可能的。因为，新的经验产生于旧的经验；只有在旧经验的基础上，才最终形成了一种有意味的'亦新亦旧'的经验。在文学上，完全与旧经验没有关系的'新经验'是不存在的。"[1]这些豁人耳目的论述，对当前文学创作中长期流行的关于"独创"和"创新"的一些错谬观点，如所谓的文学和美学后人与前人"断裂"一类甚嚣尘上的说法，确实有补偏救弊之用。

《并世双星》是一部扎实的学术著作。书中所有立论，许多很有见地的观点，都有极扎实的论据做支撑，论证严密，以理服人，同时又以饱满的感情以及华彩文章感染人，很有感染力。这是一部思与诗并美的学术著作。李建军对汤显祖和莎士比亚这两位东西方伟大作家创作经验的发掘和提炼，无疑是我们当今创作以及未来创作不可忽视的一个经验资源。这也是我们纪念两位戏剧大师应有的现实意义。

原载《文学自由谈》2017年第2期，原文无副标题

---

[1] 李建军：《并世双星：汤显祖与莎士比亚》，二十一世纪出版社集团，2016年，第459页。

梁衡散文集《千秋人物》读札

看梁衡怎样写领袖毛泽东

　　领袖人物不好写。一般写领袖，需要仰视，需要正面，需要写一些伟大光荣正确的事，即使是写生活细节，也似乎需要时时处处透着动人的亮光。这样的文字看得多了，已经习惯。当然，看得多了，也会产生熟视无睹的审美麻木。

　　读梁衡写毛泽东的《假如毛泽东去骑马》，以为也会是上述写法，就想跳过去不看。犹豫了一下，又想此篇文章乃《千秋人物》集子的首篇，一般人编集子，首篇文章总要有点分量，也要有点特点，就试着读了下去。读着读着，暗暗叫绝：写得好！特别是，写得妙！

　　没有想到梁衡会这样写。

　　他写的是毛泽东子虚乌有的事。完全是想象，所以题目用了"假如……"

　　是的，梁衡写的，完全是毛泽东生活中没有发生过的事。一般写人，包括写领袖，都会写"有"，实有其事的"有"，"有"中再根据主题的需要、根据先在的人物形象塑造的需要、根据时势的需要，再仔细地、精心地选择具有表现力的动人的细节。梁衡一反其道，写的是"无"，什么都没有发生的"无"。

　　梁衡把一篇"无"的文章居然写得绘声绘色，跟真的一样，而且让人读来感觉兴味无穷。"有"是实,实了反而有了局限性;"无"为虚,虚了反而具有了很多的可能性,包括思考和想象的可能性,让人思接千载,视通万里,也让人玩味无穷。

当然,梁衡这篇写毛泽东的《假如毛泽东去骑马》,也不是一点事实依据都没有的胡天胡地地凭空想象之作。作者在开篇,写1959年在上海召开的中共八届七中全会上,毛泽东谈了他的一个愿望:很想学明朝的徐霞客,"游黄河、游长江。从黄河口子沿河而上,搞一班人,地质学家、生物学家、文学家,只准骑马……一路往昆仑山去。然后到猪八戒去过的那个通天河,从长江上游,沿江而下,从金沙江到崇明岛……搞它四五年"[1]。然后,毛泽东又在1960年、1961年、1962年和1972年,在不同场合对不同人都谈到他的这个愿望,有的谈话甚至让人感到他似乎就要落实他的这个愿望了。从五则非常具体可考的史实材料出发,梁衡开始依着毛泽东愿望的逻辑,进行想象性的描写,"假如毛泽东去骑马",将如何展开他的一河一江的实地考察和调研。

假想中的毛泽东两江考察亦即深入民间开始了。时间开始于1965年,梁衡说,"那是新中国成立后最好的年份"。梁衡所写,虽是虚无之旅,但对毛泽东所去之地,所见之人,用意颇深,乃精心选择。他写道,"我们设想着,当毛泽东骑马走江河时,对他触动最深的是中国农业的落后和农村发展的缓慢"[2]。第一站到了郑州,宿营于一个村庄,毛度过了一个不眠之夜。河南是当年人民公社运动的发祥地,1958年,河南信阳诞生了全国第一个人民公社,一年以后的1959年,全国第一个发生大规模饿死人的地方也是这里,史称"信阳事件"。毛沿途走来,看了很多,听了很多,看的是实情,听的是实话,他无法入眠了。第二站,1960年完工的大工程三门峡水库。"原先本想借这座水库拦腰一斩,根治黄河水害,但是才过几年就已沙淤库满,下游未得其利,上游反受其害,关中平原

---

[1] 梁衡:《假如毛泽东去骑马》,见《千秋人物》,北京联合出版公司,2015年,第1页。
[2] 同上,第3页。

和西安市的安全受到威胁。"①毛打马下山，一路无言。第三站，到陕北米脂县杨家沟，这里是他当年转战陕北住的时间最长的地方，毛这次来还住当年住过的窑洞。梁衡写道，毛感慨良多，这里一仍其旧，"定都北京已十多年了，手握政权，却还不能一扫穷和困，给民饱与暖"②。毛此时想起了陕西关中户县（今鄠邑区）的农民杨伟名，那个在1962年向中央写万言书《一叶知秋》、系统分析农村形势、提出许多中肯意见的农民。毛礼贤下士，把杨请来，与杨"河边对"，并想起他自己常说的"群众是真正的英雄，而我们自己则往往是幼稚可笑的"。沿着黄河前行，毛又到了兰州，接见了一些流散在河西走廊的西路军的老红军，听取了关于发配在这里的大批右派改造工作的汇报，然后嘱咐地方上调研后就这两事提出相应的政策上报。然后到黄河源头，转入长江源头，又顺江而下。

梁衡写毛泽东骑马走两河，"在黄河流域，主要是勾起了他对战争岁月的回忆和对老区人民的感念，深感现在民生建设不尽如人意，得赶快发展经济。而走长江一线更多的是政治反思，是关于在这里曾发生过的许多极'左'错误的思考"③。于是，毛在金沙江畔见彭德怀，承认彭1959年在庐山会议上所提意见是对的。在四川，毛又想起他曾经的秘书田家英，"想起田家英为他拟的那篇很著名的中共'八大'开幕词：'虚心使人进步，骄傲使人落后。'不觉怅然若失"。④然后再上庐山，想起1959年和1961年的两次庐山会议，当年"大家讲的都是真话"，而"他自己也实在有点盛气压人"，抚今追昔，"心中生起一种隐隐的自责"。⑤

"两河之行结束，大约是1969年9月"。毛将四年来调查所得回顾整理，召开了一次扩大的中央工作会议，通过了三项决议：一、后一段时间

---
① 梁衡：《假如毛泽东去骑马》，见《千秋人物》，北京联合出版公司，2015年，第5页。
② 同上，第7页。
③ 同上，第11页。
④ 同上，第13页。
⑤ 同上，第15—16页。

重点抓经济，暂不搞政治运动；二、转变党的作风，特别是戒假话、空话，加强调查研究和党内民主；三、总结教训，对前几年的一些重大问题统一认识。"三个决议通过，局面一新，当然也就没有什么'文化大革命'"，"全党欢呼，全民振奋"。①

当我读到这里，依然沉浸在梁衡生花妙笔所描述的历史幻境中，感动洋洋，幸福绵绵。

幸亏梁衡及时提醒："真如这样，历史何幸，国家何幸，民族何幸！"②一个"真如"，把我唤醒，知道这一切都是假的，都是按照后来历史证明了的东西进行的反其真而行之的历史虚构，都是依着美好的愿望而产生的文学想象。历史事实与梁衡的描写不仅正好相反，而且更为残酷严峻。所以梁衡紧接着说："可惜时光不能倒流，历史不能重演。"③准确地说，应该是"历史不能假设"，"历史没有假如"。历史就是历史，历史就是已然发生过的事实。

读到这里，我理解的梁衡先生借这篇文章要表达的一个主题，就是我们党特别是党的领袖，要深入民间，要重视调查研究，要实事求是，这样才能避免决策上的重大失误，避免犯各种不该犯的错误。梁衡先生写领袖人物写得真是很妙，从"无"入手，从子虚乌有下笔，既让领袖人物的形象依然伟岸光辉，也谈出了作者想谈的问题。

当然，好的文章都有一定的丰富性。我们读这篇《假如毛泽东去骑马》，也会想到"反讽"或"婉讽"这样的修辞手法。这样想来，《假如毛泽东去骑马》的意蕴就显得更为丰富了。

---

① 梁衡：《假如毛泽东去骑马》，见《千秋人物》，北京联合出版公司，2015年，第16—17页。
② 同上，第17页。
③ 同上，第17页。

瞿秋白：一个充满疑问的人

《觅渡，觅渡，渡何处？》无疑是梁衡最精彩的写人作品之一。《千秋人物》中写的当然都是某种意义上的"大人物"，但是"大人物"未必思想文化含量就一定大。《觅渡，觅渡，渡何处？》写的是瞿秋白，一个文人，散文家、文学评论家、翻译家，而且字印俱佳，梁衡说"他是一个书生啊，一个典型的中国知识分子"[1]。他也是中共党史上的一个著名人物，职业革命家，曾两度担任中国共产党最高领导人。1935年2月被捕，在被押期间他写下了《多余的话》，表达其由一个文人转而从政的曲折心路历程，6月从容就义，年仅三十六岁。《觅渡，觅渡，渡何处？》中的瞿秋白，思想文化含量大，而且丰富，甚至复杂。复杂的往往是深刻的。

瞿秋白是一个充满疑问的人。梁衡说他从第一次看到瞿秋白纪念馆，就想写关于瞿秋白的文章，但是六个年头过去，还是没有写出。梁衡说，"瞿秋白实在是一个谜，他太博大深邃，让你看不清摸不透，无从写起但又放不下笔"[2]。梁衡写瞿秋白的过程，其实也是对瞿秋白这个"谜"寻求解答的过程。然而瞿秋白这样的人，即之也近，离之也远。觅渡，是瞿家旧祠堂前一条河上的桥名，梁衡说他一听到这个名字心中一惊。确实，"觅渡"这个名字让人充满遐想，而且让人产生某种宿命的联想。觅渡，觅渡，渡何处？瞿秋白短暂而曲折的一生，也许就包含着这样的疑问。梁衡写道，"瞿秋白是以职业革命家自许的，但从这个渡口出发并没有让他走出一条路。'八七会议'他受命于白色恐怖之中，以一副柔弱的书生之肩，挑起了统率全党的重担，发出武装斗争的吼声。但是他随即被王明，被自己的人一巴掌打倒，永不重用。后来在长征时又借口他有病，不带他

---
[1] 梁衡：《觅渡，觅渡，渡何处？》，见《千秋人物》，北京联合出版公司，2015年，第112页。
[2] 同上，第11页。

北上……是自己的人按住了他的脖子，好让敌人的屠刀来砍。而他先是仔细地独白，然后就去从容就义"①。梁衡写了瞿秋白一生的三个惊人之处或许也正是让人生出疑问之处：

一是"他一开始就不是舞枪弄刀的人"，"他是一个书生啊，一个典型的中国知识分子"，"他应该知道自己身躯内所含的文化价值，应该到书斋里去实现这个价值。但是他没有，他目睹人民沉浮于水火，目睹党濒于灭顶，他振臂一呼，跃向黑暗"。②

二是"如果瞿秋白的骨头像他的身体一样柔弱，他一被捕就招供认罪，那么历史也早就忘了他。革命史上有多少英雄就有多少叛徒"。他没有屈服，遂被执行枪决。"刑前，秋白唱《国际歌》，唱红军歌曲，泰然自若行至刑场，高呼'中国共产党万岁'，盘腿席地而坐，令敌开枪。从被捕到就义，这里没有一点死的畏惧。"③

关于瞿秋白就义情况，1935年7月5日的天津《大公报》是这样记述的：

长汀通讯：瞿秋白系共党首要。本年三月中旬，于长汀水口地方被保安十四团钟绍奎将其俘获，当时瞿犹变名为林祺祥。拘禁月余，莫能辨认。后呈解长汀，经三十六师军法处反覆（复）质证，彼乃坦然承诺。于是优予待遇，另辟闭室。时过两月有余，毫无讯息。今晨忽闻瞿之末日已临，登时可信可疑，记者为好奇心所驱使，趋前叩询，至其卧室，见瞿正大挥毫笔，书写绝句。

书毕，至中山公园，全园为之寂静，鸟雀停息呻吟。信步至亭前，已见小菜四碟，美酒一瓮。彼独坐其上，自斟自饮，谈笑自若，神色无异，酒半乃言曰："人之公余为小快乐，夜间安眠为大快乐，辞世长逝为真快乐。我们共产党人的哲学就是鞠躬尽

---

① 梁衡：《觅渡，觅渡，渡何处？》见《千秋人物》，北京联合出版公司，2015年，第111页。
② 同上，第112—113页。
③ 同上，第113—114页。

瘁，死而后已。"继而高唱国际歌，打破沉寂之空间。酒毕，徐步赴刑场，前后卫士护送，空气极为严肃。经过街衢之口，见一瞎眼乞丐，回首一顾，似有所感也。既至刑场，自请仰卧受刑。

枪声一发，瞿遂长逝人世矣！

毕竟是文人。瞿秋白刑前之表现，让人想起嵇康之死，那个挥弦一歌、慨叹"《广陵散》于今绝矣"的嵇康。

三是"如果瞿秋白就这样高呼口号为革命献身，人们也许还不会这样长久地怀念他研究他。他偏偏在临死前又抢着写了一篇《多余的话》"[1]。他要解剖他的灵魂。他的《多余的话》，让后世多了许多多余的和不多余的议论和争论，留下了关于一个人、一个文人、一个革命者的许多疑问和思考。

对瞿秋白，梁衡这句话说得特别好："他是一个内心既纵横交错，又坦荡如一张白纸的人。"[2]也许，文人和政治家人格上有所区别，甚至是本质的区别。文人坦荡，即使有曲折也坦荡；而政治家，需要深藏，需要城府，即使高谈"光明正大"也需要一定的隐晦。是人使特定的职业有了本行特色，还是特定的职业把人改变了？这也是一个说不太清的问题。

说瞿秋白是一个充满疑问的人，说的是瞿秋白这个特定的人，也是在说与瞿秋白类似或相似的许多人，还有历史。而疑问的人和人的疑问都与疑问的历史有关。

关于疑问，可能无法寻求到最终或最后的解答。让疑问就留在历史的深处，永远没有句号，从而让每一个行走在历史过程中的人，都在这疑问处驻足，回望，前瞻，左顾，右盼，思考，再思考，然后再开始下一步的方向和行程。这样的意义也许更有意义。觅渡，觅渡，渡何处？问瞿秋白，也是在问你，问我，问历史。

---

[1] 梁衡：《觅渡，觅渡，渡何处？》，见《千秋人物》，北京联合出版公司，2015年，第111页。

[2] 同上，第115页。

梁衡对隐逸诗人陶渊明的解读和发现

梁衡写"千秋人物",有以下几个特点:一是广泛阅读与人物有关的资料;二是尽可能地踏勘与人物行迹有关的实地,在实景地感受历史;三是用心体悟;四是绵长的诗思。学者、诗人、思想者诸般素质和修养集于一身,使梁衡的人物散文既有生活的广度、思想的深度,也有历史的高度。

《心中的桃花源》就集中了上述特点。这篇作品写东晋诗人陶渊明,重点是解读陶氏的《桃花源记》。作者说,这篇作品,他孩提时代读过,"当时的印象也就是文字优美、故事奇特而已。直到年过花甲,才渐有所悟"[①]。他体会到,"一篇好文章原来是要用整整一生去阅读的"[②]。这句话中含着读书的至理。

梁衡解读《桃花源记》,认为"它的第一含义在政治"。理由是陶渊明参与过政治,"读书人谁不想建功立业"?只是在对官府、对"这个制度"绝望之后,向往另一种理想的制度和生活,退出官场,在乡下读书、思考、种地,多年之后写出反映他政治理想的《桃花源记》。梁衡是这样理解陶渊明和他的《桃花源记》的:"作者纵有万般忧伤压于心底,却化作千树桃花昭示未来,铺排出热烈的治国理想,这种用文学翻译政治的功夫真令人叫绝。"[③]在这里,我感觉,梁衡确实是在谈陶渊明及其《桃花源记》,却也深深地融入了自己的某种价值观念和人格精神。我理解的陶渊明,就是一个"淡"。

梁衡认为,"陶渊明是用文学来翻译政治的",陶渊明在《桃花源记》中塑造了他的理想社会:"一个自自在在的社会,一种轻轻松松的生活,人人干着自己喜欢的工作。在这里没有阶级,没有欺诈,没有剥削,

---

① 梁衡:《心中的桃花源》,见《千秋人物》,北京联合出版公司,2015年,第189页。
② 同上,第189页。
③ 同上,第191页。

没有烦恼，没有污染。人与人和谐，人与自然和谐。这是什么？这简直就是共产主义。"[1]梁衡盛赞陶渊明写的这个理想政治图景，比《共产党宣言》还早一千四百多年。"陶之后一千二百多年，欧洲出现了空想社会主义"，英国人莫尔的《乌托邦》，意大利人康帕内拉的《太阳城》，也是以文学作品的形式表达政治理想。"以幻想理想社会类的文学作品而论，有三大里程碑：《桃花源记》《乌托邦》《太阳城》"，"'桃园三结义'，陶渊明是老大"。[2]将《桃花源记》归入幻想的理想社会类的文学作品，早前有人说过，这当然也是一种归类。

梁衡对陶渊明和他的《桃花源记》的体悟，有一段话，说得特别好。他说，陶渊明"在我们每个人的心里都埋下了一粒桃花源的种子，无论如何斗转星移，岁月更换，后人只要一读陶诗、陶文，就心生桃花，暖意融融，悠然自悟，妙不可言"[3]。这是作者的一个体悟，也是一个发现。

也许，每一个人的心中，都有一个深在的未被揭示的桃花源。陶渊明的功绩，就在于他发现并打开了这个桃花源，而且一如梁衡所言："他在我们每个人的心里都埋下了一粒桃花源的种子，无论如何斗转星移，岁月更换，后人只要一读陶诗、陶文，就心生桃花……"[4]

选自《永远的觅渡——梁衡散文研讨会论文集》，华东师范大学出版社，2017年

---

[1] 梁衡：《心中的桃花源》，见《千秋人物》，北京联合出版公司，2015年，第192页。
[2] 同上，第192—193页。
[3] 同上，第204页。
[4] 同上。

匡燮先生和他的散文

——在匡燮先生逝世一周年纪念会上的发言

匡燮先生是我老师辈的。他水平高，幽默风趣，我们能聊得来，我喜欢听他说话，我敬重他。

至今记忆犹新的是，上世纪90年代，那时我三十多岁，在长安县（今长安区）老家要了一个院子，盖了房，自称南山居，经常在那里住。我的老师王仲生先生和匡燮先生听说了，一个午后，专门来看我，一进门，匡燮先生就批评我："小利呀，人家都扑着扑着往前争哩，你年纪轻轻的，咋一天到晚躲到这里寻清静呢！"我笑着没有回答，也无法回答。记得那一天，两位先生在我的南山居喝茶聊天，说得高兴，匡燮先生还在我的书房用毛笔给我写了一幅字（这个应该还保存着）。他们吃了晚饭，天黑了才走。

匡燮，河南洛阳人，1942年出生于邙山深处一个叫西小梵的东沟村，1966年陕西师范大学中文系毕业。初中时开始发表作品，后辍笔。中年重拾旧业，专事散文创作，有散文集《野花凄迷》《无标题散文》《悟道轩杂品》《记忆蛛网》《菩提树下》等。

我与匡燮先生两次重要的与文有关的交集：

1991年3月26日，中国作家协会陕西分会理论批评委员会、《延河》编辑部在西安联合召开了匡燮散文集《野花凄迷》研讨会。参加研讨会的评论家、作家、编辑有畅广元、萧云儒、李星、费秉勋、刘建勋、薛迪之、马家骏、孙豹隐、董子竹、王仲生、王磊、李若冰、李天芳、晓雷、徐子心、吴祥锦、程海、沙石、田长山、李国平、邢小利、常智奇、牛宏宝等三十余人。研讨会由中国作家协会陕西分会理论批评委员会主任王愚和《延河》主编白描主持。我写了研讨会纪要，题目叫《寻幽人的心迹》，发表于《陕西日报》1991年4月22日和《延河》1991年第6期。

1998年，我负责陕西省作家协会第七届505文学奖，匡燮的《悟道轩杂品》获奖。记得授奖辞中说："匡燮的散文在艺术上着意追求，写得精致而洗练。"

苏东坡说"水落石出"，元好问评陶渊明"豪华落尽见真淳"，时代的大潮退去，时代的繁华散尽，留下的都是一些真东西，真东西就是有价值的，有意义的。纵观陕西文坛，改革开放四十多年来，大浪淘沙，匡燮先生仍然被我们记忆和怀念。

匡燮是一个文人，这是从传统的意义上说，也是一个知识分子，这是从现代的意义上说。他的散文，既带有文人的特点，也有知识分子的品格。

如果说，小说偏于客体，需要客观呈现，贾宝玉就是贾宝玉，妙玉就是妙玉，刘姥姥就是刘姥姥，他们谁就是谁，贾府也就是贾府，他们不是曹雪芹，白嘉轩就是白嘉轩，黑娃就是黑娃，他们谁就是谁，他们不是陈忠实，陈忠实也不是他们，那么，散文则偏于主体，它常常是主体的表现，是作家心灵的写照。所以，匡燮先生的散文集《野花凄迷》被研讨会上的诸多评论家概括为"寻幽人的心迹"。

匡燮的散文，有较为丰富的精神内涵，有作者的思想之光，甚至也有批判的锋芒，有品格——文格与人格融为一体的品格。他的散文，不是与时俯仰的颂歌，也不是时代浮光流影的苍白记录，而是巨变时代的"寻幽人的心迹"，是一位思想者黯夜里的沉思，是一位敏感文人在风雨苍黄时的情感书写。

《无标题散文》是匡燮在散文形式上的探索。有无标题音乐、无标题小说，到匡燮这里，他写无标题散文，实际上追求的，是散文的更大或者是最大的自由。这个自由，说到底，是人的自由，是"我"的自由，是主体的自由，特别是心的自由。这个探索，这种追求，现在看来，特别有时代的和历史的意义。

2022年6月28日

一个人的访古与问今

朱鸿的《长安是中国的心》（生活·读书·新知三联书店，2013年12月版）是一部较为系统地叙述长安的散文集。全书凡106篇，涉及大概念下的长安的地理、建筑、宗教、艺术、民俗等。《长安是中国的心》既是一部从历史、文化、地理、宗教、艺术、风俗诸方面对长安进行全方位叙写的带有学术性和工具性的著作，同时也是一部文学意义上的著作：史实的叙述中带着感情的温度和现实的关怀，考据的辨析和陈述中透着鲜明的文化立场和价值指向。

古城长安历史悠久，文化丰厚，古往今来，关于长安，著述颇富。长安已是一门学问，称"长安学"。而历史文献中的长安与作为现实遗存的长安终有不同，其中的名胜、古迹、建筑、道路以及名谓等，有的随着时代的变化有了很大的变化，有的已经湮没无存。朱鸿为了准确地还原历史上的长安与现实中的长安，显然下了多年的苦功。从书中可以看出，作者如科学考古一样，采用了文献考证与田野调查相结合的方法，既有对繁富的文献的稽考与芜杂的资料的爬梳，更有实地的踏勘与实物的辨析，文献与实物相互映照、印证。《长安是中国的心》一书所写，大到山、河、川、原、陵、墓、寺、观、宫、塔、墙、门、道、路、街、巷，小至粮、菜、陶、石，既有文献资料的考据，有考古新发现的佐证，又有作者的实地考察、亲历亲闻，读起来既有一种信史的真实感，也有一种临场的真切感。

以今天的眼光重新打量、审视由古及今的长安，作家的历史感或者说是历史意识是十分必要的。有历史感或历史意识的作家，不仅仅在于掌握了多少历史知识，知道多少秘史奇闻，更重要的是，这个作家在考察和研究历史的过程中，有没有问题意识，有着怎样的问题意识，是仅仅把历史当作一堆资料，还是带着现实的种种感怀和疑问，试图在历史的解读中发现问题。如果能把历史问题与现实问题打通并使其成为自己的问题，或者说自己心中的问题正是历史和现实的问题，那么，这个作者的笔下，自然就有了历史感，有了历史意识。书中写了一个西京招待所，作者叙述说，这个招待所初建于尚仁路，尚仁路后来两次更名，一为中正路，意在纪念抗日战争胜利，表达对蒋介石的敬意，一为解放路，表达的是政权更替之意。作者议论道："解放路、中正路、尚仁路，显然是一条路。实固而名易，是时代的意志，也是有中国特色的政治游戏。"① 透出了一种历史感怀。历史感的另一个表现就是重视历史的细节，而且往往是别人不加注意的细节。作者在此文中还写到1936年"双十二"事变时，当晚住宿在这里的人员与房号对照单，这个单子上记录了当时随同蒋介石共赴西安的国民政府和军队的一些要员。作者不厌其详地将西京招待所的房号与事变当晚住宿人员照单叙述，极具历史的细节价值，让我们知道了，当年的西安事变并不只是张、杨二将军与蒋介石之间上演的黑夜惊魂故事，参加演出的或者说群众演员还至少包括住宿在西京招待所的这一干人马，他们当晚也有精彩的演出。文末，作者写道，他在院子盘桓，忽然"产生了一个强烈的愿望，盼望能把此招待所作为文物保护起来，因为它不仅是西安城演化的见证者，而且是社会演化的见证者。实际上它就是历史"②。历史的意识在这里显现了出来，西京招待所也有了深沉的历史分量。

　　古老的长安是长安人的长安，也是每一个中国人的长安。它是历史的，更是诗的、文化的。曾经的长安在王朝的更迭、时代的变迁中逐渐远

---

① 朱鸿：《长安是中国的心》，生活·读书·新知三联书店，2013年，第281页。
② 同上，第288页。

去，淡出岁月的风雨，被更名为西安的长安正在各种现代化机器夜以继日的轰鸣声中，朝着一个国际化的大都市迈进。所以，朱鸿的《长安是中国的心》之游、之考，既是一种访古、一种怀旧，也是在问今，在思往。与纯粹的学术性写作不同，朱鸿在这种访古问今的长安走读之中，不仅有理性的客观考察，还怀着一腔的感情，有凭吊，有伤怀。书中的《唐杜牧墓》写作者在一个春天到少陵原寻访杜牧墓的经历。一位老人把他们引到村外，指着一个凹陷的坑说："这就是杜牧的墓！"墓应该是隆起的，这里却是一个坑，"坑大约20平方米，其底糟烂，有瓦砾柴草沉积"。原来是"农民曾经向墓取土，先夷为平地，后落为坑"。朱鸿说他"非常不爽"，发问："少陵原到处是土，就缺唐才子之墓的土吗？"然后是他的思考："三天之后我想：所谓保护文化遗产，关键是重视人。不重视人，就不会有保护文化遗产的意识。"[1]杜牧之墓的寻访，令人震惊，也发人深省。

朱鸿的《长安是中国的心》，是对长安的走读，行行重行行，且访且思问，是一部分量沉重、价值久远的书。朱鸿有一种独行的秉性，他近年属意于写这一类带有行走考察性质的历史文化散文，古道、西风、瘦马、夕阳、孤影、天涯，这是他给我留下的写作形象。"暮从碧山下，山月随人归。却顾所来径，苍苍横翠微。"（李白《下终南山过斛斯山人宿置酒》）李白这几句诗的描写，常常让我把朱鸿独行性质的散文写作状态、他的散文意境与这一首诗的意境叠加在一起，难解难分。所以，我说，朱鸿的《长安是中国的心》是一个人的访古与问今，有孤独的意思，也有苍茫的意味。

原载《读书》2014年第9期

---

[1] 朱鸿：《长安是中国的心》，生活·读书·新知三联书店，2013年，第162页。

一个业余作者的足迹与心迹

——董颖夫《沣浪集》序

当年,董颖夫与陈忠实一样,同是业余作者,工农兵业余作者。不同的是,陈忠实后来从业余作者变成了专业作家,并在专业作家的道路上一路前行,成就辉煌,终于成为一代业余作者成功的代表和专业作家的典型。而董颖夫,当年在业余创作中成绩表现还很突出,某些方面与陈忠实相比,不仅不差,而且还有一定的优势,但是,因为没有进入体制内,生活没有保障,他必须为生存而思谋而拼搏,文学创作方面缺乏更进一步的深造和自我更新的机会,于是从文学创作的业余队伍中逐渐退出,为了生活,进入商海,成为当年千千万万工农兵业余作者的另一个代表,退潮的代表,淡出的代表。

董颖夫的这个意义,他作为一个业余作者的足迹与心迹,仍然具有深远的历史意义和文化意义。

当年,董颖夫从生活走向文学,他的道路选择,既是自我的选择,更是时代的选择。"工农兵业余作者"是共和国独有的社会现象和文化现象,前无古人,这是由共和国独特的政治、文化和思想需要而产生的。20世纪世界历史一个重要的社会实践就是共产主义运动。共产主义的理想是打碎一个旧世界,创造一个人类历史上没有的全新的世界,这个全新的世界不仅有新制度,更要有新思想、新文化和新道德,而要创造这样的新世界，关键是要靠具有共产主义理想的新人来，所以，无论是当时的苏联还是中国包括整个社会主义阵营，在进入社会主义阶段以后，培养"新人"都是一个重要而迫切的现实任务。1958年7月1日，《红旗》杂志第3期发表了毛泽东的政治秘书、《红旗》杂志总编辑陈伯达的一篇文章，题目叫《全新的社会，全新的人》，这是对当时社会和当时的人提出的一个理论概括和理想要求。在建设"全新的社会"、培养"全新的人"中，文学无疑起着重要的作用，而创作文学的作家更显得极其重要。作家的创作，不仅要塑造社会主义"新人"形象，更要塑造"新英雄人物"。什么样的作家才能担当此任呢？旧文人不行，旧知识分子也不行，理想的作家当然是工农兵作家，即"自己的作家"。早在1942年，毛泽东在《在延安文艺座谈会上的讲话》中就特别提出，文艺要为"工人""农民""武装起来了的工人农民即八路军、新四军和其他人民武装队伍"和"城市小资产阶级劳动群众和知识分子"服务，更为重要的是"必须站在无产阶级立场上"为"工农兵"服务。1942年10月3日延安的《解放日报》发表了康生写的"代社论"，题目是《提倡工农同志写文章》，号召培养工农通讯员，帮助工农同志写文章，还号召文艺家要做"理发员"，替工农同志修改文章，提高工农写作水平。《解放日报》为此特辟"大众写作"一栏，经常发表工农创作的文章。新中国成立后，培养新时代的作家特别是青年作家更是一项重要而迫切的任务。1956年2月27日至3月6日，中国作家协会召开了第二次理事会会议（扩大）。出席会议的除中国作家协会理事外，还有一部分作家，包括新疆、内蒙、延边等地区的某些民族作家，以及各省、市文艺工作负责人。在这个会上，中国作家协会主席茅盾在《开幕词》中说："我们推进事业的重要原则之一，就是一切应当是有计划的，有远见的。"[①]茅盾强调说，在这次会议上，希望大家着重讨论的两个问题中的一个是"培养青年作家"（另一个是"发展兄弟民族文学"）。他说，"大

[①] 中国作家协会编：《中国作家协会第二次理事会会议（扩大）报告、发言集》，人民文学出版社，1956年，第2页。

家都已熟知,加强培养青年作家","已经成为我们发展文学事业的日程表上最迫切的问题了"。他检讨说,在中国作家协会,"过去我们对这两项工作,注意得很不够",然后着重强调,"今后必须把它们作为主要的工作"。①在这样的历史背景下,党培养无产阶级自己的作家既是当务之急,也是历史任务。也正是在这样的历史背景下,"工农兵业余作者"和"工农兵作家"不仅应运而生,而且备受重视,受到党和政府以及作协这样的组织关心、培养、扶持,自不待言。新中国成立后,在种种政策和措施的支持下,共和国的大地上雨后春笋般地成长起来了一大批工农兵业余作者和工农兵作家。陈忠实是其中一员,董颖夫也是其中的一员。

董颖夫1949年12月出生,可谓生在红旗下,长在红旗下。他是西安市长安区马王镇马王村人,沣河岸边人,后来就以沣浪作为笔名。陈忠实是在上初中二年级时,读了课本中赵树理的《田寡妇看瓜》,受到启迪而爱上了文学,董颖夫也是在十四五岁上初中时,学习了《梁生宝买稻种》课文,深为所迷,做起了文学梦。乡村少年董颖夫由于同梁生宝有着同样的生活境遇,被梁生宝的所作所为及其精神所感动,由此也迷上了《创业史》,柳青也成了他终身崇拜的对象。"文革"开始,在烧毁"封、资、修"书籍的狂潮中,董颖夫外地的一个亲戚从要被烧毁的书籍中偷偷拿了几十部文艺作品藏在乡下,董颖夫如获至宝,一部一部挨着读,如此读了数十部,还做了不少读书笔记。所读书有《红日》《红岩》《红旗谱》《创业史》《艳阳天》《喜鹊登枝》《钢铁是怎样炼成的》《铁流》《毁灭》《母亲》《三国演义》《水浒传》《红楼梦》等。另外,像毛泽东诗词、革命样板戏剧本等,也是烂熟于心。这些书,差不多也是那个时代最为流行而且最具有代表性的文学书。这些书,基本上是董颖夫这一代工农兵业余作者最初也是最基本的文学启蒙作品,构成了一代工农兵业余作者关于文学的知识储备和学习资源,培育了他们的文学理想,塑造了他们的

---

① 中国作家协会编:《中国作家协会第二次理事会会议(扩大)报告、发言集》,人民文学出版社,1956年,第2页。

文学想象力，某种意义上，也铸造了他们的精神人格。

　　1967年，董颖夫从沣西中学初中毕业，返乡务农。在人民公社的农村，年轻体弱的董颖夫必须劳动才能生存，他和其他社员一样干着各种各样的农活，饱尝生活的艰辛，无暇也无力去做他的文学梦。这与陈忠实不同，陈忠实返乡后做了民请教师，相对来说，劳累少了一些，读书习作的时间多了一些。1970年，董颖夫被派往县上重点工程大峪水库工地，开始是用架子车给大坝拉土，后来因为写了一首调子高昂的宣传诗被公社领导看中，被调入营部当了一名宣传员。"文革"后期，盛行由工农兵编故事、讲故事，董颖夫写的故事《真实的故事》，经《西安日报》编辑张月赓之手发表于1973年12月16日《西安日报》的"延风"副刊。张月赓原是一名地质勘探工作者，业余创作者，1969年5月，《西安日报》筹备复刊时，张月赓调干至报社，被安排在文艺部编辑文艺副刊。陈忠实"文革"后期重新拿起笔写作就是张月赓促成的。陈忠实1971年11月3日在《西安日报》发表的被称为"半个艺术品"的散文《闪亮的红星》，也是张月赓约的稿。此后，董颖夫陆续有《钢锭子和刃片子》《分家》《石榴花》《出墙花》《野菊花》《上任以后》《石娃小传》《欢乐的春节》《张三老汉的心事》等数十篇小说、故事作品发表，多次获省、市、县奖励。1980年，由于业余创作成绩突出，三十一岁的董颖夫被临时选聘到县文化馆担任创作干部。可以比较的是，1973年，三十一岁的陈忠实被提拔为公社副主任，由此解决了身份问题，由农民成了干部，生存问题不用发愁了，可以专心地干自己想干的事。而董颖夫固然也爱文学，他到县文化馆，一半是为了文学，另一半，也想解决自己的生存问题，因为仅凭写作——特别是那个时代的写作是解决不了生存问题的。对董颖夫来说，所谓生存问题，实际上就是能进入体制之内，成为正式工，有固定的收入。但是，他在县文化馆辛苦了两年，成绩也算突出，工作问题还是未能解决。

　　文学是什么？看问题的角度不同，答案各有不同。与董颖夫可以算作同时代人的陈忠实在晚年说:"到五十岁才捅破一层纸,文学仅仅只是一种个人兴趣。"[①]诗人闻频晚年说:"文学是极少数人的事业,是绝大多数人的爱好。"这两个人的话都是过来人的话,皆系经验之谈。"兴趣"也罢,"爱好"也罢,其意略同。但是问题正如闻频所说,文学作为"事业",安身立命的事业,它只属于极少数人;对于绝大多数人来说,"兴趣"也罢"爱好"也罢,都不能解决生存问题亦即吃饭问题。文学对于董颖夫以及千千万万和他一样的业余作者来说,兴趣再大,爱好程度再深,都要首先考虑生存问题。生活在先,兴趣在后。

这个时候,董颖夫的家里遇到了一件大事。家贫,父母生有十个儿女,更穷更苦。为了生活,他的母亲多年来借助马王火车站的方便,卖贴饼卖红苕卖一些土产品,想方设法养家糊口,因此被打成"投机倒把坏分子";父亲不顾年迈体衰,在马王街道上摆了一个小菜摊子,用微薄收入补贴家用,不料遭贼半夜偷窃,可怜的老人在反抗中遇害。一个为新时代新生活放开歌喉大唱颂歌的业余作者,现实生活境遇却是如此,这在那个年代并不鲜见,因而颇具代表性。董颖夫的文学梦暂时破灭,他在父亲的亡灵前发誓:他要挣钱,要让全家体面地活着!

他把所有书籍、日记以及未完成的草稿,一摞一摞封存在书柜里,流着泪向文学梦和作家梦告别。

1982年10月,董颖夫由县文化馆回到家乡建筑队。1982年11月,陈忠实由灞桥区文化馆调入中国作协陕西分会成为专业作家。而董颖夫,则沿着他的生活轨迹,走向了生活深处,文学创作成为他的一个遥远的梦。董颖夫1985年办文化站,1989年下海办纸厂。1993年,他见到《白鹿原》出版后的陈忠实,陈忠实对董颖夫下海创业给予肯定,说:"颖夫啊,你有魄力,你这条路走对了。人总是要生活的!"2009年纸厂停办后,董颖夫重操旧业搞建筑,先后担任西安市长安建筑开发集团公司副经理、西安市

[①] 陈忠实:《兴趣与体验——〈陈忠实小说自选集〉序》,见《陈忠实文集》(增订本)第6卷,人民文学出版社,2015年,第217页。

长安建筑开发集团西京分公司经理、陕西佳苑房地产开发公司总经理、陕西紫昱科技开发公司董事长兼总经理等职务。曾任长安区工商联常委、副会长；任长安区人民政协第九、第十、第十一、第十二、第十三届政协委员，第十三届政协常委。

然而，虽然走了另外一条必须走的路，这条路董颖夫也越走越宽阔，但董颖夫心中那个文学梦依然存在。他在生活深处和社会底层的行走中，有了更多沉甸甸的人生体验，有了更为开阔的文化视野，在更阑人静，在匆忙的生活旅途，他一点一滴地记下了写下了他的所感所思，所见所闻。这就是《沣浪集》里的其他文字。

《沣浪集》是董颖夫迄今文学和文字生涯的一个总结，包括了他数十年来所写文字的大部和精华。集子分为六辑，分别为：小说、故事，散文、村史、调查报告、评论，诗、词、赋，建言，剧本，儿歌。于中可见董颖夫宽广的文学志趣和文字思路，当然，这些文字也是董颖夫数十年来足迹和心迹的记录。这些作品具有相当的代表性甚至典型性，颇能反映一个曾经的文学爱好者和长期坚持写作的业余作者写作上的一些特点。一、广泛的艺术兴趣点，这从多种艺术形式的使用上一望而知；二、广泛的生活和社会关注点，浓烈的家国情怀；三、充沛的文学激情和饱满的生活热情；四、作品接着地气，有浓郁的生活气息；五、形象、生动的来自生活的语言。以上所说的特点，可从小说、故事《上任以后》《石榴花》《钢锭子和刃片子》，散文、评论《沉甸甸的谷穗》《五月的收获》《一座高峰对另一座高峰的礼赞》，诗《柳书记，我们看你来了》等作品中鲜明地感受到。董颖夫作为一个业余作者，他的作品，他的文字，始终与时代保持着紧密的关联，因而有着鲜明的时代印迹。他的短篇小说《石榴花》写新时期历史发生了翻天覆地的变化，当年在"四清运动"中被整的干部张志诚重新上台，面对过去整过自己的干部刘志贤的家属，他不计前嫌，以诚相待，从而化解了新的矛盾。这个主题与陈忠实1979年写的短篇小说《信任》极为相近。陈忠实的《信任》以后辈的恩怨矛盾以至殴斗为切入点，写一位曾经蒙冤挨整的农村基层干部，在新时期复出以后，以博大的胸襟和真诚的态度对待过去整过他的"冤家仇人"，意在化解过往政治运动所带来的人与人之间的怨恨情绪，团结一心向前看。这说明，在当时，董颖夫对生活的把握不仅有自己独有的眼光，也是有深度和前瞻性的。

从某种意义上说，董颖夫是一个真正的文学人。一方面，不管生活的道路坎坷还是顺畅，他的文学情怀依然深厚，他对文学事业依然壮怀激烈；另一方面，文学也帮助和提升了他。文学精神使他视野更为开阔，胸怀历史天地，世界观、人生观、价值观都有了异乎常人之处。为了文学和文学事业，1996年他自费征地，修建了柳青墓园。2006年，他联络一百余名政协委员、人大代表提出议案和建议：举办纪念著名作家柳青九十周年诞辰活动。他先后策划了柳青广场、柳青纪念馆、柳青雕像建设，捐款和筹集了一百余万元设立柳青文学奖。策划、发起成立了陕西省柳青文学研究会，先后任常务副会长、执行会长。他自筹资金，与人合作编排了大型秦腔现代剧《柳青》，该剧在全国第十一届艺术节展演。在任长安区政协委员的二十多年间，他先后策划编辑了《民营企业家专辑》、《创业者风采》、《长安百村》（四部）、《老长安》（三部）、《柳青在长安》、《辛亥革命与长安》、《纪念朱子桥专辑》等文史丛书。为纪念柳青一百周年诞辰，他任主编之一，编辑出版了《柳青评论文集》《柳青纪念文集》。一路走来，文学不离左右，正所谓"不忘初心，方得始终"。

有文学的情怀和文学的修养，人的境界提高，看问题的角度就不同一般，认识也不同一般。因此，董颖夫当政协委员，就不是一般地混个名，举个手，他写提案和调查报告，有现实针对性，也有历史眼光，有高度，有文学的准确和生动，因之，他提交提案和调查报告一百一十余份，其中百分之八十以上被区委、区政府采纳。我们从《沣浪集》"建言"一辑中，既可以看出一个政协委员的职责所在，也可以看出文学精神在其中的渗透。

我认识董颖夫，大约在2000年前后，迄今已近二十年。初次见他，他正值盛年，总是一副笑眯眯的样子，性格热情、爽朗、直快，说话带有乡土生活的朴实和生动，他的发言语言形象生动、感染力强，有逻辑，有个性，也很有水平。这种性格让人喜欢，我们很快成了朋友。后来的一二十年里，我们合作办过不少事，他有原则，也有宽厚、包容、礼让，言而有信，行必有果，吃亏在前，利益在后，让人敬重；他看问题从大局出发，从事情本身的需要和发展出发，不拘泥，也不苟且。总之，他是一位可信赖的合作者，是一位让人敬重的做事的人。读他《沣浪集》中的作品，可以让人更进一步了解他，理解他。《沣浪集》是董颖夫数十年足迹和心迹的充分展示。

　　是为序。

选自《沣浪集》，三秦出版社，2018年

《珠峰海螺》：绝地体验　巅峰思考

　　黄怒波的《珠峰海螺》（人民文学出版社2021年版）是一部颇有新意的长篇小说。这部小说的主人公英甫，是一个企业家，也是一位登山家，小说的内容围绕英甫的这两个身份，或者说，为了展示英甫兼有这两个身份的生活，塑造一个颇具现代生活气息同时又具有独特精神内涵和性格特征的人物形象，展开了广阔、丰富而又复杂的生活叙写。小说主要有两条线索：一是英甫攀登珠穆朗玛峰遇险前后三天的经历。第一天：大难临头；第二天：雪上加霜；第三天：绝地恐狼。与此同时，小说以回溯和平行穿插的方式，讲述英甫在攀登珠峰前后，他所经历和正在经历的关于他主持建设的"东方梦都"大型地产项目，在一期工程竣工前后各方势力的商界鏖战。这也是这部小说的另一条线索，攀登珠峰是在生死困境中的挣扎，"东方梦都"之权与利的争夺也是生死搏杀。在《珠峰海螺》这部小说中，攀登珠峰的描写有题材之新，商界争斗虽然也有不少小说叙写，但此作却有着异乎寻常的深入描写乃至商战揭秘，让一般读者新奇称异。

　　文如其人，小说这种文体更是透露着作者本人生活、经历以及思想和精神的诸多信息。《珠峰海螺》的作者黄怒波是一位成功的企业家，是一位颇有名气的登山家，也是一位诗人和诗论家，因此，这部小说的内涵就比较丰富：它有叙事，这就是关于登顶珠峰的绝地体验和艺术描写，有商战的谋略和惊险故事，也有浓郁的诗情抒发和深沉的哲学思考。总体来看，在小说中，登顶珠峰包括上山与下山的描写是充分展开的，写得从容疏朗，而商战故事则紧锣密鼓，快刀斩乱麻，大起大落，像是电影镜头的闪回与拼接，情节与故事需要读完以后才能获得清晰与完整的印象。

在小说中，主人公英甫的攀登珠峰和"东方梦都"地产项目的各方鏖战，看起来是两条情节线，分属两个空间，一个是在自然界的珠峰，一个是在人世间的城市，但都与英甫的性格与命运紧密关联，或者说，小说在两条线的展开中，完成了英甫的性格塑造和命运历程。这是英甫第三次冲顶珠峰，前两次是从珠峰南坡攀登，这一次是从珠峰北坡攀登，这是登山家的梦想实现过程，同时也是作为企业家和"东方梦都"董事长，在项目一期竣工前各方明争暗斗中所使用的一招绝地反击。这样，英甫的攀登珠峰与英甫操盘的地产项目以及商海鏖战就有了内在和有机的联系，山上与山下风景各异，但矛盾交织，而且风云变幻，生死搏击，命悬一线。

《珠峰海螺》中所写的登山情节，那些藏地文化，海拔8000米以上瑰丽雄奇的自然环境和瞬息万变的极端天气，登山或上或下的种种历险以及救援细节，既在一般读者的经验之外，也在他们的想象之外，飑线天气、雪崩、人体失温、脑水肿、高压氧舱、地塞米松，这些多少有些陌生的名词和概念，在小说中不时出现，既表现着独特的登山生活，也体现着作者独特的登山经验，读来颇有让人拍案惊奇之处。小说中，英甫的登山，不仅仅是个人的爱好，也与整个小说的内在情节关联，他的登山，既是个人爱好的实现，也是对山下商业争斗所使的一个金蝉脱壳之计，同时，对方也并没有放过他，一同登山的西门吹雪甚至叶娜都是对方连环计中的隐形杀手。所以，在8000米以上白雪皑皑的冰雪世界，一群人的登山运动也不仅仅限于运动本身，而是充满了爱情与阴谋、阴谋与友情这样的算计与杀机。这样，登山的自然过程与小说的故事情节得到了有机的结合。

小说的另一条线亦即主人公英甫的另一个人生搏击场，是在"人间"，是京郊的"东方梦都"地产项目。作为一个企业家的英甫，是这个项目的最高负责人，而打造"东方梦都"小区，也是他的一个梦，财富之梦与社会理想之梦。然而，这个"东方梦都"也是一个各方利益的聚集地，有了利益，社会各方都往这里使力，也在使绊，因此，在"东方梦都"里外、上下，便聚集起各色人等，或运筹帷幄，或突施奇兵，或兵不血刃，或明抢暗夺，一场商海大战，看得人目眩神迷，眼花缭乱。小说中，面对找碴闹事的困境，英甫对着众人喊："我有光明大道可走吗？从下海的第一天起，我就在刀尘上舔血、粪坑里扒钱。哪一步，不是拿命换来的！"而小说中郑书记和郭区长的对话，则从本质上揭示了这一线索的真相："项目到手了，这些老板便有奶便是娘，四处融资，不择手段……""最要命的，是这些民营企业家六亲不认。……狗咬狗地内斗也就罢了，但又是各找靠山，各显神通地把一个地区的政治生态、社会生态都搞得乌烟瘴气……"这样的描写和议论，显出了这部小说现实主义的力量和批判力度。

《珠峰海螺》所写的两条故事线，无论是山上的登顶与遇险救援，还是山下的商业利益之战与个人之间的感情纠葛，情节大起大落，故事峰回路转而又扑朔迷离，其节奏和气氛颇有紧张之感。但是在小说中，也有舒缓的乐章，这就是作品中不时出现的一些颇有抒情意味的诗意描写。在这里，可以见出作者的诗人本色。

> 珠峰脚下的3月，半山坡的雪尚未融净。但看不见说不清的春意已经闻得到听得明了。那些黑珍珠一样的牦牛群，在白云中都低下来头，吻着大地。洁白的羊群，在山下忙忙碌碌地哼着小曲。盆地里各种各样的溪水声，鸟鸣鸡叫，狗吠鹰啼。再加上牧民们跟着牦牛走时高唱的藏歌，星星点点的藏式帐篷顶上飘起来的炊烟，让人忍不住想引吭高唱，但转眼间就会闭嘴，因为一开口就会自惭形秽。
>
> 是呀，这世上的人，有几个能配得上这珠峰脚下的纯净呢？[①]

具有诗人本色的小说作者，禁不住在这里以诗意的描写和抒情，给其

---

① 黄怒波：《珠峰海螺》，人民文学出版社，2021年，第258页。

作品增添别一种色彩和情调，在描绘纯净、悠然的藏地早春牧歌图时，抒发对别一种天地的赞美，表达对另一种生活的向往。

攀登珠峰绝顶，当然是登山，但在小说中，显然也有一种象征意义。英甫一再攀登珠峰，是个人的爱好，在小说中也有多重隐喻。登顶世界最高峰，有乐，也有苦，有生命的荣耀，也有生命的磨难，整个登山的过程，也是一个启智悟道的过程。英甫说，"天下的事，到了珠峰顶上，就与世不同了"。站在天下最高处，世界一片洁白，俯视大地和人间，绝地体验独异，巅峰视野高远，英甫对人对世界对问题的认识，自然也与尘世人海中的认识迥然不同。小说中，英甫在珠峰或上或下，时时有他独特的体验和感悟，其中颇多哲理性的表达。

小说在第三天"绝地恐狼"中，写英甫孤身陷入绝境时的一段回想与感悟。英甫到珠峰前，先去了扎什伦布寺。一位佛学精深的活佛把一枚神圣的镶翅海螺放到他的双手中时，看着他的眼睛说："做好你的企业，就是最好的修行。"在这里，佛家所言的"做好你的企业，就是最好的修行"这句话，与"做好你的产品，就是荣耀上帝"这个新教伦理与资本主义精神密切关联的理念，有着异曲同工之妙。小说中，英甫说："老师，太累了，我怕撑不下去。"活佛继续讲："缘起性空。修行，就是为了消业。累，是因为贪大。记住，炉子要小，火要旺。"英甫因在这人世间顶峰，才明白活佛的教导。做了这些年企业，回想起来，不就是贪吗？项目，要越做越大。钱，要越挣越多。人，要越来越出人头地。当年的穷困潦倒，已被趾高气扬所代替。现在，这一切将烟消云散了。这就是英甫登顶珠峰获得的启悟之一。

"砰！"一声炸雷从身后的洛子峰响起来，像是山神吹了一口气，立刻把视线清空了。脚下的山谷里，冰雪似梦，岩石像鸟。

下去？这些岩石怎能不会像一只只阴险狠毒的乌鸦，扑上来将自己撕碎？

下去？繁华的都市不就是人类的牢笼吗？谁能干净自由地活

着,谁能不嗔、不怨、不贪、不累?

　　海螺呀!你是佛音圣器。你象征着孕育万物,天籁之音。我愿意就此了却人生,作为人类的祭品,怀揣着你,接受上面的审判。做一个伟大的犯人,在阶下陈述自己的污秽之中埋藏的光耀。①

　　此段内容既是主人公英甫的启悟之语,也有点题之意,小说书名《珠峰海螺》的象征和寓意由此可见一斑。

　　原载《文学自由谈》2022年第3期,原题为《绝地体验,巅峰思考》

---

① 黄怒波:《珠峰海螺》,人民文学出版社,2021年,第465页。

壮志与柔情的协奏

——观音乐剧《霸王别姬》

那一夜，在西安人民剧院观赏了西安音乐学院演出的音乐剧《霸王别姬》，深受感动，感受也颇丰。

《霸王别姬》以序和尾声加八场音乐剧的形式，艺术地表现了一个波澜壮阔的历史时代："坑灰未冷山东乱"，原来不读书的项（羽）刘（邦）北上西进，推翻暴秦，项羽分封天下，接着楚汉相争，豪迈坦诚、勇猛无比也恃勇自负的项羽兵败乌江，演出了一幕感天动地的"霸王别姬"的千古悲剧，善于应变、能屈能伸、知人善任的流氓英雄刘邦夺得天下。王朝易代之际，江山如画，一时多少豪杰，何况秦王朝作为第一个专制暴政王朝，它的崩塌，可能是天下人的愿望，原来的六国贵族隐忍多年，此时更是群雄并起。这个时代，是一个英雄辈出而且大放光芒的大时代，也是一个纷乱复杂的历史时期。音乐剧《霸王别姬》突出了项羽、虞姬、刘邦和范增这几位人物形象，全剧以他们的关系和冲突展开情节，以那个时代的典型人物提纲挈领，历史的脉络就十分清晰。该剧艺术地展现了项刘联手反秦、楚汉相争、秦汉易代这一波澜壮阔、纷乱复杂的历史时代。剧中更有以旁白讲述兼议论时事的更夫、欲偷军粮的小孩豆芽、刘邦的谋士张良和勇将樊哙、暗中交接项羽的刘邦将领曹无伤、虞姬的侍女，以及战乱中的百姓们和战争中的士兵们，从而使舞台的艺术空间得以广阔伸展，使观众产生无限广阔的历史想象。

《霸王别姬》是乱世英雄和绝代美人的故事，它的背后折射的，也是大历史的符合规律的走向和大时代的斑斓色彩，也蕴含着"以史为鉴"的思考。音乐剧充分展现了当时的历史背景，正如剧中的合唱所唱："秦始皇统一天下，所有人却一败涂地。叹今朝山河破碎，只剩下谎言在继续。"百姓们唱："这天下被残暴统治，繁重徭役冷血酷刑……这个世道战火不停，焚书坑儒屠杀异己……"因此，刘邦军唱："这天下需要真理，不求富贵只要公平。"项羽军唱："这世道需要奇迹，带领我们冲向黎明。"秦二世的残暴腐朽，给人民造成了无穷无尽的灾难。大泽乡陈胜揭竿而起，各地纷纷响应，项羽就是在这场农民大起义中涌现出来的一位英雄，一个悲剧式的英雄。他勇猛善战，叱咤风云，显赫一时，在击败秦军、推翻秦王朝的过程中建立了巨大的功绩。这就是轰轰烈烈的官逼民反、暴政覆灭的历史叙述。

《霸王别姬》更是表现英雄壮志与美人柔情的关于人与爱情的音乐剧。项羽是光耀千古的反对秦王朝暴政的盟主和英雄，他起于陇亩之中，率诸侯灭秦，创立了司马迁高度评价的"近古以来未尝有"的历史功劳和伟大业绩。音乐剧在表现这种英雄壮志与壮举的同时，也通过虞姬这个形象，表现在残酷的战争中，女性的善良与美，表现人性中那种至真至善至美的柔情，从而给冷酷血腥的战争和杀伐打过去一束亮丽的暖光，从而使历史的叙述更为丰富，让观众在历史故事中获得多向度的启示。虞姬在家乡对项羽的盼望，上前线在军粮短缺的情况下救助豆芽，对项羽坑杀二十万秦军降卒的质疑和反对，特别是她对项羽忠贞不渝、生死相随，最后于垓下自刎，这种铁血环境中的柔情与壮志协奏，使全剧有了诗意的光辉，也有了哲学的高度。

"霸王别姬"一场戏无疑是《霸王别姬》全剧的高潮，也是全剧主题的一个重要表现。这里要表现的，是英雄末路，美人绝境，是绝境中英雄的本质表现，美人的本色表现。虞姬自刎以谢项羽，项羽自刎以谢天下，

303

真是撼天动地！《垓下歌》所唱"力拔山兮气盖世，时不利兮骓不逝；骓不逝兮可奈何，虞兮虞兮奈若何"，正是英雄末路之绝唱。项羽既是一个力拔山、气盖世、"近古以来未尝有也"的英雄，又是一个性情暴戾、优柔寡断、只知用武不谙机谋的匹夫。音乐剧对项羽性格中矛盾的各个侧面都有所表现，有挞伐，但更多的是由衷的惋惜和同情。垓下之围中的项羽是个悲剧英雄，但剧中没有着力渲染他的悲剧性，而是更注重多角度多层面地来刻画、丰富他的英雄人格与气质。

音乐剧《霸王别姬》结构紧凑，叙事流畅，音乐动人，唱词和对白多有精彩之处，是一部观赏时感人、观后可以回味的好剧。

原载《文汇报》2019年11月30日，原文无副标题

后　记

《时代　生活　人》是我文学评论的一个选集。文章多是关于陕西文坛与陕西作家的评论，书名中的三个概念"时代""生活"和"人"，表明我写这些评论时的几个关注点。

当然也不限于这几个点。

我从少年起就想当一个作家，后来上了大学，喜欢上各种理论，从作品到理论，从理论到作品，大学期间就发表过两篇文学评论文章。毕业后，先在《长安》文学杂志做了四年理论编辑，后来调到《小说评论》，再到陕西作协创作研究室，几十年的工作竟都与文学评论与文学研究有关。此书之外，还出版过四本文学评论集和一部专门研究陈忠实的文集。

也是无心插柳柳半行。

印象中，上世纪80年代至本世纪第一个十年，其间三十年，文学评论包括各种理论在文坛摇旗呐喊，风风火火，引人关注，也蔚为壮观。此后，从各种文学刊物特别是文学评论刊物看，关注当前创作与作家作品的评论淡出，讲究学理新论的论文盛行，有时也感慨文学评论多少有些"淹乎大沼"。有时想，同是研究当代文学和当前创作，评论似是立足当下，更多着眼未来的发展；论文似是研究当下，欲为历史留下总结或镜鉴。同中有不同，不同中也有相同，然侧重点多少有异。

时代的选择与个人的兴趣各有各的演化规律。存在即合理。

时代在选择，个人需调整。

回看我的《时代 生活 人》，那个时代，那些生活与人，那些作家与作品，那些思想与艺术，当年曾打动过我，今天依然。

而且还有一些新的体会和联想。

邢小利

2025年2月14日